HEYNE BÜCHER

SACHBUCH

Die Wilde Frau

Mythische Geschichten zum Staunen, Fürchten und Begehren

Herausgegeben
von Claudia Schmölders

WILHELM HEYNE VERLAG
MÜNCHEN

HEYNE SACHBUCH
Nr. 19/240

Taschenbuchausgabe
im Wilhelm Heyne Verlag GmbH & Co. KG, München

Printed in Germany 1993
Umschlagfoto: Nikolai Lutohin, München
Umschlaggestaltung: Atelier Adolf Bachmann, Reischach
Satz: Fotosatz Völkl, Puchheim
Druck und Verarbeitung: Pressedruck Augsburg

ISBN 3-453-06029-6

Inhalt

Vorwort
9

Ursprung
13

Die Schaffung der ersten Frauen *(Aborigines)* 14
Wie die Welt belebt wurde *(Mexiko)* 16
Die erste Versuchung *(Cagabá-Indianer)* 17
Die Entdeckung der Frauen *(Kongo)* 18

Große Mütter
23

Die Geburt der Welt *(Tungusen)* 24
Naowa und ihre neun Töchter *(Kolumbien)* 25
Haua, die Schwangere *(West-Sudan)* 27
Imap ukûa, die Mutter des Meeres *(Eskimo)* 27
Die Maismutter *(Creek-Indianer)* 30
Der Tod der ersten Mutter der Welt und der Frost im Januar *(Kabylen)* 33

Medizinfrau, Zauberin
35

Die Träume der Prophetin *(Tschingeunegon-Indianer)* 36
Der Ursprung der Guaraná *(Maué-Indianer)* 40
Die Geschichte von Haburi *(Warrau-Indianer)* 43
Die Liebe der Schamanin *(Jakuten)* 47

Wilde Köchin
51

Die ersten Pflanzen *(Kongo)* 52
Die Entstehung des Feuers *(Papua-Neuguinea)* 53
Die Geschichte von Kapmakwatembe *(Iatmul)* 54
Das wilde Mädchen *(Rätoromanisch)* 58
Der Schamane und die Frau *(Kolumbien)* 61

Verführerin!
64

Die Vulva der Stamm-Mutter Leek *(Iatmul)* 65
Der weibliche Waldgeist Wont-Junk-Ni *(Ostjaken)* 70
Die wilden Frauen im Untersberge *(Deutsch)* 73
Das strahlende Mädchen *(Nupe)* 75
Von dem Mädchen, das den Junggesellen durch ihre Schönheit tötete *(Eskimo)* 79

Amazone, Heldenmädchen
81

Die Amazonensage *(Kongo)* 82
Kagenas Tochter *(Lamuten)* 88
Der Alligator und die streitbaren Weiber *(Brasilien)* 90
Die Geschichte von Norim *(Iatmul)* 91
Der eiserne Held *(Orotschen)* 95
Das Heldenmädchen *(China)* 97

Ihres Lebens Reise
99

Ogboinbas Wanderung *(Westafrika)* 100
Die Suche der Mos-Frau *(Wogulen und Ostjaken)* 109
Die Frau, die zur Spinne wurde *(Eskimo)* 118
Untombinde, das Riesenmädchen *(Zulu)* 125

Unholdin und Hexe
132

Nalikateq, das alte Weib *(Eskimo)* 133
Die Zauberin Subachamussi *(Mali)* 137
Die Hexe, die Menschen in Stein verwandelte *(Serbokroatisch)* 139
Die hufbeschlagene Frau Körmöndi *(Ungarn)* 143
Das weißlederne Laken der Königstochter *(Araukaner)* 148

Holde Fee und Schicksalsfrau
154

Die Mondfee *(China)* 155
Die Kalgam-Fee *(Tungusen)* 156

Thomas der Reimer und die Königin der Feen *(Keltisch)* 158
Die drei Jungfern aus dem See *(Deutsch)* 164
Der Waldgeborene und die Schicksalsfrauen *(Bulgarisch)* ... 165

Tierbraut, Pflanzentochter

170

Der Mann der Füchsin *(Eskimo)* 171
Die Büffelfrau *(Caddo-Indianer)* 175
Der Ursprung des Maniok *(Pareci-Indianer)* 179
Die Mutter der Kürbisse *(Tschad)* 179

Wetter und Gestirn

183

Die drei himmlischen Schwestern *(Eskimo)* 184
Die erste Sonnenfinsternis *(Kabylen)* 185
Ursprung des Mondes *(Cashinawa-Indianer)* 185
Yingeangeut und der Wolken-Mann *(Koryaken)* 186

Wasserweib

190

Die Yunggamurro-Wassernixen *(Aborigines)* 191
Die Regenfrau *(Kongo)* 193
Das singende Meerweibchen *(Flandern)* 194
Albhine, die Herrin der Meerfrauen *(Keltisch)* 197
Die Eiszapfenfrau *(Japan)* 203
Das Reich der Anarquagssaq *(Eskimo)* 204
»Silber«, »Weidenbaum« und die Frau aus dem Meere *(Tungusen)* 205

Nachwort 209
Anmerkungen 231
Literaturhinweise 234
Quellenverzeichnis 236

VORWORT

»Wen die Feuerfee geküßt hat, der hat ihre Liebe für immer und soll noch einmal sein hellerlichtes Wunder erleben.« Franz Brandnarb bekam sofort ganz rote Backen und Ohren, denn er hatte in seinem Leben schon viele gotteslästerliche Flüche zu hören gekriegt, doch noch niemals so liebliche Schmeichelreden. Da hätte er schon gern einmal nach der wehenden Funkenschleppe gefaßt, der ihre wandelhafte Gestalt wie ein Gewand umwehte, aber dann ließ sie sich wieder ganz friedlich zu seinen Füßen nieder und begann ihm Geschichten zu erzählen, so verwunschen sonderbare, daß dem unheiligen Franz ganz verteufelt fromm zumute wurde.«

PETER RÜHMKORF, DIE FEUERFEE

Von solch einer wilden und wandelhaften weiblichen Gestalt erzählen auch die folgenden Geschichten. Es ist ein Buch über elementare diesseitige und elementare jenseitige Rollen und Figuren, wie sie der mythische Erzähler teils der weiblichen Wirklichkeit abgesehen, teils ihr auch zugeschrieben, jedenfalls aber zu einer funkelnden Einheit gebracht hat. Diese Frau lebt im Wasser, im Feuer und in den Sternen, im Baum und im Tier, in der stehenden Zeit und am Anfang alles Bösen. Sie heilt und behext, zaubert und kämpft, trauert ohne aufzugeben und stirbt, um wieder aufzuerstehen; sie ist die Künstlerin der Küche und die Mutter der Geschlechter. Ihre Liebe ist wie ihr Haß höchst eingreifend, läßt keinen mit heiler Haut davon; und ihre Wanderungen auf der Suche nach sich selbst sind nicht weniger abenteuerlich als die männlichen.

In all diesen Tätigkeiten und Lebenswelten erscheint sie erstaunlich selbständig, autonom – weshalb hier ein Kapitel über die elementare Frauenrolle: das Opfer, fehlt. Vom altjemenitischen Mädchenopfer bis zur Frau als Erlöserin eines Mannes, wo und wie immer; von den ethnologischen Erkenntnissen über die Frau als Tauschmittel bis zur Spekulation über die Frau als Ware: immer erscheint da die Frau als Gebende, als Gegebenheit und als Gabe, wie sie ein Geist modelliert haben muß, der nur zu nehmen verstand.

So ist aus der unerschöpflichen Fülle des Stoffes im vorliegenden Buch ein engagiertes, subjektives Porträt entstanden; vielleicht auch das Wunschbild einer Biographie. Denn vom Ursprung der Frau aus dem Wasser bis hin zu ihrem Verschwinden in diesem offenbar sehr weiblichen Element erzählen die Texte; von den vertrauten Figuren zunächst und dann immer mehr von ihrem Abrücken in die »Natur« und in das, was die Angelsachsen die »Anderswelt« (otherworld) nennen: mythische Vorstellung eines zaubervollen, eigengesetzlichen Daseins.

Im wesentlichen sind es heiter und ernst, märchen- und traumhaft erzählte Geschichten außereuropäischer, »wilder« Naturvölker: Eskimos, Indianer, australische Aborigines und afrikanische Eingeborene. Einige wenige, diesen verwandte, stammen aus Europa. So also fehlen die heute überall reichlich repräsentierten griechisch-römischen Göttinnen, wie überhaupt Gestalten aus Hochkulturen; und es fehlen damit auch – bis auf wenige Ausnahmen – jene gesellschaftlichen Rang-Figuren wie Königinnen, Prinzessinnen, Haupt- und Nebenfrauen.

Jedes Kapitel hat eine eigene, teils informative, teils angemessen verwirrende Einführung. Informativ, weil jede Erzählung behutsam kommentiert wird; verwirrend, weil die Geschichten bald aus männlicher, bald aus weiblicher Sicht gesehen sind, bald aus völkerkundlicher, bald aus psychologischer. Ein Versuch, mit diesen symbolischen Gebilden so zu verfahren, wie man als Archäologe mit den Scherben einer versunkenen, weitgehend unverständlichen Epoche verfahren kann: immer wieder nur spielerisch deutend, das meiste den Lesern lassend.

Denn vor allem sind es für uns doch *Erzählungen*; also Vokabeln für eine bilderschaffende szenische Phantasie – jene Begabung, unter deren Zuspruch das Diesseits mit dem Jenseits, das Bewußte mit dem Unbewußten zusammenzuspielen beginnt: die »wilde« Entwurfsinstanz unseres Selbstbildes. Dieser mythischen Phantasie, ihrem Frauenwunschbild und ihrer Rolle im Werden weiblicher Identität ist das Nachwort des Ganzen gewidmet; der Frage auch, was unter »mythisch« denn zu verstehen sei und was nicht.

Also ginge es schließlich um *drei* »Wilde Frauen«? Eine der Leidenschaften – wie Rühmkorfs Feuerfee; eine der ethnischen Realität – wie die Frau der Jäger- und Sammlerkulturen; und eine der Phantasie? Anders, und weniger vielgestaltig, scheint sie kaum zu begreifen. Die Frage ist, ob diese drei denn, bei genauerem Hinsehen, alle derselben abendländischen Sehnsucht nach verdrängten »wilden« Lebens- und Erlebensweisen dienen oder ob sie, vorschnell übereinandergeblendet, selbst nur eine künstliche Einheit bilden oder ob sie diesen Abendländer umstehen wie junge Parzen ein altes Kind.

An der Entstehung dieses Buches haben viele Leser, männliche und weibliche, mitgewirkt. Zu danken habe ich vor allem Hans Christian Kirsch für eine Fülle von Texten, Felix Karlinger für märchenwissenschaftliche Aufklärung, Ingeborg Gerlach, Jutta Münchenhagen und Hildegard Wittenberg für höchst hilfreiche Begleitung aller Entwürfe, und Grete Wehmeyer für die Anstiftung dazu.

Widmen möchte ich den Band dem Zürcher Ethnopsychoanalytiker Fritz Morgenthaler, der mich mit dem »wilden Rest« in uns Zivilisierten vertraut gemacht hat.

Köln, den 1. April 1983 *C. S.*

Ursprung

Von der Entstehung oder Erschaffung der Frau wird in den Mythen der Völker in aller Regel lapidar, oft humorvoll oder sogar aggressiv berichtet. Die folgenden vier Geschichten sind dafür ein Beispiel: zwei freundlich, zwei eher kritisch. Erschuf nicht ein böser Geist diese gefährliche Person? Bildete nicht eine zänkische Göttin dieses Geschöpf, das die Tiere verhungern läßt und nur hinter dem Mann her ist?

Sehr humorvoll sehen es die australischen Aborigines: Da wird der Mann sorgsam geknetet, mit Haar und Sprache versehen, während der Schöpfer der Frau ein spielender und planschender Herr der Gewässer ist: doch wohl ein Kind, welches die Mutter erschafft, nein, eigentlich entdeckt, denn sie ist ja schon fertig.

Auch die Männer, von denen unsere afrikanische Geschichte berichtet, entdecken eine schon fertige Frau, die zudem noch kochen kann und weiß, was es mit der Lust auf sich hat.

Zum Vergleich: Bei den südamerikanischen Chibcha gestalten Sonne und Mond das erste männliche Wesen aus Ton, die Frau aber aus Rohr. Bei den Maya erscheinen die Frauen überhaupt erst in der »Vierten Schöpfung«, erst nachdem die Männer gemacht sind. Auf den Banksinseln formt der Schöpfer den Mann aus Ton, die Frau wiederum aus geflochtenen Zweigen der Sagopalme. Im Kongo wird zunächst ein Mann geformt, der dann seine Frau aus einem Baum fertigt. Im Sudan spricht man von einem Urgeist Pemba, einem Baumstumpf-Mann; dieser knetet die erste Frau aus Erde, woraufhin sie Pflanzen und Tiere gebiert. Man sieht: hier erscheint überall die Frau als zweites, wenn nicht sekundäres Geschlecht, nicht unmittelbar den formenden Händen eines Schöpfers entspringend, sondern einem schon strukturierten Element.

Dagegen sind die Männer immer wieder aus formlosem Ton gemacht – dem Spielzeug der Kinder? Der Materie des figürlichen Abwehrzaubers? Der modellierte Mann als wehrhafte Gestalt, die bloß geschnitzte oder geflochtene Frau als Hausgerät?

Bei den Hopi wird von zwei Göttinnen erzählt, der Göttin des Westens und der des Ostens. Sie lebten am Anfang aller Welt, als es nur Wasser gab und einen Sonnengott, der zwischen ihnen hin und her lief. »Endlich beschlossen die Göttinnen, Menschen zu erschaffen. Die Göttin des Ostens bildete aus Ton zuerst (!) ein Weib, und dann einen Mann …«

Hier werden immerhin beide von Schöpferhand aus Ton gefertigt. Und vielleicht ist dieser Ton in Wahrheit gar kein Stoff für Männer oder von Männern, sondern eine Nachahmung von etwas ganz anderem? So beginnt eine Kabylengeschichte: »Die erste Mutter der Menschen mahlte einmal auf ihrer Handmühle das Mehl, mischte es mit Wasser und formte den Teig in Gestalt eines weiblichen Schafes.«

Die Frau: etwas zwischen Küche und Kosmos, Pfanne und Pfuhl?

Die Schaffung der ersten Frauen

(Aborigines)

Vor langer Zeit war Pund-jel der große Schöpfergeist. Er schuf alle Dinge auf Erden und alle Lebewesen, außer den Frauen. Er trug stets ein großes Steinmesser mit sich, und als er die Erde schuf, zerschnitt er sie vielerorts, so daß sich Berge, Täler und Wasserläufe bildeten. Dann schnitt er mit seinem Messer drei größere Rindenstücke. Auf das erste legte er feuchten Ton, den er so lange bearbeitete, bis er glatt und formbar wurde. Dann schnitt er den Ton in zwei gleich große Stücke und trug die eine Hälfte zu dem zweiten Rindenstück, auf dem er die Tonmasse zu kneten und in die Form eines Mannes zu verwandeln begann. Erst formte er Füße, dann Beine, Rumpf, Arme, und schließlich den Kopf. Daraufhin schuf er den Körper eines zweiten Mannes auf dem dritten Rindenstück. Als er seine Arbeit beendet hatte, betrachtete er sich die beiden Männer lange Zeit und war schließlich so zufrieden mit seinem Werk, daß er im Kreis um sie herumtanzte. Als nächstes zog er faserige Rinde von einem Eukalyptusbaum ab und legte jedem Mann einen Haarschopf auf den Kopf – dem einen Mann gab er glattes und dem anderen gelocktes Haar. Wiederum war er mit seinen Geschöpfen so zufrieden, daß er zu tanzen anfing. Dem Mann mit glattem Haar gab er den Namen Ber-rook-boorn, den gelockten Mann nannte er Koo-kin Ber-rok. Nachdem er die Körper der beiden Gestalten nochmals von Kopf bis Fuß geglättet hatte, legte er sich auf den Körper eines jeden Mannes und flößte ihnen seinen Atem ein durch Mund, Nase und Nabel. Die beiden Männer begannen zu atmen und sich zu regen. Pund-jel tanzte ein drittes Mal um sie herum. Dann schenkte er ihnen die Gabe der Sprache und befahl ihnen aufzustehen. Und so standen sie auf als erwachsene Männer.

Pund-jel besaß auch einen Bruder Pal-ly-yan. Pal-ly-yan besitzt absolute Macht über alle Gewässer. Er ist Herr über Flüsse, Bäche und Seen, und auch das Meer ist ihm untertan. Er beherrscht alle Lebewesen des Wassers, und am liebsten vertreibt er sich die Zeit mit schwimmen und tauchen.

Eines Tages vergnügte sich Pal-ly-yan auf diese Weise in einer sehr tiefen Wasserstelle. Er schlug übermütig mit flachen Händen auf die Wasseroberfläche, bis sich das Wasser zu trüben begann. Er wirbelte dabei so viel Schlamm auf, bis das Wasser undurchsichtig wurde und sich die Wasserstelle schließlich in ein Schlammloch verwandelte. Zwar konnte Pal-ly-yan nicht mehr erkennen, was sich unter der Oberfläche des Schlamms befand, und dennoch vermeinte er, darin etwas erkannt zu haben. Als er vorsichtig mit einem Zweig den Schlamm teilte, erkannte er ein Paar Hände, wie sie Pund-jel seinen Männern geformt hatte. Daraufhin holte sich Pal-ly-yan einen starken gekrümmten Ast, mit dem er den Schlamm tiefer teilte, woraufhin zwei Köpfe auftauchten, die den Köpfen von Pund-jels Männern ähnelten. Mit dem gekrümmten Ast fischte Pal-ly-yan die beiden Gestalten aus dem Schlamm und sah, daß es zwei junge Frauen waren, denen er die Namen Ko-ner-warra und Ku-ur-rook gab. Er brachte sie zu Pund-jel, der sie Ber-rook-boorn und Koo-kin-Ber-rok, den beiden von ihm geschaffenen Männern, zur Frau gab. Dann gab er jedem Mann einen Speer, und Pal-ly-yan gab jeder Frau einen Grabstock. Er gebot, daß sie in Frieden miteinander leben sollten. Er befahl den Männern, ihre Speere in der Jagd auf Känguruhs und Emus zu verwenden, und den Fauen sagte er, daß sie mit ihren Stöcken nach Nahrung graben sollten. Drei Tage lang blieben Pund-jel und Pal-ly-yan bei den beiden Paaren und unterwiesen die Männer in der Jagd und zeigten den Frauen, wo sie nach Wurzeln graben sollten. Am dritten Tag, als sie sich alle niedergesetzt hatten, kam ein großer Sturm auf, und Pund-jel und Pal-ly-yan entschwanden in einem großen Wirbelsturm.

Wie die Welt belebt wurde

(Mexiko)

Am Anfang aller Dinge gab es auf der Welt nur Erde und Wasser. Einmal aber ließ der Sonnengott einige Samen fallen, als er gerade aß. Und ein andermal ließ er einige Körner fallen, und wieder ein andermal spuckte er die Kerne von Früchten aus, und alles, was vom Himmel heruntergefallen war, wurzelte im Erdreich oder im Wasser ein, und so entstanden nach und nach auf der Erde die gleichen Pflanzen, die auch im Himmel wuchsen.

Als nun der Sonnengott sah, daß die Erde nicht mehr so wüst und leer war, wollte er auch einige Tiere darauf versetzen, und er nahm eine Handvoll Tiere, Pflanzenfresser und Fleischfresser, und ließ sie auf die Erde fallen. Aber da im Himmel die Fleischfresser immer am Tisch des Sonnengottes gefüttert worden waren und da diese Nahrung jetzt nicht mehr da war, begannen die Fleischfresser über die Pflanzenfresser herzufallen.

Als in der Nacht die Frau des Sonnengottes, die Mondgöttin, sah, daß auf der Erde Tiere herumliefen, daß aber das Meer, die Seen und die Flüsse leer waren, nahm sie ein großes Netz und fischte im himmlischen Teich, und die Fische, die sie gefangen hatte, warf sie auf die Erde herunter ins Wasser. Aber da im Himmel die fleischfressenden Fische immer von der Mondfrau gefüttert worden waren und da sie nun auf der Erde nichts zum Fressen fanden, fingen die Fleischfresser an, die Pflanzenfresser unter den Fischen und den Landtieren zu überfallen und zu fressen.

Und als nun der Sonnengott erkannte, daß die Tiere sich gegenseitig töteten, wollte er wieder Frieden unter ihnen machen. Und er sagte: »Ich muß ein großes Tier machen, das mir ähnlich und allen anderen Tieren überlegen ist. Dieses Tier soll die Fleischfresser füttern.« Und der Sonnengott machte den ersten Mann. Und als die Mondfrau erfuhr, was ihr Mann gemacht hatte, sagte sie: »Mein Mann hat nur an die Lebewesen auf dem Lande gedacht und nicht an die im Wasser. Und ich werde ein Tier machen, das mir ähnlich und den Tieren im Wasser überlegen ist.« Und sie machte die erste Frau. Aber die erste Frau wollte sich nicht um die Fische kümmern, sondern lief nur hinter dem Mann her. Und als die Mondfrau das sah, wurde sie zornig, nahm einen Dornenstock und schlug die Frau zwischen die Füße und riß ihr damit das Geschlecht ab. Und so kommt es, daß die Frauen einen Riß zwischen den Schenkeln haben und oft bluten.

Dem Mann aber gelang es nicht, den Frieden zwischen den Fleischfressenden und den Pflanzenfressenden wiederherzustellen, denn er hatte nichts, um die Fleischfresser zu füttern. Der Sonnengott hatte vergessen, ihm etwas zu geben. Und so herrscht auch heute noch Krieg zwischen den Tieren des Landes und auch zwischen den Tieren des Wassers.

Die erste Versuchung

(Cagabá-Indianer)

Am Anfang der Welt gab es nur einen Mann, der Kimaku hieß. Er bebaute als erster die Felder, wie es ihm der gute Geist Terana zeigte.

Einer der bösen Geister aber schuf eine Frau und stellte sie an den Pfad, auf dem Kimaku immer vorbeikam. Die Frau war nackt, und sie war sehr schön, weil sie den Kimaku verführen sollte. Kimaku sah sie zwar an und fand sie sehr schön, aber er tat gar nichts, ja er sprach sie nicht einmal an. Er ging weiter, aber die Frau ging ihm nach. Und nun geschah es, daß nach einer Biegung des Weges aus einer Frau auf einmal zwei Frauen wurden und daß bei jeder weiteren Biegung eine neue Frau hinzukam.

Da begann Kimaku zu laufen, wenn er sich eigentlich auch ganz gern zu ihnen gesellt hätte.

Kimaku begegnete dem guten Geist Terana und erzählte ihm, was ihm begegnet war. Da nahm Terana sofort seinen Umhang ab und kleidete Kimaku damit, er selbst aber legte Kimakus Mantel an, so als ob er Kimaku wäre.

Kimaku aber setzte sich an den Wegrand, und gleich darauf kamen zehn Frauen gegangen. »Hast du hier einen Mann vorbeigehen sehen?« fragten sie ihn.

Er antwortete: »Ja, soeben ist einer vorbeigegangen.« Die Frauen waren alle nackt, und Kimaku dachte: »Wie schön sie sind!«

Die Frauen kehrten um und fragten ihn: »Bist du Kimaku?« Aber er sagte: »Nein.«

Da gingen sie weiter den Weg entlang. Sie kamen zu Terana,

der sich auf einen Stein gesetzt hatte. Da er den Umhang von Kimaku trug, dachten sie: »Jetzt haben wir ihn erwischt.« Und sie umgaben ihn.

Aber Terana zog eine goldene Rute hervor, die er unter der Schulter versteckt hatte, rieb sie mit den Händen, und sogleich entstand ein großes Feuer, das alle Frauen verbrannte.

Wenn aber Kimaku den Wünschen der Frauen nachgegeben hätte, wäre er kastriert worden, denn jene wilden Frauen hatten Zähne in ihrer Vagina.

Die Entdeckung der Frauen
(Kongo)

In alter, alter Zeit (Kallekallekalle) war einmal ein Mann, der hieß Nkolle. Er ging mit zwei Hunden in den Wald. Im Walde traf er eine Gulungwe (Antilope). Einer der Hunde setzte sogleich hinter ihr her. Nkolle kam zum Schuß. Nkolle tötete die Gulungwe. Die Gulungwe lag am Boden. Nkolle hatte vorn ein Fell und hinten ein Fell als Schurz. Über der Schulter hatte Nkolle einen Fellbeutel. Nkolle begann die Gulungwe zu zerschneiden. Er zerschnitt die Gulungwe.

Nkolle hatte die Antilope zerschnitten. Es kamen zwei Menschen aus dem Walde. Nkolle sah sehr wohl, daß es keine Männer waren. Sie waren ganz nackend. Sie hatten gar nichts an. Sie hatten vorn zwei Säcke (der Erzähler markiert mit einer Handbewegung die Frauenbrüste). Nkolle sah auch die andern Körperteile. Nkolle hatte seine Gulungwe zerschnitten. Er steckte alles Fleisch in den Sack. Er machte sich daran fortzugehen.

Die beiden Menschen waren Frauen. Sie sahen mit Erstaunen auf den Menschen, der hinten und vorne Felle hatte. Sie sahen den Fellsack. Sie sahen das Fleisch der Antilope und sagten: »Was hast du da?« Nkolle sagte: »Es ist Fleisch von der Gulungwe.« Die Frauen wollten es haben. Nkolle sagte: »Ich muß es zum Essen haben.« Die Frauen fragten: »Was machst du damit?« Nkolle sagte: »Ich esse es roh.« Die Frauen sagten: »Wenn du uns ein Stück Fleisch gibst, so geben wir dir das Feuer.« Er gab den Frauen ein Stück Fleisch. Die Frauen sagten: »Komm morgen wieder an diesen Platz, dann werden wir dir das Feuer geben.«

Nkolle ging am andern Tage wieder in den Wald zurück. Er traf nur eine Frau. Die Frau fragte: »Warum sind nicht mehr Männer gekommen? Gibt es denn nur einen von deiner Art?« Nkolle antwortete: »Es gibt deren viele.« Die Frau fragte: »Warum sind sie nicht mitgekommen?« Nkolle sagte: »Ich habe den anderen Männern erzählt, daß ich Menschen mit zwei Bibumbi (= Säcke; damit sind die Frauenbrüste gemeint) gesehen habe. Die Männer haben mir gesagt: Du lügst!« Nkolle ging mit der Frau darauf ein wenig im Walde hin. Sie kamen an einen Platz, auf dem saßen lauter Menschen mit Bibumbi, und alle waren nackt (Frauen). Es waren große, es waren kleine, es waren dicke, es waren dünne. In der Mitte war ein großes Feuer. Alle die Sackmenschen (die Frauen) sagten zu Nkolle: »Guten Tag!« Nkolle sah, daß alle Frauen ganz nackt waren. Er sah, daß ihre Haut ganz glatt und kein Haar auf der Haut war. Da dachte er: »Die sind ganz glatt und haben kein Haar auf der Haut; das kommt vom Feuer. Wir haben kein Feuer, wir haben Haare auf der Haut und frieren. Die haben es warm!«

Die Frau brachte einen Stuhl für Nkolle. Der Sitz war ganz aus Kräutern. Nkolle setzte sich auf die Kräuter. Er saß ganz nah am Feuer. Nkolle wurde ganz warm. Er sah in das Feuer. Da lag das Fleischstück, das er gestern der Frau gegeben hatte. Nkolle sagte: »Ich esse alle Tage mein Fleisch roh. Die Sackmenschen verstehen besser, es zuzubereiten. Das muß gut sein!« Er nahm alles Fleisch, das in seinem Schultersack war. Er gab es den Frauen, damit sie es zubereiteten. Die Frauen bereiteten es. Die Frau nahm den Sack von seiner Schulter, breitete ihn am Boden (wie eine Serviette) aus, legte das bereitete Fleisch darauf und sagte: »Iß, und du wirst gut (!) werden!«

Die Frau fragte wieder: »Weshalb kommst du nicht mit den andern?« Nkolle sagte: »Gebt mir von dem zubereitetenFleisch! Steckt es in meinen Schultersack. Ich will es mit in mein Dorf nehmen, und es werden viele Männer kommen.« Nkolle nahm das Fleisch, steckte es in den Sack und ging in sein Dorf. Er rief alle Leute zusammen und sagte: »Ihr sagtet mir, daß ich gelogen habe; nun werde ich euch zeigen, ob ich gelogen habe!« Nkolle sagte: »Bringt mir euer Fleisch herbei!« Die Leute kamen mit ihrem Fleisch. Das Fleisch war roh, das Fleisch war schwarz (vom Blut), das Fleisch war alt und stank. Nkolle nahm das Fleisch, das die Frauen zubereitet hatten, aus dem Sack und sagte: »Seht meines.« Das Fleisch war braun und duftete sehr gut. Alle Männer kamen und rochen daran. Das Fleisch duftete sehr gut. Nkolle sagte: »Seht, das kommt von meinen Sackmenschen.« Es rief ein Mann: »Ich will auch hingehen!« Es rief ein anderer Mann: »Ich will auch hingehen!« Es rief ein dritter Mann: »Ich will auch hingehen!« Sie riefen alle: »Ich will auch hingehen!« Nkolle sagte: »Es ist gut, kommt mit mir. Ich gehe zu den Sackmenschen. Ich komme aber nie wieder zurück. Ich bleibe bei den Sackmenschen!« Die andern sagten: »Es ist gut!« Nkolle ging voran. Die Männer folgten ihm.

Alle Männer gingen mit. Sie kamen zu dem Feuer der Frauen. Die Männer sahen erstaunt auf die Frauen. Sie sahen die glatte Haut, sie sahen die Bibumbi, sie sahen, daß sie nackt waren; sie sahen alles. Die Frauen sahen auf die Männer; sie sahen die Fellschurze; sie sahen die Fellsäcke. Jede Frau trat vor einen Mann. Jede Frau kniete vor einem Mann nieder. Jede Frau setzte einem Mann einen Kräutersitz hin. Jeder Mann setzte sich ans Feuer. Jeder Mann gab sein Fleisch der Frau vor ihm. Jede Frau bereitete das Fleisch. Jede Frau breitete den Sack eines Mannes aus. Jeder Mann nahm das zubereitete Essen. Die Männer wagten erst nicht zu essen. Sie sahen, ob Nkolle äße. Nkolle aß. Die Männer aßen auch. Sie sagten: »Alle Tage war unser Fleisch blutig und schwarz. Alle Tage haben wir schlecht gegessen. Dies Essen ist gut.«

Nach dem Essen sagte Nkolle: »Ich bleibe hier!« Vier von den andern Männern sagten: »Wir bleiben hier!« Fünf Männer blieben im ganzen bei den Frauen. Alle andern Männer kehrten zurück. Nkolle ging in den Busch und schlug Stangen. Die Frauen schauten zu und sagten: »Was wird das?« Nkolle und die Männer sagten: »So machen wir es immer.« Nkolle ging hin und holte Koddi (Lianen). Nkolle baute ein Haus. Die Frauen starrten und sagten: »Was wird das?« Die Männer sagten: »So machen wir es immer.« Als die fünf Hütten fertig waren, nahmen die fünf Frauen der fünf Männer Brände und zündeten im Haus Feuer an. Die Frauen brachten Wasser hinein (der Berichterstatter betont, daß die Frauen nur Feuer, Holz und Wasser besessen hätten). Es regnete. Die Frauen sahen, daß die Hütten ein guter Schutz seien, und staunten. Die Frauen sagten: »Das ist sehr gut.« Es war allen sehr wohl. – Denen aber, die in das Männerdorf zurückgekehrt waren, wurde nach einigen Tagen das Herz sehr schwer. Sie kamen ebenfalls wieder ins Frauendorf, bauten Hütten und blieben dort.

Nkolle hatte seine Hütte vollendet. Die Frau hatte Feuer, Holz, Wasser hineingetragen. Es wurde Abend. Nkolle nahm sein hinteres Fell ab und breitete es nahe dem Feuer aus. Das sollte das Lager für die Frau sein. Er nahm das vordere Fell ab und breitete es zwischen dem Lager der Frau und der Wand aus. (Der Mann schlief also weiter vom Feuer ab; bei den Bassonge schläft die Frau immer am Feuer, der Mann mehr der Außenwand zu.) Nkolle legte sich nieder und schlief ein. Die Frau legte sich nieder und schlief ein. Morgens krähte der Hahn. Da schwoll das Glied Nkolles, wie dies bei Männern gewöhnlich so ist. Die Frau war erwacht. Sie sah das Glied Nkolles steigen und wußte nun, was das sei. Nkolle aber schlief und wußte es nicht. Die Frau näherte sich nun dem Mann. Der Mann lag schräg auf der Seite. Die Frau tat ihre Beine auseinander und stieg über ihn. (Toller Jubel bei den Zuhörern.) Die Frau führte den Penis ein und begann den Beischlaf. (Es ist bei den Bassonge auch heute noch beliebte Sitte, daß die Frauen sich neben die Männer drängen und die eigentliche Bewegung ausführen.)

Als der erste Beischlaf vollzogen war, stand die Frau auf, ging hinaus und wusch sich. Nkolle fühlte sich aber wie zerschlagen und schlief wieder ein. Die Frau trat wieder herein und fragte: »Nkolle, weshalb schläfst du?« Nkolle sagte: »Ach, ich bin so schlaff.«

Am Tage darauf gingen alle Männer zur Jagd. Nkolle war zu erschöpft, um mitzugehen. Die Männer kamen mit Beute von der Jagd zurück. Man bereitete Essen. Sie aßen. Die Frau sagte zu Nkolle: »Wenn die Sonne untergeht und die Hühner ins Haus gehen, dann wollen wir zu Bett gehen, und während der Nacht wollen wir zweimal machen, was wir vorige Nacht einmal gemacht haben.« So sagte die Frau. Sie taten es. Die Frau war sehr hübsch. Die Frau war sehr schön! Aber nur Nkolle und seine Frau machten es so. Die andern schliefen tschernana. (Tschernana bedeutet soviel wie ledig und wird nicht nur auf Junggesellen, sondern auch auf jede andere Besitz- oder Tatenlosigkeit angewendet.)

Die Frau Nkolles wurde stärker. Die Brüste der Frau Nkolles wuchsen. Die Männer sagten: »Was wird das werden?« Die Frauen sagten: »Was wird das werden?« Nkolle rief alle Männer in seiner Hütte zusammen und sagte: »Wir Männer sind anders als diese Beutelmenschen.« Die Männer sagten: »So ist es!« Nkolle sagte: »Nähert euch nur abends der Frau und führt euren Schwanz ein. Das andere macht dann die Frau. Ihr werdet sehen, darauf kommt dann ein anderer Mensch aus eurer Frau. Es wird ein anderer Mensch aus eurer Frau kommen!« – Einer der Leute, die Nkolle in seine Hütte gerufen hatte, um sie zu unterrichten, lief hin zu seiner Frau und führte den Beischlaf aus. Er kam in die Hütte Nkolles zurück: Es waren noch alle Leute beisammen. Der Mann rief: »Bibua bikalabale!« (Es war ausgezeichnet. – Die Gebärde des Wohlbehagens, mit der der Erzähler diese Stelle begleitet, ist von gradezu urkomischer Echtheit.)

Nkolle hatte die Männer unterrichtet. Die Männer gingen zu den Frauen. Die Männer sagten zu den Frauen: »Warum habt ihr uns das nicht schon lange gesagt?« Die Frauen sagten: »Ja, seid ihr keine Männer?« – Wer nun Schamgefühl hatte, der führte den Beischlaf mit seiner Frau in der Nacht aus. Wer kein Schamgefühl hatte, der tat es bei Tage. Nach einem Monat waren viele schwanger. Nkolles Frau war nur einen Monat schwanger. Dann brachte sie einen Knaben zur Welt. – Das Dorf war in sehr gutem Zustand. Die Frauen waren gesund. Man hatte viel Essen. Die Gesundheit war gut.

GROSSE MÜTTER

Die mythische Mutter ist ohne Zweifel das Entzücken der Mythologen. »Die große Mutter«, schreibt der Indologe Heinrich Zimmer über die indische, sei »die allesbewegende (!) Weltkraft, die sich mit allen (!) Figuren des indischen Pantheons im Spektrum aller (!) Gebärden darstellt und die in jeder (!) Kreatur und jeder (!) ihrer Regungen sich selbst gebiert.«

Die eigentümliche Unspezialisiertheit oder Allheit dieser Figur, ihre pantheistische Substanz, gehört nach psychoanalytischer Deutung zum kindlichen Erleben. Für das Kind ist die Mutter alles; sie erfüllt noch jede der Funktionen, die später selbst übernommen werden müssen: Sie entspricht der »Anima« von C. G. Jung.

Aber wirklich ist das mythische Erzählen bei weitem bescheidener und anschaulicher als das wissenschaftlich-philosophische Panorama. Es ist mehr als wahrscheinlich, daß eben dieser kindlich-allumfassende Blick einer gelehrten und gebildeten Denkweise entspringt, daß es der Kunst-Dichter und Philosoph ist, der die Attribute vieler örtlich getrennter Bräuche und Vorstellungen zusammenzieht und auf den – nun natürlich viel-, wenn nicht allumfassenden – Begriff zu bringen versucht. Wogegen die Großen Mütter der mündlichen, der mythischen Erzähler noch ganz sicher in festumrissene Handlungen und Funktionen eingelassen sind. So ist unsere tungusische Geschichte von der weltgebärenden Mutter eine scherzhaft gemeinte Ursprungsgeschichte über die Entstehung der Jahreszeiten; so ist die Geschichte von der schwangeren Haua eine Stammes- und Helden-Mutter-Erzählung mit entsprechend imponierender Übertreibung, das heißt auch: mit heiteren Elementen; und so ist die Meermutter Imap ukûa eine streng moralische Figur und die Erzählung mit der Weitergabe eben dieser Moral befaßt.

Zwei Geschichten sind dem weitverbreiteten Glauben an eine Kornmutter und eine Korntochter gewidmet, über die der Religionsforscher James Frazer in seinem Buch »The Golden Bough« (Der goldne Zweig, 1922) berichtet hat.

»Kornmutter« und »Kornmädchen« sind für Frazer Verkörperungen des Korngeistes, des Fruchtbarkeitsgeistes. Solche Figuren

samt den dazugehörigen Riten gibt es für das europäische Korn nicht minder als für den indianischen Mais oder den chinesischen Reis; und in einigen Regionen gab es bekanntlich auch Menschenopfer für das begehrte Getreide – freilich nicht immer nur weibliche.

Eine ganze Menge weiß der mythische Erzähler auch über große böse Mütter zu erzählen. Die religiöse Welt der kolumbianischen Cagabá-Indianer zum Beispiel kennt als bedeutendste Gestalt Gauteovan, die Mutter aller Dinge. Sie schuf aus ihrem Menstruationsblut die Sonne und gebar die übelwollenden Dämonen. Die Große Mutter der Kabylen dagegen war immerhin in ihrer Jugend noch eine schöpferische und freundliche Heilerin, erst im Alter wurde sie zur bösen Hexe.

Daß in mythischen Geschichten wie auch in Märchen gut und böse meist reinlich getrennt erscheinen, hat man oft einem kindlichen Unvermögen zugeschrieben, zum Beispiel eine gutböse Mutter als eine einzige Figur aufzufassen. Man kann diese reinliche Trennung aber auch ganz erzähltechnisch begründen: Geschichten mit bösen Figuren haben häufig warnende und lehrende Funktion, Geschichten mit guten und erlösenden tröstende Absicht. Die Verschmelzung der guten und der bösen Züge entspräche einer Kombination zweier völlig unterschiedlicher Erzählsituationen oder aber einer ganz neuen, dritten, in der es gar nicht mehr um unmittelbare Nutzung, den Gebrauchswert des Erzählens geht. Diese neue Situation ist vermutlich mit der schriftlichen Literatur entstanden.

Die Geburt der Welt

(Tungusen)

Vor langer, langer Zeit, als die Welt noch nicht entstanden war, lebte eine Frau. Während sie lebte, wurde sie schwanger. Als sie schwanger war, dachte die Frau: »Mein Kind wird geboren werden, wenn seine Zeit herankommt.«

Die Zeit der Geburt kam heran, aber das Kind kam nicht zur Welt. Das Kind in ihrem Leibe fragt: »Ist die Welt schon entstanden?« Die Mutter spricht: »Die Welt ist noch nicht entstanden.« Zu jener Zeit war es die Hälfte des Jahres lang Winter, die Hälfte des Jahres lang Sommer. Die Welt würde aber erst entstehen, wenn der Winter ganz verschwände. So dahinlebend, dahinlebend, begann die Mutter Angst zu kriegen: »Wenn es abermals fragt, werde ich sagen, die Welt sei entstanden.« So dachte seine Mutter.

Viele, viele Jahre verbrachte sie, da fragt das Kind im Leibe seine Mutter abermals: »Ist die Welt schon entstanden?« Die Mutter sagt: »Die Welt ist entstanden.«

Das Kind ward geboren.

Als es geboren war, schaute das Kind gen Süden: Wirklich, im südlichen Teil war die Welt entstanden, gen Süden hin ist die Welt sommerlich. Darauf schaute es wieder gen Norden. Als es gen Norden schaut, da war die Welt noch nicht entstanden, Eis und Schnee liegen überall umher. Da spricht das Kind: »Im Norden ist die Welt noch nicht entstanden. Ich sollte geboren werden, wenn die ganze Welt entstanden war. Ich wurde geboren, als erst die halbe Welt entstanden war. Gut, von nun an und künftig wird es hier Sommer und Winter geben. Die Menschen, die geboren werden, werden von nun an und künftig also leben: Wenn der Sommer anbricht, werden sie Fische fangen, dörren, damit sie einen Winter lang genug zu essen haben; wenn der Winter anbricht, werden sie Pelztiere jagen. So werden von nun an und künftig die geborenen Menschen leben.« Ob dieser Mensch (das Kind) gestorben ist oder lebt, weiß man nicht. So einen Schwank hat man in der alten Zeit erzählt.

Naowa und ihre neun Töchter

(Kolumbien)

Am Anfang allen Seins war eine Mutter. Lange Zeit danach wurden Sekúkue und Kakarabiku geboren; sie waren die ersten Bewohner dieser Gebiete. Später kamen Seyunkue, Seraira, Sintana und Kimaku zur Welt.

Die Mutter Sintanas war Naowa.

Als Sekúkue geboren wurde, gab es weder Hügel noch Flüsse noch Bäume; es gab nur Wasser. Da machten sich Sekúkue, Kakarabiku und Sintana daran, aus dem Schaum des Wassers ein Haus zu bauen. Alsbald aber bemerkten sie, daß man nicht säen konnte, und sie begannen, das Land zu entwässern. Als das Wasser verdunstet war, sah Sekúkue, daß der Schlamm noch naß war;

nun kam Kimaku, der die Erde austrocknen ließ, indem er Worte in einer Sprache murmelte, die heute nur noch die Mama (Medizinmänner) verstehen. Da die Erde bevölkert wurde, mußte er eine andere Sprache erfinden, und so ersann Kimaku die Sprache, die man heute gebraucht, um zu grüßen und zu fragen. Einmal trocken, begann die Erde, hart zu werden; aber sie war keine gute Erde: Sie war weiß und glich dem Felsen und konnte nicht bepflanzt werden.

Naowa, die Mutter des Menschengeschlechtes, hütete neun Töchter, die neun Arten von Erde waren; aber nur die schwarze Erde war fruchtbar. Seraira, Seyunkue und Kimaku gingen und baten sie um Erde. Sie gab ihnen die erste Tochter, die weiße Erde. Sie nahmen diese, verteilten sie über die ganze Welt und säten darauf, aber sie brachte nichts hervor. Da gingen sie wieder zu der Mutter, und diese gab ihnen eine andere Tochter, eine weiße, sandige Erde, aber auch diese blieb unfruchtbar. So kamen sie von neuem, und Magri (Naowa) gab ihnen eine rotschwarze Erde, aber selbst diese brachte kein gutes Ergebnis. Hierauf gab sie ihnen eine gelbliche Erde, die aber nicht ertragreich war; sodann eine rote Erde, auf der nichts wuchs; darauf eine gelb-schwarze, die auch keine gute Ernte brachte. Die Magri wollte ihre gute Tochter, die Schwarze Erde, die Mutter des Ackerlandes, nicht hergeben. Sie hielt sie in einem Pferch versteckt, in den man gelangte, sobald man acht andere durchquert hatte.

Seraira und Kimaku spielten nun Dudelsack, Trompete und Trommel und sangen, so schön sie nur konnten. Die Mutter sprach zu ihnen: »Ich habe euch alle meine Töchter gegeben, ich habe keine mehr.« Sie öffnete einen der Räume, damit sie sähen, daß er leer sei, und ebenso alle übrigen, bis sie zum letzten gelangten. In der Wand desselben war ein Loch, so daß die Tochter die Musik hören konnte, und sie lief aus dem Pferch, ohne daß die Magri etwas davon bemerkte. Seraira und Kimaku packten sie sogleich und machten sich mit ihr davon.

Als die Magri bemerkte, daß sie ihre Tochter mitgenommen hatten, machte sie sich auf die Suche nach ihr, aber Seraira und Kimaku hatten sie schon über die ganze Welt verstreut und darauf gesät, und die Erde hatte gute Früchte getragen. Wäre dies nicht geschehen, so gäbe es keinen fruchtbaren Boden.

Haua, die Schwangere

(Westsudan)

Im Anfang war Haua, das Weib. Sie war sieben Jahre schwanger. Es war nur ein großer Platz da, es gab weder Mauern noch Häuser noch Bäume. Nachdem sie sieben Jahre schwanger gewesen war, setzte sie sich auf dem großen Platze auf den großen Stein Tinkullu nieder. Dann gebar sie während weiterer sieben Jahre. Jeden Tag gebar sie hundert Kinder. Jedes Tages Kinder standen auf einem Platze, jedes Platzes Kinder waren unter sich geordnet. Alles blieb in guter Ordnung sitzen.

Als das letzte geboren war, erschien es auf einem Pferd, mit einem Schwert in der Hand. Eine Rotte von Spielleuten zog vor ihm her, eine Rotte von Spielleuten zog hinter ihm her. Alles rief: »Haua hat den Massa-nke geboren! Haua hat den Massa-nke geboren!« Der Massa-nke, der Massamann, ritt nicht auf der Erde, sondern in der Luft, und die Hufe seines Pferdes berührten leicht die Häupter der anderen. Das war der letzte Sohn, den Haua gebar; dann starb sie.

Imap ukûa, die Mutter des Meeres

(Eskimo)

Einst entschloß sich Uitsataqańgitsoq, »der Blinde«, zur Mutter des Meeres, die über alle Seetiere und Seevögel herrscht, hinabzufahren. Er war ein großer Geisterbeschwörer, und seine Landsleute hatten ihn gebeten, den Geisterflug zu unternehmen, weil der Fang seit geraumer Zeit sehr spärlich gewesen war.

So reiste denn »der Blinde« zur Mutter des Meeres, indem er genau dem Weg der Toten folgte; es dauerte nicht lange, da kam er zu einem anderen Weg, der nach links abbog; diesen schlug er ein, und alle seine Hilfsgeister folgten ihm. Schließlich hörte er ein starkes Brausen; es war der Elv, der durch das Haus floß, in dem die Mutter des Meeres wohnte. »Der Blinde« setzte seinen Weg fort, bis er schließlich den Elv erreicht hatte. Dort mußte er über drei große Steine springen, die mit glatten Algen bewachsen waren. Er stand ratlos; als aber alle seine Hilfsgeister drüben waren, wagte er den Sprung und kam glücklich hinüber.

Wieder flog er weiter und erblickte endlich das Haus, in dem die Mutter des Meeres wohnte. Als er es erreicht hatte, sah er, daß der Eingang von einem schäumenden Bach versperrt war. Er fand aber einen Übergang. Seine Hilfsgeister hielten ihn zurück und sprachen zu ihm:

»Sobald du im Haus bist, mußt du auf die Mutter des Meeres zuspringen, sie am Haar packen und es dir um den rechten Arm schlingen, denn sie wird den Versuch machen, dich in den Abgrund hinter ihrer Pritsche zu schleudern. Glückt es ihr, so wirst du in der Dunkelheit ersticken.«

Als sie so gesprochen hatten, gingen alle ins Haus. Im Hausgang entdeckten sie, daß der Elv nicht aus dem Hause herausfloß, sondern ins Haus hinein schäumte. Deshalb waren keine Seehunde mehr aus dem Haus der Mutter des Meeres herausgekommen, und der Fang war immer spärlicher geworden.

Kaum stand »der Blinde« im Hause, als er die große Frau am Haar packte und es sich geschwind um den rechten Arm wickelte; ihr Versuch, ihn nach rückwärts auf die Pritsche zu werfen, mißglückte, sie hob ihn aber so hoch, daß ihm war, als ob ein Abgrund sich unter ihm auftäte. Dann kämpften sie miteinander; aber seine Hilfsgeister kamen ihm zu Hilfe, indem sie der Frau auf die Ohren schlugen und riefen:

»Sei ruhig, sei still, er ist ja gekommen, um dein Haar zu kämmen und dich von Ungeziefer zu reinigen.«

Die Mutter des Meeres aber hörte nichts in ihrem Zorn und mühte sich nur, ihn in den Abgrund hinter der Pritsche zu werfen; schließlich wurde sie aber müde und schien plötzlich zu verstehen, was die Hilfsgeister ihr in die Ohren schrien. Da wurde sie gleich ganz still und sagte:

»Mit Freude hör' ich diese Kunde, denn ich verkomme unter dem Schmutz der Menschen. Die Unreinheit eurer Übertretungen beschmutzt mich. Schnell, schnell, reinige meinen Kopf und kämme mein Haar!«

Darauf legte sie sich auf ihre riesige Pritsche, und »der Blinde« begann ihr Haar zu kämmen. Es war eine mühselige Arbeit, weil es so lang, so widerspenstig und so verfilzt war.

Als er die Reinigung beendet hatte, fegte er den Schmutz zusammen und warf ihn hinaus. Im selben Augenblick wurde der Schmutz lebendig und verwandelte sich in Bären, Füchse, Seehunde, Walrosse, Narwale und alle möglichen Vögel, und alle eilten durch den Elv dem Meere zu. Und wie »der Blinde« ihnen nachsah, fiel ihm ein junger Seehund auf, der sich nach ihm umdrehte und lächelte. Das war der erste Seehund, den er nach seiner Heimkehr fangen sollte.

Nachdem alle Fangtiere ihre Herrscherin verlassen hatten, begann »der Blinde« ihr Haar zu ordnen und steckte es zu einem Knoten auf, und als er fertig war, hieß er sie, sich zu erheben. Ihre Danksagungen kannten jetzt kein Ende, und sie sprach zu ihm mit folgenden Worten:

»Große Freude hast du mir bereitet, weil du nicht nur des Essens wegen zu mir kamst. Du hast mich froh gemacht, weil du von Kindheit an nur an ernste Dinge gedacht und ein großer Geisterbeschwörer geworden bist. Lange ist es her, seit jemand kam, mich zu reinigen.«

So sprach sie zu ihm und fügte hinzu:

»Wenn du zur Erde zurückkehrst, so sage deinen Wohnplatzgenossen, daß sie alle Glaubensvorschriften genau befolgen sollen. Die Menschen geben sich keine Mühe, das Leben richtig zu leben, ihr Trotz aber kommt als Schmutz zu mir und macht mich häßlich. Gern hätte ich meine Fangtiere den Menschen geschickt, doch mußte ich sie zurückhalten, um sie zum Nachdenken zu erziehen.

Solange du auf Erden lebst, mußt du häufig zu mir kommen und mich reinigen, und dasselbe sollst du Spätergeborenen von mir bestellen. Denn es schickt sich nicht, daß Menschen nur ans Essen denken.«

Als die große Frau so gesprochen hatte, sagte »der Blinde«: »Darf ich eines deiner Haare behalten?«

Die Mutter des Meeres antwortete: »Du darfst eines meiner Haare behalten, doch mußt du es dir um deinen Arm binden.«

Da riß »der Blinde« ihr ein Haar aus, wickelte es sich um den Arm und begab sich auf die Rückreise. Draußen im Hausgang fand er alles ganz verändert, ein kleiner Elv plätscherte munter aus dem Hause heraus, der Erde entgegen, und der Grund war nicht mehr mit Steinen angefüllt, sondern glänzte von weißem Sand.

»Der Blinde« trat seine Heimreise an und sah nichts von dem großen Elv, der ihm auf der Hinreise so viele Schwierigkeiten bereitet hatte, und er reiste mit großer Geschwindigkeit und traf unterwegs viele Seetiere und Vögel, die ihm alle zulächelten. Bald erreichte er sein Haus, beendete seine Geisterbeschwörung und sagte darauf zu seinen Wohnplatzgenossen:

»Habe ich richtig gehandelt und meine Kunst zu eurem Besten ausgeübt, so wird es bald regnen und ein Südwest aufkommen, der das Eis bricht und den Fangtieren den Weg öffnet.«

Er schwieg eine Weile und fuhr dann fort:

»Von der Mutter des Meeres soll ich euch bestellen, es sei nicht recht, nur an Essen und Trinken zu denken. Und sie befiehlt, alle Sitten und Vorschriften der Geisterbeschwörer genau zu befolgen, denn die Übertretungen der Menschen beschmutzen sie und machen sie unrein und häßlich.«

Abermals schwieg er, und zwischen den Lauschenden war tiefe Stille, als er zuletzt noch sagte:

»Das Eis wird aufbrechen, und wir werden offenes Wasser bekommen; viele Fangtiere werden eintreffen, doch darf niemand während der ersten drei Tage mehr als einen Seehund am Tage fangen.«

Alles traf ein, wie er es vorausgesagt hatte: Es gab mildes Wetter und Regen, ein Südwest setzte ein und brach das Eis auf, und mit dem offenen Wasser kamen die Fangtiere. Sobald der Wind sich gelegt hatte, gingen alle in die Kajaks und richteten sich genau nach den Vorschriften des »Blinden«. Nur einer fing in seiner Gier mehr als einen Seehund und bekam von da an nie mehr als einen am Tag, wenn auch alle anderen so viele fingen, daß sie sie kaum nach Hause schleppen konnten. Der erste Fang des »Blinden« war aber just der kleine Seehund, der ihm im Hause der Mutter des Meeres zugelächelt hatte.

Die Maismutter

(Creek-Indianer)

Kurz nachdem die Welt erschaffen war, lebten die Indianer in einfachen Hütten, zogen im Lande umher und suchten mühsam ihre Nahrung, wo sie sie finden konnten. Eines Tages tauchte in einem Lager am Ufer eines Flusses eine alte Frau auf, die sehr abgerissen und halb verhungert aussah. Die Männer waren alle auf der Jagd, und die meisten Frauen und Mädchen sammelten am Flußufer Wurzeln und Wildgemüse. Nur ein paar Kinder und junge Mädchen waren im Lager geblieben, um das Feuer zu unterhalten. Als sie das alte Weib sahen, sagten sie zu ihr: »Hier ist kein Platz für dich. Warum gehst du nicht ins nächste Lager? Wir haben nichts zu verschenken.«

Ohne ein Wort zog die Alte weiter und war bald im Walde verschwunden. Aber im nächsten Lager erging es ihr nicht anders, auch hier wollte man nichts von ihr wissen und schickte sie fort. Auch im dritten Lager sah man sie mit Verachtung an. Schließlich kam sie an ein Lager, das nur aus ein paar Reisighütten bestand, die den Mitgliedern des Alligator-Clans gehörten. Der Alligator-Clan spielte keine eben bedeutende Rolle im Stamm, und daher zierten weder Kriegstrophäen noch kostbare Felle die Hütten seiner Mitglieder. Als die Alte bescheiden und schüchtern um Nahrung und einen Platz am Feuer bat, sagten die Frauen: »Komm her, Alte, hier bei uns ist Platz genug, und etwas zu essen wird sich auch schon noch finden lassen. Du mußt einen langen Weg hinter dir haben und recht hungrig sein.« Nachdem die alte Frau gegessen hatte, ließen sie sie am Feuer schlafen, denn dort war der beste Platz.

Am nächsten Morgen zogen die Männer des Alligator-Clans wie gewöhnlich hinaus in den Wald, um Hirsche zu jagen, während die Frauen Wurzeln und Beeren suchen gingen. Der alten Frau vertrauten sie das Lager an, damit sie das Feuer nicht ausgehen lasse und auf die Kinder ein Auge habe. Niemand kannte die Alte, doch vertraute ihr jeder, denn bei den Creek-Indianern war noch nie etwas weggekommen. Niemand fürchtete daher, daß die Alte etwas stehlen könnte. Die alte Frau aber war die Maismutter selbst, die in dieser unscheinbaren Gestalt auf die Erde gekommen war.

Als die Männer und Frauen gegen Abend zurückkehrten, erklärten die Kinder, daß sie bereits gegessen hätten. Voller Erstaunen hörten die Erwachsenen: »Die alte Frau hat für uns alle zu essen gehabt! Und ihr Essen schmeckt besser als die Wurzeln und Beeren, die wir sonst bekommen.« Da sagte der Clan-Älteste zu den Kindern: »Sagt der Alten, daß sie mir etwas von ihrem Essen aufheben soll, denn ich bin gespannt, was das wohl sein könnte.« Aber auch er mußte am nächsten Abend zugeben, daß der Brei besser schmeckte als alles, was er bisher gekostet hatte. Vergeblich bemühte er sich, hinter das Geheimnis der alten Frau zu kommen, aber alle Anstrengung war vergeblich. Er fand nie heraus, woher die fremde Frau die Zutaten zu ihrem Essen nahm.

Eines Tages war die Alte verschwunden; ebenso plötzlich, wie sie erschienen war, hatte sie das Lager verlassen. Niemand hatte sie fortgehen sehen, und niemand konnte sagen, wohin sie wohl geraten war. Einer der Jungen jedoch konnte den Geschmack des seltsamen Mahles, das die Alte gekocht hatte, nicht vergessen. Kaum hatte er die Kriegerweihen hinter sich, da beschloß er, auf die Suche nach der alten Frau zu gehen, die ja gewiß nicht weit sein konnte.

Lange wanderte er im Lande umher, durchwatete Flüsse, stieg über Bergketten und durchzog Wälder und Sümpfe. Aber in keinem Lager, an das er kam, wußte man etwas von der alten Frau. Als er eines Abends entmutigt und niedergeschlagen ganz allein am Feuer saß, übermannte ihn der Schlaf. Als er aufwachte, stand vor ihm eine alte Frau mit weißem Haar, das ihr bis über den Rücken herabhing. Der junge Krieger war sehr erschrocken, denn er fürchtete, einem Zauberwesen ausgeliefert zu sein. Erst als die Alte näher ans Feuer trat, erkannte er die Langgesuchte. Freudig begrüßte er sie und flehte sie an, doch mit ihm wieder ins Lager des Alligator-Clans zurückzukehren. Die Alte aber wehrte ab und sprach: »Ich kann nicht bei dir bleiben, doch wenn du meinen Rat befolgst und tust, was ich dir auftrage, wirst du mich nie vermissen.«

Darauf führte sie den jungen Krieger an eine Stelle am Fluß. Hier stand das gelbe vorjährige Gras hüfthoch. »Lege Feuer an und brenne das Gras ab«, befahl sie, »frage nicht nach dem Grunde, du wirst schon sehen.« So tat der junge Krieger ihr den Gefallen und legte einen Feuerbrand an jene Stelle. Bald stoben die Funken himmelhoch, und knatternd fraß sich das Feuer durch die Lichtung; bald war von dem Gras nur noch die Asche übrig. Da sprach die Alte wiederum: »Nimm mich bei den Haaren und schleife mich kreuz und quer über die verbrannte Erde. Überall dort, wohin du mich schleifst, wird neues Gras aus dem Boden schießen; zwischen den Blättern aber wirst du mein Haar hervorschauen sehen. Wenn das der Fall ist, dann ist der Samen reif. Das ist das Geheimnis der Speise, derentwegen du so weit gewandert bist.«

Der Krieger machte sich sogleich an die Arbeit und schleppte die Alte an den Haaren über die Lichtung. Kreuz und quer ging der Weg, bis auch nicht ein Stückchen des Bodens unberührt geblieben war. Kaum hatte er seine Arbeit beendet, da war die Frau aus seinen Händen verschwunden. Langsam ging er zum Feuer zurück und überdachte das Erlebnis.

Als der junge Krieger am nächsten Morgen wieder auf die Lichtung trat, stand dort ein seltsames Gras, das ihm bis über den Kopf reichte. Überall zwischen den Blättern aber sah er ein Stückchen von dem Haar der alten Frau. Bis zum heutigen Tage tragen die Maiskolben am oberen Ende einen Haarschopf, und die Indianer wissen, daß die Maismutter sie nicht vergessen hat.

Der Tod der ersten Mutter der Welt und der Frost des Januar

(Kabylen)

Im Anfange sprachen alle Pflanzen und Steine, die Erde und das Wasser, und die Menschen verstanden die Sprache der Steine, der Erde, des Wassers und aller Tiere. Die Menschen hatten untereinander auch nur die eine Sprache, die alle Welt sprach und verstand. Aber dann ließ die erste Mutter der Welt den Wind über das Holz streichen, und damit hörten Steine und Erde und Pflanzen und das Wasser auf zu sprechen, und die Menschen verstanden nicht mehr die Stimmen der Tiere und hörten auf, sich selbst noch untereinander zu verstehen.

Die erste Mutter der Welt brachte alles Unglück in die Welt. Sie machte alles Schlechte, und die Menschen haben es noch heute unter sich. Alle Blinden, alle Törichten, alle Stummen, alle Tauben haben ihr Unglück von der ersten Mutter der Welt, die nur alles entzweite und verdarb, weil sie eine große Zauberin war und alles beherrschen wollte und Freude am Unglück hatte.

Jetzt will ich erzählen, wie diese Alte dann aber ein Ende nahm, nachdem sie sehr viel Unglück in die Welt gebracht hatte.

Die erste Mutter der Welt hatte eine Weide am Fuße der hohen Felsen des Djurdjuragebirges. Dort weidete sie ihre Schafe und Rinder einmal am Ende des Monats Inäjer. Die erste Mutter der Welt saß inmitten ihrer Schafe und Rinder und machte im Ziegensack Buttermilch. Es war schon drei Tage lang ein wenig

Schnee gefallen, und ein kleines Schaf hustete neben der Mutter der Welt.

Da spottete die erste Mutter der Welt über den guten Monat Inäjer und sagte: »Habe keine Angst. Der gute Vetter Inäjer ist fort, und er wird dir nicht mehr viel schaden.« Als der Monat Inäjer das hörte, war er zornig und sagte zu dem Monat Forar: »Ich bitte dich, Vetter Forar, mir einen Tag und eine Nacht zu leihen, ich will das alte liederliche Weib töten; sie hat mich beschimpft und gesagt, ich könne ihr nichts mehr tun.« Der Monat Forar sagte: »Nimm nicht einen Tag und eine Nacht, nimm sieben Tage und sieben Nächte von mir und bestrafe sie.«

Als Inäjer so die sieben Tage und sieben Nächte von dem Monat Forar geliehen hatte, sagte er zu der ersten Mutter der Welt: »Ich bin noch nicht fort, meine Alte! Ich habe noch sieben Tage und sieben Nächte, du arme Alte! Wenn diese sieben Tage und sieben Nächte noch nicht genügen, werde ich mir noch mehr Tage und Nächte von Forar leihen!« Dann begann es zu schneien, zu hageln, zu stürmen; es ward so dunkel, daß die Sonne verschwand und man den Tag nicht von der Nacht unterscheiden konnte. Die erste Mutter der Welt saß zusammengekauert mit dem Strick des Buttersackes da und konnte sich nicht rühren, so starr wurde sie. Die Kühe und Stiere und Schafe und Widder lagen und standen umher und konnten sich nicht rühren, so starr waren sie.

Nach vier Tagen und drei Nächten hatte Inäjer die erste Mutter der Welt und alle ihre Tiere in Steine verwandelt. Und als solche kann man sie heute noch auf der Weide am Fuße der Felsen des Djurdjuragebirges liegen sehen.

Medizinfrau, Zauberin

Die Rolle der Medizinfrau und schamanistischen Heilerin ist in vielen Kulturen verbreitet, also ursprünglich nicht männlich spezialisiert. – Die erste Geschichte des folgenden Kapitels erzählt autobiographisch von einer Initiation in diesen »Beruf«, der noch alle Züge einer traumhaften »Berufung« trägt; die sibirische Erzählung am Schluß bildet die geraffte, hier erstmals veröffentlichte Zusammenfassung eines ganzen jakutischen Epos, in dem die Liebe und die wiederbelebende Heilkunst einer alternden Schamanin lapidar und ergreifend geschildert werden.

Die Geschichte vom Ursprung des Guarána, einer Strauchpflanze, ist eine mehrsinnige Stammesgeschichte aus Südamerika. Die eigentümliche Konstellation Frau–Früchtebaum–Sohn–Brüder wird in einer Theorie plausibel, die unter dem Namen der historischen Verhaltensforschung bekannt geworden ist. In seiner Arbeit über »Soziale Ordnungen im Spiegel der Märchen« hat August Nitschke ein Kapitel den »Beschenkten und schenkenden Frauen« gewidmet; und um eine solche Frau handelt es sich bei der Medizinfrau unserer Erzählung. Die Figur des schenkenden Baumes oder Strauchs gehört nach Nitschke zum Denken und Glauben der Sammler- und Jägergesellschaft; ursprünglich stand an der Stelle des Baumes ein helfendes Tier (eine aus vielen Märchen bekannte Figur); das Tier aber ist inzwischen zum Jagdobjekt geworden.

Als schenkende Frau, nämlich »Herrin« des Kastanienbaums, dessen Früchte sie verteilt, erscheint nun die Medizinfrau nicht zufällig zusammen mit den Brüdern, statt wie in der Epoche zuvor mit einer Mutter (vgl. unsere Erzählung von Kapmakwatembe). Die Brüder hier sind eifersüchtig darauf bedacht, sich die Schwester als Heilerin und Pflanzerin zu erhalten. Sie darf keinen Mann und keine Kinder haben. Aber die Schlange wird ihr Mann. Ihrem heranwachsenden Sohn möchte sie als früchtespendender Baum, das heißt als schenkende Frau erscheinen. Deshalb wird der Sohn von den Brüdern ermordet; und nun verwandelt die Frau den toten Sohn in zahlreiche jagdbare Tiere, und in einen Strauch und in einen Menschen – den Stammvater der Maué.

Nach dem Schema von Nitschke hätte es eigentlich die Frau und nicht ihr Sohn sein müssen, welche durch ihren Tod zur Schenkenden wird. Es ist aber denkbar, daß das Sterben und Fruchtbar-Werden (vgl. dazu unser Kapitel »Tierbraut, Pflanzentochter«) des Sohnes schon in die nächste Epoche reicht, in welcher die Männer die Verfügung über beides, über Tiere und Pflanzen, erlangt haben.

Die folgende Geschichte von Haburi und der Zauberin Wautua ist ganz unübertrefflich von Lévi-Strauss kommentiert worden; so kann man alte Mythen eben auch lesen:

»An eine solche Geschichte wagt sich unsere Literatur erst mit den ›Bekenntnissen‹ Rousseaus. Solche Erzählungen können uns in einer kurzen blitzartigen Erleuchtung das mit unwiderstehlicher Evidenz erfüllte Gefühl vermitteln, daß diese Primitiven, deren Empfindungen und Vorstellungen wir mit einer Ungeniertheit manipulieren, die nur bei groben Werken angemessen wäre, eine ästhetische Subtilität, eine intellektuelle Raffinesse und eine moralische Sensibilität an den Tag zu legen verstehen, die uns ebensoviel Gewissenhaftigkeit wie Ehrfurcht einflößen sollten.« (Mythologica II, 197)

Mit Ausnahme der ersten sehnen sich alle Frauen dieser Erzählungen nach einem Mann und/oder einem Sohn. Offenbar leiden sie unter ihrer Sonderstellung als Medizinfrau oder Zauberin; vgl. auch unsere Geschichte von Ogboinba. Wer mag sie wem und wozu erzählt haben?

Die Träume der Prophetin

(Tschingeunegon-Indianer)

Als ich ein Mädchen von zwölf oder fünfzehn Jahren war, befahl mir meine Mutter, recht auf mich achtzugeben und ihr gleich zu sagen, wenn mir etwas Ungewohntes vorkäme. Kurz danach mußte meine Mutter ausgehen und Holz sammeln, um eine kleine Hütte für mich zu bauen, die ich allein bewohnen mußte, da sich inzwischen die erwarteten Zeichen richtig eingestellt hatten. Während zweier Tage durfte ich keinen Bissen zu mir nehmen, ja sogar keinen Schnee anrühren, um den brennenden Durst zu stillen.

Am Ende des zweiten Tages kam meine Mutter; nicht, um mir vielleicht Speise zu bringen, sondern um sich zu vergewissern, daß ich auch während jener Zeit ihr Gebot treu befolgt hatte. »Sieh«, sagte sie, »liebes Kind, du bist das jüngste von vier Geschwistern, die dich bei ihrer Reise nach dem Land der Seelen allein zurückgelassen haben. Ich habe also nur noch dich, auf die ich meine Hoffnung setzen kann, darum höre auf meinen Rat: Schwärze dein Gesicht, und faste noch einige Tage länger, damit der Meister des Lebens über uns Erbarmen habe. Wenn die Sonne zweimal untergegangen ist, werde ich wiederkommen und hören, ob deine Träume Gutes bedeuten und ob du beim Großen Geist angesehen bist.«

Darauf ging sie fort, und ich nahm mein kleines Beil, hieb einige Bäume um, schälte die Rinde ab und machte mir eine warme Decke davon.

Mein Hunger nahm inzwischen mehr und mehr ab, doch nicht mein Durst; aber ich rührte nicht die kleinste Schneeflocke an, denn meine Mutter hatte mir auch früher einmal mitgeteilt, daß dies die kleinen Manitus sehen und den Meister des Lebens davon benachrichtigen würden.

Am Ende des vierten Tages kam meine Mutter wieder und brachte eine Kanne mit, in der sie Schnee für mich schmolz. Ich trank die Kanne bis auf den letzten Tropfen aus und verlangte mehr, bekam es jedoch nicht.

»Jetzt, liebes Kind«, sagte sie dann, »folgst du deinen Eingebungen und Träumen, und du wirst sehen, daß du dadurch mich, dich und die ganze Menschheit glücklich machen wirst!« Darauf ließ sie mich wieder allein.

In der sechsten Nacht hörte ich eine Stimme, die aus einer entfernten Hütte zu kommen schien und zu mir sagte: »Armes Kind, du tust mir leid! Steh auf und folge mir!« Ich tat, wie mir geheißen wurde, und fand einen silberglänzenden Weg vor mir, der mich weit hinauf in die Höhe führte. Zu meiner Rechten verbreitete der Neumond seinen blendenden Flammenschein, und zu meiner Linken stand die Sonne.

Als ich eine Strecke weitergegangen war, sah ich auch das Bild der Kodschigabekwä oder der Ewigen Frau vor mir, und jemand sprach zu mir: »Ich gebe dir meinen Namen, und du kannst ihn später einem anderen geben; auch verleihe ich dir langes Leben auf der Erde und die Kunst, das Leben anderer zu verlängern. Jetzt geh; man ruft dich weiter oben!«

Ich ging weiter und sah einen kugelrunden Mann vor mir, dessen Kopf mit Hörnern bewachsen war. »Fürchte dich nicht vor mir«, redete er mich an; »mein Name ist Manitu Wininis oder der kleine Menschengeist, und so sollst du deinen ersten Sohn benennen. Geh weiter!«

Als ich wieder eine kleine Strecke hinter mir hatte, kam ich an die Öffnung des Himmels, vor der eine Gestalt stand, deren Kopf mit Sonnenstrahlen umgeben und deren Brust mit dem merkwürdigsten Schmuck behängt war. »Sieh mich an«, sagte sie zu mir, »mein Name ist Oschowoedschigick oder der hellblaue Himmel; ich bin der Schleier, der den Eingang zum Paradies verhüllt, und bin geneigt, dich mit allerlei heiligen Gaben zu beschenken, wenn du die Prüfung bestehst, der du dich jetzt unterwerfen mußt!«

Gleich darauf fielen Tausende von leuchtenden, nadelähnlichen Punkten auf mich, prallten aber wirkungslos an mir ab. Dies wiederholte sich mehrmals mit demselben Resultat. Danach drangen von allen Seiten scharfe nägelartige Körper in mein Fleisch, aber ich verspürte nicht den geringsten Schmerz, und die Stacheln fielen zuletzt unschädlich zu meinen Füßen nieder.

»Gut, gut!« rief da eine heilige Stimme. »Du wirst lange Tage sehen und den Meister des Lebens zum ewigen Freund haben. Jetzt aber geh wieder zurück in deine Hütte, und nimm nahrhafte, stärkende Speisen zu dir. Ich habe einem meiner Geister befohlen, dich nach Hause zu tragen; darum setze dich getrost auf seinen Rücken!«

Darauf wurde ich von einem großen, in der Luft schwimmenden Fisch zu meinem Wigwam zurückgebracht.

Am anderen Morgen kam meine Mutter und brachte mir eine getrocknete Forelle; aber ich konnte weder ihren Anblick noch den Geruch des Fisches ertragen. »Liebe Mutter«, sagte ich, »vergib mir, daß ich nichts zu mir nehme, denn es ekelt mich vor jeder Speise.«

Sie ermunterte mich, recht standhaft auszuhalten, damit ich vom Himmel die volle Kraft bekäme, der Trost ihres Alters sein zu können. Dann verließ sie mich wieder.

Ich versuchte nun, einige dünne Bäume zu fällen, fiel jedoch dabei ohnmächtig in den Schnee, und es dauerte eine geraume Zeit, bis ich mich wieder so weit erholt hatte, daß ich mich zurück in meine Hütte schleppen konnte. Da hatte ich dann mit allen Einzelheiten dieselbe Vision wieder wie am Tag vorher, und als meine Mutter mich wieder besuchte, erzählte ich sie ihr. Sie war sehr zufrieden damit und befahl mir, noch drei weitere Tage zu fasten. Ihr mitgebrachtes Korn widerstand mir ebenso wie zuvor der Fischgeruch; auch das Schneewasser ließ ich unangerührt stehen.

Als ich wieder allein war, kam eine runde Gestalt mit äußerst kleinen Händen und Füßen vom Himmel in meine Hütte geflogen und sprach zu mir: »Ich gebe dir die Kraft, in die Zukunft zu sehen, damit du deinem Stamm nützlich sein kannst!« Darauf verschwand sie wieder in der Luft, und es schien mir, als habe sie sich in einen rotköpfigen Specht verwandelt.

Ich war also eine Prophetin oder Medizinfrau geworden. Meine Mutter führte mich am Schluß meiner Fastenzeit wieder nach Hause und veranstaltete ein großes Fest, wozu sie alle Bekannten und Verwandten einlud, denen sie dann die Geschichte ihrer Glückstochter in den freudigsten Worten mitteilte.

Das erste Mal machte ich von meiner Sehergabe Gebrauch, als wir am Oberen See lagen und beinahe verhungert waren, da sich nirgends Wild zeigte. Meine Freunde bedrängten mich täglich, doch Rat zu schaffen, und auch der Chief kam in dieser Angelegenheit mehrmals in die Wohnung meiner Mutter. Ich verordnete also, zuerst eine große Medizinhütte oder Dschischoka zu bauen und sie dann rundum mit den kostbarsten Fellen zu behängen.

Darauf versammelte sich das ganze Volk; ich schlug meine Trommel, sang meine Medizingesänge und legte den Kopf auf die Erde. Da hörte ich denn bald, wie die Luftgeister herbeigeeilt kamen und die Hütte von oben bis unten schüttelten – das sicherste Zeichen, daß sie bereit waren, meine Fragen zu beantworten. Die erste, die ich nun stellte, war natürlich, wo Wild zu finden sei.

»Ziehe westlich!« hieß die kurze Antwort, und gleich wurde das ganze Lager abgebrochen, und der Zug, mit den Jägern und den Kriegern an der Spitze, setzte sich in Bewegung.

Bald fand es sich, daß die Geister wahr gesprochen hatten, was mein Ansehen ungemein erhöhte und allen meinen zukünftigen Ratschlägen blinden Gehorsam sicherte.

Der Ursprung des Guaraná

(Maué-Indianer)

Man erzählt, daß vor langer Zeit drei Geschwister lebten: Ocumáató, Icuamã und Onhiamuaçabê.

Onhiamuaçabê war Herrin des Noçoquem, eines verzauberten Ortes, an dem sie einen Kastanienbaum gepflanzt hatte.

Das Mädchen hatte keinen Mann; aber alle Tiere des Waldes hätten gerne mit ihr gelebt.

Die Brüder wollten sie auch immer bei sich haben, weil sie es war, die alle Pflanzen kannte und die Heilmittel bereitete, die sie brauchten.

Einmal redete eine Schlange mit anderen Tieren und sagte, Onhiamuaçabê werde eines Tages ihre Frau sein.

Dann verbreitete sie auf dem Weg, wo sie täglich ging, einen Geruch, der angenehm und verführerisch war.

Als Onhiamuaçabê auf dem Weg ging, atmete sie den Duft ein und sagte:

»Welch angenehmer Geruch!«

Die Schlange, die in der Nähe war, sagte zu sich selbst: »Habe ich es nicht gesagt? Sie hat mich gern!«

Und sie lief, legte sich ein Stück weiter vorne hin und wartete auf das Mädchen. Als es an ihr vorüberging, berührte sie es leicht am Bein.

Das allein genügte, daß das Mädchen schwanger wurde. Denn früher genügte es, daß ein Mädchen von jemandem, der es zur Frau haben wollte, einem Mann, einem Tier oder einem Baum, angeschaut wurde, damit dies geschah.

Die Brüder Onhiamuaçabês aber wollten nicht, daß sie einen Menschen, ein Tier oder einen Baum heirate und Kinder habe, weil sie es war, die die Pflanzen kannte und die Arzneien bereitete, die sie brauchten.

Deshalb waren die Brüder wütend, als das Mädchen schwanger war. Und sie redeten, redeten und redeten und sagten, daß sie sie nicht mit einem Kind sehen wollten.

Der Tag kam, an dem das Kind geboren wurde.

Nachdem sie es in dem von ihr selbst gebauten Schuppen zur Welt gebracht hatte, wusch das Mädchen das Kind und bemühte sich, es großzuziehen.

Es war ein schöner und starker Knabe, und er wuchs stark und schön heran bis zu dem Alter, da er zu sprechen anfing.

Sobald er sprechen konnte, wünschte der Knabe dieselben Früchte zu essen, die seine Onkel gerne mochten.

Das Mädchen erzählte ihrem Sohn, daß sie, bevor sie ihn in ihrem Leib gespürt hatte, einen Kastanienbaum im Noçoquem gepflanzt habe, damit er die Früchte esse. Aber ihre Brüder hätten sich des Noçoquem bemächtigt, nachdem sie sie verstoßen hatten, und würden ihn keine Kastanien essen lassen.

Außerdem ließen die Brüder des Mädchens den Ort von der Cutia, dem Arara und dem Sittich bewachen.

Der Knabe fuhr aber fort, Onhiamuaçabê, seine Mutter, zu bitten, ihm dieselben Früchte zu geben, die seine Onkel aßen.

So beschloß Onhiamuaçabê, das Mädchen, eines Tages ihren Sohn zum Noçoquem zu bringen, damit er Kastanien esse.

So sah die Cutia, als sie zum Noçoquem ging, auf dem Boden unter dem Kastanienbaum die Asche eines Feuers, in dem man Kastanien gebraten hatte.

Die Cutia lief und erzählte den Brüdern des Mädchens, was sie gesehen hatte.

Einer von ihnen sagte, die Cutia täusche sich vielleicht, der andere sagte, dies könne nicht wahr sein.

Sie sprachen darüber.

Und schließlich beschlossen sie, den Affen-mit-dem-roten-Mund den Kastanienbaum bewachen zu lassen, um zu sehen, ob dort jemand erscheine.

Der Knabe, der viele Kastanien gegessen hatte und sie immer mehr begehrte, kannte schon den Weg zum Noçoquem und ging am nächsten Tag wieder hin.

Die Wächter des Noçoquem hatten den Auftrag, den zu töten, den sie dort antreffen würden. Nun geschah es aber, daß sie schon dort waren und sahen, wie der Knabe schnell auf den Kastanienbaum kletterte.

Sie waren nahe, ganz nahe, und beobachteten alles hinter anderen Bäumen versteckt. Dann liefen sie und warteten unter dem Kastanienbaum auf ihn. Sie waren mit einem Strick bewaffnet, um den Kastanienesser zu enthaupten. Die Frau war aufgebrochen, sobald sie die Abwesenheit ihres Sohnes bemerkt hatte, um ihn zu suchen. Da hörte sie sein Schreien. Sie lief in die

Richtung des Sohnes, aber sie fand ihn schon durch die Hände der Wächter enthauptet. Das Mädchen Onhiamuaçabê raufte sich das Haar, weinte und schrie über dem Leichnam ihres Sohnes und sagte:

»Gut, mein Sohn. Deine Onkel ließen dich töten. Sie glaubten, du wärest dann machtlos, aber das wirst du nicht sein.«

Sie riß ihm zuerst das linke Auge aus und pflanzte es ein. Aber die Pflanze, die aus diesem Auge wuchs, war nichts wert, es war der falsche Guaraná.

Dann riß sie ihm das rechte Auge aus und pflanzte es ein. Aus diesem Auge wuchs der echte Guaraná.

Und sie fuhr fort, mit dem Sohn zu sprechen, als hielte sie ihn für lebendig. Sie sagte:

»Du, mein Sohn, wirst die größte Kraft der Natur sein. Du wirst allen Menschen Gutes tun. Du wirst groß sein. Du wirst die Menschen vor manchen Krankheiten bewahren und von anderen heilen.«

Darauf fügte sie alle Körperteile des Sohnes zusammen. Sie kaute und kaute die Blätter einer Zauberpflanze, wusch den Leichnam ihres Sohnes mit ihrem Speichel und dem Saft dieser Pflanze und begrub ihn.

Sie zäunte das Grab mit Stäben ein und ließ einen Wächter zurück, dem sie ganz vertraute.

Sie trug diesem Wächter, dem Caraxuê, auf, er solle ihr melden, wenn er ein Geräusch aus dem Grab vernehme, denn sie wisse, wer es sei.

Einige Tage später hörte der Caraxuê ein Geräusch im Grab. Er lief und lief und sagte es Onhiamuaçabê.

Das Mädchen kam, öffnete das Loch des Grabes, und heraus kam der Koata-Affe.

Onhiamuaçabê hauchte den Koata-Affen an und verfluchte ihn: Er solle ruhelos in den Wäldern herumgehen. Sie schloß das Grab wieder und goß darüber den Saft aus den Blättern der Zauberpflanze, mit dem sie den Leichnam gewaschen hatte.

Nach einigen Tagen meldete ihr der Caraxuê, er habe wieder ein Geräusch im Grab des Knaben gehört.

Das Mädchen kam. Sie öffnete das Loch des Grabes, und heraus kam nach dem Caiarara-Affen der Hund. Sie hauchte ihn an und verfluchte ihn, damit ihn niemand esse.

Dann machte sie das Grab wieder zu und ging fort.

Einige Tage später meldete der Caraxuê wieder, daß er ein Geräusch im Grab höre.

Onhiamuaçabê ging hin. Sie öffnete das Loch des Grabes, und heraus kam das Wildschwein und nahm die Zähne mit, die allen Maués und allen Menschen gehören sollten. Onhiamuaçabê vertrieb auch das Wildschwein.

Je mehr Tiere aus dem Grab herauskamen, desto größer wurde der Guaraná-Strauch.

Als einige Tage vergangen waren, hörte der Caraxuê ein Geräusch im Grab und sagte es Onhiamuaçabê.

Sie kam wieder hin, öffnete das Grab, und heraus kam ein Kind, das war der erste Maué, der Erste des Stammes.

Dieser Knabe war der Sohn Onhiamuaçabês, der wieder zum Leben gekommen war.

Onhiamuaçabê nahm ihn und setzte ihn auf ihre Knie. Und sie steckte ihm einen Zahn in den Mund, den hatte sie aus Erde gemacht. Deshalb stammen wir Maués von einem Leichnam, und unsere Zähne verfaulen.

Die Frau wusch alles langsam. Sie wusch alles, die Füße, den Bauch, die Arme, die Brust und den Kopf des Knaben, mit dem Saft aus den Blättern der Zauberpflanze, die sie kaute.

Als sie so mit ihrem Sohn beschäftigt war, kamen plötzlich ihre Brüder und zwangen sie aufzuhören, seinen Körper zu waschen.

Darum häuten sich die Maués nicht wie die Schlangen.

Die Geschichte von Haburi

(Warrau-Indianer)

Es waren einmal zwei Schwestern, die ohne Hilfe eines Mannes für ihren Lebensunterhalt sorgten. So waren sie sehr überrascht, als sie eines Tages das Mark der *Ité*-Palme *(Mauritia),* die sie am Vortag gefällt hatten, fix und fertig zubereitet fanden. Als sich der Vorfall an den folgenden Tagen wiederholte, beschlossen sie, sich auf die Lauer zu legen. Mitten in der Nacht sahen sie, wie eine *Manicole*-Palme *(Euterpe)* sich so weit herabneigte, bis ihre Blätter den Stamm des anderen Baums berührten, den sie nur angeschnitten hatten. Da stürzten sie los, ergriffen eine Palme und baten sie, sie möge sich in einen Mann verwandeln. Zuerst sperrte sich die Palme dagegen, willigte aber schließlich ein. Die ältere der beiden Schwestern bekam ihn zum Mann, und sie gebar einen prächtigen Knaben, den sie Haburi nannte.

Das Jagdgebiet der Frauen lag in der Nähe von zwei Wasserlöchern, von denen nur eines ihnen gehörte und in dem sie fischten. Das andere gehörte Jaguar, und sie warnten den Mann, sich ihm zu nähern. Dennoch ging er dorthin, denn das Loch des wilden Tiers enthielt mehr Fisch als das ihre. Doch Jaguar hatte kein Verständnis dafür: Um sich zu rächen, tötete er den Dieb, nahm seine Gestalt an und kam zum Lager der beiden Frauen. Es war schon fast dunkel. Jaguar trug den Korb seines Opfers, der den gestohlenen Fisch enthielt. Mit einer Stimme, die durch ihre Lautstärke und Rauheit überraschte, sagte der falsche Gatte den Frauen, sie könnten den Fisch kochen und essen, er selbst jedoch sei zu müde, um an ihrem Mahl teilzunehmen; er wolle nur schlafen und Haburi in seinen Armen halten. Man gab ihm das Kind, und während die Frauen aßen, begann er so laut zu schnarchen, daß man ihn am anderen Ufer hören konnte. Im Schlaf sprach er mehrmals den Namen des Mannes aus, den er getötet hatte und den zu verkörpern er vorgab. Dieser Mann hieß Mayara-kóto. Dies beunruhigte die Frauen, die Verrat witterten. »Noch nie«, sagten sie, »hat unser Mann so laut geschnarcht, und nie hat er sich selbst bei seinem Namen genannt.« Vorsichtig zogen sie Haburi aus den Armen des Schläfers, schoben ein Paket Rinde an seine Stelle und ergriffen mit dem Säugling die Flucht, nicht ohne sich zuvor mit einer Wachsfackel und einem Reisigbündel versehen zu haben.

Während sie wanderten, hörten sie Wau-uta, die zu jener Zeit eine Zauberin war; sie sang, begleitet von ihrer rituellen Klapper. Die Frauen eilten in die Richtung des Geräuschs, denn sie wußten, daß sie bei Wau-uta in Sicherheit wären. Unterdessen erwachte der Jaguar. Als er sah, daß er alleine war und Rindenholz statt eines Sohnes in den Armen hielt, wurde er sehr zornig. Er nahm seine tierische Gestalt wieder an und machte sich auf die Suche nach den Flüchtigen. Diese hörten ihn schon von weitem und beschleunigten ihre Schritte. Schließlich klopften sie an Wau-utas Tür. »Wer ist da?« – »Wir, die beiden Schwestern.« Doch Wau-uta wollte nicht öffnen. Da zwickte die Mutter Haburi in die Ohren, damit er weine. Neugierig erkundigte sich Wau-uta: »Wer ist dieses Kind? Ein Mädchen oder ein Junge?« – »Es ist mein Haburi, ein Knabe«, antwortete die Mutter, und Wau-uta öffnete nun schnell die Türe und ließ sie eintreten.

Als der Jaguar kam, sagte ihm Wau-uta, daß sie nichts gesehen habe, doch die Bestie roch, daß sie log. Wau-uta schlug ihm vor, er möge selber nachsehen und solle den Kopf durch die halboffene Türe stecken. Diese Türe war mit Stacheln gespickt: Wau-uta brauchte sie nur über dem Hals des Jaguars zuzuschlagen, um ihn zu töten. Doch die Schwestern begannen nun, ihren toten Gatten zu beweinen, und als sie nicht aufhörten, sagte Wau-uta zu ihnen, sie täten besser daran, auf der Pflanzung Maniok zu holen und Bier zuzubereiten, um ihren Kummer zu stillen. Sie wollten Haburi mitnehmen, doch Wau-uta meinte, das sei nicht nötig, sie werde auf ihn aufpassen.

Während die Schwestern auf den Feldern waren, ließ Wau-uta das Kind durch Zauber so lange wachsen, bis es ein Jüngling geworden war. Sie gab ihm eine Flöte und Pfeile. Auf dem Rückweg hörten die Frauen die Musik und wunderten sich, denn sie hatten keinen Mann in dem Haus gesehen. Schüchtern traten sie ein und erblickten einen jungen Mann, der Flöte spielte. Aber wo war Haburi? Wau-uta behauptete, das Kind sei ihnen in dem Augenblick nachgerannt, da sie sich von der Hütte entfernt hätten, und daß sie es bei ihnen wähnte. Sie log, denn sie hatte Haburi wachsen lassen, damit er ihr Liebhaber würde. Sie tat sogar so, als würde sie den beiden Schwestern bei der Suche nach dem kleinen Knaben helfen; zuvor hatte sie Haburi eingeschärft, er solle sagen, daß sie seine Mutter sei, und ihm erklärt, wie er sich ihr gegenüber verhalten müsse.

Haburi war ein hervorragender Jäger: Er verfehlte nicht einen einzigen Vogel. Wau-uta verlangte, daß er ihr alle großen Vögel geben solle, die er töten würde, und den beiden Frauen nur die kleineren, nachdem sie diese eigenhändig verunreinigt und beschmutzt hatte. Sie hoffte, daß die Mutter und die Tante von Haburi, verletzt und gedemütigt, endlich fortgehen würden. Doch diese suchten hartnäckig weiter nach dem verschwundenen Kind. Diese Situation hielt lange an; jeden Tag brachte Haburi Wau-uta großes Federvieh und den beiden Frauen ganz verdreckte kleine Vögel.

Eines Tages aber verfehlte Haburi zum erstenmal sein Wild, und der Pfeil bohrte sich in einen Zweig, der über der Bucht hing, wo die Fischottern, Onkel des Jägers, Fische fingen und aßen. Es war ein hübscher, freier Ort, und Haburi verrichtete hier seine Notdurft und bedeckte seine Exkremente sorgsam mit Blättern. Dann kletterte er auf den Baum, um seinen Pfeil zu holen. Genau in diesem Augenblick kamen die Fischottern, und als sie den Gestank rochen, hatten sie sofort ihren Taugenichts von Neffen im Verdacht. Sie entdeckten ihn in dem Baum, befahlen ihm, herunterzukommen und sich hinzusetzen, und sagten ihm derb die Wahrheit: Er führe ein lasterhaftes Leben, seine Mutter sei nicht die alte, sondern die junge Frau, und deren Schwester also seine Tante. Niemals wieder dürfe er die Vögel so verteilen wie bisher. Im Gegenteil, die großen Vögel müßten seiner Mutter zukommen, der älteren der beiden Schwestern, und er müsse sie um Verzeihung bitten und sich entschuldigen.

Haburi beichtete also seiner Mutter und gab die kleinen unsauberen Vögel Wau-uta. Diese geriet in Zorn, sagte zu Haburi, daß er wohl verrückt geworden sei, und schlug ihm ins Gesicht (um die bösen Geister zu vertreiben). Sie war so wütend, daß sie nichts essen konnte, und die ganze Nacht hindurch überhäufte sie Haburi mit Vorwürfen. Doch am nächsten Tag verteilte er seine Jagdbeute wieder so, und Wau-uta ließ ihm keine Ruhe. So beschloß er, mit seiner Mutter und seiner Tante zu fliehen.

Haburi formte einen Einbaum aus Bienenwachs; eine schwarze Ente stahl ihn während der Nacht. Dann machte er einen aus Lehm, der ihm von einer anderen Entenart gestohlen wurde. Gleichzeitig hatte er mit sagenhafter Geschwindigkeit eine Pflanzung gerodet, damit die Frauen Maniok anbauen konnten, den sie während der Reise brauchen würden. Von Zeit zu Zeit verschwand Haburi und baute Einbäume aus immer verschiedenen Hölzern und in immer anderen Formen, doch jedesmal wurden sie ihm von einer neuen Entenart geraubt. Der letzte, den er aus dem Holz eines Wollbaums baute, blieb ihm. Es war also Haburi, der den ersten Einbaum baute und den Enten das Schwimmen beibrachte, denn anfangs konnten sie sich nur mit Hilfe der Einbäume über Wasser halten: »In Wahrheit«, kommentiert der Informant, »sagen wir anderen Warrau, daß jede Entenart einen besonderen Einbaum besitzt.«

Noch überraschender war, daß am nächsten Tag der letzte Einbaum größer geworden war. Haburi bat die Frauen, die Vorräte hineinzuladen, während er fortfuhr, zusammen mit Wau-uta die Maniok-Schößlinge zu pflanzen. Bei der ersten Gelegenheit ging er heimlich in die Hütte zurück, nahm seine Axt und seine Pfeile und ging zum Ufer, nicht ohne den Pfosten befohlen zu haben, sich still zu verhalten, denn zu jener Zeit konnten die Pfosten sprechen und einem Besucher Mitteilungen machen, wenn der Eigentümer der Hütte abwesend war. Unglücklicherweise versäumte Haburi, den gleichen Befehl einem Papagei zu geben, der sich dort befand, und als Wau-uta zurückkehrte, informierte sie der Vogel über die Richtung, die er eingeschlagen hatte.

Wau-uta eilte zum Ufer und kam genau in dem Augenblick an, als Haburi den Fuß in den Einbaum setzte, in dem seine Mutter und seine Tante sich schon befanden. Die Alte hielt das Boot zurück und schrie: »Mein Kind! Mein Kind! Verlaß mich nicht! Ich bin deine Mutter!«, und sie ließ nicht los, trotz der Ruderschläge, die sie von den anderen auf die Finger bekam, so fest, daß das Deck zu zerspringen drohte. Haburi mußte sich also dazu bequemen, Wau-uta zu folgen, und sie gingen beide zu einem großen Baum, in dem Bienen nisteten. Haburi bohrte mit seiner Axt ein Loch in den Stamm und sagte der alten Dame, sie könne hineinschlüpfen, um Honig zu trinken. Sie war nämlich ganz verrückt auf Honig, und immer noch schluchzend bei dem Gedanken, daß sie Haburi beinahe verloren hätte, kroch sie in den Spalt, den dieser eilends zustopfte. Und dort findet man sie noch heute, Wau-uta, die Fröschin, die nur in hohlen Bäumen schreit. Schaut sie gut an: Ihr werdet ihre Finger sehen, deren Spitzen von den Schlägen plattgedrückt wurden, als sie sich am Deck festklammerte. Horcht auf sie: Ihr werdet hören, wie sie um ihren verlorenen Geliebten weint: Wang! Wang! Wang!

Die Liebe der Schamanin

(Jakuten)

Einst einmal, vor langer Zeit, lebte in einem Lande, wo das Wasser nie friert, wo die Bäume ewig grün sind und die Vögel nicht fortziehen, wo die Wälder sich so weit erstrecken, daß selbst die

Störche sie nicht umkreisen und die Kraniche sich nicht die Zahl der vielen Hügel und Hügelchen merken, der starke Held Er-Sogotoch. Er war so groß und kräftig, daß seine Schultern sieben Klafter maßen. Sein Rücken glich einem breiten, hochgestellten Boot, Arme und Beine glichen mächtigen entrindeten Lärchenbäumen. Weiß und schön war sein Gesicht, groß und rund waren seine Augen. Er hatte eine Schwester, die war ungewöhnlich schön. Ihr weißes Fleisch schimmerte durch ihre Kleider und das Mark ihrer Knochen leuchtete.

Die beiden lebten allein in einem Rundzelt, das hatte vierzig Fenster, seine Bedachung war aus leuchtendem Silber, und seine Tür bestand aus sieben zusammengenähten Bärenfellen.

Sie hatten keine Diener, keine Nachbarn und kannten niemanden von den Menschen, nicht einmal ihre eigenen Eltern. Er-Sogotoch wußte nicht, ob er durch alle neun Himmel heruntergefallen oder ob er aus der Erde gewachsen war.

Rings um das runde Zelt der beiden Geschwister standen Herden von Rindern und Pferden. In den umliegenden Wäldern lebte viel Wild. So lebten Bruder und Schwester in Frieden und ohne Not.

Aber eines Tages ließ sich der Teufel Eisenrost durch eine Stute aus der Pferdeherde des Er-Sogotoch in die Welt setzen. Die Stute warf ihre Nachgeburt in die Einfriedung um das Zelt des Er-Sogotoch. Dieser zerriß die Nachgeburt, und da erschien der Teufel auch schon.

Er war ganz in Eisen gekleidet, hatte ein schwarzes Gesicht, und seine Augen waren wie glosendes Feuer. Er hatte einen Mund so groß wie eine Grube, seine Nase war hochgestülpt, wie verrostete Schaufeln waren seine Zähne, und den Kopf bedeckte eine eiserne Mütze. Als ihn Er-Sogotoch nach dem Namen fragte, antwortete der Teufel nicht. Da warf ihn Er-Sogotoch auf einen brennenden Holzstoß. Am nächsten Morgen war der Teufel wieder da. Nun versenkte ihn Er-Sogotoch in den Fluß. Am nächsten Morgen aber war der Teufel wieder da, klatschte in die Hände, und das halbe runde Zelt und die schöne Schwester waren mitsamt dem Teufel verschwunden. Er-Sogotoch brach nun auf, seine verschwundene Schwester zu suchen. Viele Abenteuer bestand er, während er Eisenrost, den Teufel, der die Schwester geraubt hatte, verfolgte.

Auf dem Weg kam Er-Sogotoch einmal zu einem goldenen Rundzelt. In dem wohnte die Schamanin Aitaly. Als er eintreten wollte, ließ ihn diese nicht ein. Da packte Er-Sogotoch der Zorn, und er trat die Tür ein.

Aber Aitaly gab ihm auch dann nichts zu essen und zu trinken und sprach kein einziges Wort mit ihm. So brach Er-Sogotoch gleich wieder auf und zog weiter auf der Suche nach der geraubten Schwester.

Er-Sogotoch kam dabei auch zu einem eisernen Rundzelt, in dem das wunderschöne Mädchen Ütük Nuraly saß und seine langen Haare kämmte. Ein achtköpfiger Dämon hatte es geraubt und hielt es in dem eisernen Zelt gefangen. Er-Sogotoch sah ihre Schönheit und verliebte sich in sie. Als er sie liebkosen wollte, wurde Ütük Nuraly zu einem Vogel und entfloh zum Himmel hoch. In Liebe entbrannt, rief ihr Er-Sogotoch nach, daß er sie suchen und finden werde.

Er zog weiter, und erst nach vielen Abenteuern gelang es ihm, die vom Teufel Eisenrost geraubte Schwester zu finden und zu befreien. Dann gab er diese dem Recken A za Buzy zur Frau.

Er-Sogotoch schlug dann den Weg nach der Heimat wieder ein. Als er über sich eine sonderbare Wolke sah, saß auf dieser die Schamanin Aitaly, die ihm zurief:

»Er-Sogotoch, einmal hast du mich beleidigt, als du mit Gewalt in mein Haus eingedrungen bist. Dafür verfluche ich dich jetzt! Mit dem Kopf nach unten sollst du schnurstracks in die Unterwelt in den Rachen der Dämonin Altkupfer stürzen, die im Blutmeer wohnt!« Und Er-Sogotoch stürzte gerade in die Unterwelt. Dort stieß er mit der Dämonin Altkupfer zusammen, kämpfte tapfer mit ihr und wehrte sich seiner Haut, aber die Dämonin besiegte ihn und tötete ihn mit Hilfe ihres magischen Ballens. Dann fraß die Alte, die einen Eisenschnabel und sieben Höcker auf dem Rücken hatte, den toten Er-Sogotoch auf, zernagte seine Knochen und verstreute sie. Nur ein Auge rollte unbemerkt unter die Schlafstätte der Alten.

Da trat auf einmal, während die Alte noch beim Fressen war, die Schamanin Aitaly in die Behausung der Alten und streckte die alte Dämonin mit einem Pfeil nieder. Weinend fing sie dann an, die Knochen des Er-Sogotoch zusammenzusuchen. Das aber war schwierig, und es fehlten viele, da die Dämonin viele zernagt und zerbrochen hatte. Verzweifelt rief Aitaly ihre Schamanenschutzgeister und Helfer um Hilfe an und gestand ihnen, daß sie Er-Sogotoch liebe und ihn doch heiraten wolle, obzwar sie ihn zum gewaltsamen Eindringen in ihr Haus herausgefordert habe und ihn aus Rache dann in die Hölle zur Dämonin Altkupfer geworfen habe.

Von ihrem Leid gefordert, kamen die acht Schutzgeister in Gestalt von Skeletten acht verstorbener Schamanen herbei. Sie zogen das eine, noch lebendige, Auge Er-Sogotochs unter dem Schlaflager der alten Dämonin hervor und begannen zu schamanisieren. So machten sie seinen Leib wieder ganz, und Er-Sogotoch wurde wieder lebendig.

Er heiratete nun die Schamanin Aitaly, und miteinander kehrten sie in seine Heimat zurück. Er-Sogotoch aber liebte seine Schamanenfrau nicht und dachte immer nur an die schöne Ütük Nuraly, die ihm als Vogel entflohen war. Eines Tages brach er denn auch auf, um sie zu suchen, wie er es einst ihr auch versprochen hatte. Er fand sie, krank vor Sehnsucht nach ihm. Nun, da er sie gefunden, lebte sie auf. Ihre Kraft und Schönheit kehrten zurück. Er-Sogotoch heiratete sie und kehrte mit ihr nach Hause zurück. Dort war die Schamanin Aitaly inzwischen alt geworden, und Er-Sogotoch kümmerte sich nicht mehr um sie, sondern wandte sich ganz der schönen Ütük Nuraly zu.

Wilde Köchin

Das Kochen und Nahrungbereiten hat den Frauen in den primitiven Gesellschaften eine Art Monopol verschafft – einen der womöglich treibenden (und sehr verständlichen) Anlässe zum Aufbegehren der Männer. Die »wilde Köchin« ist eine weit gefährlichere Figur als die sexuell aggressive Hexe, denn sie ist existentiell mächtiger. Die Geschichten vom Ursprung der Pflanzen und des Feuers sind zwei schöne Beispiele; übrigens auch für das anthropomorphe Verfahren des mythischen Erzählers. Ohne Zweifel sind die zwei alten Frauen aus Afrika und Papua-Neuguinea mächtige Elementargöttinnen: die eine fürs Wasser, die andere für Feuer und Wasser zuständig. Aber sie wirken wie Hausmütter. Die weinenden Tiere flehen die Wassergöttin um Schutz vor der brennenden Sonne an; sie lecken ihr buchstäblich den Regen aus den Augen. Der Kausalzusammenhang zwischen dem Wachstum der Vegetation und dem Regen wird ebenfalls ganz zahm, ganz haushälterisch beschrieben: Die Alte nimmt einen Korb mit Samen, den sie aussät. In der Vorstellung, daß die Pflanzen die Tiere schützen (vor der Sonne und dem Unwetter), könnte man eine Formel für das Verhältnis von (weiblichen) Pflanzen und (männlichen) Jägern entdecken.

Diese Beziehung wird in der zweiten Geschichte – wieder ganz familiär – ins Ungute gewendet. Die jungen Jäger stehlen der Feuergöttin das Werkzeug des Kochens: das Feuer. Die komplizierte Prüfung, wer diesen Diebstahl begehen darf, und der dazwischengestellte Baum samt Schlange als Feuerträger sind indirekte Hinweise auf die ursprüngliche Angst vor der hier euphemistisch »Muhme« genannten Alten.

Die außerordentlich autarke Stellung der Frau als Ernährerin ist Thema der nächsten drei Geschichten. Die Erzählung von »Kapmakwatembe« zeigt Mutter und Tochter in einer symbiotischen Beziehung, die vom Mann gestört und zerstört wird – man vergleiche damit auch die brasilianische Erzählung vom »Alligator und den streitbaren Weibern« sowie die afrikanische von der Entdeckung der Frauen. Bei den Iatmul, von denen die Geschichte der Kapmakwatembe stammt, ist in der Tat die Nahrungssuche ausschließlich Sache der Frauen; die Männer bauen hier Häuser, schnitzen Werkzeug und Gerät und führen Krieg und symbolische Wortfehden.

Das Motiv der nährenden Frau, die den Mann verläßt, wenn er sie beleidigt oder ihre Wünsche nicht erfüllt, ist in Europa ebenso bekannt wie außereuropäisch; das zeigt hier die Schweizer Erzählung.

Von größter Anschaulichkeit ist die Frau aus unserer kolumbianischen Geschichte vom gestraften und getöteten Schamanen. Die Frau, die sieben andere Frauen in sich trägt (= die sieben Jahre, die der Schamane schuldbeladen verbrachte und nach deren Ablauf er sterben soll), diese Frau, aus deren Haar die vegetarischen Grundnahrungsmittel des Stammes, Mais, Bohnen und Bananen, fallen, verlangt vom Mann Fleisch. Der Mann soll ein Jäger sein. Als er versagt, verschwindet sie beleidigt in die Luft, alle sieben Frauen treten aus ihr heraus. Die Frist ist abgelaufen, der Schamane muß sterben: Die Tiere, deren Jäger er doch sein soll, fallen über ihn her.

Die ersten Pflanzen

(Kongo)

Es war anfangs eine große kahle Ebene, ohne Strauch, ohne Gras, ohne Baum. Und die Tiere weinten. Die Antilopen weinten, die Papageien weinten, die Leoparden weinten – alle weinten, weil nichts da war, worunter sie sich verstecken konnten. Es war da aber ein altes Weib, das hatte tropfende und übelriechende Augen. Die sagte: »Ich will euch wohl retten, wenn ihr mir einer nach dem anderen die Augen ablecken und mich so gesund machen wollt.«

Da sagten die Tiere, sie wollten es wohl tun. Und die Antilopen kamen, der Alten die Augen auszulecken. Die Papageien kamen, die Leoparden, und so kamen alle Tiere, eines nach dem anderen, bis die Alte gesund war. Darauf nahm die Alte eine Kalebasse, die mit Hirsesamen gefüllt war, und schüttete sie über das Land aus. Und sie nahm eine Kalebasse mit Bohnen und mit Samen von allerlei Sträuchern, Kräutern und Bäumen. Und so kam alles aus der Erde hervor: Kräuter, Büsche und Bäume; und jedes Tier fand ein Plätzlein, sich zu bergen. So wurden alle Tiere durch die Alte gerettet.

Die Entstehung des Feuers

(Papua-Neuguinea)

In uralten Zeiten, ehe die Menschen das Feuer kannten, lebte in Maiwara an der Milne-Bucht eine alte Frau, die von allen Muhme genannt wurde.

Damals schnitten die Leute den Yams und den Taro in dünne Scheiben und trockneten sie in der Sonne. Auch die alte Frau bereitete so für zehn Jünglinge das Essen, aber während diese im Busch nach wilden Schweinen jagten, kochte sie ihre eigenen Speisen. Das geschah mit Feuer, das sie aus ihrem Körper zog. Doch beseitigte sie stets Asche und Abfälle, ehe die Jungen zurückkamen, denn sie sollten nicht wissen, wie sie den Taro und den Yams kochte.

Eines Tages geriet ein Stückchen gekochten Taros unter die Speisen für die Knaben. Das war unabsichtlich geschehen. Als nun die Jungen ihre Abendmahlzeit verzehrten, erwischte der Jüngste das Stückchen gekochten Taro. Er kostete es und war ganz überrascht, daß es so gut schmeckte. Seine Gefährten mußten es auch versuchen, und sie mochten es alle. Sonst waren Taro und Yams hart und trocken gewesen, jetzt waren sie weich, und sie konnten es gar nicht begreifen, weshalb der Taro so schön war. Als sie am andern Tag wieder zur Jagd in den Busch zogen, blieb der Jüngste zurück und versteckte sich im Hause. Er sah, wie die alte Frau das Essen für ihn und seine Gefährten in der Sonne trocknete, und sah auch, wie sie Feuer zwischen den Beinen hervorzog, als sie ihr eigenes Essen kochen wollte. Als die anderen am Abend wiederkamen und ihre Abendmahlzeit verzehrten, erzählte ihnen der Jüngste, was er gesehen hatte. Da erkannten die Knaben den Nutzen des Feuers und beschlossen, der Frau etwas Feuer zu stehlen. Und so schmiedeten sie einen Plan.

Am Morgen schärften sie die Äxte und schlugen einen Baum um, der so hoch wie ein Haus war. Dann versuchten sie, darüber hinwegzuspringen; das gelang allein dem Jüngsten, und so wurde er gewählt, um der alten Frau das Feuer zu stehlen. Am nächsten Tage gingen die Knaben wie gewöhnlich in den Busch; nach einer Weile aber kehrten sie um, neun Jungen versteckten sich, und der Jüngste schlich sich leise in das Haus der alten Frau. Als sie den Taro kochen wollte, schlüpfte er hinterher und schnappte ihr einen Feuerbrand weg. Er rannte so schnell wie er konnte zu dem gefällten Baum, sprang darüber hinweg, und die alte Frau konnte ihm nicht folgen. Als er über den Stamm sprang, verbrannte er sich an dem brennenden Span die Hand. Er ließ ihn fallen, das Feuer erfaßte das Gras; auch eine Pandanus-Palme geriet in Brand.

Nun lebte in einem Loch der Pandanus-Palme eine Schlange namens Garabuiye; ihr Schwanz fing Feuer und brannte lichterloh wie eine Fackel. Die alte Frau ließ nun gewaltige Regenmassen herabstürzen, und das Feuer erlosch. Doch die Schlange blieb in ihrem Loch in der Palme, und ihr Schwanz brannte weiter.

Als es aufgehört hatte zu regnen, kamen die Knaben zum Vorschein und wollten sich nach dem Feuer umsehen. Aber sie fanden keins mehr. Schließlich bemerkten sie das Loch in der Pandanus-Palme; da zogen sie die Schlange heraus und brachen ihr den noch immer glühenden Schwanz ab. Darauf trugen sie einen großen Haufen Holz zusammen und setzten ihn mit dem Schlangenschwanz in Brand. Sofort eilten von allen Seiten, aus allen Dörfern die Leute herbei und nahmen sich Feuerbrände mit. Die einen nahmen dieses, die anderen jenes Holz dazu; aus den Bäumen wurden nun ihre Schutzgötter.

Die Geschichte von Kapmakwatembe

(Itamul)

Amuyaragwa beginnt: »Ich erzähle dir eine *sagi,* die meiner Verwandtschaft gehört und die von einer wichtigen Ahnfrau handelt. Kapmakwatembe ist ein Wald, ein hoher Wald mit vielen Bäumen, Sagopalmen und Tieren. Sie hat eine Tochter, die hierher ins offene Grasland geheiratet hat. Als diese wegging, sagte die Mutter zu ihrer Tochter: ›Wenn du etwas brauchst, komm her in den Wald, und ich gebe es dir.‹ Die Tochter fährt regelmäßig zu ihrer Mutter und bekommt dann Kokosnüsse, Betelfrüchte, Sagomehl, Eier der Krontauben und der Kasuare. Der Wald ist dicht, die Stämme der hohen Bäume sind mit Kletterpalmen und Lianen verwachsen, die Melodien der großen Bambusflöten ertönen über dem Sagosumpf ...«

»Ah, diesen großen Sumpfsee kennst du ja nicht! Er liegt drüben auf der anderen Seite des Sepik. Die Bewohner von Kanganamun, von Tegawi und von Kararau fischen dort. An dem See bist du noch nicht gewesen.

Auf diesen See also fährt sie hinaus, die Kapmakwatembe, der Wald. Der ganze Wald, mit allen seinen Bäumen und Sagopalmen, so kommt sie auf den See hinaus.

Sie fährt auf den See Lembambe hinaus, die Krontauben gurren, die Stimme der Ahnfrau ertönt, der Kasuar erscheint. Er beginnt zu tanzen. Die langen Stämme der Kletterpalmen neigen sich herunter und schlagen auf die Wasserfläche, dann richten sie sich wieder zu den Baumkronen auf. So kommt sie in der Gestalt des Waldes auf den See, trifft dort ihre Tochter und gibt ihr Nahrung.

Die Tochter geht immer alleine, alle Bemühungen ihres Mannes, auch mitzugehen, lehnt sie ab. Sie nimmt ein großes langes Kanu und paddelt fort. Zur verabredeten Zeit ist sie am gewohnten Ort und wartet auf ihre Mutter. Diese füllt ihr Kanu mit allen möglichen eßbaren Dingen, sie bringt Sagomehl, Kokosnüsse, Betelfrüchte, Eier der Krontauben und der Kasuare, Schweinefleisch und Hundefleisch, geräuchertes und frisches. Sie bringt schmale Bambusstreifen mit, die eine messerscharfe Kante haben, und schneidet ihr die Haare. Wenn das große Kanu ganz gefüllt ist, geht sie wieder, und ihre Tochter paddelt zurück ins Dorf.

Die Menschen im Dorf wundern sich immer: ›Woher holt diese Frau so viel Essen? Gibt ihr vielleicht ihre Mutter das Essen? Was für eine Mutter ist das, die ihr so viel Essen gibt?‹ So redet man im Dorf, und sie geht und verteilt das Essen an alle Verwandten ihres Mannes, jeder bekommt etwas. Nach einer gewissen Zeit ist alles aufgegessen.

Zur verabredeten Zeit nimmt sie ihr Kanu und paddelt wieder hin, und die Mutter kommt wieder. Der Wald löst sich vom Ufer und gleitet auf den See hinaus, er bewegt sich auf dem Wasser des Lembambe-Sees. Die langen Stämme der Kletterpalmen neigen sich herunter und schlagen auf die Wasserfläche, dann richten sie sich wieder auf, und wieder neigen sie sich, sie peitschen die Wellen. Die Stimme der Ahnfrau ertönt, die Krontauben gurren *mh! mh!*, Der Kasuar tanzt. Zwei Augen groß wie Kokosnüsse schauen aus dem Wald heraus, während er sich nähert, ein Augenpaar erscheint inmitten des Waldes, zwei Augäpfel, groß wie Kokosnüsse. Sie bringt Essen. Die Tochter sieht sie kommen und klagt: ›Oh, das ist meine Mutter, jetzt kommt sie.‹ Sie läßt ihren Kopf hängen und weint. ›Das ist meine Mutter, jetzt kommt sie.‹ Die Tochter wartet, bis sie nahe an ihrem Kanu ist. Sie kommt dicht an ihr Kanu heran und lädt es mit Essen voll, bis es keinen Platz mehr gibt. Dann fährt die Tochter ins Dorf ihres Ehemannes. Wie sie ankommt, ruft sie die Verwandten ihres Mannes, und sie helfen ihr, die Dinge aus dem Kanu ans Ufer zu tragen. Sie verteilt wieder alles Essen an seine Verwandten. Man ißt und genießt, bis alles aufgegessen ist. Zur verabredeten Zeit geht sie wieder, und wieder hat man eine Zeitlang zu essen.

Einmal nimmt sie ihr Kanu, um wieder ihre Mutter zu treffen, da sagt ihr Mann: ›Komm, gehen wir doch zusammen. Noch nie habe ich gesehen, wie deine Mutter kommt. Ich will sie sehen.‹

›Nein! Du darfst nicht mitgehen. Ich werde alleine gehen. Du kannst nicht in die Nähe meiner Mutter treten. Nein, es ist besser, wenn ich alleine gehe‹, sagt seine Frau und läßt ihn zu Hause.

Er überlegt hin und her: ›Wie sieht wohl diese Mutter aus, die uns Essen gibt? Sieht sie etwa wie eine Frau aus? Ist es eine Frau, die uns immer Essen gibt?‹ Solche Gedanken machte er sich über Kapmakwatembe, die ihrer Tochter zu essen gibt. ›Immer wieder bringt sie Nahrung!‹ denkt der Mann und beschließt, die Sache aufzuklären. Einmal, als seine Frau wieder verabredet war, schleicht er vor ihr aus dem Haus. Vor der Morgendämmerung, seine Frau liegt noch tief im Schlaf, nimmt er sein Kanu und fährt hin. ›Aha, hier muß der Ort sein, wo sie sich treffen‹, sagt er zu sich und will sich dort verstecken. Er wendet sein Kanu und schiebt es unter die Pflanzendecke, die auf dem Wasser schwimmt. Er selbst steigt in die verästelte Krone eines mächtigen Baumes. Der Baum war gerade voll erblüht, so daß er sich in dichtem Gezweig und Geblüm gut verstecken konnte. Er sitzt oben in der Baumkrone und wartet, bis die Mutter seiner Frau kommt.

Seine Frau paddelt in ihrem großen Kanu und denkt sich: ›So ist es besser, wenn ich alleine gehe.‹ Sie kommt am gewohnten Ort an und wartet. Sie wartet, und er wartet auch, ohne daß sie ihn bemerkt hätte. Da erscheint die Mutter inmitten des großen

Sees, den man Lembambe nennt, sie nähert sich. ›Ai, was kommt da? Ai, ein Wald? Das ist kein Mensch, was da kommt!‹ Die Krontauben gurren, der Kasuar tanzt, die Stimme der Ahnfrau ertönt. ›Ai! Es kommt ein Wald! Das ist keine Frau, das ist ein Wald‹, sagt sich der Mann und schaut aus seinem Versteck zu. Ein Augenpaar, groß wie Kokosnüsse, schaut ihm aus dem Wald entgegen, und in dem Moment, in dem er sie sieht, erzittert er. Wie er ihre Augen sieht, erzittert er vor Angst. Seine Frau hat ihn noch nicht bemerkt. Sie läßt den Kopf hängen und weint über ihre Mutter: ›Ah, da kommt meine Mutter und bringt mir zu essen‹, sagt sie unter Tränen und wartet, bis ihre Mutter näher kommt. Diese hat aber den versteckten Mann schon von weitem gesehen. Er sieht die Augensterne inmitten des Waldes, er sieht sie, wie sie sich nähern. Sein Penis und seine Hoden ziehen sich vor Angst zusammen. Sie kommt ganz nahe, und der Mann fällt herunter und verschwindet im Wasser. Sie kommt dicht an das Kanu ihrer Tochter heran und sagt: ›Dies ist das letzte Mal, daß du Nahrung essen wirst, die von mir kommt. Warum hast du es zugelassen, daß dein Mann kam? Jetzt hat er mich gesehen. In der Zukunft bekommst du kein Essen mehr von mir, das du ins Dorf bringen könntest.‹ Das sagt sie und lädt das letzte Mal das Kanu voll, bis es keinen Platz mehr gibt, und geht weg. Sie gleitet auf der Wasserfläche dahin, auf einmal hält sie aber an, kippt plötzlich um und taucht im Wasser unter. Der ganze Wald stürzt um. Der Mann hat sie gesehen, so hat sie sich von ihrer Tochter abgewendet.

Die Tochter jammert und weint: ›Ai, du meine Mutter, ai-ai-ai-ai!‹ Und über ihren Mann, der im See verschwand, sagt sie: ›Ich habe dir doch gesagt, du sollst nicht mitgehen, ich würde alleine gehen! Meine Mutter hat mir jetzt das letzte Mal Nahrung gegeben und hat sich verwandelt.‹ Sie ist jetzt entrückt und nahm eine andere Gestalt an. Der ganze Wald stürzte um, die Kronen der Bäume haben sich nach unten gewendet und ihre Stämme mit Wurzeln nach oben. Dann ging sie im Wasser unter. Sie stürzte um und versank im See Lembambe. So geschah es mit dem Wald, von dem ich dir erzähle. Sie versank, und ihre Tochter fuhr mit dem vollen Kanu weg, sie paddelte aber nicht, sie ließ sich nur treiben und weinte, bis sie im Dorf anlegte und das Kanu anband. Während der Fahrt im Kanu schimpfte sie über ihren verschollenen Ehemann: ›Wozu bist du nur gekommen! Dies ist das letzte Essen, das sie mir gegeben hat, damit ich es euch bringe. Wolltest du meine Mutter sehen? Ja? Hast du dir vorgenommen, daß du sie anschaust? Um meine Mutter anzuschauen, bist du hingegangen? Du bist ein elender Taugenichts! Nur wegen dir bin ich in dein Dorf gekommen und habe dich geheiratet! Ich brachte immer Essen von meiner Mutter! Ich werde ein Kind haben, ich bin schon schwanger, und du, was hast du dir vorgestellt, was du erreichst, wenn du meine Mutter anschaust! Du hast sie angeschaut, und meine Mutter gab mir dieses letzte Essen und versank im See. Nur weil du sie angeschaut hast, stürzte sie um und versank im See, meine Mutter ist nun im See verschwunden. Die Kronen der Bäume haben sich nach unten gewendet und ihre Stämme mit Wurzeln nach oben.‹ So sprach sie und jammerte, bis sie ins Dorf ihres Ehemannes kam.

Die letzten Worte ihrer Mutter klingen ihr immer noch in den Ohren: ›Das Essen, das du mitnimmst und essen wirst, ist das letzte Essen, das ich dir gegeben habe. Meine Tochter, ich wende mich von dir ab. Geh, in der Zukunft werde ich dich nicht mehr sehen, und du wirst mich auch nicht mehr sehen. Deine Mutter wird sich jetzt von dir abwenden, geh! In Zukunft wirst du diesen Wald nie mehr sehen.‹ So sprach die Mutter, glitt hinaus auf den See und stürzte um. Das ist der Schluß.«

Das wilde Mädchen

(Rätoromanisch)

Es wurde erzählt, daß auf der Alp Sblogs im Val Faller – das zur Gemeinde Igls Mulegns an der Oulierstraße gehört – ein junger Bauer vier Kühe sömmerte. Und jedes Mal, wenn er käsen mußte und zur Alp hinaufstieg, fand er, daß alle Arbeit schon getan war. Die Butter war gestoßen, der Käse zum Laib geformt, und alles Geschirr war sauber gewaschen und lag wieder an seinem angestammten Platz. Der junge Bauer aber konnte sich nicht vorstellen, wer ihm einen so angenehmen Dienst erwies.

Eines Tages hat er sich in einiger Entfernung von der Hütte auf die Lauer gelegt, um auszukundschaften, wer die Arbeit für ihn wohl besorgen möge. Zu seinem großen Staunen hat er dann gesehen, daß eine junge Frau aus dem nahen Wald gekommen ist, den Schlüssel genommen hat, der auf dem Brett über der Türe lag, und in die Alphütte hineingegangen ist. Sie hat Feuer gemacht, hat den Rahm von der Milch abgeschöpft und hat Butter und Käse gemacht. Dann hat sie das Geschirr gewaschen und versorgt und hat alles schön in Ordnung gebracht.

Wie der Jüngling näher gekommen ist, hat er gesehen, daß es vermutlich ein wildes Mädchen war, und er hat zu ihm in die Hütte gehen wollen. Sobald die junge Frau aber gehört hat, daß jemand in der Nähe war, ist sie geflohen und hat sich nicht mehr blicken lassen.

Da dachte der junge Bauer: »Nun habe ich alles verdorben. Ich hätte sie in Ruhe lassen sollen. Sie tat mir einen großen Gefallen jedesmal, wenn ich buttern und käsen sollte. Und nun wird sie nicht mehr kommen.«

Er hat aber nie jemandem erzählt, was sich in seiner Alphütte zugetragen hatte. Und als er das nächste Mal alles vorbereitet hatte und wieder zur Hütte hinaufgestiegen ist, um Butter und Käse zu machen, war alles wie zuvor: Die Butter war gestoßen und der Käse geformt, und alles war säuberlich in Ordnung gebracht.

Nun hat er überlegt, wie es ihm wohl gelingen könnte, das Mädchen zu fangen. Und Tag und Nacht hat ihn der Gedanke nicht mehr losgelassen, wie er es einfangen und zu zähmen versuchen könnte, so daß es würde wie ein anderer Mensch. Kurz und gut, er überlegt und wagt wie folgt vorzugehen. Er kauft drei oder vier Krüge vom besten und stärksten Wein und stellt sie in die Hütte auf das Fenstersims. Etwas Wein gießt er in eine Holzschale, schneidet kleine Brotstücke in den Wein und legt einen Löffel neben die Schale. Er hatte auch ein Paar Schuhe anfertigen lassen, deren Riemen er zusammengebunden, aber so locker gelassen hatte, daß man die Schuhe anziehen konnte, ohne die Riemen zu lösen. Und er hat die Schuhe neben die Weinkrüge gestellt. Dann hat er sich wieder in einiger Entfernung versteckt gehalten und gewartet, ob das Mädchen kommen würde, um Butter und Käse zu machen.

Sie ist in der Tat gekommen und hat ihre Arbeit fein säuberlich verrichtet, und als sie fertig war und in der Hütte aufgeräumt hat, hat sie die Krüge mit dem Wein gesehen, und neugierig und begierig hat sie vom Wein in der Schüssel gekostet. Der Wein schmeckte ihr offensichtlich, denn sie sagte immer wieder zu sich selbst: »Das ist schrecklich gut!« Da sie aber die Kraft des Weines nicht kannte, hat sie mit großer Lust getrunken. Und sie ist fröhlich und guter Dinge geworden. Schließlich hat sie auch die Schuhe gesehen, und die Neugier hat sie gestochen diese anzuziehen, denn sie war barfuß. Wie sie aber den ersten Schritt tun wollte, ist sie, da sie ein wenig betrunken war und die Schuhriemen zusammengebunden waren, zu Boden gefallen. Und der junge Bauer, der herbeigekommen war und verborgenerweise sehen konnte, was das Mädchen machen würde, ist in die Hütte gesprungen und hat das Mädchen am Boden festgehalten und ihr Hände und Füße mit Stricken gefesselt. Alles Schreien und alle Versuche des Mädchens, ihn zu beißen, nützten nichts. Er hat es nicht mehr losgelassen.

Als sich ihr Rausch verflüchtigt hatte und der junge Mann sehr freundlich und gut zu ihr war, hat die Frau Vernunft angenommen und hat gesagt, sie wolle für immer bei ihm bleiben, wenn er lieb zu ihr sei und sie nie schlage. Sobald er aber versuchen sollte, sie zu schlagen, gehe sie fort, um nie wieder zurückzukommen.

Sehr erstaunlich ist es, daß die junge wilde Frau freundlich und zahm geworden ist wie irgendein Christenmensch, und sie wurde eine arbeitsame und gute Hausfrau, wie eine bessere nicht zu finden war. Der Jüngling hielt sie so, als wäre sie seine angetraute Gattin, und sie liebte ihn, als wäre er ihr Gemahl. Und alles ging so gut vonstatten, daß es niemand hätte anders wünschen mögen. Und beide waren sehr glücklich.

Der Mann konnte wegen seiner Geschäfte tagelang, ja wochenlang von zu Hause wegbleiben, die Frau bearbeitete allein die Felder und besorgte alles, was es zu besorgen galt.

Im Monat September ist dann der Mann wieder nach Italien hinunter gezogen, um, wie er es gewohnt war, all das einzukaufen, was sie den Winter über benötigten, Nahrungsmittel und anderes. Und er war acht Tage lang fortgeblieben.

Das Wetter war in jenen Tagen nicht sehr angenehm, und es machte den Anschein, als sollte der Winter schon früh Einzug halten im Bergtal. Die sehr vorsorgliche und fleißige Frau hat ihre Kräfte bei der Feldarbeit verdoppelt und die ganze Ernte unter Dach gebracht, obschon das Korn und die Kartoffeln noch nicht ausgereift waren. Aber die kluge Frau sagte: »Besser so als gar nichts.«

Als der Mann zurückgekehrt ist, ist er aber sehr unzufrieden gewesen, weil die eingebrachten Feldfrüchte nicht ausgereift waren. Er hat der Frau gedroht, er werde ihr Schläge geben. Sogleich aber ist die Frau auf und davon gegangen und hat zurückgerufen: »Es scheint, daß du meiner überdrüssig bist.« Er ist ihr nachgelaufen, um sie zur Rückkehr zu bewegen, aber es ist ihm nicht gelungen, sie einzuholen.

Wie die beiden bis zur Val Gronda gerannt waren, hat die Frau einen Jauchzer getan, und von weit her hat jemand zurückgejauchzt. »Kehr nur wieder zurück«, rief die Frau dem Bauern zu, »das ist der Jauchzer meines ersten Mannes, und ich gehöre nicht mehr dir.«

Der Schamane und die Frau

(Kolumbien)

Es war einmal ein Mann, der hieß Nunula und war sehr schlau. Diesen hatte Seiskwisbuche gebeten, er möge doch seine Schwester heiraten, denn er wollte ihn töten. Nunula kam, um bei ihnen zu leben, aber Seiskwisbuche ließ ihn immerfort arbeiten: Das Zeremonienhaus bauen, säen, jagen, und er erlaubte ihm nicht, sich der Schwester zu nähern; aber während Nunula arbeitete, legte er sich zu ihr. Sobald aber Nunula protestierte, sagte er zu ihm, er vergeude die Zeit mit Reden, und drohte, ihn zu töten. Eines Tages, als sie an einem Teich standen, versuchte Seiskwisbuche, ihn zu ermorden. Nunula versteckte sich im Wasser, unter einem Stein, und Seiskwisbuche suchte ihn. Nunula aber besaß einen Stein, *Anguiskuitse* genannt, der das Wasser rot färbte. Er zog ihn hervor, und sogleich schien das Wasser voller Blut zu sein.

Seiskwisbuche glaubte, er habe ihn getötet. Er ging heim und betrat das Zeremonienhaus, und darin blieb er sieben Jahre. Eines Tages hörte er, daß sich jemand näherte, und er befahl seinen Wächtern, nachzusehen, wer es sei.

Nunula hatte eine Frau geschaffen, die sieben Frauen in sich vereinigte. Die Wache meldete Seiskwisbuche, daß eine weißgekleidete Frau den Hügel herabkomme. Seiskwisbuche sprach:

»Diese Frau ist von meiner Magri gesandt.« Die Frau kam heran und sagte: »Ich komme, um den Mama zu suchen.« Seiskwisbuche erwiderte: »Auch ich bin ein Schamane; ich habe mein Zeremonienhaus, meine Wache und meine Untertanen. Du wirst mit mir kommen.« Er führte sie zu dem Zeremonienhaus und befahl seinen Untertanen, ihn nicht zu stören. Als die Frau sich anschickte, das Haus zu betreten, erwies sich die Tür als zu schmal, und Seiskwisbuche mußte sieben Pfähle entfernen; mehr als vier Bänke benötigte sie, um darauf zu sitzen, und selbst die reichten nicht aus.

Seiskwisbuche hatte viele Küchenschaben zu Gemahlinnen. Er jagte sie alle fort und schalt sie, daß sie zu gefräßig seien. Er behielt davon nur zwei, die die Wäsche waschen und das Haus sauberhalten mußten.

Die Frau hatte lange Haare, und sobald sie diese schüttelte, fielen Bananen, Mais und Bohnen heraus. Seiskwisbuche sprach: »Es gefällt mir, daß sie für ihr Essen selbst sorgt, so daß man es nicht heranschaffen muß.« Nach einigen Tagen sagte die Frau: »Bei mir zu Hause esse ich jeden Tag Fleisch; wenn du mir keines gibst, werde ich fortgehen.« Da stellte er eine Falle, und am nächsten Tag lag darin eine Sariga (Beuteltier). Die Frau sagte zu Seiskwisbuche: »Ziehe ihr nicht das Fell ab, brate sie nur ein wenig, nimm die Innereien heraus und vergrabe sie, tue aber nur wenig Erde darüber.« Er tat, wie sie ihn geheißen hatte; hierauf begann die Frau, ihn zu lausen. Während sie damit beschäftigt waren, vernahmen sie etwas, das wie Singen klang. Seiskwisbuche sprach: »Was kann das sein? Ich gehe und sehe nach.« Und er ging, obwohl die Frau ihm riet, es nicht zu tun. Er blickte nach der Feuerstelle und sah die Sariga auf dem Rand des Kochtopfes hocken; da wollte er sie packen, aber sie sprang herab und lief davon. Seiskwisbuche verfolgte sie, aber das Tier schlüpfte unter einen Stein. Er faßte es beim Schwanz und zog daran, behielt aber nur die Haare in der Hand; deshalb hat die Sariga einen gerupften Schwanz. Aber es gelang ihm nicht, sie unter dem Stein hervorzuziehen, und so mußte er mit leeren Händen nach Hause gehen.

Die Frau sprach zu ihm: »Ich kehre wieder in mein Haus zurück«, und er sagte, er werde sie begleiten. Dann überlegte er: »Was bringe ich meinen Schwiegereltern und meinen Schwägern mit?« – und er nahm einige Steine von der Halskette und eine Bank mit sich. Die Frau machte sich auf den Weg, und er folgte ihr.

Sie gelangten zu einem Teich, und die Frau sprach zu ihm: »Sieh nicht her, denn ich will mich waschen.« Der Mann sah nicht zu. Nach einer Weile hörte er einen Pfiff, und aus der Frau kam eine andere Frau heraus; dann hörte man abermals ein Pfeifen, und immer neue Frauen kamen aus ihr hervor. Zuletzt blieb eine ganz gewöhnliche Frau übrig. Er betrachtete sie erstaunt und fragte: »Wie bist du bloß so dünn geworden?« Aber sie gab keine Antwort und entschwand in die Lüfte. Seiskwisbuche ergriff einen Stock, aber er fiel ihm aus der Hand; er suchte nach den Kleidern der Frau, aber sie waren zu Stein geworden; und er konnte nicht mehr gehen.

Es wurde Nacht; seine Hoden schwollen an; Seiskwisbuche begann zu weinen, er rief nach seinen Küchenschaben-Frauen und bat sie flehentlich, ihn in das Zeremonienhaus zu tragen.

Sie trugen ihn hinein und ließen ihn mit einer von ihnen allein. Dort starb er. Des Nachts kamen Tiere aller Art, Hunde, Katzen, Jaguare, Pumas, die sich um das Blut stritten, an dem jedes von ihnen lecken wollte.

Die Frau war auf den obersten Hängeboden geklettert und hatte sieben Muscheln mitgenommen. Sobald die Tiere zu ihr hinauf witterten, ließ sie eine Muschel hinabfallen; so überstand sie diese Nacht. Die letzte Muschel warf sie hinab, als der Morgen graute. Als es endlich Tag wurde, stieg die Frau hinunter und sah, daß auf dem Boden kein Blut mehr zu finden war, sondern nur Staub und die Spuren der Tiere.

So starb Seiskwisbuche.

VERFÜHRERIN!

Natürlich, die erzählten Frauen warten nicht immer artig auf ihren Verführer. Sie spielen eine aktive Rolle, sei es durch ihre Schönheit, sei es durch ihr Geschlecht. Die große Erzählung von der Stamm-Mutter Leek wurde 1974 bei den Iatmul auf Papua-Neuguinea aufgenommen. Völlig unsentimental, aber doch mit ehrfürchtigem Pathos schildert der Erzähler eine kräftige, entschlossene Frau, die sich den Mann holt, den sie begehrt. Frauenwahl ist – man lese auch die heitere »Geschichte von Norim« – eine hervorstechende Eigenart der gesellschaftlichen Organisation der Iatmul. Zugleich gelingt es dem Erzähler aber auch, seine Stammesgeschichte mit der freimütigen, gar nicht erotischen Sexualsprache auszustatten, der gehörigen Anrufung und dem Lob der riesigen Vulva seiner Ahnfrau, dem riesigen Penis des Ahnherrn. Hat nicht Freud von Patienten berichtet, die sich andere, größere, hochadlige Eltern andichten? Die Phantasie der Eingeborenen geht, wie man sieht, nicht auf den Rang, sondern auf die Dimension buchstäblich des Geschlechts.

Ganz anders wirbt die ostjakische Frau um den Mann, den sie liebt, dessen Mutter sie offenbar ist. Oder nicht? »Sie war eine Schönheit, nur hatte sie einen langen Bart.« Das Motiv vom Mann, der in die Gewalt einer Frau aus der »Anderswelt« gerät und von ihr bitter gestraft wird, wenn er ihr nicht gefügig ist, kennen wir aus vielen Erzählungen, nicht nur aus Feengeschichten. Auch die Wasserfrauen stammen aus einer jenseitigen Welt, in die der Mann hineingezogen werden soll. Mag sein, daß es sich hier, häufiger als man denkt, um Mutter-Geliebte handelt. So wäre nach psychoanalytischer Deutung die Jenseitswelt, in welche der Mann gerät, gerade seine ganz eigene, aber durch ein strenges Verbot, ein Tabu, entfremdete.

Von solchem »Gegensinn der Urworte« (Freud) lebt auch die deutsche Geschichte von der wilden Frau. Ausgerechnet diese Wilde mit dem verwirrenden Haar erteilt der zahmen Frau und dem – nicht mehr ganz zahmen – Mann eine moralische Lehre – als wolle der Erzähler sagen: Es lohnt sich nicht, mit wilden Frauen anzubändeln, sie sind womöglich noch moralischer als die zahmen ...

Über die märchenhafte Schönheit der erzählten Frauen hat vor allem Max Lüthi das Staunen gelehrt. Der »Schönheitsschock«, der den Verliebten oft überfällt und zuweilen, wie in der komischen letzten Geschichte dieses Kapitels, auch tötet, scheint aber nicht bloß ästhetische Gründe zu haben. Unsere Geschichte vom strahlenden Mädchen aus Afrika enthält ganz sicher im Kern eine Sonnenmythe; und meist werden die Schönen ja auch mit der Sonne verglichen: Ihr Anblick blendet. Mit der Sonne, aber auch mit dem Gold, dem sogenannten Sonnenblut. Die schöne Frau muß schon sehr früh sehr teuer gewesen sein; teuer für den Bewerber, kostbar für den Vater. Diese Schöne ist ein Urbild der Opfer-Frau, der Frau als Ware und Tauschmittel. Sie hat eben deshalb nie sexuelle Züge; ein Charakteristikum, welches sich in den Märchen gegenüber den mythischen und auch den sagenhaften Geschichten durchgesetzt hat.

Die beiden Schönen, die frei Sexuelle, die Tabu-Übertreterin und die Bewahrerin: lauter Verführerinnen, die der Erzähler zum Staunen und zum stolzen Gedenken, zur Warnung und zur Lehre erfunden und überliefert hat. Nur einem männlichen Hörer? Staunen und Erinnern, Sich-Vorsehen und Lernen sind so geschlechtsspezifisch nicht. Vielleicht lassen sie sich besonders gut an Liebesgeschichten üben.

Die Vulva der Stamm-Mutter Leek

(Iatmul)

Unser Vorfahre, Mengenwan, war zunächst kein Kämpfer. Er ging nicht aus, um die Menschen von anderen Dörfern zu überfallen und zu töten. Nein. Er war ein Mann von einem ganz anderen Schlag. Wenn die von anderen Dörfern Krieg führen wollten, hat er Freundschaften gemacht. Er war vorsichtig, ruhig und im Schließen der Bündnisse bewandert. Wie hat er das gemacht? Mengenwan hatte einen riesengroßen Penis. So einen wie mein Arm. Er trug nicht die gewöhnliche Schambedeckung, wie wir sie trugen, bevor wir die Hosen angezogen haben. Beim Fest hast du es gesehen, man steckt einige *Lagi*-Blätter hinter den Gurt, die dann herunterhängen und den Penis bedecken. Mengenwan machte es anders, er hatte ein ganzes Bündel Blätter direkt an seinen Penis gebunden. Mit seiner Frau Nambangendawa stieg er in sein Kanu und fuhr in der ganzen Gegend herum; sie saß am Heck und steuerte, er stand vorne aufrecht, Speer in der Hand und ein Bündel Blätter an seinem Penis. Er ließ sich nicht abhalten, wenn ein Dorf ihm feindlich gesinnt war; gerade zu so einem Dorf ist er einfach hingefahren. Er sagte seiner Frau, sie solle Essen zubereiten. Er gab ihr Blätter, die er an seinem Penis trug, damit sie den Fisch oder was sie auch gekocht hat darin einpackt. Sie hat das Essen in diese Blätter eingewickelt, gekocht und in den fremden Dörfern verteilt: »Hier, ein Fisch! Eßt davon!« Sie gab es ihnen mit einem Sagofladen, und sie aßen. Das hat sie friedlich gestimmt. So ist er herumgefahren, hat Dörfer besucht, und seine Frau hat Essen verteilt. Als sie dann einen Überfall auf Palimbei machen wollten, ging es nicht. Sie waren ganz friedlich, alle Gedanken aufs Töten haben sie verlassen. Das hat er ganz alleine mit seiner Frau zustande gebracht. Nur Sotmeri hat widerstanden, einzig das Dorf Sotmeri hat immer noch Palimbei bekriegt. Mengenwan wollte hingehen, aber seine List wirkte nicht, die Männer von Sotmeri ließen sich nicht friedlich machen. Mengenwan dachte: »Gut. Gut. Warten wir. Lassen wir es vorläufig«, und mied das Dorf. Er kehrte nach Palimbei zurück und blieb ruhig.

Eine Frau von Sotmeri hatte ihn gesehen und hörte nicht auf, an ihn zu denken: »Ah, was für ein Mann war es! Solche Männer gibt es hier in Sotmeri nicht. Mit ihm kann man sie nicht vergleichen. Man sagte: Mengenwan! Das ist sein Name. Ich schaute ihn an und sah, er ist ein großartiger Mann, mein Herz liebt ihn sehr, ich möchte ihn haben.« Diese Frau besaß außerordentliche Kräfte, es war keine gewöhnliche Frau. Ihr Name ist Leek, es ist die Ahnfrau des Clanes Lenga. Die Gedanken an Mengenwan bewegten sie, und sie faßte ihren Entschluß.

Sie stand auf, löste ihren Faserrock, der zu ihren Füßen herabfiel. Sie war nackt. Sie nahm eine Perlmuttplatte, auf Halbmondform zugeschnitten – eigentlich ein Halsbehang, den wir beim Tanzen anlegen –, und drückte sie auf ihre Vulva. Und die Platte haftete an ihrem Geschlechtsteil. Darüber legte sie zuerst einen alten Rock, dann noch einen schönen neuen und befestigte sie mit der Hüftschnur. In der Nacht, als alle Bewohner des Dorfes, Erwachsene, Kinder, alle, in den Häusern waren, stieg sie ins Kanu und brach auf. Sie beschloß, Mengenwan zu sehen.

Das Kanu glitt – sie paddelte nicht, sie kam mit der Strömung. Weißt du, wo der große *Nsangwan*-Baum steht? Am Dorfrand? Dort floß der Sepikstrom vorbei, in jener alten Zeit ist der Hauptstrom dort gewesen. Jetzt gehen wir eine halbe Stunde, bis wir am Sepikfluß sind; damals lag Palimbei direkt an seinem Ufer! Die Urväter haben es den Vätern, die Väter uns erzählt. Sie paddelte nicht, sie legte sich ins Kanu, das heruntertrieb, als ob niemand drin wäre, als ob sich ein treibender Baumstamm vom Oberlauf dem Dorf näherte. Mit dem ersten Hühnerschrei kam sie nach Palimbei, der Tag war noch nicht angebrochen.

Sie schritt durch das Dorf zu dem Grundstück, wo heute Häuser von unserem Clan stehen, als ob sie wüßte, wo Mengenwan wohnte. Sie kam näher. Mengenwan sah sie kommen und wandte sich zu seinen Frauen – er hatte viele Frauen. Er sagte:

»Ai, schaut! Was für eine Frau ist es, die da kommt?«

Seine Frauen schauten nach und sagten: »Das können wir nicht wissen. Es muß eine Frau von einem anderen Dorf sein. Wenn es eine von Palimbei wäre, dann wüßten wir schon. Lassen wir sie nur, wir werden bald sehen, was sie will, ob sie zu uns kommt oder ob sie weitergeht.« So sagten sie und beobachteten sie. Sie kam direkt zum Haus von Mengenwan und sagte:

»Ai! Überall höre ich den Namen Mengenwan, Mengenwan, und weiß nicht recht, wer das ist.« Sie stellte sich so, als ob sie keine Ahnung hätte. »Ich weiß nichts von diesem Mann. Sein Name wird überall genannt, Mengenwan, Mengenwan, bis jetzt habe ich ihn aber nicht gesehen. Ich möchte ihn sehen, deswegen bin ich gekommen.« Sie stand vor der Hausfront und schaute ihn an. Er saß in der Türöffnung und schaute sie an.

»Mich suchst du? Mich? Meinen Namen hast du gehört? Man hat von mir geredet, und du hast gehört? Da bin ich, von mir war die Rede.«

»Ah, du bist also Mengenwan!« sagte sie. »Unten im Kanu gibt es Betel.«

Mengenwan stieg herunter vors Haus und sagte: »Geh ins Haus! Dort sind meine Frauen.« Dann schritt er zum Ufer, schaute sich an, was sie gebracht hatte, stieg ins Wasser und schob ihr Kanu zu seiner Anlegestelle. Er band es an und kehrte ins Haus zurück. Er sagte zu seinen Frauen: »Geht, holt alles, was sie im Kanu hat, und bringt es ins Haus!« Die Frauen gingen herunter und schleppten alles ins Haus, Taschen mit Betel, Betelpfeffer und Nahrungsmittel.

Leek setzte sich und sagte zu Mengenwan: »Heute nacht kannst du nicht zu mir kommen. In der nächsten Nacht, dann kannst du zu mir kommen, meinen Rock lösen und mein Geschlecht sehen. Dann werden wir zusammen Liebe machen.« In der ersten Nacht schlief sie bei den Frauen, zusammen mit der ersten Frau Mengenwans.

Am nächsten Tag, noch vor dem Morgenanbruch, sind die Frauen zum See fischen gegangen, nur Leek ist im Haus geblieben. Sie setzte sich auf den Boden nahe der Türöffnung und wartete. Mengenwan stand auf und ging sich waschen zum Fluß. Er kehrte zurück, hinauf ins Haus, wortlos an Leek vorbei, nahm sein Täschchen mit Fladen und Fisch, hängte es an die Schulter und ging wieder hinaus. Er wollte frühstücken. Er setzte sich in sein kleines Männerhaus, nur wenige Schritte vom Wohnhaus entfernt, machte Feuer an und wärmte den Sagofladen. Leek, die Frau von Sotmeri, saß oben in der Türöffnung; er konnte sie sehen, während er aß. Nach dem Essen spülte er seinen Mund und seine Hände und setzte sich wieder.

Die Frau sagte: »Hei, komm rauf ins Haus! Wann kommen deine Frauen zurück?«

»Oh, gegen Mittag. Jetzt sind sie am See. Sie werden vor dem Mittag kaum zurückkommen«, sagte er.

»Ah, das ist eine lange Zeit. Komm rauf ins Haus, wir reden zusammen«, sagte die Frau, und er nahm seine Tasche und ging rauf ins Haus. Er setzte sich ihr gegenüber auf einen Hocker. Wie sie am Boden saß, rückte sie näher zu ihm und fragte: »Sag mir, was du willst. Willst du tagsüber warten, wie ich gestern bestimmt habe, und in der Nacht meinen Rock lösen, oder willst du mich am Tage sehen?«

»Ja«, sagte Mengenwan. »Wenn ich deinen Rock in der Nacht löse, kann ich dein Geschlecht nicht gut sehen, im Dunkel kann ich nicht richtig schauen, was unter deinem Rock ist. Das ist nichts. Jetzt am Tag will ich schauen.« So sagte er. »Ich will richtig sehen. Ich kenne dich nicht. Du kamst von Sotmeri, sagtest du, du heißt Leek und bist die erste Frau des Dorfes. Ich weiß nicht, was es bedeutet, warum du kamst. Ich will es gleich erfahren.«

»Gut, das wollte ich wissen«, sagte sie, rückte etwas weg von ihm und stand auf. Sie stand nun vor ihm und sagte: »Löse selbst meinen Rock!«

Mengenwan stand auf, kam zu ihr und löste die Hüftschnur ihres neuen Rockes, nahm ihn ab und sah den alten Rock darunter. Den Rock, den er gelöst hatte, legte er auf die Seite und fragte: »Was ist mit dem anderen, soll ich ihn auch lösen?«

Die Frau sagte: »Ja, nimm alles ab.«

Er löste den alten Rock auch und sah die Perlmuttplatte, die ihr Geschlecht zudeckte: »Ah!« Er legte auch den zweiten Rock auf die Seite und sagte: »Ah! So bist du gekommen! Was heißt das, warum bist du so gekommen?« »Nun, ich bin gekommen, weil ich dich heiraten will«, sagte die Frau. »Jetzt löse den Schmuck!« Er nahm die Perlmuttplatte weg und sah nun ihr Geschlecht. Er legte die Platte auf die Seite zu den zwei Röcken.

»Wenn du willst, machen wir jetzt Liebe«, sagte die Frau, und er antwortete: »Gut. Ich sagte dir doch, ich wolle alle deine Röcke gleich lösen.« Die Frau legte sich auf den Rücken, er setzte sich auf ihren Schoß, und sie machten Liebe. Als sie fertig waren, stand er auf. Sie stand auch auf und sagte: »Jetzt bist du mein Mann. Bis jetzt konnte dir Sotmeri widerstehen. Jetzt bin ich zu dir gekommen, heute hast du mich gesehen, wir haben Liebe gemacht. Die Männer von Palimbei sollen sich vorbereiten, um Sotmeri zu vernichten.« So sprach sie zu ihrem Mann Mengenwan.

Ich sage dir, wie groß die Perlmuttscheibe war. Hast du solche Platten beim Fest gesehen? Wir hängen sie an, wenn wir uns für den Tanz schmücken. Sie liegen dann an der Brust des Tänzers. Hast du gesehen? All die Scheiben, die du gesehen hast, sind klein. Die Perlmuttscheibe, die Leek an ihr Geschlecht gedrückt hat, war riesig. Wenn du sie an die Brust hängen würdest, würde sie die ganze Breite deines Körpers einnehmen. So groß war auch die Öffnung ihrer Vulva.

Sie war eine Ahnfrau, sie hatte dem Dorf Sotmeri seine Lebenskraft und seine Überlegenheit gegeben. Sie war die Ahnfrau des Clanes Lenga, die Vulva ist ihr Ahnenzeichen; die von Lenga und Yatmel sagen, wir sind die Mutter, wir sind die Vulva, aus der alles entsteht, die Mutter, die dafür sorgt, daß sich die Menschen mehren. Und diese Vulva ist riesengroß! Und dieser Perlmuttschmuck, mit dem sie sie zudeckt, ist auch riesengroß! Es gab keinen Mann in Sotmeri, der sie beschlafen konnte, sie war die ursprüngliche und ewige Ahnfrau, von der die Kraft des Dorfes abhing.

Der weibliche Waldgeist Wont-Junk-Ni

(Ostjaken)

Vor anderthalb Jahrhunderten fuhr ein Ostjake auf dem Ob zum Fischfang im Gebiet von Nishne-Lumpakolsk. Er fing den Fisch Johol-pon. Er schwamm zum Ufer und sah auf dem Sand einen Auerhahn. Er saß ruhig da. Der Ostjake hatte kein Gewehr. Das bedauerte er. Er warf eine Handvoll Sand auf den Auerhahn. Der Auerhahn flog etwas auf und setzte sich wieder. Dann jagte der Ostjake ihm nach. Er holte ihn ein. Dem Ostjaken wurde heiß, er zog sich die Jacke aus. Aber der Auerhahn lief weiter auf der Erde entlang. Plötzlich schien es dem Ostjaken, als ob seine lange verstorbene Mutter auf dem Ast eines Baumes sitze und mit den Beinen schlenkere. Sie sagte:

»Sohn, mein lieber Sohn, ich warte schon lange auf dich. Komm her, damit ich dich wenigstens küsse.«

Der Ostjake freute sich und ging zu ihr. Er beugte sich hinzu, um seine Mutter zu küssen, und verlor das Bewußtsein. Er kam zur Besinnung und sah, daß sie fliegt und ihn auf den Flügeln trägt; den Fluß Ob überflog sie einige Male. Sie flog zu sich nach Hause. Dort begann sie, ihn zu hegen und zu pflegen, sie sagte:

»Wir werden miteinander leben wie Mann und Frau.«

Sie hatte viele Felle und viel Gutes. Die ganze Wohnung war mit Fellen ausgelegt. Der Ostjake willigte nicht ein, mit ihr zu leben. Aber sie zog ihn dennoch auf den Ehrenplatz des Zimmers. Der Ostjake dachte jedoch an sein Haus, seine Familie, seine Kinder, seine Frau und begann bitterlich zu weinen. Sie aber sagte:

»Weine nicht über dein Zuhause. Ich werde ihnen einen Erwerb geben, alle Tiere und Vögel werde ich schicken, ich sehe deine Leute, wenn sie auf die Jagd gehen. Bleibe hier!« Aber der Ostjake willigte nicht ein.

Er geht auf die Straße und denkt daran, fortzulaufen. Aber immer kommt er unfreiwillig zum Haus der Frau zurück. Die

Tiere laufen um ihn herum, aber er sieht sie nicht und schießt nicht auf sie.

»Warum tötest du die Tiere nicht?«

»Ich sehe sie nicht«, antwortete der Ostjake.

»Sei nicht betrübt, wir werden bis zum ersten Kind zusammen leben, und dann wirst du nach Hause gehen, und ich werde mit dir gehen. Du wirst mit deiner Frau leben und ich mit deinen Brüdern.«

Der Ostjake willigte nicht ein. Sie rief ihn auf den Ehrenplatz. So ging er auf den Ehrenplatz, ging zu ihr und blieb bei ihr. In der Hütte war immer wenig Licht. Sie war jedoch eine Schönheit, nur hatte sie einen langen Bart.

Die Frau redete ihm lange zu. Einmal gingen sie zusammen auf die Jagd. Sie sagte:

»Auf dem Wege werden wir bei meinem älteren Bruder zu Gast vorsprechen.«

Sie gingen. Sie jagten etwas. Gegen Abend führte sie ihn zu ihrem älteren Bruder. Dieser wußte nichts vom Ostjaken. Er wunderte sich über den Menschen. Sie sagte:

»Lieber Bruder, ich habe töricht getan, ohne deinen Befehl habe ich den Menschen zu dir geführt.«

Der Bruder sagte:

»Das ist deine Sache, aber ich weiß, dieser Mensch wird nicht mit dir leben.«

Sie blieben dort über Nacht, am Morgen schliefen sie lange. Mittags sagte der Bruder der Frau:

»Sieh meinen Speicher an!«

Er hatte drei Speicher mit allem Guten. Im ersten Speicher sah der Ostjake Pfeile und Bogen, kostbare Zobel- und Fuchspelze. Es waren viele, viele Pelze. Im anderen Schuppen waren verschiedene Waren, wollenes und rotes Tuch. Und Pelzüberkleider aus Hirschfell. Und verschiedenes Schuhwerk, alles und jedes war da. Im dritten Schuppen stand ein ausgestopfter Balg in Gestalt eines Pferdes. Auf ihm saß der Hausherr selbst, auch in Gestalt eines Balges. »Warum das?!«

»Ich gehe viel auf die Jagd. Uns ist der Donner gefährlich. Er wirft auf uns mit Steinen und tötet uns. Wenn aus dem Balg Blut fließt, so werden meine Frau und mein Sohn wissen, daß ich getötet bin«, sagte der Bruder der Frau.

Dort war auch ein weißer Bär an eine Kette gebunden. Er warf sich auf den Ostjaken, als er ihn erblickte. Aber der Bruder der Frau sagte:

»Beruhige dich!«, und das wilde Tier legte sich ruhig nieder. Er hielt ihn anstelle eines Hundes.

»Er kämpft mit meinen Feinden, er zerreißt seinen Gegner mit den Zähnen«, sagte der Bruder der Frau.

Sie gingen in die Wohnung. Der Bruder der Frau sagte: »Warum willst du nicht bei meiner Schwester bleiben?« Der Ostjake dachte an sein Zuhause und antwortete:

»Die Frau und die kleinen Kinder zu Hause werden vor Hunger umkommen.«

»Das weiß ich und werde ihnen helfen. Nur bleibe bei meiner Schwester. Sage, daß du bleibst, und ich werde alles tun, was du brauchst.«

Drei Tage verbrachten sie bei dem Bruder der Frau. Immer wieder beredeten sie den Ostjaken.

Der Bruder sagte zur Schwester:

»Er wird nicht bei dir bleiben, entlaß ihn nach Hause.« Sie bewegte ihn noch einmal durch Bitten:

»Du wirst ewig jung sein, niemals wirst du altern.«

»Warum werde ich das ewig sein?«

»Wir haben einen Geist, er verjüngt uns, wenn wir altern. Er legt uns in eine Wiege und besprengt uns mit Lebenswasser, und die Menschen werden jung.«

Der Ostjake widersetzte sich. So vergingen noch viele Tage.

»Ich werde dich zu deinem Hause führen, ich kann deine Tränen nicht länger ertragen. Du hast soviel geweint.«

Sie führte ihn am nächsten Tage bis zum Wald. Sie gab ihm Flaumfedern, Kleider, eine vollständige Ausrüstung. Sie gingen. Sie näherten sich dem Haus des Ostjaken. Hier verließ sie ihn und verabschiedete sich von ihm. Sie sagte: »Sieh mich an!«

Er schaute sie an und sah: seine Tränen liefen über ihre Wangen wie lebende kleine Tiere.

»Das sind deine Tränen«, sagte sie und bespritzte ihm die Augen. Dann schlug sie den Ostjaken auf den Rücken und beschimpfte ihn:

»Du bist nicht bei mir geblieben, du wirst bucklig sterben. Mit mir hast du ein halbes Jahr gelebt, und dafür gebe ich dir im Leben nur noch einen einzigen glücklichen Tag. Dein Geschlecht wird sich etwas vergrößern und danach aussterben. Es wird sich niemals mehr vergrößern.«

Er blickte sich um. Sie war nicht mehr da. Er stand am Ende seines Dorfes. Er konnte nicht zu seinem Haus gehen. Ein Bauer kam. Ihm rief er zu:

»Bindet die Hunde an und räumt den Unrat in den Hütten beiseite. Zündet die Feuer nicht zu hell an.«

Der Bauer teilte dies in den Hütten mit. Gegen Abend zeigte sich der Ostjake in seinem Haus. Hier begrüßten ihn die Verwandten und weinten. Sie sagten ihm:

»Wir leben sehr gut.«

Nach einigen Tagen ging er morgens hinaus auf die Straße, und in einem Hundezwinger sah er fünf Fischottern. Er nahm einen Stock und erschlug sie alle. Das war sein glücklicher Tag. Zwei Wochen vergingen, und er wurde krank. Er wurde blind. Er bekam einen Buckel, und so starb er schnell.

Die wilden Frauen im Untersberge

(Deutsch)

Die Grödicher Einwohner und Bauersleute zeigten an, daß zu diesen Zeiten (um das Jahr 1753) vielmals die wilden Frauen aus dem Wunderberge zu den Knaben und Mägdlein, die zunächst dem Loche innerhalb Glanegg das Weidvieh hüteten, herausgekommen und ihnen Brot zu essen gegeben.

Mehrmals kamen die wilden Frauen zu der Ährenschneidung. Sie kamen frühmorgens herab, und abends, da die andern Leute Feierabend genommen, gingen sie, ohne die Abendmahlzeit mitzunehmen, wiederum in den Wunderberg hinein.

Einstens geschah auch nächst diesem Berge, daß ein kleiner Knab auf einem Pferde saß, das sein Vater zum Umackern eingespannt hatte. Da kamen auch die wilden Frauen aus dem Berge hervor und wollten diesen Knaben mit Gewalt hinwegnehmen. Der Vater aber, dem die Geheimnisse und Begebenheiten dieses Berges schon bekannt waren, eilte den Frauen ohne Furcht zu und nahm ihnen den Knaben ab, mit den Worten: »Was erfrecht ihr euch, so oft herauszugehen und mir jetzt sogar meinen Buben wegzunehmen? Was wollt ihr mit ihm machen?«

Die wilden Frauen antworteten: »Er wird bei uns bessere Pflege haben und es wird ihm besser bei uns gehen als zu Haus; der Knabe wäre uns sehr lieb, es wird ihm kein Leid widerfahren.« Allein der Vater ließ seinen Knaben nicht aus den Händen, und die wilden Frauen gingen bitterlich weinend von dannen. Abermals kamen die wilden Frauen aus dem Wunderberge nächst der Kugelmühle, oder Kugelstadt genannt, so bei diesem Berge schön auf der Anhöhe liegt, und nahmen einen Knaben mit sich fort, der das Weidvieh hütete. Diesen Knaben, den jedermann wohl kannte, sahen die Holzknechte erst über ein Jahr in einem grünen Kleid auf einem Stock dieses Berges sitzen. Den folgenden Tag nahmen sie seine Eltern mit sich, willens, ihn am Berge aufzusuchen, aber sie gingen alle umsonst, der Knabe kam nicht mehr zum Vorschein.

Mehrmals hat es sich begeben, daß eine wilde Frau aus dem Wunderberg gegen das Dorf Anif ging, welches eine gute halbe Stunde vom Berg entlegen ist. Alldort machte sie sich in die Erde Löcher und Lagerstätte. Sie hatte ein ungemein langes und schönes Haar, das ihr beinahe bis zu den Fußsohlen hinabreichte. Ein Bauersmann aus dem Dorfe sah diese Frau öfter ab- und zugehen und verliebte sich in sie, hauptsächlich wegen der Schönheit ihrer Haare. Er konnte sich nicht erwehren, zu ihr zu gehen, betrachtete sie mit Wohlgefallen und legte sich endlich in seiner Einfalt ohne Scheu zu ihr in ihre Lagerstätte. Es sagte eins zum andern nichts, viel weniger, daß sie etwas Ungebührliches getrieben. In der zweiten Nacht aber fragte die wilde Frau den Bauern, ob er nicht selbst eine Frau hätte. Der Bauer aber verleugnete seine Ehefrau und sprach nein. Diese aber machte sich viel Gedanken, wo ihr Mann abends hingehe und nachts schlafen möge. Sie spähete ihm daher nach und traf ihn auf dem Feld schlafend bei der wilden Frau. »O behüte Gott«, sprach sie zur wilden Frau, »deine schönen Haare! Was tut ihr da miteinander?« Mit diesen Worten wich das Bauersweib von ihnen, und der Bauer erschrak sehr hierüber. Aber die wilde Frau hielt dem Bauern seine treulose Verleugnung vor und sprach zu ihm: »Hätte deine Frau bösen Haß und Ärger gegen mich zu erkennen gegeben, so würdest du jetzt unglücklich sein und nicht mehr von dieser Stelle kommen; aber weil deine Frau nicht bös war, so liebe sie fortan und hause mit ihr getreu, und untersteh dich nicht mehr, daher zu kommen, denn es steht geschrieben: ›Ein jeder lebe getreu mit seinem getrauten Weibe‹, obgleich die Kraft dieses Gebots einst in große Abnahme kommen wird und damit aller zeitlicher Wohlstand der Eheleute. Nimm diesen Schuh von Gold von mir, geh hin und sieh dich nicht mehr um.«

Das strahlende Mädchen

(Nupe)

Ein Mann heiratete eine Frau. Die Frau ward schwanger. Die Frau gebar an einem Freitag. Das Kind war ein Mädchen, das hatte gleich ein sehr schönes Kleid an, das mit Gold gewebt war. Das Kind hatte goldene Ketten um den Hals und goldene Ringe an Armen und Füßen. Nach der Geburt starb aber die Frau.

Als die Mutter des Kindes mit dem schönen Kleid gestorben war, nahm der Vater das Kind auf den Arm und lief mit ihm fort in die Farm. Der Mann baute ein Haus. Der Mann kaufte Milch von den Fullani und gab dem Kinde diese Milch. Denn die Mutter war gestorben. Der Mann baute um das Haus eine hohe Mauer. Er baute in die Mauer sieben Durchgänge, Hallen (Katamba) hintereinander. In jeder Katamba war ein starkes Tor. In der Mitte des Gehöfts war das Haus, in dem das Mädchen mit dem schönen Kleid wohnte und auf einem goldenen Bett schlief.

Wenn der Vater morgens aufbrach, um zur Farmarbeit zu gehen oder um Essen zu kaufen, so öffnete er die sieben Tore, ging hinaus und sagte: »Suturagau! Suturagau! Suturagau!« (Schließe dich! Schließe dich! Schließe dich!) Dann schlossen sich die sieben Tore hinter ihm. Kam der Vater abends von der Farmarbeit oder vom Einkauf zurück, so sagte er »Gaffara! Gaffara! Gaffara!« (Öffne dich! Öffne dich! Öffne dich!) Dann öffneten sich die sieben Tore. Er ging hinein. Er schloß die Tore von innen. Er rief das Mädchen seiner verstorbenen Frau. Das Mädchen kam in seinem schönen Kleide. Sie aßen zusammen. Das Mädchen wuchs heran. Es wurde groß. Es war sehr schön.

In der Nähe des Gehöftes, in dem das schöne Mädchen lebte, war ein Sumpf. Ein Pferdejunge des Etsu Jiri kam zu dem Sumpfe und wollte da das Gras schneiden für das Pferd des Königs. Der Pferdejunge sah über den Büschen einen hellen Schein oder Glanz. Es war ein Strahlenschein wie der der Sonne. Der Pferdejunge sagte: »Was ist das für ein Strahlenschein?« Er ging durch die Büsche darauf zu. Er kam an die hohe Mauer. Er sah die Katamba. Sie war geschlossen. Er ging rundherum um die Mauer. Er sah, daß der Glanz von einem Hause ausging, das mitten im Gehöft lag.

Der Pferdejunge ging nach Hause. Der Pferdejunge ging zu einem Boten des Königs und sagte: »Ich kam im Busch an einen kleinen Sumpf. Ich wollte Gras für die Pferde schneiden. Ich sah über den Büschen einen hellen Glanz. Ich ging dem Glanz nach und kam an ein Gehöft, das mit einer hohen Mauer und festen Toren geschlossen ist. Der Strahlenglanz ging von einem Haus in der Mitte des Gehöftes aus.« Der Bote sagte: »Die Sache ist ungewöhnlich; ehe ich sie aber dem König berichte, will ich sie selbst sehen.«

Der Sentelli ging am Mittag in die Farmen. Er kam in den Busch. Er kam an den kleinen Sumpf. Er sah den Strahlenglanz über den Büschen. Er ging auf den Strahlenglanz zu. Er kam an die hohe Mauer. Er ging um die hohe Mauer herum. Er kam an den starken, geschlossenen Toren der Katamba vorbei. Er sah, daß alles gut verschlossen war. Er sah, daß der Strahlenschein aus der Mitte des Gehöftes kam. Der Sentelli versteckte sich in einem Gebüsch nahe dem Tore der Katamba.

Als es Abend war, kam der Vater heim von der Farm. Der Sentelli sah ihn. Der Vater rief: »Gaffara! Gaffara! Gaffara!« Der Sentelli hörte es. Der Vater ging hinein. Der Sentelli sah es. Der Vater rief das Mädchen zum Essen. Der Sentelli hörte es. Der Sentelli legte sich unter dem Busch nieder und blieb die Nacht über draußen. Am anderen Morgen kam der Vater aus dem Gehöft und rief: »Suturagau! Suturagau! Suturagau!« Der Sentelli hörte es. Die Türen schlossen sich. Der Sentelli sah es. Der Vater ging in die Farm. Der Sentelli lief in die Stadt.

Der Sentelli lief zu dem König. Der Sentelli sagte zu dem König: »In dem Busch, nahe einem kleinen Sumpf, hat ein Mann ein Gehöft gebaut und mit hohen Mauern und starken Katamben umschlossen. In dem Gehöft hat er die Tochter seiner verstorbenen Frau eingeschlossen, von der geht ein Strahlenglanz aus wie von der Sonne. Morgens verläßt er sein Gehöft und schließt es hinter sich. Abends kommt er zurück und öffnet es durch Zuruf. Ich weiß, wie er es öffnet und schließt.« Der König sagte:

»Bringe mir das Mädchen, von dem der Strahlenglanz ausgeht, und ich will dir viele Geschenke geben.« Der Sentelli sagte: »Ich werde es tun.«

Der Sentelli bestieg sein Pferd. Er ritt zu dem kleinen Sumpf heraus. Er versteckte sein Pferd im Gebüsch an dem kleinen Sumpf. Dann ging er zu dem Gebüsch am Eingang der Katamba. Er blieb die Nacht über in dem Gebüsch am Eingang der Katamba liegen. Am anderen Morgen öffnete der Vater des Mädchens die Tore. Er trat heraus. Er rief: »Suturagau! Suturagau! Suturagau!« Er ging von dannen in die Farm. Der Sentelli hörte es.

Als der Vater fortgegangen war, trat der Sentelli aus dem Gebüsch. Der Sentelli trat vor die Tore in der Katamba und rief: »Gaffara! Gaffara! Gaffara!« Die Tore öffneten sich. Der Sentelli ging hinein. Der Sentelli ging durch das erste Tor; der Sentelli ging durch das zweite Tor; der Sentelli ging durch das dritte Tor; der Sentelli ging durch das vierte Tor; der Sentelli ging durch das fünfte Tor; der Sentelli ging durch das sechste Tor; der Sentelli ging durch das siebente Tor. Der Sentelli stand im Gehöft. Vor ihm stand ein Haus, aus dem strahlte nach allen Seiten der Glanz. Der Sentelli ging auf das Haus zu. Der Sentelli öffnete die Türe. Der Sentelli trat ein.

In dem Hause stand ein goldenes Bett. Auf dem Bette lag ein erwachsenes Mädchen, von dem ging der strahlende Glanz aus. Das Mädchen schlief. Das Mädchen war schön. Das Mädchen war mit einem Kleid bedeckt, das war mit Gold gewebt. Das Mädchen hatte goldene Ketten um den Hals und goldene Ringe an Armen und Füßen. –

Der Sentelli ging auf das Mädchen zu. Er hob es auf. Er trug es fort. Er ging mit dem Mädchen aus dem Haus, über den Hof, durch die sieben Tore. Der Sentelli rief: »Suturagau! Suturagau! Suturagau!« Die Tore schlossen sich hinter dem Sentelli.

Der Sentelli trug das Mädchen zu dem kleinen Sumpf, wo sein Pferd angebunden war. Er band das Pferd los. Er sprang mit dem Mädchen im Arme darauf. Er ritt von dannen. Er ritt mit dem Mädchen nach der Stadt Etsu Jiris. Er kam daheim an. Er stieg vom Pferd. Er trug das Mädchen in das Haus des Königs.

Der König sah das Mädchen. Der Glanz strahlte von dem Mädchen aus. Der König rief die Nama Daki. Der König sagte zur Nama Daki: »Dieses Mädchen will ich heiraten. Sie soll die erste nach dir sein. Sorge für sie!« Die Nama Daki sagte: »Ich will es tun.« Sie nahm das Mädchen mit zu sich. –

Der König schenkte dem Mädchen zehn Sklavinnen. Der König heiratete das Mädchen. Der König schenkte dem Sentelli, der das Mädchen gebracht hatte, Sklaven und Waffen.

Der Vater kam am gleichen Abend zu seinem Gehöft zurück. Von weitem sah er zu den Mauern. Es war kein strahlender Glanz zu sehen. Der Vater ging zu seinem Gehöft. Er rief: »Gaffara! Gaffara! Gaffara!« Die Tore öffneten sich. Der Vater ging zu dem Hause des Mädchens. Er sah hinein. Das goldene Bett war leer. Der Vater setzte sich auf das goldene Bett und weinte. Am anderen Tag nahm der Vater das goldene Bett auseinander. Er packte es in den ledernen Umschlag. Er nahm es auf den Kopf. Er ging in eine Stadt als Bettelsänger. Er sang an allen Ecken. Er sang an den Häusern der Vornehmen. Er suchte seine Tochter. Er fand sie nicht in der Stadt. Er sagte: »Meine Tochter hätte meine Stimme gehört. Meine Tochter hat mich nicht gerufen. Meine Tochter ist nicht in dieser Stadt. Ich werde weitergehen. Ich werde von einer Stadt zur anderen gehen, so lange, bis ich meine Tochter gefunden haben werde.«

Der Vater ging als Bettelsänger weiter. Er kam in eine andere Stadt. Er fand seine Tochter nicht. Er zog weiter. Er zog als Bettelsänger von einer Stadt zur anderen. In sieben Städten fand er seine Tochter nicht. Der Vater wanderte in Etsu Jiris Stadt. Der Vater sang in Etsu Jiris Stadt. Er ging als Bettelsänger vor Etsu Jiris Gehöft. Der Vater des Mädchens sang.

Etsu Jiri war bei seiner neuen Frau. Seine neue Frau lag auf dem Bett. Etsu Jiri saß vor dem Bett auf einer Matte. Die neue Frau richtete sich auf. Der König sagte: »Was ist denn?« Die neue Frau sagte: »Sei still!« Die neue Frau hörte den Gesang des Bettelsängers. Die neue Frau sagte: »Das ist mein Vater, der mich sucht! Ich muß meinen Vater sprechen!« Der König sagte: »Ich will für deinen Vater sorgen.« Der König ging hinaus. Der König sandte fünf Mann, den Vater seiner neuen Frau zu holen. Er sandte Kleider und Pferde. Er ging in die Katamba und empfing den Vater. Er fragte den Vater: »Warum hast du deine Tochter im Gehöft versteckt?« Der König brachte den Vater zu seiner neuen Frau.

Der König gab dem Vater ein Haus. Er schenkte ihm zehn Sklaven und zehn Pferde und vier Frauen. Er forderte alle Leute auf: »Bringt meinem Schwiegervater täglich Essen! Bringt ihm viel Essen!«

Man soll seine Kinder nicht im Busch vor der Stadt verstecken.

Von dem Mädchen, das den Junggesellen durch ihre Schönheit tötete

(Eskimo)

Es war einmal ein Junggeselle, der nie auf den Fang ging, sondern nur von der Beute anderer lebte. Wohl hatte er einst einen Kajak besessen, doch war er nur ein einziges Mal auf dem Meere gewesen. Darum wußte er gar nicht, wo sein Kajak lag.

Einst kam das Gerücht zum Wohnplatz, daß in östlicher Richtung ein Mädchen lebte, das so schön sei, daß jeder, der sie ansehe, sterben müsse.

»Die muß ich sehen«, sagte der Junggeselle und begann nach seinem Kajak zu suchen.

»Wo ist mein Kajak?« rief er, »wo, wo?« So eifrig hatte man ihn noch nie gesehen.

Er durchsuchte den Wohnplatz und fand ihn schließlich in einer Ecke, ganz von Kräutern überwachsen.

»He, ihr kleinen Mädchen alle«, rief er, »holt Speck und eßt die Kräuter, die auf meinem Kajak wachsen.«

Die kleinen Mädchen kamen mit großen Stücken Speck angelaufen, denn es waren so viele Kräuter, daß eine Menge Speck dazu gehörte. Da waren Sauerampfer und Löffelkraut und Läusekraut und mancherlei eßbare Dinge. Als der Kajak schließlich ans Tageslicht kam, hatten all die kleinen Mädchen sich den Magen verdorben.

»Jetzt mag es genug sein«, sagte der Junggeselle, trug seinen Kajak zum Wasser, ruderte in östlicher Richtung davon und kam zu dem Wohnplatz, wo das schöne Mädchen lebte.

»Da kommt ein alter Junggeselle!« riefen die Leute, als sie ihn kommen sahen. Der Junggeselle stieg aus seinem Kajak und ging ins Haus. Kaum aber hatte er einen Blick auf das schöne Mädchen geworfen, als er in Ohnmacht fiel.

»Der Junggeselle ist in Ohnmacht gefallen!« Und die Leute eilten herbei und zogen ihn an den Haaren, damit er wieder zu sich käme. Als er das Bewußtsein wiedererlangt hatte, setzte er sich auf die äußerste Kante der Pritsche und wagte das Mädchen nicht mehr anzusehen. Immer, wenn er es versuchte, fiel er wieder in Ohnmacht; nach und nach aber gewöhnte er sich daran, mit ihr in einem Hause zu sein, und schließlich saß er nicht mehr auf der äußersten Kante der Pritsche, sondern mitten drauf und wagte hin und wieder einen Seitenblick auf ihre Schönheit.

Es wurde Abend, und als man sich zur Ruhe begeben wollte, löste das Mädchen ihr langes Haar, und als es ihr auf die Schultern fiel, lächelte sie durch die schwarze Haarsträhne dem Junggesellen zu.

Es war das erste Mal, daß ein Mädchen ihm zulächelte, und als er nun dieses Lächeln sah, fiel er in Ohnmacht und wäre fast nie wieder zu sich gekommen. Als er erwachte, war es dunkel im Hause, die Leute hatten sich zur Ruhe begeben, und er sah, daß das Mädchen ein Lager für zwei bereitete. Kaum hatte er es gesehen, als er von neuem in Ohnmacht fiel.

Zur Besinnung gekommen, bestieg er ihr Lager und schmiegte sich fest an sie an. Sein Eifer und seine Verwirrung aber waren so groß, daß er ganz verging und in dem Schoß des Mädchens verschwand.

Als man am nächsten Morgen im Hause erwachte, wunderte man sich, daß der Junggeselle schon so zeitig aufgebrochen sei; als man aber seinen Kajak sah, schloß man, daß er noch dasein müsse, und begann nach ihm zu suchen. »Der Junggeselle ist verschwunden!« riefen die Leute, aber er war nirgends zu finden.

Spät am Vormittag erwachte die Schöne und ging hinaus, um ihr Wasser zu lassen, und die Hausgenossen wunderten sich, daß ihr Unterleib so geschwollen war. Sie blieb eine Weile draußen, und als sie wieder hereinkam, hatte sie ihre gewöhnliche Figur.

Als man aber hinters Haus ging, fand man das Skelett des Junggesellen an der Stelle, wo das Mädchen das Wasser gelassen hatte. Er war ganz aufgelöst, man sah nur einen Haufen Knochen und dazwischen seinen Kopf. So überwältigend war seine Liebe gewesen.

Amazone, Heldenmädchen

Drei ernste und drei schwankhafte Erzählungen kreisen um die autonome und autarke Frau. Die ganz mythischen kommen aus Sibirien, von den Tungusen. Die zweigeschlechtliche Schöne, die als eiserner Held vom Weltenschöpfer geschmiedet und von der einbrüstigen Urmutter gestillt wird, gehört ebenso in die Phantasien eines Jägervolkes wie die Erzählung vom singenden Riesenmädchen, das den Riesenmann als Jägerin übertrifft und umbringt, aus beleidigtem Stolz. Die eiserne Schöne entsteht nach einem Rezept zur Erschaffung von Schamanengeistern; und bekanntlich galten die Tungusen als Namengeber und Meister des Schamanismus.

Humorvolle Züge dagegen haben die afrikanische Parodie auf die nur scheinbar autarken Amazonen, denen die süßeste aller Nahrungen abgeht, wenn sie keine Männer nehmen, und die Iatmul-Geschichte der Frauen, die sich ihre Männer selbst aus dem Bambus schlagen – eine offen sexuelle Anspielung. Humorvoll ist auch die chinesische Heldenmädchen-Geschichte, die von der Überwindung des mythischen Fürchtens berichtet. Hier stammt die Heiterkeit aus dem Sieg der Zivilisation über die magische Praxis (des Mädchenopfers); eine Stimmung, die man in allen Anläufen der Aufklärung findet.

Seit dem Bericht von Francisco de Orella aus dem 16. Jahrhundert weiß man etwas über die Amazonen am Amazonas. Unsere Geschichte vom Alligator und den Weibern ist in Zentralbrasilien weit verbreitet.

Die Männer erscheinen als störende Eindringlinge in die Idylle eines weiblichen Lebens, welches um die Ernährung kreist und zwischen Tier und Mensch eine fast symbiotische und festliche Stimmung kennt: Das ist ein durchgängiges Motiv, auch wenn sich die Frau nicht immer so böse gegen den Mann verhält wie hier (vgl. die »Wilde Köchin«).

Noch kämpferischer als diese Frauen scheinen die viel bekannteren griechischen Amazonen gewesen zu sein. Man nimmt an, daß um 1200 v. Chr. die Frauen im Land am Thermodon namens Azzi einen Klassenaufstand gegen die Männer inszeniert haben. Der Name Amazone soll aus dem weitverbreiteten Lallwort »Am«

für Mutter und Azzi gebildet sein: Amazone heißt dann einfach: Frau des Azzi-Landes.

Nach allem, was wir wissen, war die Unterdrückung der Frau geradezu ein Bestandteil der attischen Demokratie; sie ging selbst für damalige Verhältnisse weit über das übliche Maß hinaus. Aber auch diese männliche Machtergreifung scheint eine Reaktion auf weibliche Unterdrückung von Männern gewesen zu sein ... Also ein Zirkel von Aktion und Reaktion, dessen Ende nicht abzusehen wäre? Die Mythe von der zweigeschlechtlichen oder jedenfalls wandlungsfähigen Schönen aus Sibirien weist auf eine andere, vielleicht wirklich »schamanische« Lösung.

Die Amazonensage

(Kongo)

In alter, alter Zeit waren die Frauen in einem Lande für sich und die Männer in einem Lande für sich. Die Stadt der Männer war sehr, sehr groß. Die Stadt der Frauen war sehr, sehr groß.

Einmal ging ein Jäger aus. Er ging weit durch das Land. Er kam in das Land der Frauen. Die Frauen sahen den Mann. Die Frauen fielen über den Mann her, und die Frauen schlugen den Mann. Der Mann rannte schnell fort. Der Mann flüchtete in seine Stadt. Der Mann lief zu seinem König und sagte: »Ich bin weit, weit fortgegangen. Ich bin in ein anderes Land gekommen. In dem anderen Lande fielen die Menschen über mich her und schlugen mich. Ich rannte, so schnell ich konnte, von dannen.« Der König fragte den Jäger: »Wie waren denn die Leute, die dich wegtrieben?« Der Jäger sagte: »Die Leute waren anders als wir. Sie hatten hier (auf eine Brustseite zeigend) ein Stück Fleisch und hatten hier (andere Brustseite) ein Stück Fleisch. Dann hatten die Leute lange, lange Haare (!). Es war ein schönes, schönes Volk.«

Der König sagte zu dem Jäger: »Ich möchte dieses Volk sehen. Wie kann ich dieses Volk sehen?« Der Jäger sagte: »Man kann die Leute nicht sehen. Jeder Mann, der nur immer dort hinkommt, wird von diesen Leuten geschlagen und vertrieben werden.« Der König sagte: »So fangt doch einige und bringt mir diese hierher!« Der Jäger sagte: »Mein König! Das ist nicht möglich.

Das ist nicht möglich!« Der König sagte: »So kämpft mit ihnen. Kämpft oder tut mit ihnen, was ihr wollt. Ich muß aber einige von diesen Leuten sehen!« Der Jäger sagte: »So werden wir es auch nicht können, denn diese Leute sind wohl stärker als wir. Laß mich aber jetzt gehen. Ich will diese Sache bis morgen bedenken und dann wiederkommen.« Der König sagte: »Das ist gut.« Der Jäger ging nach Hause.

Am anderen Tage kam der Jäger wieder zum König und sagte: »Du willst einige von diesen Leuten sehen?« Der König sagte: »Ja, ich will einige von diesen Leuten sehen!« Der Jäger sagte: »Wenn du mir guten Honig und Zuckerrohr besorgen kannst, will ich einen Versuch machen, dir diese Leute oder einige von ihnen herzubringen.«

Der König sagte: »Honig und Zuckerrohr sollst du haben. Ich werde sogleich danach senden.« Der König sandte zwei Leute in den Busch, um Honig zu suchen. Die beiden Leute gingen in den Busch. Die Leute fanden Honig. Sie brachten eine große Kalebasse voll Honig zum König. Der König sandte Honig zu dem Jäger. Der Jäger kochte den Honig mit Wasser. Er nahm auch Wachs, in dem noch Honig war (also gefüllte Waben), und steckte es in seine Schultertasche. Das Honigwasser gab er aber dem König. Dann ging der Jäger hinaus und schnitt sehr süßes Zuckerrohr ab. Das Rohr schnitt er in kleine Stücke und steckte sie in seine Maeni (d. i. der mit der Hand geflochtene Schultermattensack). Damit machte sich der Jäger wieder auf den Weg.

Der Jäger ging denselben Weg, den er zuerst gegangen war. Der Jäger kam wieder in das Land der Frauen. Die Frauen sahen den Jäger, sie liefen auf ihn zu. Sie wollten ihn fangen und schlagen. Der Jäger rief: »Schlagt mich nicht! Ich habe etwas Besonderes. Ich habe etwas sehr, sehr Süßes, das will ich eurer Königin geben. Ich bin geschickt von einem anderen König!« Die Frauen sagten: »Der andere König ist uns ein Nichts. Zeige aber einmal das sehr, sehr Süße her. Denn wenn wir dich zur Königin bringen und die Sache ist dann nicht so süß und unwahr, dann tötet die Königin dich und wird auch über uns unwillig!« Der Jäger sagte: »Ich will euch gern ein wenig geben, denn ich habe genug davon bei mir.« Der Jäger brach ein wenig von der gefüllten Wabe ab und gab es den Frauen. Die Frauen nahmen es. Die Frauen versuchten es. Die Frauen sagten: »Das ist wahr! Das ist ganz ausgezeichnet.« Die Frauen kosteten noch ein wenig davon und fragten: »Was ist das?« Der Jäger sagte: »Das ist der Schmutz vom Penis meines Königs. Den soll ich eurer Königin bringen.« Die Frauen fragten: »Hast du denn den Eba deines Königs auch bei dir?« Der Jäger sagte: »Ja, den Penis meines Königs habe ich auch bei mir. Der ist hier oben in der Schultertasche und macht da seinen Schmutz (tschöki). Er macht da den Schmutz, den ihr eben versucht habt.« Die Frauen sagten untereinander: »Dann wollen wir diesen Mann zu unserer Königin bringen. Denn was er da von seinem Könige bringt, ist so gut, daß unsere Königin es unbedingt versuchen muß.« Die Frauen sagten untereinander: »Ja, unsere Königin muß den Penis des Königs und seinen Schmutz versuchen.«

Die Frauen sagten: »Komme mit uns!« Die Frauen nahmen den Jäger in ihre Mitte und brachten ihn in die Stadt. Sie brachten ihn in das Haus der Königin. Die Königin sagte: »Was ist das für ein Mensch? Was willst du?« Der Jäger sagte: »Ich bin aus einem anderen Lande. Mein König sendet mich. Mein König sendet dir, der Königin, ein Geschenk. Ich bringe dies Geschenk. Das Geschenk ist sehr süß.« Die Königin sagte: »Was ist das?« Die Frauen, die den Jäger gebracht hatten, sagten: »Töte ihn nicht, denn sein Geschenk ist in der Tat sehr süß. Er hat den Eba seines Königs mitgebracht. Den Eba hat er in seiner Tasche. In der Tasche macht der Eba seinen Schmutz. Wir haben nur den Schmutz versucht. Aber auch dieser Schmutz übertrifft an Süße alles, was wir essen. Töte den Mann nicht!« Die Königin besah den Jäger.

Die Königin sagte zu dem Jäger: »Dann gib her, was dein König mir Süßes schickt. Ich will es versuchen.« Der Jäger sagte: »Meine Königin, laß uns in das Haus gehen.« Die Königin sagte: »Es ist gut, wir wollen in das Haus gehen! Ihr Frauen könnt in der Katamba (Durchgangshaus) bleiben.« Die anderen Frauen blieben in der Katamba. Die Königin ging mit dem Jäger in ihr Haus. Die Königin setzte sich auf ihr Bett. Der Jäger setzte sich neben sie auf das Bett. Die Königin sagte: »Nun gib her.« Der Jäger sagte: »Versuche den Schmutz!« Der Jäger brach ein gutes Stück Wabe ab und gab es der Königin. Die Königin nahm es in den Mund. Die Königin sagte: »Das ist süß.« Die Königin kaute es. Die Königin sagte: »Das ist ausgezeichnet. Gib mir mehr!« Der

Jäger gab der Königin den Rest der Wabe. Die Königin aß die Wabe auf. Die Königin sagte: »Das ist ausgezeichnet. Das ist also der Schmutz des Eba! Was ist nun ein Eba? Kann ich nicht einen Eba bekommen?« Der Jäger sagte: »Du willst einen Eba versuchen? Gewiß habe ich Eba bei mir. Bei uns hat jeder einen Eba. Ich habe aber auch die Eba meiner verstorbenen Großväter (Ahnen, Längstverstorbene – Dako) bei mir! Versuche erst einmal die Eba der Dako.« Die Königin sagte: »Es ist recht. Gib mir nur her!« Der Jäger griff in seine Tasche und nahm ein Stück Zuckerrohr heraus. Der Jäger gab der Königin ein Stück Zuckerrohr und sagte: »Kaue diesen Eba meines Dako.« Die Königin nahm das Zuckerrohr und kaute es. Die Königin sagte: »Das ist gut. Das ist sehr gut. Das ist süß. Gib mir mehr davon.« Der Jäger gab der Königin alle Zuckerrohre, die er bei sich hatte. Die Königin aß alles auf. Die Königin kaute alles Zuckerrohr. Sie sagte: »Gib mir noch mehr Eba deiner Dako.« Der Jäger sagte: »Mehr Eba meiner Dako habe ich nun nicht bei mir. Denn jeder meiner Dako hat nur einen Eba gehabt, wie ein jeder Mensch bei uns nur einen Eba hat und nicht mehr.«

Die Königin sagte: »Jeder Mensch hat bei euch einen Eba, den man essen kann?« Der Jäger sagte: »Ja, jeder Mensch hat bei uns einen Eba, den man essen kann. Man kann den Eba eines Menschen aber nicht nur einmal essen. Sondern man kann den Eba immer wieder essen, jeden Tag ein- oder zweimal.« Die Königin fragte den Jäger: »Hast du denn auch einen Eba?« Der Jäger sagte: »Ja, ich habe auch einen Eba.« Die Königin sagte: »Kann ich nicht deinen Eba auch einmal essen?«

Der Jäger sagte: »Du kannst meinen Eba einmal essen. Aber man ißt den Eba eines lebenden Menschen anders.« Die Königin fragte: »Wie ißt man den Eba eines lebenden Menschen?« Der Jäger sagte: »Soll ich es dir zeigen?« Die Königin sagte: »Ja, zeige es mir!« Der Jäger sagte: »Dann lege dich auf das Bett.« Die Königin legte sich auf das Bett. Das Bett der Königin war sehr schön. Der Jäger legte sich zu der Königin. Er legte sich neben die Königin (die Nupe führten in alten Zeiten den Beischlaf *nu* in der Seitenlage aus). Der Jäger sagte: »Schlage deine Bein über mich.« Die Königin legte das eine Bein über den Jäger. D Jäger sagte: »Fühle hierher.« Die Königin faßte den Eba des gers. Die Königin führte den Eba des Jägers in ihre Vagina.

Jäger beschlief die Königin. Die Königin sagte: »Ist das süß! Ist das süß!« Die Königin sagte: »Das übertrifft die Süßigkeit aller Ebas der Dako! Laß mich deinen Eba noch einmal essen!« Darauf beschlief der Jäger die Königin noch ein zweites Mal.

Die Königin sagte: »Bei euch hat ein jeder solchen Eba? Und man kann ihn immer wieder genießen?« Der Jäger sagte: »Ja, bei uns hat ein jeder einen solchen Eba. Der Eba meines Königs ist aber noch viel süßer als der meine.« Die Königin sagte: »Ich möchte den Eba deines Königs auch einmal essen.« Der Jäger sagte: »Wenn du den Eba meines Königs essen willst, so komme zu ihm. Ich will morgen sogleich zu ihm gehen und sagen, daß du kommst!« Die Königin sagte: »Ja, du kannst zu deinem König gehen und kannst ihm sagen, daß ich mit meinen Frauen zu ihm kommen will, seinen Eba einmal zu essen. Bleibe erst aber noch bei mir, denn ich will noch einige Male deinen Eba essen.« Der Jäger blieb noch zwei Nächte bei der Königin und beschlief sie jede Nacht.

Der Jäger sagte: »Nun will ich zu meinem König zurückgehen.« Die Königin sagte: »Bleibe noch zwei Nächte bei mir, damit ich deinen Eba noch essen kann.« Der Jäger sagte: »Ich kann nicht länger bleiben. Sonst wird mein König über mich böse. Mein König wird mich dann strafen. Willst du, daß mein König mich straft? Habe ich dir nicht Süßes gebracht?« Die Königin sagte: »Du hast mir mehr Süßes gebracht, als ich vorher wußte. Ich will nicht, daß dein König dich straft, aber bleibe noch bei mir.« Der Jäger sagte: »Kannst du nicht leicht zu uns kommen? Wirst du dann nicht noch mehr Süßes haben als von mir?« Die Königin sagte: »Es ist gut, gehe also zu deinem König zurück. Ich will mit dir gehen!« Der Jäger sagte: »Laß mich vorausgehen und [illegible]em Könige sagen, daß du kommst.« Die Königin sagte: »Es ist [illegible]t, geh voraus und sage zu deinem König, daß ich komme. Sage [illegible]n, daß ich mit meinen Leuten (Frauen) komme. Sieh zu, daß [illegible]ne Frauen auch den Eba kennenlernen, denn bei euch hat ja [illegible]der seinen Eba.« Der Jäger sagte: »Jede deiner Frauen soll [illegible] Eba versuchen. Es hat keine Schwierigkeit. Wir haben ge[illegible]von.« Die Königin ging zu ihren Frauen heraus und sagte: [illegible]e den Eba versucht. Er übertrifft an Süße alles. Der Jä[illegible]un voraus und sagt seinem Könige, daß ich komme und [illegible]inge. Der Jäger wird für jede von euch einen Eba haben, wenn wir kommen.« Die Frauen riefen: »Jede von uns wird einen süßen Eba haben! Jede von uns wird einen Eba haben!« Der Jäger ging.

Der Jäger ging über das Land zurück. Der Jäger kam wieder in seine Stadt. Der Jäger ging zu seinem Könige. Der Jäger sagte zu seinem König: »Ich bin wieder bei diesen Leuten gewesen.« Der König sagte: »Werde ich diese Leute sehen können?« Der Jäger sagte: »Ich habe mit diesen Leuten Freundschaft geschlossen. Die Königin will mit ihren Leuten (Frauen) kommen. Die Königin will deinen Penis essen. Die anderen Frauen wollen auch Penisse kennenlernen. Sorge also, daß, wenn die Leute kommen, jeder von unseren mit einer von denen zur Seite gehen und daß die zwei dann ungesehen von den anderen miteinander schlafen können. Das andere wird dann alles werden. Es ist ganz einfach und sehr angenehm.« Der König sagte: »Hast du es versucht? Ist es nicht unangenehm?« Der Jäger sagte: »Es ist sehr angenehm. Es ist so angenehm wie sonst nichts.« Der König sagte: »Dann will ich alle Leute zusammenrufen und es ihnen sagen, wie du angabst. Wann kommen die Leute?« Der Jäger sagte: »Ich kann sogleich zurückgehen und sie rufen!« Der König sagte: »Ja, gehe nur schnell.« Der Jäger ging wieder zurück.

Der Jäger kam wieder zu den Frauen. Der Jäger sagte zu der Königin und ihren Frauen: »Mein König bittet euch, nun zu ihm zu kommen. Eine jede von euch wird nicht nur den Schmutz des Penis, sondern einen eigenen Penis erhalten.« Die Königin sagte: »Es ist gut. Wir wollen jetzt schnell gehen.« Die Frauen sagten: »Jede von uns wird einen süßen Eba haben! Jede von uns wird einen süßen Eba haben!« Die Königin sagte: »Wir wollen zwei Monate lang bei den Männern bleiben, dann werden wir wieder zurückgehen!« Die Frauen packten ihre Kalebassen, und der Jäger ging mit den Frauen fort.

Der Jäger kam mit der Königin und den Frauen in die Stadt des Königs. Der König empfing die Königin. Alle Männer waren mit dem König. Der König führte die Königin in sein Haus. Jeder Mann nahm eine Frau mit in sein Haus. Der König beschlief die Königin. Jeder Mann beschlief eine Frau. Die Frauen sagten: »Das übertrifft an Süße alles andere.« Die Königin sagte zum König: »Ich will zwei Monate lang bei dir bleiben, dann will ich mit meinen Frauen wieder zurück in meine Stadt gehen.«

Die Königin blieb mit ihren Frauen zwei Monate lang in der Stadt der Männer. Als die zwei Monate vorüber waren, sagte die Königin: »Wir wollen noch zwei Monate hier im Lande bleiben. Dann will ich mit meinen Frauen wieder in unsere Stadt gehen.« Die Königin blieb mit ihren Frauen noch zwei Monate in der Stadt der Männer. Als die zwei Monate verstrichen waren, sagte die Königin: »Wir wollen noch zwei Monate bleiben.« Die Frauen blieben noch im Lande der Männer.

Die Frauen wurden schwanger. Die Frauen gebaren Kinder. Die Kinder wuchsen heran. Die Kinder schliefen auch wieder miteinander und gebaren Kinder. Es blieb so. Männer und Frauen gingen nicht wieder auseinander. Die Frauen gingen nicht wieder von den Männern fort.

Kagenas Tochter

(Lamuten)

Eine Frau war eine gewaltige Jägerin. Sie hatte einen Vater namens Kagena. Der Alte ging an zwei Stöcken. Er war einäugig. Sie hatten fünf Rentiere.

Das Mädchen pflegte mit einem zahmen Rentier auf die Jagd zu gehen, mit ihres Vaters Rentier Chasandscha. Sie schoß mit einem Bogen aus Mammutkiemen, mit ihres Vaters, Kagenas, Bogen schoß sie. Am Tage erlegte sie zehn, zwanzig wilde Rentiere. Sah sie Rentiere, erlegte sie die herdenweise. Ihren Vater ernährte sie.

Also jagend, begegnete sie einem Mann. Das war ein Mann, so groß wie ein Nadelwald; er hatte einen Bogen aus hartem Holz, sein zahmes Rentier war wie ein großer Elch, sein Reitrentier war gewaltig wie ein Steilufer.

Der Riese grüßte überhaupt nicht. Auf seinem Reitrentier sitzend, fragte er die Frau: »Wohin reitest du?« Die Frau sprach: »Ich jage natürlich.« – Das Riesenmädchen sang immerzu, was es sagte, der Riese sprach immerzu, was er sagte. – Da lachte der Riese, die Zunge zeigend: »Du da, doch eine Frau, woher bist du ein großer Jäger?«

Das Riesenmädchen schämte sich, fühlte sich entehrt, ritt fort. Nicht ganz einen Pfeilschuß weit entfernt, sang es: »Fremder Riese, warum ärgerst du mich so? Wohlan, schieß auf meines Vaters, Kagenas, Rentier, auf seinen riesigen Rentierwallach. Wie auch immer, du beleidigst mich!«

So sprechend, führte sie ihren riesigen Rentierwallach zur Seite, ihn am Riemen (führend) stellte sie ihn ganz zur Seite. Der Riese sprang von seinem Reitrentier, begann auf das zahme Rentier des Riesenmädchens zu schießen. Fünfunddreißigmal schoß er, nicht ein einziges Mal traf er. Da waren seine Pfeile zu Ende.

Wiederum sprach das Riesenmädchen: »Wohlan, fremder Riese, schau einmal auf mich, ich will auf dein riesiges zahmes Rentier schießen.«

»Wohlan«, sagte der Riese, stellte sein Rentier am Riemenende (es führend) zur Seite. Das Riesenmädchen schoß einmal, schoß des Riesen Rentier quer durch. Da sprach der Riese: »Laß uns zusammen lagern und zusammen jagen!«

»Einverstanden, mag es geschehen«, sagte das Riesenmädchen. Da lagerten sie zusammen an einem Orte. Tags darauf jagten sie an verschiedenen Orten. Das Riesenmädchen hatte zehn wilde Rentiere erlegt, der Riese nur eines. Abends kehrten beide heim. Dann ging der Riese zum Zelt des Riesenmädchens, um sich zu erkundigen. Er steckte seinen Kopf durch die Tür und fragte: »Wieviel hast du erlegt?«

Sie sprach: »Fremder Riese, was bin ich als Frau schon für ein Jäger? Nur zehn Stück habe ich erlegt!« Dann fragte sie: »Wohlan, fremder Riese, erzähle auch du immerhin, wie viele hast du erlegt?«

Der Riese sprach: »Ich habe eines erlegt.« Sie glaubte es nicht: »Wie viele, sagtest du, hast du erlegt? Sagtest du ›nur zehn Stück‹?« – »Nein, nein, nein! Eines, eines!« sagte er und zeigte es, indem er den Zeigefinger schwenkte.

Da sprach das Riesenmädchen: »Fremder Riese, was für ein großer Schwächling bist du, daß du nur ein einziges erlegt hast!« Sagte der Riese: »Gehen wir morgen wiederum auf die Jagd!« – »Einverstanden«, sprach das Riesenmädchen.

Tags darauf jagten sie zusammen. Da erblickten sie fünfunddreißig wilde Rentiere. Sie jagten sie mit dem Jagdrentier und schossen auf sie. Das Riesenmädchen schoß auf alle, erlegte alle. Der Riese erlegte kein einziges. Wenn der Riese einmal schoß, schoß das Riesenmädchen zehnmal. Der Riese sprach, sich geschlagen gebend: »Wir wollen uns morgen wieder beim Schießen messen.« – »Einverstanden, mag es geschehen«, sagte das Riesenmädchen.

Tags darauf stand das Riesenmädchen früh auf, begann ein Hamat weit entfernt – da ist das Geweih eines wilden Rentierbullen nicht mehr zu sehen – zu singen: »Wohlan, fremder Riese, fang du doch zuerst an!«

Der Riese schoß auf das Riesenmädchen. Nicht ein einziges Mal traf er. Er konnte die Riesin nicht erlegen. Die Riesin ergriff mit der Hand die Pfeile des Riesen, die ihr entgegenkamen, an der Spitze. Der Riese schoß fünfunddreißigmal. Da gingen des Riesen Pfeile zu Ende.

Die Riesin sprach wiederum: »Wohlan, fremder Riese, schau wieder auf mich!« Der Riese sagte: »Wohlan!«, stellte sich mit gespreizten Beinen hin, auf daß (die Pfeile) abprallten. Die Riesin schoß einmal, des Riesen beide Hüftgelenkpfannen zerschmetternd. Da starb der Riese.

Der Alligator und die streitbaren Weiber

(Brasilien)

Die Weiber eines Dorfes pflegten zu gewissen Zeiten nach einer Lagune zu gehen, wo ein großer Alligator hauste. Hier hatten sie sich Hütten errichtet mit Kochgeräten, Töpfen usw. Federschmuck und schöne Leibgürtel nahmen sie dorthin mit, auch Moschus, den Körper einzureiben. Eines der Weiber wurde mit allen diesen Zieraten ausgestattet und ihre Haut mit Moschus bestrichen. So blieb sie am Ufer sitzen, während die übrigen im Walde Früchte sammelten. Andere fischten oder bereiteten Speisen zu.

Das Weib im Festschmuck rief, sobald sich alle entfernt hatten: »Alligator, komm, bring Fische!« Der Alligator antwortete: »Ich komme.« Er kam dann hervor, ein Bündel Fische tragend. Dann legte er seinen Kopf der Frau auf den Schenkel, ließ sich von ihr die Parasiten absuchen und schlief ein. Die anderen Weiber bereiteten unterdessen das Mahl und gingen nach Beendigung des Festes nach Hause, indem sie den Männern nur die leeren Fruchtschalen brachten. Das geschmückte Weib blieb mit dem Alligator zurück und folgte erst später.

Schließlich wunderten sich die Männer, daß die Frauen immer nur mit leeren Schalen zurückkamen, und beschlossen, der Sache auf den Grund zu gehen. Einer befahl seinem Sohn, die Mutter zu begleiten. Nach langer Weigerung ward er zugelassen und erzählte den Männern dann, was er gesehen hatte.

Zwei Tage später gingen diese selbst zusammen an den See, während die Frauen zurückbleiben mußten. Auch sie rieben sich mit Moschus ein und riefen den Alligator. Dieser kam wie sonst, brachte Fische und legte sich zum Schlaf nieder, wurde nun aber von den Männern mit einer Keule getötet und in den Wald geworfen. Darauf gingen die Männer jagen, töteten noch andere Alligatoren, Reiher, Enten sowie Aasgeier und kehrten mit der Beute zurück. Spöttisch riefen sie den Weibern zu: »Ihr habt uns betrogen; jetzt könnt ihr Aasgeierfleisch essen!«

Anderntags zogen die Weiber wieder aus; aber der Alligator erschien nicht. Seine Leiche wurde endlich im Walde gefunden. Voll Zorn eilten sie nach Hause, machten sich Pfeile und Bogen und forderten die Männer zum Kampf heraus. Die Männer nahmen die Sache nicht ernst und legten die Pfeile umgekehrt auf den Bogen, um keinen Schaden zu tun; die Weiber aber schossen mit der Spitze und töteten die Männer bis auf wenige, die entkamen. Die Weiber zogen nun den Fluß hinab. Man hat nichts mehr von ihnen gehört. Solange der Alligator gelebt hatte, sprachen alle Alligatoren. Seitdem spricht keiner mehr.

Die Geschichte von Norim

(Iatmul)

Ich erzähle euch die Geschichte von Norim. Die Wesen, oder das Volk, das Norim genannt wird, haben ihr eigenes großes Dorf. Das Dorf liegt aber nicht so, daß man es sehen könnte; Menschen aus anderen Dörfern können es nicht sehen. Diese Wesen wohnen in einem Bambushain, ihr Dorf ist der Innenraum von Bambusästen. Junge Buben, erwachsene Männer, Greise, alle sind im Bambus versteckt, und es sind alles Männer. Es gibt keine Frauen unter ihnen. Während der Nacht kommen sie heraus und feiern ein Fest. In den vielen Dörfern in der Umgebung wiederum gibt es nur Frauen. Sie hören die Trommel und den Gesang aus der Dunkelheit, einen Gesang, der folgende Verse enthielt:

»O! Wutpuru, nachts bin ich ein tolles Wesen,
oi oi oi – oi oi!
O! Wutpuru, am Tage geht's mir schlecht,
oi oi oi!«

So feierten die Männer ihr Fest, und die Frauen in den umliegenden Dörfern, wo es keine Männer gab, hörten ihnen zu.

Sie hörten zu, in all den Dörfern, wo nur Frauen lebten, und wunderten sich: »Was für ein Festgesang ist es? Was für Stimmen hört man in der Nacht? Es ist Trommelschlag und Männergesang! Wer singt da? In jener Gegend gibt es doch kein Dorf!« fragten sie sich, und da sie keine Antwort wußten, beschlossen sie: »Kommt, gehen wir in der Nacht hin und schauen wir!« – »Nein, laßt uns schon am Tage gehen, wir verstecken uns, und am Abend, wenn die Dunkelheit einbricht, wird der Trommelschlag ertönen, sie werden erscheinen, und wir werden ihre Gesichter anschauen können!« sagten andere Frauen. »Gut, so machen wir es.« – »Zunächst ist es nicht nötig, daß viele hingehen. Die jüngeren Jahrgänge bleiben zu Hause, nur ein paar ältere Frauen, fünf oder sechs, sollten gehen«, sagten sie.

Nachdem so beschlossen wurde, brachen sie an einem Nachmittag auf und gingen hin. »Hier können wir bleiben!« – »Ach nein, nicht dort!« sagten andere. Schließlich fanden sie einen geeigneten Ort und versteckten sich alle. Sie warteten, bis die Nachmittagssonne erlosch und die Umgebung in der Dunkelheit versank. Sie lauschten. Die aus dem Bambus kamen heraus und begannen zu tanzen. Die großen Trommeln ertönten zusammen mit den kleinen Handtrommeln:

»O! Wutpuru, nachts bin ich ein tolles Wesen,
oi oi oi – oi oi!
O! Wutpuru, am Tage geht's mir schlecht,
oi oi oi!«

Sie tanzten, schlugen die Trommeln und sangen. Die versteckten Frauen sahen sie herauskommen, die schöne und anmutige jüngere Generation, ältere Männer auch, alle kamen sie heraus. Die Frauen sahen sie und sagten: »Ach! Diese Menschen sind es, die hier jede Nacht herauskommen und tanzen! Woher sind sie denn gekommen? Sie sind aus dem Bambushain herausgekommen, ich glaube, sie wohnen im Bambus! Das muß ihr Dorf sein!« – »Geht nicht hervor! Zeigt euch nicht!« flüsterten die Frauen. »Gehen wir nicht hervor, bleiben wir im Versteck, und am Morgen wollen wir sehen, wohin sie verschwinden!« sagten sie und blieben im Versteck bis zum Tagesanbruch. In der Morgendämmerung verschwand plötzlich das ganze tanzende und singende Volk mit einem klappernden Geräusch, einer nach dem anderen verschwanden sie im Inneren der Bambusäste, jeder in seinem eigenen, bis keiner mehr da war. Alle waren wieder im Bambus verschwunden, als die Frauen, die alles gesehen hatten, aus ihrem Versteck hervorkamen. Sie drängten sich um die Bambusgestäude, schauten sie an und sprachen: »Ach! Das sind sie! Da in diesem Bambus wohnen sie, und da kommen sie heraus und feiern ihr Fest!«

Danach kehrten sie ins Dorf zurück, schlugen die große Signaltrommel, und alle Frauen, auch aus den benachbarten Dörfern, versammelten sich. »Wir haben sie gesehen!« berichteten sie. »Die Trommelrhythmen und die Gesänge kommen von Menschen, die im Bambus wohnen. Es gibt dort einen großen Bambushain!« – »Wir sind ja ohne Männer! Gehen wir doch in den Hain und schlagen uns jede einen Bambusast ab, und jede wird einen Ehemann nehmen!« – »Ja! Gut!« sagten sie und beendeten die Versammlung, nachdem sie beschlossen hatten, morgen hinzugehen. Die ganze Nacht hörte man noch die Trommelrhythmen und den Gesang, bis es dämmerte. Noch vor dem Tagesanbruch machten sie sich auf den Weg, alle Frauen aus allen Dörfern. Erwachsene, heiratsfähige Frauen, aber auch junge Mädchen; reife Frauen mit entwickelten Brüsten; ältere Frauen, die aber immer noch einen Mann nehmen konnten; nur die ganz alten, deren Körper schon eingefallen und deren Haut ganz verrunzelt war, gingen nicht; so ging man also. Sie gingen. Sie kamen zusammen aus diesem und jenem Dorf, alle aus allen Dörfern zogen sie hin. Jede von ihnen trug eine Steinaxt. Damals gab es noch keine Metalläxte. Die weißen Menschen sind erst später aufgekommen, und mit ihnen die Metallaxt. Früher gab es dies nicht. Damals gab es nur die Steinäxte von Samburi. Jede also mit einer Steinaxt in der Hand, kamen sie an und riefen: »Der gehört mir! Der gehört mir!« Ein junger Bambussproß, noch ganz aufgerichtet – ein Bub; ein längerer und ein wenig schon geneigter Bambusast – ein junger Mann; ein noch längerer mit einer größeren Neigung – ein Mann; ein ganz geneigter mit einem trockenen Wipfel – ein Greis; so waren sie alle da. Der gerade jetzt sprießende Ast – ein Kind; solche, die schon groß genug waren, um eine Frau zu nehmen, aber auch solche, die noch zu jung waren; so waren sie alle da. Die Frauen kamen heran, und jede von ihnen rief: »Der gehört mir! Der gehört mir!«, und sie schlugen mit den Steinäxten zu. Sie hauten zu, und die Bambusäste brachen und fielen hin, die Männer sprangen heraus und umarmten die Frauen. »Ach, komm nur, mein Ehemann!« riefen ihnen die Frauen zu, und alle eilten zu zweit davon. Den jungen Bambus hatten sie ganz geschnitten, den festeren, älteren Bambus hatten sie auch geschnitten; die Männer sind alle herausgekommen, und jeder hat eine Frau gefaßt, bis der ganze Hain leer war. Nur einen großen, dicken, schweren Bambus, mit dem Wipfel tief zur Erde geneigt und ganz trocken, hatte man nicht abgeschnitten, da es augenscheinlich ein Greis war. »Oh, das ist bereits ein überreifer Bambus, in dem kann nur ein Greis stecken!« sagten die Frauen und ließen ihn stehen. Ein kleines Mädchen, ihre Brüste sind noch kaum erkennbar, ein Kind noch, zeigt ihren Wunsch an: »Oh, Mama! Ich bin nicht zufrieden! Schau, alle in meinem Alter sind schon weg mit ihren Männern! Ich will auch! Komm! Ich will diesen da schneiden!« Sie geht zu dem alten Bambusast, faßt ihn und schüttelt ihn: »Ich will diesen abschneiden!« sagt sie und rüttelt an ihm. »Den willst du doch nicht schneiden! Das ist ein alter Bambus! Wenn du den schneidest, kommt ein Greis heraus!« sagt die Mutter. Das Kind sträubt sich aber und weint. Und da nichts hilft: »Gut. Höre mal, was ich dir sage. Es ist deine eigene Angelegenheit. Mach, was du willst. Soll dich doch ein großer, alter Mann nehmen«, sagt sie. »Hier ist die Axt. Nimm!« Sie gibt die Axt dem Kind. Die Kleine nimmt sie, ist aber nicht stark genug, um das Werkzeug zu führen. Wie die Mutter die erfolglosen Versuche ihrer Tochter sieht, läßt sie ihren neuen Ehemann stehen, nimmt selbst die Axt in die Hand und haut auf den großen Bambus, bis er bricht und fällt. Der Ast fällt runter, ein Greis springt heraus! Er fällt vor Schwäche um, steht auf und fällt sofort wieder: »Komm! Du bist meine Ehefrau!« ruft er und versucht das kleine Mädchen zu umarmen. »Mama! Ich will nicht! Diesen Alten will ich nicht! Mama! Ich will nicht! Mama, komm und halte mich! Ich will diesen Mann nicht!« schreit das Mädchen.« »Was habe ich dir gesagt? Du wolltest nicht auf mich hören! Es ist deine eigene Angelegenheit. Bleib nur mit ihm. Du stirbst nicht davon. Bleib nur zusammen mit dem Alten, bis du groß wirst!« Die Mutter wandte sich ab, nahm geschwind ihren Mann, und schon waren sie weg. Das Kind verzweifelte, wälzte sich auf dem Boden, weinte, es half aber nichts. Der Alte nahm sie. Alle sind so in die umliegenden Dörfer gegangen, auch der Mann aus dem alten, trockenen Bambusast, den das kleine Mädchen abschneiden wollte. Sie lebten zusammen unter einem Dach, bis sie erwachsen wurde. Dann hat er sie geheiratet und viele Kinder mit ihr gezeugt.

Dies war die Geschichte von Norim, die Geschichte von den Männern, die im Bambusinnern lebten. Jetzt ist sie zu Ende.

Der eiserne Held

(Orotschen)

Eine Schöne lebte. Jene Schöne war gleich einem Mann: Sie ging in die Taiga, erlegte überall viele Elche, fing Fische und erlegte viele Vögel. Als Frau wiederum stellte sie Stiefel und Kleidung her. Hatte sie einen Elch getötet, so dörrte sie (sein Fleisch) wie eine Frau. Auch die Fische dörrte sie so.

Dann sagte die Schöne: »Warum dörre ich so viele Tiere und Fische?« Darauf spricht die Schöne: »Keinen Vater, keine Mutter habe ich, die etwas essen.« Darauf kleidete sie sich am nächsten Morgen wie ein Mann an. Dann ging sie so »dorthin, wohin das Gesicht weist«. Weit ging sie dann so. Während sie so ging, erblickte sie ein Haus. Dort ging die Schöne hinein.

In jenem Hause lebte noch eine Schöne. Auch jene (erste) Schöne lebte so (bei ihr). (Die Schöne im Hause) gab dem »Helden« gut zu essen. Der »Held« aß auch viel. Die Schöne sagte: »Verbringe die Nacht (bei mir)!« Der »Held« schickte sich an zu übernachten. Die Schöne bereitete »ihm« ein Bett neben sich. Der »Held« sprach: »Wenn ich auf eine schwere Jagd gehe, dann schlafe ich nicht neben einer Frau, das halte ich für tabu (tscheppe). Wenn ich zurückkehre, dann werde ich (bei dir) übernachten.« Dann stand der »Held« so auf, zog so dahin. Als »er« so ging, gelangte »er« zu einem Ort, wo ein Alter und eine Alte in der Taiga lebten. Als »er« so hingelangte, war der Alte beim Schmieden. Jener Alte – der war ein großer Meister, der Alte.

Die Schöne spricht zu dem Alten: »Schmiede auch mir etwas!« Der Alte sagte nichts, war ganz schweigsam. Der Alte packte nun die Schöne an ihrer Mitte mit der Schmiedezange, dann steckte er sie in die Feuerstelle. Dann sagte er: »Alte, bediene du den Blasebalg!« Die Alte bediente auch den Blasebalg. Neun Nächte und Tage bediente sie den Blasebalg. Die Schöne verbrannte völlig. Der Alte sprach: »Annajeee! Sogar ihr Eisen ist ganz verbrannt.« Dann suchte er überall in der Feuerstelle. Da fand er in seiner Feuerstelle ein ganz kleines Stück Eisen. Der Alte bearbeitete das Eisen mit dem Schmiedehammer. Hämmernd machte er es einem Menschen gleich, schuf einen Mann mit Händen, Füßen und Kopf. Als er es fertig bearbeitet hatte, sprach er zu der Alten: »Alte, komm auch du nachschauen. Irgendwie mag noch etwas Schlechtes daran sein.« Die Alte schaute nach, dann sagte sie: »Es hat einen Riß. Da wird der Mensch zerbrechen.« Da tat der Alte (die Menschenfigur) abermals in die Feuerstelle. Die Alte bediente abermals neun Nächte lang, neun Tage lang den Blasebalg. Da suchte der Alte wieder überall. Er fand das Eisenstück wieder. Als er es wiederfand, war das Eisenstück größer geworden. Da schmiedete der Alte. Als er mit dem Schmieden fertig war, sprach er wiederum zu der Alten: »Komm du wieder nachschauen!« Als sie nachschaute, war nirgends ein Riß, gut war's geworden. Dann prüfte die Alte ganz sorgfältig: Es war gut. Der Alte hörte nun auf. Er packte dann den Menschen, den er geschaffen hatte, am Bein. Dann ließ er ihn neunmal um die Feuerstelle kreisen. Dann sprach der Alte, bevor er ihn losließ: »Wenn du ein starker Held wirst, wirst du aufrecht dastehen.« Als er ihn losgelassen hat, schaut der Alte wieder hin. Als er hinschaute, stand ein Held aufrecht da. Da sprach der Alte: »Du magst nun in mein Haus eintreten.« Da ging der Held ins Haus des Alten. Als er dort hineinging, war da eine Alte. Ihre Brust war nur eine, sie hatte nur eine Brust. Der Held ergriff jene Brust und saugte daran. So saugend, zog er einmal daran – er wird einen Finger dick. Wie er so bis zu Ende saugte, wurde er ein großer stattlicher Mensch. Die Alte sprach: »Als ich deine Stimme hörte, hatte ich (dich) schon vergessen. Ich bin die Frau des Chadau. Alle Menschen erschaffe ich.«

Danach erlegte der eiserne Held viel (Tiere als) Speise für den Alten. Da freute sich der Alte. Als er dort gelebt hatte, schickte er sich an, nach Hause zurückzukehren. Beim Daherkommen fand er jene Schöne wieder. Die gab dem Helden jetzt noch mehr zu essen. Der Held nahm die Schöne zur Frau. Die Schöne lebte dort. Unterdessen bekamen sie einen Sohn. Da kehrte der Held nach Hause zurück. Seine Frau, die Schöne, sieht: Er war zwar ein Held, verrichtete aber Frauenarbeit, und seine Sachen sind teils Mannes-, teils aber Frauenhabe.

So lebte der Held. So wurde auch der Sohn groß. Dann wurde aber der Vater ganz alt. Als er groß geworden war, erlegte der Sohn Tiere. Mutter wie auch Vater lebten gut.

Das Heldenmädchen

(Südchina)

In der Provinz Kuanghsi liegt der Fünfdonnerberg, dessen Gipfel hoch in die Wolken ragt. In seinen Felsen gibt es eine Höhle, wo sich eine Riesenschlange versteckt hielt. Einen Klafter war sie dick und mehr als zehn Klafter lang. Immer wieder kam sie heraus, um einen Menschen aufzufressen. Die Eingeborenen der Gegend hatten Angst vor ihr, und es wurde ihr geopfert, als ob sie der Schlangengott wäre. Jedes Jahr zum Frühlingsfest brachte der Kreisbeamte ein Rind oder Schaf als Opfer dar.

Aber eines Tages um die Frühlingswende behauptete der Zauberpriester, der Schlangengott hätte ihm gesagt, daß der Kreisbeamte jedes Mal eine zwölf bis dreizehn Jahre alte Jungfrau darbringen sollte, indem er sie vor die Höhlenöffnung setzte, zum Fraß für die Schlange; täte er es nicht, gäbe es hier Unheil. Der Kreisbeamte war sehr unglücklich! Er kaufte mit viel Geld jeweils eine Tochter von Verbrechern oder eine Tochter armer Leute, zog sie auf und brachte sie zur Zeit des Festes in großer Ausstattung mit Weihrauch, Kerzen, bunten Kleidern und Musik zur Höhle; dort setzte er sie auf den Opferplatz des Schlangengottes.

Mit der Zeit hatte man auf diese Weise schon neun Jungfrauen verbraucht. Als es wieder Zeit zum Opfern war, suchte der Kreisbeamte wieder nach einem Mädchen, konnte aber keines finden. Nun lebte in der Stadt eine Familie Yü. Herr Yü war arm und hatte sieben Töchter. Die zweite Tochter war schon fünfzehn Jahre alt. Sie bat den Vater, sich zum Opfer melden zu dürfen. Die Eltern waren ganz entsetzt und ließen sie nicht gehen. Sie sagte: »Die Schlange weiß gar nichts von der Wahl des Opfers für ihr Fressen! Der Zauberpriester hat die Unwahrheit gesagt! Ich, eure Tochter, widerspreche ihm, und ich weiß, was zu tun ist. Gelingt es mir, dann wird die ganze Gegend glücklich. Gelingt es nicht, dann schadet es nur mir. Für die Eltern eine Last zu sein, ist nicht so gut, wie sich selbst zu verkaufen und die Familie mit dem Geld zu unterstützen.«

Sie bat eindringlich um Erlaubnis fortzugehen, doch der Vater sagte nein. Da lief das Mädchen mitten in der Nacht heimlich weg, ging ins Kreisamt und meldete dem Kreisbeamten ihren Entschluß. Sie bat um ein scharfes Schwert sowie vergiftete Reiskuchen und Honigbrote, die sie mitnehmen wollte. Der Kreisbeamte hielt sie für ein starkes Mädchen, behielt sie bei sich im Amt und ließ alles für sie vorbereiten. Als die Zeit gekommen war und er das Mädchen eben zur Höhle schicken wollte, kam der Zauberpriester und erklärte wieder und wieder, daß dies Mädchen nicht zu brauchen sei. Der Kreisbeamte wurde schließlich wütend auf ihn, und er schickte einfach das Mädchen mit den Reiskuchen und allem andern zur Höhle.

Um Mitternacht erschien die Schlange am Eingang. Groß wie ein Kübel war ihr Kopf, feurig leuchtend die beiden Augen – wie eine Hängelampe. Gleich roch die Schlange die Reiskuchen und Honigbrote, fiel darüber her und fraß sie auf. Das Mädchen hatte sich beizeiten neben der Höhle versteckt und wartete, was kommen würde. Bald fing das Gift zu wirken an, und die Schlange wälzte sich am Boden. Das Mädchen nahm ihr Schwert, um sie zu erstechen. Der Stich drang ihr ins Auge, das mehr als einen Klafter heraussprang. Die Schlange wurde wütend, und mit einem Satz war sie außerhalb der Höhle. Da hieb das Mädchen von rückwärts den Schwanz der Schlange ab, und sie war tot. Noch in derselben Nacht lief das Mädchen zurück zum Kreisamt, wo sie vor Erschöpfung ohnmächtig wurde. Man übergoß sie mit Wasser, und sie kam zu sich und erzählte, wie sie die Schlange getötet hatte. Alle Leute rannten nun zur Höhle, zerstückelten die Schlange und verteilten sie. Dann wurde eine Strafe für den Zauberpriester festgesetzt. Der Kreisbeamte bewunderte das Heldenmädchen und nahm sie als Braut für seinen Sohn.

Ihres Lebens Reise

Vier Erzählungen über ein Thema, welches zu den Lieblingen der psychologischen Deuter gehört: die Frau auf der Suche nach sich selbst, nach ihrem Selbst; die Frau in der Reifungsgeschichte, die im Unterschied zur männlichen Initiationsgeschichte als die ihre gilt.

Zu den schönsten Erzählungen dieser Gruppe gehört die westafrikanische von der Zauberin Ogboinba: die Reise einer gewaltigen Zauberin zurück zur Natur, die sie lieber als ihre künstlichen Gaben haben möchte. Ein höchst kunstvoll komponiertes Erzählstück, dem die schriftliche Fassung anzumerken ist.

Auch die sibirische Suche der Mos-Frau ist virtuos erzählt. »Mos« ist ein Sippenname. Der Bär ist nach ostjakischer Auffassung kein Tier, sondern ein ins Bärenfell gekleideter Mensch oder gar Gott. Der Baum, auf dem die Frau ihr verlorenes Fell wiederfindet, ist ein ostjakischer Opferplatz. Was geschieht mit der Frau? Sie stirbt, eben als sie ihr Totemtierkleid (denn das ist der Bärenpelz) wiederfindet; sie wandert als Schattenseele weiter, gelangt in den Schoß einer Bärin, wird wiedergeboren: mitten im Reich ihres Totems. Nicht leicht wird man so vollkommene und spielende Übergänge zwischen Tier und Mensch und Gott finden wie hier – aber auch grobe Entzauberung des Tiers zum Jagdobjekt und Störung der Tier-Frau-Symbiose durch den eindringenden Menschenmann.

Das Totem wird schließlich zum Sternbild: eine plausible Deutung unseres modernen Astrologieglaubens ...

Das Eskimo-Mädchen der nächsten Geschichte ist weder wie die afrikanische Ogboinba auf der Suche nach Kindern noch wie die sibirische auf der Suche nach ihrem Totem, sondern auf dem Weg zu einem seltsamen Geliebten: einem Schädel, einem Kopf-Mann. Die Szenerie der Erzählung stammt aus der Vorstellungswelt der Schamanen: Der in Kopf und Körper zerteilte Mann, die Himmelsreise des Mädchens, die bekannten Entfremdungserlebnisse der Schamanen, vor allem die Frage nach der Rückkehr ins normale Leben gehören dazu. Statt des geliebten Kopf-Mannes findet das Mädchen schließlich den Mond; nach jungianischer Deutung findet sie also zur Reife des weiblichen Zyklus. Aber selt-

samerweise entkräftet sie mit Hilfe einer zauberischen Darm-Frau diese Regung der Natur: Der Mondgeist wird ohnmächtig.

Die Erzählung läßt offen, ob dieser Mondgeist, der als Geber und Helfer geschildert wird, ein weiblicher oder nicht viel mehr ein Schamanengott sei: Bekanntlich soll der Schamane ja mit seinem Flug etwas für die Gesellschaft ausrichten, Hilfe leisten. Dem Mädchen gelingt es nicht, zu schamanisieren. Es verfehlt die Rückkehr zur Erde, sprich: ins Bewußtsein. Der Kopf(-Mann), den es suchte, bleibt verschwunden.

Streng gebaut und geradezu liturgisch zu rezitieren ist dagegen die Reise der afrikanischen Untombinde. Das stolze Mädchen wird von der Flußgöttin verschlungen, aber vom Vater gerettet; der zweite Teil der Erzählung läßt dieser Flußmutter-Prüfung das Hochzeitsritual folgen: Das Mädchen gewinnt den Körper-Mann. Befremdlich für uns ist der Namenkult in dieser Geschichte, die schwankende Bezeichnung des beleidigten Ungeheuers. Aber ist das wirklich befremdlich? Die ganz gefürchteten und die ganz geliebten Menschen oder Gefühle haben immer diese tausend Namen.

Die Frau also hier: auf der Suche nach Kindern, nach dem Totemtier (d. h. nach der Mutter), nach dem Kopf(mann) und nach dem Körpermann: nicht nach sich selbst? Vielleicht müßte sie eine Suche nach allen vier Richtungen antreten.

Ogboinbas Wanderung

(Westafrika)

Es war einmal ein großes Feld, und auf dem Feld stand ein großer Irokobaum mit großen Knospen. Von den Feldrändern kamen paarweise Männer und Frauen heran. Jede Frau hielt einen Besen in der Hand und jeder Mann einen Sack. Während die Frauen das Feld kehrten, sammelten die Männer den Unrat in ihre Säcke. Und der Unrat bestand aus Manillas. Einige sammelten zehn oder mehr Manillas auf, andere keine einzige, und als das Feld reingefegt war, verschwanden sie wieder paarweise an den Rändern.

Der Himmel verdunkelte sich, und ein großer Tisch sank auf das Feld, ein großer Stuhl und ein großer »Schöpfungsstein«, und auf den Tisch sank ein großer Klumpen Erde. Dann donnerte und blitzte es, und Woyengi, unsere Mutter, stieg herab, setzte sich auf den Stuhl und stellte ihre Füße auf den Schöpfungsstein. Und Woyengi formte Menschen aus der Erde auf dem Tisch. Aber sie waren leblos und weder Mann noch Frau, und Woyengi umarmte einen nach dem anderen und hauchte ihnen Atem ein, und sie wurden lebendig. Aber sie waren immer noch weder Mann noch Frau, und so fragte Woyengi einen nach dem anderen , ob er Mann oder Frau sein wollte, jeder nach seiner Wahl.

Dann fragte Woyengi jeden, welches Schicksal er wähle. Einige baten um Reichtum, Kinder, ein kurzes Leben, andere baten um ein langes und friedliches Leben und lauter verschiedene Dinge. Und Woyengi gab jedem das Schicksal, das er sich gewünscht hatte. Dann fragte Woyengi jeden, durch welche Todesart er zu ihr zurückkehren wolle. Und aus den Krankheiten, die die Erde befallen, wählte sich jeder eine. Auf alle Wünsche antwortete Woyengi: »So sei es.«

In dieser Gruppe neuerschaffener Menschen waren auch zwei Frauen. Die eine erbat sich von Woyengi reiche und berühmte Kinder, die andere nur Kräfte, geheime Kräfte, die auf der Welt nicht ihresgleichen hätten – und diese Frau hieß Ogboinba. Beide baten darum, in derselben Stadt geboren zu werden.

Woyengi führte schließlich die neuerschaffenen Menschen an zwei Flüsse, die zu den Wohnstätten der Menschen flossen. Einer war lehmig, der andere klar. In den lehmigen Fluß führte sie diejenigen Menschen, die sie um Reichtum, Kinder und weltlichen Besitz gebeten hatten. In den sauberen Fluß führte sie diejenigen, die keinen materiellen Besitz verlangt hatten.

Ogboinba und die andere Frau kamen in derselben Stadt zur Welt und wurden unzertrennliche Freundinnen. Sie aßen und spielten zusammen, teilten alle Geheimnisse und wuchsen als Kinder gleicher Eltern auf. Aber Ogboinba war ein außergewöhnliches Kind. Schon im zarten Alter konnte sie heilen und gesund machen und hatte das zweite Gesicht. Sie verstand die Sprache der Vögel, der Tiere, der Bäume und selbst der Grashalme. Sie prophezeite und vollbrachte seltsame und wunderbare Dinge. Schon frühzeitig war ihr Name in jedermanns Mund.

Als Ogboinba und ihre Freundin erwachsen waren, nahm jede einen Mann. Bald hatte Ogboinbas Freundin ihr erstes Kind.

Aber Ogboinba hatte kein Kind und erwartete auch keines. Ihre Kräfte aber wuchsen. Ihre Freundin wurde bald wieder schwanger und gebar ihr zweites Kind. Ogboinba hatte immer noch kein Kind, aber ihr Ruhm breitete sich aus, und sie wurde die gesuchteste Medizinfrau aller Zeiten. Trotzdem war sie unglücklich, sie war einsam, sie wünschte sich ein Kind. Sie wollte Kinder haben und sehnte sich danach.

Ihre Freundin bekam immer mehr Kinder, so wie sie es von Woyengi erbeten hatte, und Ogboinba liebte sie und umsorgte sie mit ihren magischen Kräften, als ob es ihre eigenen Kinder wären. Aber das befriedigte sie nicht. Sie wollte eigene Kinder haben, die sie umsorgen konnte. Ihre magischen Kräfte nahmen indessen zu, genauso wie sie es von Woyengi erbeten hatte. Aber ihr Herz war freudlos. Nach einiger Zeit konnte sie es nicht länger ertragen und beschloß, eine Reise zu unternehmen, eine Reise zu Woyengi, damit sie wiedergeboren werde. Eines Tages ging sie in ihre Zauberhütte, wo sie ihre magischen Kräfte aufbewahrte, und fragte sie nacheinander, ob sie sie auf ihrer Reise begleiten würden. Alle zeigten Zeichen, daß sie willens waren, sie zu begleiten. Aber sie wählte aus allen nur die geheimsten Kräfte und stärksten Zauber und steckte sie in einen Beutel. Dann ging sie zu ihrer Freundin und sagte ihr, daß sie kurz verreisen wolle. Die Freundin wurde traurig, denn seit sie miteinander befreundet waren, hatten sie sich keinen einzigen Tag getrennt. Auch sorgte sie sich, daß ihre Kinder dann keinen Schutz mehr hätten. Aber Ogboinba versicherte ihr, daß ihre Kinder auch während ihrer Abwesenheit unter ihrem Schutz stünden und daß ihnen nichts geschehen würde. Damit verabschiedete sich Ogboinba und begann ihre Reise zu Woyengi.

Ogboinba zog eine lange Straße dahin, den Beutel mit Zaubermedizin über die Schulter gehängt. Es war eine breite Straße, und sie führte zu einem ausgedehnten Meer. Zwischen ihr und dem Meer lag ein Mangrovenwald, in dem Isembi, der Waldkönig, hauste. Als sie so ohne Speise und Ruhe Tag und Nacht dahinzog, hörte sie bald die Wellen, die sich am Ufer brachen. Mit jedem Schritt, den sie vorwärts tat, kam das Meeresrauschen näher. Aber Ogboinba schritt ruhig voran und erreichte bald den Mangrovenwald, Isembis Reich.

Als sie so ihren Weg durch den Wald suchte, hörte sie eine

Stimme, die hinter ihr rief. Sie wandte sich daraufhin um, und es war Isembi.

»Bist du nicht Ogboinba, über die ich so viel gehört habe?« fragte er mit lauter Stimme. Ogboinba antwortete: »Es gibt nur eine Ogboinba auf der Welt, und das bin ich.«

»Wenn du es bist«, sagte Isembi, »hast du mich nicht recht behandelt, indem du dich nicht bei mir, dem König dieses Waldes, gemeldet hast. Wir alle haben von deinem Ruhm gehört, und dich hier vorzufinden, ist eine Ehre. Komm mit in mein Haus.« Ogboinba begleitete Isembi in sein Haus und wurde mit einem herrlichen Mahl und Palmwein bewirtet. Nach dem Essen fragte Isembi Ogboinba nach ihrem Reiseziel. Ogboinba antwortete: »Seit meiner Heirat vor vielen Jahren habe ich kein Kind bekommen. Deshalb gehe ich zu Woyengi zurück und bitte sie, mich neu zu erschaffen.«

»Kehr um«, sagte Isembi, »es ist unmöglich, Woyengi zu sehen, wenn man noch am Leben ist. Deine Reise ist vergeblich, kehr um!« Aber Ogboinba sagte, sie sei entschlossen. Obwohl sie noch lebe, müsse sie Woyengi sehen.

Damit verließ sie Isembi und seine Frau und setzte ihre Reise an das Meer fort. Aber kaum war sie ein Stück Wegs gegangen, kehrte sie zu Isembi zurück und fragte, ob er seine Kräfte mit den ihren messen wolle. Isembi wollte nicht gegen eine Frau kämpfen und bat Ogboinba, ihre Reise fortzusetzen. Aber Ogboinba bestand auf dem Kräftevergleich und fügte hinzu, daß sie ihn herausfordere, obwohl sie eine Frau sei. Da wurde Isembi wütend und sagte: »Hast du nichts von meinen Kräften gehört? Ich bin Isembi, der Waldkönig. Wie kannst du, eine Frau, mich herausfordern?« Dann ging er in seine Zauberhütte. Alle Gefäße mit Zaubermitteln zeigten negative Zeichen. Aber das schüchterte ihn nicht ein, da es sich doch um eine Frau handelte. Trotz der Warnungen trat er also, mit all seinen Zaubermitteln und magischen Kräften gewappnet, zum Wettstreit mit Ogboinba an.

Im Freien bat er Ogboinba, zuerst ihre Kräfte an ihm zu versuchen, aber Ogboinba lehnte ab. Sie sagte, Isembi als der ältere solle sich mit allem, was er habe, zuerst an ihr versuchen.

Isembi, der darauf aus war, Ogboinba so schnell wie möglich loszuwerden, rezitierte seine Beschwörungen. Sofort verflüchtigten sich alle Kräfte aus Ogboinbas Beutel. Ihre magischen

Kräfte und Zaubermittel waren dahin. Dann jedoch rezitierte sie ihre eigenen Beschwörungen und tanzte dabei im Kreise herum, um Isembis Kräften entgegenzuwirken. Während sie das tat, kehrten ihre magischen Kräfte und Zaubermittel eins nach dem anderen in ihren Beutel zurück. Und als sie mit ihren Beschwörungen zu Ende kam, waren sie alle wieder in den Beutel zurückgekehrt, und sie war wieder sie selbst. Dann bat sie Isembi, stärkere Mittel zu versuchen. Aber Isembi besaß keine stärkeren Mittel mehr und bat sie, nun ihre Kräfte an ihm zu versuchen.

Ogboinba rezitierte ihre Beschwörungen und tanzte im Kreis. Während sie das tat, füllten Isembis Kräfte und Zaubermittel nacheinander ihren Beutel, und Isembi fiel tot zu Boden. Sie hängte ihren Beutel über die Schulter und setzte ihre Reise fort. Da rief Isembis Frau sie zurück und bat sie, ihren Mann wieder aufzuwecken. Ogboinba wollte nicht umkehren, aber Isembis Frau bat inständig und weinte. Da Ogboinba selber einen Mann hatte, wurde ihr Herz gerührt. Sie kehrte um, und nachdem sie ein paar Beschwörungen gesungen hatte, wachte Isembi wieder auf. Isembis Frau bat sie noch, ihrem Mann auch die Kräfte und Zaubermittel zurückzugeben, aber Ogboinba lehnte ab und setzte ihren Weg fort.

Bald ließ Ogboinba den Mangrovenwald hinter sich und kam in Egbes Stadt am Meer. Wie sie so dahinging, hörte sie jemanden hinter sich grüßen. Sie wandte sich um. Es war Egbe.

»Bist du nicht Ogboinba, über die ich so viel gehört habe?« fragte Egbe. Ogboinba antwortete: »Es gibt nur eine Ogboinba auf der Welt, und das bin ich.«

»Dein Ruhm ist dir vorausgeeilt«, fuhr Egbe fort, »komm in mein Haus, ich bin der König dieser Stadt, und du kannst doch nicht wie eine Unbekannte durch meine Stadt ziehen. Komm, ich will dich bewirten.«

Ogboinba ging mit Egbe in sein Haus und wurde reichlich bewirtet. Nach dem Essen fragte Egbe Ogboinba nach dem Ziel ihrer Reise. Ogboinba antwortete: »Ich bin seit vielen, vielen Jahren verheiratet und habe keine Kinder. Kein einziges Mal war ich schwanger. Deshalb bin ich auf dem Weg zu Woyengi, damit sie mich neu erschaffe.«

Verwundert riet Egbe ihr: »Kehr um. Kein Lebender sieht jemals Woyengi.« Aber Ogboinba antwortete, sie sei entschlossen, Woyengi zu besuchen, und nichts auf der Welt könne sie daran hindern. Damit hängte sie den Zauberbeutel über die Schulter und setzte ihre Reise fort.

Aber sogleich kehrte sie zu Egbe zurück und fragte, ob er seine Kräfte mit ihr messen wolle. Egbe wurde wütend, und der Ärger erstickte ihn. Als er seine Stimme wiedergewonnen hatte, sagte er verächtlich: »Geh deines Weges. Du bist eine Frau.« Aber Ogboinba gab nicht nach und bestand darauf, ihre magischen Kräfte mit ihm zu messen. Egbe war bekannt dafür, daß er nie eine Herausforderung ablehnte. Er würde auch diese nicht übergehen, wenn sie auch von einer Frau kam. Er sagte: »Komm, wir wollen sehen, wer stärker ist, du, eine Frau, oder Egbe, der König dieser Stadt und des Meerufers.« Damit zog er sich in seine Zauberhütte zurück und wappnete sich mit den mächtigen Zaubermitteln, mit denen er seine Gegner stets überwältigt hatte. Er kam wieder heraus und bat Ogboinba, ihn zuerst zu erproben. Aber Ogboinba lehnte wie immer ab und bat ihn, alles, was er besitze, an ihr zu erproben. Egbe, der darüber nicht lange rechten wollte, begann sofort seine Beschwörungen zu singen, und die Kräfte verschwanden aus Ogboinbas Beutel. All ihre Kräfte, auch jene, die sie von Isembi erworben hatte, zerstreuten sich in alle Winde.

Ogboinba setzte sofort ihren Gegenzauber ein und tanzte dabei im Kreise. Ihre und Isembis Kräfte kehrten in ihren Beutel zurück. Als sie ihre Zaubermittel alle wieder beisammen sah, beendete sie ihre Beschwörungen und bat Egbe, stärkere Zauberkräfte an ihr zu erproben. Aber Egbe besaß keine stärkeren Zauberkräfte mehr und forderte Ogboinba auf, nun ihre Kräfte an ihm zu erproben. Ogboinba begann, ihre Beschwörungen abzusingen, und bevor sie die Hälfte davon gesungen hatte, waren Egbes Kräfte in ihrem Beutel, und als sie fertig war, fiel Egbe tot um.

Sie ging weg, um ihre Reise ans Meer fortzusetzen. Den Beutel mit ihren eigenen, Isembis und Egbes Zaubermitteln hatte sie über die Schulter gehängt. Aber Ogboinba war nur einige Schritte gegangen, als sie Egbes Frau weinen und rufen hörte, sie möge ihren Mann doch wiedererwecken. Ogboinba hatte Mitleid, sang ihre Beschwörungen und weckte Egbe wieder auf. Egbes

Frau bat noch, ihrem Mann auch die Zauberkräfte zurückzugeben, aber Ogboinba weigerte sich und nahm ihren Weg zum Meer wieder auf.

So gelangte Ogboinba an den Rand eines mächtigen Meeres. Es war ein Meer, das noch nie ein Mensch überquert hatte, ein Meer, dessen hohe Wogen sich donnernd am Ufer brachen, ein wildes, brüllendes Meer. Es jagte Ogboinba Schrecken ins Herz. Aber sie mußte hinüber, es gab keinen anderen Weg.

Als sie das Meer so betrachtete, sprach es: »Ich bin das mächtige Meer, das niemals jemand überquert.« Ogboinba sammelte ihren Mut und sagte: »Ich bin Ogboinba, die einzige Ogboinba in der Welt. Ich bin auf dem Weg zu Woyengi. Ich muß hinüber.« Das Meer antwortete: »Ich bin das mächtige Meer, das niemals jemand überquert. Ich werde dich verschlingen, wenn du es wagst.« Ogboinba schlotterte vor Angst. Aber sie wollte ein Kind haben, und der einzige Weg dazu war, Woyengi zu besuchen. Nichts sollte sie zurückhalten.

Durch diesen Entschluß vorwärts gezwungen, ging sie auf das Meer zu, und als ihre Füße das Wasser berührten, rollten die Wogen heran, bedeckten ihre Füße und erhoben sich. Bald reichte ihr das Wasser an die Knöchel, bald an die Knie. Furcht packte sie. Ogboinba war reglos, machtlos, hoffnungslos und stand nur da und sah zu, wie das Meer sie verschlang. Das Wasser stieg weiter und weiter und reichte ihr bald an die Hüfte. Sie hielt ihren Zauberbeutel über den Kopf. Das Wasser stieg weiter und weiter und reichte ihr jetzt an die Brust. Das Wasser stieg weiter und weiter und reichte ihr ans Kinn. Da rief sie in ihrer Angst: »O Meer, bist du wirklich das Meer, das niemals jemand überquert?«, und sie sang ihre Beschwörungen. Kaum hatte sie begonnen, zog sich das Meer zurück. Bald reichte es ihr nur noch an die Hüfte, bald nur noch an die Knie, bald nur noch an die Füße. Es zog sich zurück, bis der Meeresboden bloßlag und die Götter und Geister sichtbar wurden.

Dann suchte sich Ogboinba mit ihrem Zauberbeutel einen Weg hindurch. Am anderen Ufer wandte sie sich dem trockenen Meeresboden zu und befahl dem Wasser zurückzukehren. Dann setzte sie ihren Weg fort.

Das nächste Reich, in das sie gelangte, war das Reich von König Schildkröte. Schildkröte lebte dort mit seinen Eltern Alika und Arita und mit seiner Frau Opoin. Schildkröte sah Ogboinba, als sie so daherging, rief sie an und wollte wissen, ob sie nicht die Ogboinba sei, von der er so viel gehört habe. Ogboinba antwortete wie immer: »Es gibt nur eine Ogboinba auf der Welt, und das bin ich.« – »Komm«, sagte Schildkröte, »laß uns zu mir nach Hause gehen. Wir haben so viel über dich gehört, wir wollen dich kennenlernen. Bitte, komm!«

So ging Ogboinba mit Schildkröte nach Hause und aß und trank Palmwein mit dessen Familie. Nach dem Essen fragte der stets neugierige König Schildkröte: »Ogboinba, was hat dich an diese Ufer gebracht? Auf dieser Seite leben keine Menschen. Sag, bitte, was veranlaßte dich herzukommen?« Ogboinba antwortete: »Seit vielen Jahren habe ich einen Mann, aber keine Kinder. Deshalb bin ich unterwegs zu Woyengi und will sie bitten, mich neu zu erschaffen.«

»Kehr um«, riet ihr Schildkröte, »niemand, der heute noch lebt, kann Woyengi sehen.« Aber Ogboinba sagte, sie sei entschlossen, Woyengi zu besuchen, und wolle nicht umkehren. Da warnte Schildkröte: »Hinter meinem Reich liegt das Reich der Götter Ada und Yisa. Yisa, der Große und Mächtige, besitzt zwei kleine Schöpfungssteine. Niemand geht dorthin. Ende deine Reise hier.«

Aber Ogboinba sagte, nichts könne sie hindern, schulterte ihren Beutel, der durch die neuerworbenen Zaubermittel recht schwer geworden war, und setzte ihre Reise fort.

Nachdem sie eine Weile gegangen war, kehrte sie zu Schildkröte zurück und unterbreitete ihm wie gewöhnlich die Bitte, ihre Kräfte mit ihm messen zu dürfen, und die Sache verlief wie bei den anderen.

Ogboinba wanderte dahin, Tag und Nacht, ihren Zauberbeutel über der Schulter. Bald gelangte sie in das Reich des Gottes Ada, und auch ihn besiegte sie. Sie schulterte ihren Zauberbeutel und setzte ihre Reise fort.

Einsam auf einer breiten Straße wanderte sie weiter und weiter, bis sie in das Reich des großen und mächtigen Gottes Yasi gelangte. Yasi hatte sie schon lange beobachtet und ihren Weg verfolgt, als noch kein Menschenauge sie gesehen hatte. Er fragte sie, ob sie nicht die Ogboinba sei, von der er so viel gehört habe. Ogboinba antwortete wie immer: »Es gibt nur eine Ogboinba auf der Welt, und das bin ich.« Und wie zuvor kämpfte und siegte sie.

Durch ihre Zaubermacht wurde Yasis Kopf von seinem Körper getrennt und flog in den Himmel, aber sein Körper blieb auf den Schöpfungssteinen stehen. Ogboinba stieß ihn herab. Als Yasis Kopf wieder vom Himmel fiel, war kein Körper mehr da, mit dem er sich hätte verbinden können, und er zerschellte am Boden. Also wurde auch Gott Yasi überwältigt. Aber ohne die Schöpfungssteine wollte sie nicht gehen. Sie versuchte sie aufzuheben und merkte, daß sie sich nicht bewegen ließen, so klein sie auch waren. Einen Augenblick wußte Ogboinba nicht, was sie tun sollte. Dann sang sie einige ihrer Beschwörungsformeln, und schon konnte sie die Steine aufheben und auf die Schulter setzen. Tief gebeugt unter der Last der Schöpfungssteine und des Zauberbeutels zog sie weiter in das Reich des Hahnes, verließ mit zusätzlichen Zaubermitteln auch dieses letzte Reich der vergänglichen Dinge und wanderte zu dem großen Feld mit dem großen Irokobaum mit den großen Knospen. Sie verbarg sich in den Knospen des Irokobaumes und wartete.

Bald darauf erschienen Männer und Frauen paarweise an den Feldrändern. Die Frauen hielten Besen in der Hand, die Männer Säcke. Während die Frauen fegten, sammelten die Männer den Unrat in ihre Säcke. Als das Feld reingefegt war, verschwanden sie wieder paarweise an den Feldrändern. Wie sie so wartete, verdunkelte sich der Himmel, und ein Tisch kam aufs Feld herab, dann ein Stuhl und ein riesiger Schöpfungsstein. Es donnerte und blitzte, und Woyengi stieg herab, setzte sich auf den Stuhl und stellte ihre Füße auf den Schöpfungsstein. Dann fiel ein Klumpen Lehm auf den Tisch, und Woyengi ging wie gewöhnlich daran, Männer und Frauen zu schaffen, die sie zu den zwei Flüssen führte, die zu den Wohnstätten der Menschen flossen. Woyengi kehrte dann zum Feld zurück und befahl Tisch, Stuhl und Schöpfungsstein zurückzukehren. Einer nach dem anderen stieg wieder in den Himmel.

Als Woyengi gerade hinaufsteigen wollte, eilte Ogboinba aus ihrem Versteck und forderte sie zu einem Kräftevergleich heraus. Woyengi sagte: »Ich wußte, daß du dich in den Knospen des Irokobaumes versteckt hattest. Ich habe gesehen, wie du alles Lebendige und alle Götter auf deinem Weg mit den Kräften, die ich dir gab und die dein Herzenswunsch waren, überwältigt hast. Jetzt willst du Kinder haben, und deshalb willst du mich zu einem Kräftevergleich herausfordern. Du willst mich herausfordern, mich, die Quelle deiner Kräfte, kühne Ogboinba. Ich befehle, daß alle Zauberkräfte, die du unterwegs erworben hast, zu ihren Eigentümern zurückkehren!«

Kaum hatte Woyengi gesprochen, erhielten Isembi, Egbe, das Meer, König Schildkröte, die Götter Ada und Yasi und der Hahn ihre Zauberkräfte zurück. Ogboinba floh voller Angst und verbarg sich in den Augen einer schwangeren Frau, der sie auf der Flucht begegnete. Woyengi ließ sie in Ruhe, denn sie hatte einst befohlen, schwangere Frauen dürften nicht getötet werden, und sie wollte dieses Gebot Ogboinbas wegen nicht verletzen. Woyengi wandte sich um und stieg hinauf in ihr Reich. Ogboinba aber blieb im Versteck und versteckt sich immer noch, nicht nur in den Augen schwangerer Frauen, auch in den Augen von Männern und Kindern. Derjenige, der dich aus den Augen eines anderen anblickt, ist Ogboinba.

Die Suche der Mos-Frau

(Wogulen und Ostjaken)

In einer einsamen Hütte lebte einst eine Mos-Frau. Eines Jahres, als schon der Frühling ins Land kam, brachte sie ihren schön bestickten und verzierten Pelz an die Sonne zum Trocknen.

»Mag er noch ein Weilchen trocknen!« dachte sie bei sich, danach ging sie ins Haus und versah ihre Arbeit. Als es Abend wird, geht sie hinaus, da sieht sie: Der Pelz ist weg! Sie schaut rechts umher, sie schaut links umher, aber ihren Pelz findet sie nicht. Es hat auch kein Wind geweht, wo ist er nur geblieben?! Hat ihn etwa ein Mensch weggenommen?! Weit und breit schaut sie umher, doch sie sieht niemanden. Da bricht sie in Tränen aus:

»Warum habe ich ihn nur hinausgehängt? Noch meine Mutter hat ihn genäht, es sind nun wohl fünfundzwanzig Jahre. Aber selbst dreißig Jahre lang wäre daran nichts zerrissen! Ob wohl ein vierfüßiges Erdentier ihn geraubt hat? Ob wohl ein gefiederter Himmelsvogel damit fortgeflogen ist? Wo finde ich ihn nur?« klagte sie vor sich hin. Dann legte sie sich nieder, doch sie konnte und konnte nicht einschlafen. In der Frühe stand sie rasch auf.

Sie aß und trank, band sich ein Tuch um den Kopf und machte sich auf den Weg, wohin ihr Auge schaute.

Sie wanderte wohl eine lange Zeit, sie wanderte wohl eine kurze Zeit, schließlich spürt sie, wie ihr die Kräfte schwinden. Sie schaut sich um: Dort hinten steigt Rauch auf! Der Rauch kam ja aus einer Hütte! Drei ihrer Säulen sind in die Erde gesenkt, drei aber ragen gen Himmel. Die Mos-Frau geht zu der Hütte, sie wagt aber nicht einzutreten. Ob ein Mensch darin wohnt oder ein Teufel, wer weiß es! Sie lauscht. Nur das Knistern des Feuers ist von drinnen zu hören. Sie beginnt zu weinen. Da öffnete sich die Tür, und eine Frau trat ihr aus der Hütte entgegen: »Wer bist du?« fragte sie die Mos-Frau.

»Ich bin die Mos-Frau aus der einsamen Hütte!« antwortete die Mos-Frau.

Da lief die Frau auf sie zu:

»Herrin, was hat dich hierher geführt?« fragte sie.

»Der Pelz, den meine Mutter genäht, ist verlorengegangen.«

»Wie ist er denn verlorengegangen?« fragte die Frau.

»Ich habe ihn zum Trocknen hinausgehängt, und er ist verschwunden. Ob ein vierfüßiges Erdentier ihn raubte, ob ein gefiederter Himmelsvogel damit fortflog, ich weiß es nicht. Nun gehe ich, wohin mein Auge schaut, ihn zu suchen«, entgegnete die Mos-Frau. Die Frau aber küßte sie, führte sie ins Haus und gab ihr zu essen und zu trinken. Die Mos-Frau aß, aber soviel sie aß, so viel weinte sie auch.

»Weine nicht, mit Weinen findest du ihn niemals wieder!« besänftigte sie die Frau.

»Gewiß, niemals werde ich ihn wiederfinden«, wiederholte die Mos-Frau.

»Warte nur, bis dein Schwager heimkommt, vielleicht hat er ihn irgendwo gesehen!« tröstete die Frau, und sie hatte es kaum ausgesprochen, so hören sie schon, wie jemand kommt. Der Mann der Frau war gekommen. Er trat ein, sagte aber nichts.

»Merkst du denn nicht«, fuhr da die Frau ihren Mann an, »daß jemand bei uns ist, den wir kennen?«

»Meine Augen sind noch blind vom Frühlingswind, aber nun sehe ich schon: Die Mos-Frau aus der einsamen Hütte ist hier«, sprach der Mann, dann fragte er die Mos-Frau: »Suchst du vielleicht irgend etwas? Fischend und jagend durchziehe ich das

Land, ich wandere auf weiten Wegen und auf nahen, aber ich habe nichts gefunden.«

»Der Pelz, den meine Mutter genäht hat, ist verlorengegangen, nun gehe ich, ihn zu suchen.«

»Hier treiben sich nur noch Teufel herum, aber keine Menschen«, sagte darauf der Mann.

»Dennoch, hast du nichts gesehen?« fragte die Mos-Frau aufs neue.

»Hätte man ihn dort entlanggetragen, wo sein Weg entlangführt, so hätte er ihn sicher gesehen!« antwortete die Frau an ihres Mannes Statt. Da ergriff auch der Mann das Wort:

»Frau, gib deiner Schwester ein Marder-Sommerfell! Im fernen Land, dort im einsamen Land, da wohnt ihre jüngere Schwester. Die weiß ihr vielleicht etwas zu sagen.« Damit legten sie sich nieder. In der Frühe standen sie auf. Der Mann war schon lange fortgegangen. Reif wie das Fell eines Eichkätzchens bedeckte sein Lager. Sogleich erhoben sich auch die beiden Frauen, sie begannen zu essen. Aber soviel die Mos-Frau ißt, so viel weint sie auch!

»Meinen Pelz will ich suchen! Auch wenn es mich das Leben kostet, will ich ihn wiederfinden!« so klagte sie ihrer Schwester. Darauf küßte die Schwester sie, und die Mos-Frau machte sich auf und ging ihres Weges.

Sie wanderte wohl eine kurze Zeit, sie wanderte wohl eine lange Zeit, vielleicht wanderte sie auch einige Wochen lang. Einmal aber schwanden ihr wieder die Kräfte.

»Wenn ich auch heute noch nicht sterbe, so sterbe ich doch gewiß morgen«, denkt sie bei sich. Da, als sie vorwärts schaut, erblickt sie wiederum eine Hütte. Drei Säulen sind in die Erde gesenkt, drei aber ragen gen Himmel. Sie geht zu der Hütte, aber vor Schwäche konnte sie die Tür nicht öffnen. Da tut sich plötzlich von innen die Tür auf, eine Frau tritt heraus, sie faßt die Mos-Frau bei der Hand und geleitet sie ins Haus.

»Herrin, liebe Schwester, mein Schwesterchen, was ist dir geschehen?« fragt sie.

»Die Augen sind mir geschwollen, auch sprechen kann ich nicht. Laß mich erst ein wenig zu mir kommen, gleich will ich alles erzählen«, entgegnet ihr die Mos-Frau. Da bereitet ihr die Frau ein Lager und gibt ihr zu essen. Die Mos-Frau fiel sogleich in einen so tiefen Schlaf, daß sie erst erwachte, als der Schwager kam. Die Tür tut sich auf, und gleich einem zottigen Bär tritt jemand über die Schwelle. Ganz nah kommt er an sie heran, beschnuppert sie, beobachtet sie. Die Mos-Frau erschrak.

»Ist denn ein Fremder gekommen oder was, daß du so herumschnüffelst«, fuhr da die Frau den Mann an. Nun schlug die Mos-Frau aufs neue die Augen auf. Nun, was sieht sie? Dort an einem Haken hängt das Bärenfell, und ein fürstlicher Held von selten schöner Gestalt steht vor ihr. Wahrhaftig, solch einen Mann sah sie noch nie! Jetzt hebt der Mann an und spricht:

»Mos-Frau aus der einsamen Hütte, was suchst du in diesem fernen Land, wohin sich nicht einmal ein Vogel verirrt?«

»Ich suche meinen Pelz, der mir von meiner Mutter geblieben ist«, antwortete die Mos-Frau.

»Dir ist doch nicht ein lieber Pelz verlorengegangen?«

»Ach doch! Hei, ich habe in diesem Pelz das ganze toremgeschaffene Land durchzogen, und er ist nicht einmal zerschlissen, nicht einmal gerissen. Hei, so ein Pelz war das! Und nun ist er verloren.«

»Weit fort ist dein Pelz«, sagt darauf der Schwager zur Mos-Frau. »Selbst ein Vogel könnte nicht dorthin gelangen, und gar eine schwache Frau wie du!«

»Ich will meinen Pelz wiederfinden, auch wenn es mich das Leben kostet!«

»Nun, wenn du klug bist, wird es dich vielleicht nicht die Seele kosten«, entgegnete der Schwager der Mos-Frau. Danach aßen sie und legten sich zur Ruhe. In der Frühe, als sie aufstehen, befiehlt der Mann sogleich seiner Frau:

»Frau, gib deiner Schwester einen Eichhörnchen-Sommerpelz!« Dann wendet er sich der Mos-Frau zu und fragt:

»Was hat dir dein älterer Schwager gegeben?«

»Er hat mir einen Marder-Sommerpelz gegeben«, antwortete die Mos-Frau.

»Dein älterer Schwager wußte wohl, was er dir geben mußte! Jetzt aber machst du dich auf den Weg. Unterwegs, am Lauf des Ob, auch an der Küste des Meeres wirst du bald vielen Menschen begegnen. Aber höre nicht auf sie, blicke sie gar nicht an! Wenn du sie schon hinter dir gelassen hast, wirst du auf eine Stadt treffen. Am Rande dieser Stadt steht ein Baum und auf dem Wipfel dieses Baumes ein Haus. Auf einem Balken unter dem Fenster dieses Hauses auf dem Baumwipfel, da ist dein Pelz. Wenn du in die Nähe des Baumes kommst, leg das Marderfell an, das dein älterer Schwager dir gegeben hat. Zu beiden Seiten des Baumes liegen Hunde in einer Reihe, aber fürchte dich nicht vor ihnen, sie bemerken dich nicht. Geh nur ruhig weiter. Dann klettere auf den Baum und nimm dir deinen Pelz. Bedecke dich mit dem Eichhorn-Sommerfell, aber daß du unterdes ja nicht denkst: ›Na, endlich habe ich meinen Pelz‹ – denn augenblicks werden dich die Hunde in Stücke reißen. Nun also geh, aber vergiß nicht, was ich gesagt habe!«

Die Mos-Frau machte sich auf den Weg. Sie wanderte wohl eine lange Zeit, sie wanderte wohl eine kurze Zeit, schließlich, als ihr Fuß schon müde wurde, erblickte sie auf einmal am Ufer des Ob Menschen, die fischten mit einem Zugnetz. Der eine sang, der andere lachte. Doch was hatte sie hier zu suchen, sie blieb nicht einmal stehen, sondern wanderte nur immer weiter.

Sie wanderte und wanderte, bis sie plötzlich etwas gleich einer Stadt vor sich erblickte. Vor der Stadt ist ein Baum, auf dem Baumwipfel aber, kaum sichtbar, ein Haus. Sie geht näher, legt den Marder-Sommerpelz an und beginnt hinaufzuklettern. Zu beiden Seiten des Baumes liegen Hunde in eiserne Ketten geschlagen. Kaum ein Fußbreit ist zwischen ihnen, kaum kann man hindurchgehen. Dennoch geht die Mos-Frau, sie nimmt ihren Pelz – keine Menschenseele ist zu sehen –, sie legt das Eichhorn-Sommerfell an, und als wäre sie selbst ein Sommer-Eichkätzchen, machte sie sich auf den Weg zurück. Wie sie am Fuße des Baumes anlangt, denkt sie bei sich: »Na, endlich! Ich habe meinen Pelz doch wiedergefunden!« Aber im selben Augenblick, als sie dies dachte, stürzten sich auch schon die Hunde auf sie und verschlangen sie auf der Stelle. Die Mos-Frau war tot, ihr Pelz blieb dort, aber ihre Seele wanderte weiter.

Die Seele wanderte. Sie kam zum Hause der jüngeren Schwester, die Tür schlug zu.

»Weh, sie ist tot!« sagte die Schwester und begann zu weinen. Die Seele wanderte weiter. Sie gelangte zum Haus der älteren Schwester, da schlug auch ihre Türe zu.

»Weh, sie ist tot, die von den Meinen in der Ferne war!« rief die ältere Schwester aus und begann zu weinen. Wieder aber wanderte die Seele weiter, in ihre eigene Hütte. Dort verkroch sie sich zwischen die vielen Wildfelle und die vielen Marderfelle. Aber vergebens kroch sie da hinein, sie konnte nicht auferstehen. So ging sie wieder aus dem Haus. Gerade begann die Erde, sich zu erneuern, es war Frühling, und die Seele der Mos-Frau kroch in die Erde hinein. Wo sie in die Erde gekrochen war, da begann alsbald eine rote Blume zu wachsen. Sie wuchs und wurde größer, da kam eine Bärin vorbei und fraß die rote Blume. Doch kaum war die Seele der Mos-Frau, das nämlich war die Blume, in die Bärin gelangt, so wurde die Bärin von ihr trächtig und gebar ein Kind. Danach gebar sie noch ein Kind, als drittes Kind aber brachte die Bärin eine Chanti-Jungfrau, die Mos-Frau aus der einsamen Hütte, zur Welt.

»Eine Chanti-Jungfrau, ein himmlisches Mädchen habe ich geboren«, schrie da die Bärin auf.

Die Zeit verging, und sie zog sie mit den anderen zusammen auf. Als das Mädchen herangewachsen war, zog es Birkenrinde ab und nähte daraus so reichverzierte Birkenrindengefäße, daß es eine Pracht war!

Wie sie so miteinander die Tage verbringen, hebt einmal die Bärenmutter an und spricht:

»Mein Chanti-Mädchen, mein himmlisches Mädchen, geh fort von hier, geh fort irgendwohin! Ich spüre, es werden Menschen kommen und uns töten.«

»Ich verlasse euch nicht!« entgegnete ihr das Mädchen. »Du bist eine Mutter, lieber sollen sie mich töten, und ihr bleibt am Leben!«

»Mein Chanti-Mädchen, mein vom Himmel gekommenes Mädchen, Gott Torem hat den Tag meines Todes bestimmt, du kannst mich davon nicht erlösen! Aber hernach, wenn du unter Chanti-Menschen kommst und sie beim Mahl mein Fleisch essen werden, dann verberge du, Chanti-Mädchen, mein himmlisches Mädchen, unsere Hände und Füße, unsere zirbelkieferzapfenschönen Nägel an einem stillen Platz am Ufer, damit unsere Seelen sie nach dem Tod wiederfinden. Wenn du auch weinst, vergiß es dennoch nicht!«

Wie sie so miteinander reden, hören sie plötzlich Menschen draußen hin und her gehen. Darauf fuhr die Bärenmutter fort:

»Chanti-Mädchen, mein himmlisches Mädchen, du wirst uns

noch sehen! Sobald die Abenddämmerung anbricht, wirst du unsere Seelen in der Gestalt von sieben Sternen am Himmel sehen. Fragt man dich, so sage nur: ›Das ist das Haus der Bärin.‹ Die sieben Sterne werden wir sein.« In diesem Augenblick begann draußen das Volk, das Haus, die Tür des Hauses aufzubrechen.

»Mein kleines Mädchen, geh weiter zurück, damit sie nicht dir statt meiner ein Leid antun!« ruft die Bärenmutter dem Mädchen zu. Das Mädchen geht dennoch zur Tür und wirft ein verziertes Birkenrindengefäß vor das Haus. Als die Menschen das Birkenrindengefäß erblicken, heben sie an zu fragen:

»Wie kam nur dieses Birkenrindengefäß hierher?«

»Aus dem Innern des Hauses wurde es herausgeworfen!« sagt einer. Sie betrachten das Gefäß, sie erkennen es nicht. Solche Muster macht niemand bei ihnen.

»Noch nie sahen wir solche Gefäße aus Birkenrinde! Wie kamen sie da hinein? Es wohnt doch kein Mensch im Höhlenhaus?«

Da warf das Mädchen abermals ein Birkenrindengefäß hinaus. Die Menschen erstaunten:

»Wie geht das zu? Noch nie gab es Birkenrindengefäße in eines Bären Haus!«

Jetzt rief die Bärenmutter wieder ihrer Tochter zu:

»Mein kleines Mädchen, geh fort von hier!«

Aber auch diesmal hört das Mädchen nicht auf sie, sondern schleudert noch ein drittes Birkenrindengefäß zur Tür hinaus. Wieder riefen unter den Menschen einige:

»Wie anders kamen wohl Birkenrindengefäße hierher, es ist ein Mensch im Höhlenhaus!«

»Wie kann denn hier ein Mensch sein?!« rufen andere dazwischen. »Der Teufel haust hier, der Teufel, aber doch kein Mensch!«

Im Hause ruft wiederum die Bärenmutter:

»Mein kleines Mädchen, geh weiter zurück!«

Nun stecken die Menschen von oben einen Balken ins Haus. Durch die Höhlenöffnung will sich die Bärenmutter auf sie stürzen, doch das Mädchen hält sie zurück:

»Mütterchen, laß mich doch als erste hinausgehen!«

Die Bärenmutter hörte nicht auf sie. Der Tag ihres Todes ist gekommen, wie es Gott Torem bestimmt hat, sie muß sterben.

Also trat sie aus der Höhle, die Menschen aber fielen über sie her und töteten sie.

Danach hoben die Menschen erneut an zu schreien:

»Es sind noch zwei kleine Brüder darin! Noch zwei Jungbären sind daringeblieben!«, und sie steckten ein krummes Balkenholz in die Höhle. Der ältere Jungbär packte es, doch das Mädchen rief ihm zu: »Bruder, laß mich doch gehen!«

»Schwesterchen, Chanti-Jungfrau, himmlisches Mädchen, nach uns werden sie auch dich hinauszerren, bleib nur hier!« entgegnete er dem Mädchen. Da zerrten die Menschen auch den jungen Bären hinaus, draußen aber töteten sie ihn. Nun begann das Mädchen den jüngsten Bruder anzuflehen:

»Bruder, ich bin eine Jungfrau, höre auf mich! Laß sie mich an deiner Statt hinauszerren!«

Doch der Junge ließ es nicht zu:

»Sollen sie mich doch zuerst hinauszerren! So sterbe ich früher, und meine zwei Augen brauchen es nicht mitanzusehen, wie sie dich quälen.«

Da zerrten die Menschen auch den zweiten Bruder hinaus und töteten ihn. Drinnen im Haus brach das Mädchen in Tränen aus. Die Menschen kommen näher, sie lauschen: Aus der Bärenhöhle dringt menschliches Weinen!

»Was kann das sein?!« fragen sie einander. Sie horchen genauer hin. Wirklich Menschenweinen! Sie wollen schon fortgehen, als das Mädchen die Stimme erhebt:

»Ihr habt die Meinen alle getötet! Warum tötet ihr nicht endlich auch mich?!«

»Ein Mensch! Man müßte ihn herausziehen! Aber wie nur?« so rufen sie durcheinander. Da faßt sich der jüngste Sohn des Stadtfürsten ein Herz, er geht in die Höhle und bringt das weinende Mädchen heraus. Was sehen sie: Mit fürstlichem Marderpelz, mit seidenem Tuch ist das Mädchen bekleidet! Da beginnen die Menschen untereinander zu flüstern:

»Die Feen-Frau, die Mos-Frau aus der einsamen Hütte, die hat der Sohn des Stadtfürsten aus der Höhle geholt!«

So redeten die Menschen. Der Bursche aber setzte das Mädchen auf seinen Schlitten, von links her, dorthin, wohin man seine Frau setzt, dann zog er die Zügel an, und sie fuhren los.

Kurze Zeit fuhr er mit ihr, lange Zeit fuhr er mit ihr, endlich kamen sie in die Fürstenstadt. In der Stadt erzählt man schon weit und breit:

»Die Feen-Frau, die Mos-Frau aus der einsamen Hütte, die hat der jüngste Sohn des Stadtfürsten-Alten zur Frau geholt!«

»Da hat er recht getan«, sagte darauf der Stadtfürsten-Alte, und sie führten das Mädchen ins Haus. Sie machten ihm einen Vorhang aus Seide und teilten ihm einen Frauenwinkel ab, und von nun an lebte das Mädchen bei ihnen.

Unterdes brachten die Männer auch seine Mutter und seine Brüder herbei. Mit lauten Freudenschreien versammelt sich das Volk, und man beginnt die Bären zu häuten. Derweil spielt der Spieler, es singt der Sänger, es zaubert der Zauberer, ein jeder tut das Seine. Danach wird gegessen und getrunken, und die Tänzer tanzen. Das Mädchen aber weint und weint hinter seinem Vorhang. So heftig weinte es, daß seine Augen schon ganz geschwollen waren. Dann, als der Tanz zu Ende war, beginnt das Mädchen achtzugeben. Es beobachtet, wohin die Menschen die Nägel der Bären verstreuen, die Zirbelzapfen-Nägel ihrer Hände und Füße, dorthin geht es, liest sie alle zusammen und trägt sie hinaus in den stillen Wald entlang des Ufers. Dort legt es sie nieder, mögen ihre Seelen sie wiederfinden!

Als sie zurückgeht, hört sie plötzlich, wie ihre Bärenmutter, ihre Bärenbrüder auf sie zukommen. Sie hört, wie ihre Seelen miteinander reden:

»Ich habe die Chanti-Jungfrau, das himmlische Mädchen, geboren! Meine Fußnägel, meine Fingernägel darf man nicht mit Füßen treten! Weh, der Chanti-Mann hat ihr gefallen, meinen Befehl hat sie vielleicht schon vergessen!« Als sie näher kommen, hört sie wiederum:

»Chanti-Jungfrau, himmlisches Mädchen, dein Weinen hat uns hierhergeführt. Sieh, wir haben unsere Fußzapfen, sieh, wir haben auch unsere Fingerzapfen gefunden. Schau, unsere Seelen fliegen jetzt auf in den Himmel! Chanti-Jungfrau, mein himmlisches Mädchen, sieben Sterne werden am Himmel erscheinen. Schau, der siebente Stern, das bin ich! Zu meiner Linken und zu meiner Rechten meine zwei Kinder. Das Haus der Bärin – so sollst du dieses Sternbild heißen, und alsbald, wenn deine Tränen versiegt sind, sollst du es auch dem Volk sagen, denn es weiß davon noch nichts. Man wird dich bald fragen: ›Warum heißt dieses Sternbild Haus der Bärin?‹ Dann sollst du ihnen sagen: ›Sie hat die Chanti-Jungfrau, das himmlische Mädchen, geboren. Die Fee, die Mos-Jungfrau aus der einsamen Hütte, sie war ihre Tochter, darum heißt es Haus der Bärin!‹ Doch nun sollst du zurückgehen! Morgen wird man alsbald zu dir sprechen: ›Iß!‹ Aber du sollst ihnen also antworten: ›Ich esse nicht vom Fleisch meiner Mutter, ich kann das Fleisch meiner Bärenmutter nicht essen! Und wenn ihr mich auch sieben Winter und sieben Sommer nötigt, werde ich doch nicht einen Bissen essen! Wenn ich hier nicht bleiben kann, nun, so wandere ich weiter, wohin meine Augen schauen.‹«

So tat das Mädchen. Es ging ins Haus zurück und sprach, wie es seiner Mutter Worte ihm befohlen hatten.

Darob erschrak der Stadtfürsten-Alte. »Mein kleines Mädchen, meine kleine Schwiegertochter, du bist doch nicht etwa gekommen, um wieder fortzugehen?! Irgendeine Speise, die dir erlaubt ist, werden wir wohl auch hier finden!«

So blieb die Mos-Frau bei ihnen. Und seit sie zu ihnen gekommen ist, ist das Volk gesund und glücklich. Auf der Jagd läuft ihnen das Wild geradezu über den Weg, und zur Fischfangzeit folgt einem guten Fang stets noch ein besserer. Alsbald gebar das Mädchen ihnen auch ein Kind. Dieses Kind zieht sie auch heute noch auf. Ich bin selbst schon bei ihnen gewesen!

Von einer Frau, die zur Spinne wurde

(Eskimo)

Es war einmal ein Mann mit seiner Frau, und die hatten eine Tochter. Und sie hätten glücklich miteinander gelebt, wenn die Tochter nicht alle Männer verschmäht hätte. Der Vater wünschte, daß sie heiraten würde, doch immer sagte sie: Nein. – Viele Freier kamen aus eigenem Antrieb, denn sie war ein schönes Mädchen; doch es geschah auch, daß der Vater des Abends junge Männer ins Haus brachte, damit sie seine Tochter treffen könnten. Das half alles nichts; wenn nur von Männern gesprochen wurde, verlor das Mädchen schon seine gute Laune, und wenn jene ins Haus kamen, ging sie ihrer Wege.

Eines Tages nahm sich der Vater seine Tochter vor und sagte zu ihr:

»Nicht bringe ich Männer ins Haus, um dich zu betrüben oder dir weh zu tun; aber du mußt bedenken, daß wir keinen Sohn haben und daß du, unsere Tochter, unser einziges Kind bist. Deine Mutter und ich sind bald alt, und während vieler Jahre werde ich außerstande sein, euch Nahrung und Kleidung zu verschaffen. Wer soll uns in unserem Alter helfen, wenn wir keinen Schwiegersohn bekommen?«

Diese Worte stimmten das Mädchen traurig, und sie wanderte hinaus in die große Tundra, die uneben und leicht gewellt aussah, denn dort waren viele kleine Hügel.

Hier ging sie und dachte an die Worte ihres Vaters, als plötzlich ein Kopf aus der Erde zwischen all den Hügeln emporstieg. Es war nur ein Kopf, ein Kopf ohne Körper, aber er hatte das Angesicht eines sehr schönen Mannes.

Und der junge Mann lachte das Mädchen an und sprach so: »Du willst keinen Mann haben, aber nun bin ich hierher gekommen, um dich zu holen, und du sollst wissen, daß ich ein großes und mächtiges Geschlecht habe.«

Zum erstenmal in ihrem Leben lachte das junge Mädchen mit einem Mann, und sie hob das Haupt empor, legte es behutsam vorn in ihr Pelzgewand und trug es heim, als es dunkel wurde. Leise schlich sie sich ins Haus und legte das Haupt des schönen jungen Mannes, neben sich auf ihr Lager; und da lag sie nun und sprach froh und munter mit dem Fremden, den sie liebte, weil er nicht wie andere Männer war. Der Vater erwachte und hörte das Flüstern und Kichern vom Lager seiner Tochter und konnte nicht verstehen, was da sein mochte. Das wiederholte sich in der nächsten Nacht und in der folgenden wieder; da wurde der Vater froh, denn nun wußte er, daß er endlich einen Schwiegersohn und Jäger ins Haus bekommen hatte.

Von nun an war das Mädchen immer fröhlich. Früher war es so gewesen, daß sie sich tagsüber vom Dorfe fernhielt, um die Männer zu meiden; nun aber war sie oft zu Hause, und fast niemals wich sie von ihrem Platz auf der Schlafbank. Aber der Vater und die Mutter wunderten sich sehr, daß sie ihren Schwiegersohn niemals sahen.

Eines Tages, als das Mädchen draußen war, geschah es, daß der Vater ihr Schlaffell zur Seite schob, um festzustellen, wer seiner Tochter während der Nächte Gesellschaft leiste. Als er einen

Kopf, den lebendigen Kopf eines jungen, schönen Mannes fand, einen Kopf ohne Körper, wurde er sehr zornig. Er nahm einen Fleischspieß und jagte ihn in das Auge des jungen Mannes, den er dann hinauswarf auf den Abfallhaufen, indem er rief:

»Ich habe keine Verwendung für einen Schwiegersohn ohne Körper, einen Mann, der nicht für uns fangen kann, wenn wir alt werden!«

Das Haupt rollte fort und rollte immer weiter über die Ebene vor dem Hause, und zuletzt verschwand es im Meer und hinterließ eine Spur, die ganz blutig war.

In der folgenden Nacht hörten Vater und Mutter vom Lager des Mädchens her ein Weinen und Schluchzen, das die ganze Nacht andauerte. Am nächsten Morgen fragte das Mädchen: »Wo ist mein Mann?«

Der Vater antwortete: »So einen Schwiegersohn können wir nicht brauchen.«

»Dumm redest du, und töricht hast du gehandelt«, antwortete das Mädchen, »denn er war ein tüchtiger Mann, der kein gewöhnlicher Mensch war. Und nun will ich nicht länger bei euch zu Hause bleiben.«

Das Mädchen zog sich an und ging hinaus; sie folgte den blutigen Spuren, die unmittelbar ins Meer führten. Sie wollte in die Wogen springen; aber diese waren hart wie Holz. Vergebens versuchte sie unterzutauchen, aber es mißglückte. Da ging sie landeinwärts und fing an, nach einem Lemming zu suchen, nach einem weißen Lemming, von dem man glaubt, er sei vom Himmel gefallen.

Denn das Mädchen wußte, daß in weißen Lemmingen besondere Zauberkraft verborgen war. Endlich fing sie einen und warf ihn ins Meer, und sofort öffneten sich die Wogen. Ein Weg entstand, dem sie folgte, und sie lief so gut sie konnte, bis sie den Grund des Meeres erreichte.

In weiter Ferne erblickte sie ein kleines Haus. Sie lief dorthin, schaute durchs Fenster und sah ein altes Ehepaar mit ihrem Sohn; der Sohn lag auf der Schlafbank und hatte erst vor kurzem ein Auge verloren. Das Mädchen rief hinein: »Hier bin ich, komme heraus!« Der junge Mann antwortete: »Ich komme nicht zu dir hinaus, und ich werde dir nie mehr folgen, denn deine Eltern verachten mich.«

»Ich gehe nie mehr heim zu meinen Eltern«, antwortete das Mädchen.

»Das nützt nichts, ich will dich nicht mehr anerkennen«, antwortete der junge Mann.

Bei diesen Worten wurde das Mädchen vor Kummer schwermütig, und ohne zu wissen, was sie tat, lief sie dreimal um das Haus herum in derselben Richtung, wie die Sonne am Himmel kreist. Da sah sie zwei Wege, einen, der ging geradeaus und führte zur Erde, wo die Menschen wohnen, und einen zweiten, der ging hinauf zum Himmel. Sie wählte den Weg, der zum Himmel führte; aber als ihr Mann das sah, rief er ihr nach:

»Du gehst irre! Kehre um! Du steigst ja zum Himmel hinauf und wirst nie mehr heimkehren!«

»Es ist ganz gleich, wohin ich komme, wenn du nicht mehr mit mir zusammenleben willst!« rief das Mädchen.

Aber nun bereute der junge Mann seine Worte, und zu spät flehte er sie an zurückzukommen – sie stieg nur höher und höher hinauf zum Himmel, bis sie vollständig aus seinem Gesichtskreis verschwand.

Das Mädchen stieg immerfort, ohne selbst zu wissen wie; zuletzt kam sie an etwas heran, was einer Decke mit einem Loch darin ähnlich sah; aber es war schwer, das Loch zu erreichen, und sie wußte nicht, wie sie weiterkommen sollte. Plötzlich faßte sie sich ein Herz, sprang hoch und erwischte gerade den Rand. Von hier schwang sie sich durch die Deckenöffnung, und siehe: Hier war wieder Luft und Himmel und Land! Ein wenig abseits lag ein See, und dorthin ging sie und setzte sich an seinem Ufer ins Gras, um zu sterben; sie wollte nicht mehr denken. Sie machte sich nichts mehr aus dem Leben. Ihr einziger Gedanke war, daß sie hier ihr Grab finden möchte und daß ihr Körper hier vergehen und zu nichts werden sollte. Da hörte sie plötzlich das Plätschern von Ruderschlägen draußen auf dem See, schaute sich um und gewahrte einen Mann, der im Kajak angerudert kam. Alles, was er hatte, war blank und glänzend wie Kupfer, sein Kajak war aus Kupfer, sein Ruder und seine Harpune, alles war aus leuchtend blankem Kupfer. Das Mädchen saß fast unbeweglich da und wagte kaum zu atmen; sie glaubte nicht, daß man sie sehen konnte in dem tiefen Gras, wo sie sich verborgen hatte. Da sang der Mann:

Ein Frauenbusen lockt
einen Kajak,
der fährt über die blanke See
zur Liebkosung weicher Wangen.

Dieses Lied sang der Mann, und indem er es beendete, hob er den einen Arm hoch zum Himmel empor und senkte den andern nieder zum See. Das Mädchen saß da und starrte ihn an und starrte auf seinen erhobenen Arm und entdeckte nun, daß ihr Oberkörper nackt war und daß ihr Pelzrock auf dem Arm des fremden Mannes hing.

Wieder sang der Mann das gleiche Lied, und während er es beendete und den einen Arm hob und den andern senkte, flogen die übrigen Kleider der Frau auf den erhobenen Arm des Mannes. Das Mädchen saß nackt und voller Scham da und begriff nicht, was mit ihr geschah. Zum dritten Male sang der Mann sein Lied, aber dieses Mal verlor das Mädchen das Bewußtsein, und als sie wieder zu sich kam, saß sie an der Seite des Mannes in seinem Kajak. Der Mann ruderte mit ihr fort, ruderte weit, weit fort über den See, ruderte mit seinen blanken Kupferrudern, die feucht erglänzten in der Luft. Sie sprachen nicht eher miteinander, als bis sie einen Wohnplatz mit zwei Häusern erblickten. Am Eingang des Dorfes stand ein großes Haus und im Hintergrund ein kleines.

Da sagte der Mann mit harter Stimme: »Du sollst in das große Haus gehen, nicht in das kleine!«

Das Mädchen tat, wie der Mann sagte; sie ging in das große Haus, und der Mann ruderte fort. Es war öde in dem großen Haus, nicht ein einziger Mensch war darin; aber kaum war das Mädchen eingetreten, da kam eine kleine Frau hereingesprungen. Sie trug Kleider aus zusammengenähten Därmen des bärtigen Seehundes und rief:

»Komm in das andere Haus! Der Mann, mit dem du kamst, ist ein gefährlicher Mann, er wird dich töten!«

Das Mädchen kam sofort heraus und ging mit in das andere Haus. Hier saß auf der Schlafbank ein kleines Mädchen, mit dem die merkwürdige Frau in den Darmfellkleidern zusammenlebte.

Das junge Mädchen, das von dem Mann geflohen war, den sie liebte, dachte nicht mehr an viele Dinge. Zuweilen glaubte sie, daß sie schon tot wäre; aber sie hörte, was die anderen sagten, und sie sah die anderen um das Haus herumgehen, und die Frau in Darmfellkleidern ging zu ihr hin und flüsterte:

»Nun bist du für dieses Mal gerettet; aber der Mann, mit dem du zusammen kamst, ist kein gewöhnlicher Mann, ihm kann keiner widerstehen. Bald wird er nach Hause kommen, und er wird zürnen, daß du sein Haus verlassen hast. Aber ich werde dir helfen. Hier hast du ein kleines Faß, das mit Wasser gefüllt ist, und du wirst sehen, daß unten im Wasser vier kleine Stücke Walhaut liegen. Wenn der fremde Mann kommt, sollst du dich im Hausgang verbergen und ihm die Stücke ins Gesicht schleudern. Ich habe ein Zauberlied über mein Geschenk gesungen und es stark gemacht.«

Kurz darauf kam der Mann in seinem Kajak zurück. Er setzte sich unten am Meeresufer zurecht und rief hinauf zu seinem Haus: »Bleibe ruhig in meinem Hause! Ich werde dir kein Leid antun!«

Bei diesen Worten legte er seinen Vogelpfeil zurecht, brachte das Wurfbrett darauf an, und alle seine Geräte, die aus Kupfer waren, leuchteten in der Luft; und dann hob er sich, im Kajak sitzend, von der Erde empor.

»Deine Spur kann nie vor mir verborgen werden!«

So rief er, und dann bewegte er sich durch die Luft wie ein Vogel, der fliegt; viermal kreiste er um sein eigenes Haus und steuerte danach auf das kleine Haus zu; er hob den Vogelpfeil empor und rief: »Ich werde dich doch nicht töten!«

Das Mädchen stand versteckt in der Krümmung des Hausganges und warf ihm von hier das kleine Wasserfaß mit den vier kleinen Walhautstücken ins Gesicht. Im selben Augenblick fiel er aus der Luft herunter und hatte seine Kräfte verloren. Darauf gingen die drei Frauen in sein Haus, ein großes Haus mit einem gewaltigen Raum darin; es war das Haus des Mondgeistes, und es war der Mondmann selbst, den die kleine Frau im Darmfellpelz durch ihr Zaubermittel für eine Zeitlang unschädlich gemacht hatte. – Der Mondgeist ist unberechenbar und kann gefährlich werden; er nimmt, aber er gibt auch, und die Menschen müssen ihm opfern, um teilzuhaben an allen Gütern, über die er herrscht. –

Die drei Frauen gingen in sein Haus, und siehe: oben auf den mächtigen Hausbalken sprangen große Scharen von Rentieren umher. In einer Ecke stand ein Wasserfaß von der Größe eines Binnensees. Die Frauen gingen näher und schauten hinein, und sie entdeckten, daß Großwal und Walroß, Weißwal und Seehund darin herumschwammen. Mitten auf dem Fußboden lag das Schulterblatt eines Wales. Die Frauen schoben es zur Seite, und da zeigte sich eine Öffnung zur Erde hin. Man hatte Aussicht über die Menschen, und man hörte sie rufen, rufen nach all dem, was sie sich wünschten. Da waren einige, die riefen: »Gib mir Wale!« Andere riefen: »Gib mir ein langes Leben!« – So mächtig ist der Mondgeist, daß er den Menschen all dieses geben kann. –

Das junge Mädchen schaute über die Länder der Erde, und sie entdeckte weit, weit unten Tikeraq, den größten Wohnplatz, den sie kannte. Hier waren viele Frauenboote und viele eifrige Menschen. Sie schöpften Wasser in kleine Fässer und sprengten es hinauf zum Neumond, um guten Fang zu bekommen. Alles war für sie wie ein Traum; sie konnte nicht begreifen, wie sie selbst mitten in all das hineingekommen war, was sie so gut aus der Erzählung alter Menschen kannte. Es war vielleicht gerade Neumond, da ja die kleine Frau in Darmfellkleidern den Mondgeist bewußtlos gemacht hatte. – Denn solange der Mondgeist schwach ist, opfern ihm die Menschen, und sie kommen mit all ihren Wünschen zu ihm, ehe er wieder zum großen, blanken Vollmond wird, der wie Kupfer glänzen kann. – Nun sah das Mädchen selbst, wie die Menschen den Mond um guten Fang baten. Einige der Männer hatten so starke Zauberformeln, daß ihre Wasserkellen sich ganz dem Hause des Mondgeistes näherten. Diese Wasserkellen waren unten auf der Erde nur ganz klein, hier oben aber wurden sie durch die Zauberworte gewaltig groß, und sie waren mit kühlem Süßwasser gefüllt. – Diese Opfer bringt man, weil die Tiere des Meeres oft an Durst leiden. – Und bald wurde ein Wal, bald ein Walroß, bald ein Seehund in jene Schöpfkellen gelegt, die das Haus des Mondgeistes erreichten. Das bedeutete, daß das Gebet des Mannes erhört, sein Opfer angenommen war und daß er einen Fang bekommen würde. Aber die, deren Schöpfkellen sich nicht vom Boden erhoben, sondern ganz unten beim Wohnplatz der Menschen blieben, gehörten zu den schlechten Fängern, die kein Glück hatten.

Das junge Mädchen sah dies alles, und sie mußte an alle die Freuden denken, die dem Fang folgten. Sie bekam Heimweh, sie, die vor kurzem nur daran dachte zu sterben.

Die alte Frau im Darmfellpelz und ihre kleine Hausgenossin hatten Mitleid mit ihr und wollten ihr wieder zur Erde hinunterhelfen. Die drei Frauen flochten ein Seil aus Sehnen, aus vielen, vielen Tiersehnen, ein langes, langes Seil, das sie während des Flechtens zu einem großen Knäuel aufrollten. Bald war das Seil fertig, und die alte Frau ergriff das Wort und sagte:

»Du sollst deine Augen schließen und dich hinunterlassen, aber in demselben Augenblick, in dem du die Erde berührst, sollst du die Augen schnell wieder öffnen. Wenn du das nicht tust, wirst du nie wieder zu einem Menschen werden.«

Das junge Mädchen band das Ende des Seiles oben im Himmelsland fest, und sie nahm das große Knäuel von geflochtenen Sehnen und fing an, sich hinunterzulassen. Sie glaubte, daß der Weg sehr weit sei, aber sie fühlte die Erde wieder unter ihren Füßen, schon ehe sie es erwartet hatte. Es kam so plötzlich über sie, daß sie die Augen nicht schnell genug öffnete, und da wurde sie in eine Spinne verwandelt. Von ihr stammen alle Spinnen der Erde; alle stammen von dem Mädchen ab, das sich vom Himmelsland an einem Seil aus geflochtenen Sehnen zur Erde herniederließ.

Untombinde, das Riesenmädchen

(Zulu)

Sprach die Tochter des Königs Usikulumi: »Vater, im nächsten Jahr gehe ich zum Ilulange.« Ihr Vater sprach: »Nichts geht dorthin und kehrt je wieder: Es bleibt dort für immer.« Im nächsten Jahr kam sie wieder und sprach: »Vater, ich gehe zum Ilulange. Mutter, ich gehe zum Ilulange.« Er sagte: »Nichts geht dorthin und kehrt je wieder: Es bleibt dort für immer.« Wieder verging ein Jahr. Da sprach sie: »Vater, ich gehe zum Ilulange.« Sie sagte: »Mutter, ich gehe zum Ilulange.« Da sagten sie: »Nichts geht zum Ilulange und kehrt je wieder: Es bleibt dort für immer.« Schließlich ließen Vater und Mutter Untombinde gehen.

Sie sammelte hundert Jungfrauen auf der einen Seite des Wegs und hundert auf der anderen. So zogen sie los. Da trafen sie auf Händler. Die Mädchen blieben stehen zu beiden Seiten des Pfads, auf dieser und auf jener. Sie sprachen: »Ihr Händler, sagt: Welche von uns ist die Schönste? Wir sind nämlich zwei Hochzeitsgesellschaften.« Da sagten die Händler: »Schön bist du, Utinkabazana. Doch nicht ebenbürtig bist du Untombinde, der Königstochter, die ist wie sattes grünes Weideland, wie Fett zum Kochen, wie die Gallenblase einer Ziege!« Da tötete die Hochzeitsgesellschaft von Utinkabazana jene Händler. Sie kamen zum Fluß Ilulange. Sie hatten Armbänder angelegt und die Brüste geschmückt; sie trugen Halsketten und mit Messingperlen verzierte Röcke. All dies streiften sie jetzt ab und legten es ans Ufer des Ilulange. Dann stiegen die beiden Hochzeitsgesellschaften in den Fluß und tummelten sich im Wasser. Nachdem sie sich so eine Weile vergnügt hatten, stieg als erstes ein kleines Mädchen aus dem Fluß und fand nichts mehr: weder die Halsketten noch den Brustschmuck, noch die Armbänder, noch die mit Messingperlen verzierten Röcke. Da rief sie: »Kommt heraus! Unsere Sachen sind nicht mehr da.« Alle kamen heraus.

Untombinde, die Prinzessin, sprach: »Was sollen wir tun?« Eins der Mädchen antwortete: »Wir wollen bitten. Isikqukqumadevu hat die Sachen weggenommen.« Ein anderes sagte: »Du, Isikqukqumadevu, gib mir meine Sachen, damit ich gehen kann. Untombinde, die Königstochter, hat mich in diese heikle Lage gebracht, denn sie hat gesagt: ›Menschen baden im großen Fluß: Unsere Vorväter badeten dort.‹ Ich habe das Intontela nicht auf dich herabbeschworen!« Isikqukqumadevu gab ihr den Rock. Da nahm ein anderes Mädchen das Wort und flehte: »Du, Isikqukqumadevu, gib mir doch meine Sachen, damit ich gehen kann. Untombinde, die Königstochter, hat mich in diese heikle Lage gebracht, denn sie hat gesagt: ›Im großen Fluß baden Menschen: Schon unsere Vorväter badeten dort.‹ Ich habe das Intontela nicht auf dich herabbeschworen!« Darauf tat die ganze Hochzeitsgesellschaft desgleichen. Schließlich blieb nur noch Untombinde, die Königstochter.

Die Hochzeitsgesellschaft sprach: »Bitte Isikqukqumadevu, Untombinde.« Sie aber weigerte sich und sprach: »Nie werde ich Isikqukqumadevu bitten: Ich bin die Tochter des Königs.« Da wurde sie von Isikqukqumadevu ergriffen und in den Fluß gezogen.

Die anderen Mädchen weinten und weinten; dann gingen sie nach Hause. Als sie da ankamen, sagten sie: »Isikqukqumadevu hat Untombinde entführt.« Da sprach ihr Vater: »Vor langer Zeit habe ich dies Untombinde gesagt: Ich wollte sie nicht zum Ilulange gehen lassen. Ich sagte zu ihr: ›Nichts geht dorthin und kehrt je wieder: Es bleibt dort für immer.‹ Und sehet: Sie bleibt dort für immer.«

Der König stellte ein Heer junger Männer auf und sprach: »Geht und holt Isikqukqumadevu, die Untombinde getötet hat.« Das Heer kam an den Fluß und traf sie da. Sie war schon aus dem Wasser gestiegen und stand am Ufer. Sie war groß wie ein Berg. Sie kam und verschlang die gesamte Streitmacht. Und dann ging sie zu dem Dorf des Königs. Dort verschlang sie alle Menschen und Hunde. Sie verschlang das ganze Land und alles Vieh. Mit diesem Land verschlang sie zwei Kinder. Es waren Zwillinge, schöne und sehr beliebte Kinder.

Ihr Vater aber konnte entfliehen; er nahm zwei Keulen und sprach: »Ich – ich werde Isikqukqumadevu töten!« Und er nahm seinen langen Assegai und machte sich auf den Weg. Er begegnete einem Büffel und fragte: »Wohin ist Isikqukqumadevu gegangen? Sie hat meine Kinder entführt.« Der Büffel antwortete: »Du suchst Unomabunge, O-gaul'-iminga. Vorwärts! Vorwärts! Mametu!« Dann begegnete er einigen Leoparden und sprach: »Ich suche Isikqukqumadevu, die meine Kinder entführt hat.« Und die Leoparden sagten: »Du suchst nach Unomabunge, O-gaul'-iminga, O-nsiba-zimakqembe. Vorwärts! Vorwärts! Mametu!« Dann begegnete er einem Elefanten und sprach: »Ich suche nach Isikqukqumadevu, die meine Kinder entführt hat.« Er antwortete: »Du meinst Unomabunge, O-gaul'-iminga, O-nsiba-zimakqembe. Vorwärts! Vorwärts! Mametu!« Dann kam er endlich zu Unomabunge: Sie kauerte vor ihm und war groß wie ein Berg. Und er sprach: »Ich suche Isikqukqumadevu, die mir meine Kinder weggenommen hat.« Und sie sagte: »Du suchst Unomabunge. Du suchst O-gaul'-iminga, O-nsiba-zimakqembe. Vorwärts! Vorwärts! Mametu!« Da erstach der Mann das Ungeheuer. Und so starb Isikqukqumadevu.

Und da kamen aus ihr das Vieh, die Hunde, ein Mann und all die Menschen. Und dann kam Untombinde selbst heraus. Sie kam heraus und kehrte zu ihrem Vater Usikulumi zurück, dem

Sohn von Uthlokothloko. Dann wollte sie Unthlatu, den Sohn von Usibilingwana, heiraten.

Untombinde machte sich daran, ihren Platz im Kral ihres Bräutigams einzunehmen. Bei ihrer Ankunft stellte sie sich auf die höchste Stelle des Krals. Man fragte sie: »Wen möchtest du heiraten?« Sie antwortete: »Unthlatu.« Man fragte sie: »Wo ist er?« Sie antwortete: »Ich habe gehört, daß König Usibilingwana einen König gezeugt hat.« Man sagte: »Nein: Er ist nicht hier. Aber er hat einen Sohn gezeugt; doch ist er als Kind verschwunden.« Die Mutter weinte und sprach: »Was mag das Mädchen erfahren haben? Ein Kind habe ich geboren; es ist verschwunden: Andere gab es nicht!« Das Mädchen blieb. Der Vater, der König, sprach: »Warum ist sie geblieben?« Die Leute sagten: »Heiße sie gehen.« Der König erwiderte: »Laßt sie bleiben, denn hier sind meine Söhne: Sie soll ihre Frau werden.« Die Leute sagten: »Laß sie bei der Mutter wohnen.« Die Mutter weigerte sich und sprach: »Laß ihr ein Haus bauen.« Und daher wurde Untombinde ein Haus gebaut.

Als das Haus gebaut wurde, geschah es, daß die Mutter saure Milch und Fleisch und Bier hineinstellte. Das Mädchen fragte: »Warum stellst du dies hier hinein?« Sie antwortete: »Das habe ich schon immer getan, auch bevor du gekommen bist.« Das Mädchen schwieg und legte sich nieder. Und in der Nacht kam Unthlatu: Er nahm von der sauren Milch, aß das Fleisch und trank das Bier. Er blieb lange, und dann ging er. Am Morgen deckte Untombinde die saure Milch auf: Sie merkte, daß etwas davon fehlte. Sie deckte das Fleisch auf: Sie sah, daß etwas davon gegessen war. Sie deckte das Bier auf: Sie merkte, daß es getrunken worden war. Sie sprach: »Oh, Mutter hat diese Speisen hierhin gestellt. Es wird heißen, ich hätte sie gestohlen.« Da trat die Mutter ein. Sie deckte die Speisen auf und fragte: »Wer hat davon gegessen?« Sie antwortete: »Ich weiß es nicht. Auch ich habe schon bemerkt, daß etwas davon gegessen wurde.« Sie fragte: »Hast du den Mann nicht gehört?« Sie antwortete: »Nein!«

Die Sonne ging unter. Und man aß diese drei Speisen. Ein Hammel wurde geschlachtet. In das Haus wurde Fleisch, saure Milch und Bier gestellt. Es wurde dunkel, und Untombinde legte sich nieder. Unthlatu trat ein: Er berührte das Gesicht der Jungfrau. Sie erwachte, und er sprach: »Warum bist du hier?« Sie sagte: »Ich kam, um zu heiraten.« Er fragte: »Wen?« Das Mädchen sagte: »Unthlatu.« Er fragte: »Wer ist das?« Sie antwortete: »Er ist verschwunden.« Er fragte: »Aber da er nun verschwunden ist: wen heiratest du dann?« Sie sprach: »Nur ihn allein.« Er fragte: »Weißt du denn, daß er kommen wird? – Der König hat doch auch andere Söhne; warum heiratest du nicht diese, anstatt auf einen Mann zu warten, der verschwunden ist?« Dann fuhr er fort: »Iß, laß uns Fleisch essen.« Das Mädchen erwiderte: »Ich esse noch kein Fleisch.« Unthlatu sagte: »Nicht doch. Was mich betrifft, so gibt dein Bräutigam meinen Leuten auch Fleisch vor der Zeit, da sie es essen, und sie essen davon.« Er sagte: »Trink, hier ist Bier.« Sie erwiderte: »Ich trinke noch kein Bier. Denn noch wurde nichts für mich geschlachtet.« Er sprach: »Nicht doch. Dein Bräutigam gibt meinen Leuten auch Bier, bevor irgend etwas für sie getötet wurde.« Am Morgen ging er davon; er sprach die ganze Zeit, und das Mädchen sah ihn nicht. Während der ganzen Zeit wollte er dem Mädchen nicht erlauben, ein Feuer anzuzünden. Er ging. Das Mädchen erhob sich, um nach der Weidentür zu tasten, und sagte: »Ich will doch fühlen, wie er hinausgekommen ist, wo ich sie doch verschlossen habe.« Sie merkte, daß die Tür noch immer mit ihrem Verschluß versehen war, und sagte: »Wie ist der Mann hinausgekommen?«

Am Morgen kam die Mutter herein und fragte: »Liebe Freundin, mit wem hast du gesprochen?« Sie antwortete: »Nein, ich habe mit niemandem gesprochen.« Sie fragte: »Wer hat hier von den Speisen gegessen?« Sie antwortete: »Ich weiß es nicht.« Auch diese Speisen aßen sie. Zum drittenmal wurden die Speisen hingestellt. Man kochte Bier und Fleisch und bereitete saure Milch. Am Abend kam Unthlatu, tastete nach ihrem Gesicht und sprach: »Wach auf.« Untombinde wachte auf. Unthlatu sprach: »Beginne mit meinen Füßen, dann ertaste mich bis zum Kopf, damit du weißt, wie ich beschaffen bin.« Das Mädchen betastete ihn; sie spürte, daß der Körper schlüpfrig war: Er ließ sich von den Händen nicht festhalten. Er fragte: »Möchtest du, daß ich dich heiße, das Feuer anzuzünden?« Sie sagte: »Ja.« Er sagte: »Dann gib mir etwas Schnupftabak.« Sie gab ihm Schnupftabak. Er sagte: »Laß mich aus deiner Hand eine Prise nehmen.« Er nahm eine Prise und schnupfte sie. Da spuckte er aus. Die Spucke sprach: »Heil dir, König! Du Schwarzer! Du, der du groß bist wie die Berge!« Er nahm eine Prise, spie aus, und die Spucke sagte: »Heil dir, Häuptling! Heil dir, der du groß bist wie die Berge!« Darauf sagte er: »Entzünde das Feuer.« Untombinde entzündete es und sah einen glänzenden Körper. Das Mädchen fürchtete sich und sagte erstaunt: »Solch einen Körper habe ich noch nie gesehen.« Er fragte: »Was wirst du am Morgen sagen, wen du gesehen hast?« Sie sagte: »Ich werde sagen, daß ich niemanden gesehen habe.« Er fragte: »Was wirst du dieser deiner Mutter sagen, die Unthlatu geboren hat, wenn sie über sein Verschwinden trauert? Was sagt deine Mutter?« Sie antwortete: »Sie weint und sagt: ›Ich möchte wissen, wer das gegessen hat. Könnte ich doch nur den Mann sehen, der diese Speisen ißt.‹« Er sprach: »Ich gehe jetzt.« Das Mädchen sagte: »Und du: wo lebst du, seit du als kleines Kind verschwunden bist?« Er sagte: »Ich lebe im Innern der Erde.« Sie fragte: »Warum bist du fortgegangen?« Er antwortete: »Ich ging fort wegen meiner Brüder: Sie sagten, sie würden mir einen Klumpen Erde in die Luftröhre stopfen. Denn sie waren eifersüchtig, weil man sagte, ich sei der König. Sie sagten: ›Warum sollte der Junge König sein, während wir Älteren Untertanen bleiben?‹«

Er sprach zu dem Mädchen: »Geh und hole diese deine Mutter, die betrübt ist.« Die Mutter trat mit dem Mädchen ein. Die Mutter weinte ein wenig verstohlen. Sie sprach: »Was ich da gesagt habe? Ich sagte: ›Es ist mein Kind, das verschwunden war: das mit dem glatten Körper.‹« Darauf fragte er: »Was wirst du meinem Vater sagen?« Sie antwortete: »Ich werde sagen: ›Befiehl dem ganzen Land, Bier zu brauen.‹«

Sprach der Vater: »Was soll mit dem Bier geschehen?« Und die Mutter: »Ich will das Volk sehen; denn ich war einmal Königin. Ich wurde abgesetzt, weil ich kein Kind bekam.« Da wurde das Bier gebraut. Und das Volk lachte und sagte: »Sie schickt nach Bier. Was hat sie vor, da sie doch verstoßen und abgesetzt ist?« Das Bier war fertig. Das Volk strömte zusammen. Die Soldaten gingen in das Viehgehege; sie trugen Schilde; alle waren da. Der Vater sah zu und sprach: »Bald werde ich sehen, was diese Frau im Sinne hat.«

Unthlatu trat heraus. Die Augen der Leute wurden vom Glanz seines Körpers geblendet. Sie staunten und sagten: »Solch einen Mann haben wir noch nie gesehen, dessen Körper dem

Körper der Menschen nicht gleicht.« Er setzte sich. Der Vater staunte. Ein großes Fest wurde gefeiert. Da hallten die Schilde von Unthlatu, der groß war wie alle Könige. Untombinde bekam einen Leopardenschwanz und die Mutter den Schwanz einer Wildkatze. Und das Fest wurde gefeiert. Unthlatu war wieder als König eingesetzt. Und dies ist das Ende der Geschichte.

Unholdin und Hexe

Schon die Frau, die uns aus den Erzählungen über ihre diesseitigen Rollen anblickt, ist auffallend autark, oft wie durch eine Glaswand von der Männerwelt getrennt und dennoch elementar begehrt: sei's als Mutter der Welt oder Stammutter, sei's als Heilerin oder Köchin oder Geliebte. Das amazonische Leben macht einen ersten Ernst mit der Angst des Mannes vor dem Verlassenwerden; und die Lebensreise-Erzählungen erscheinen von hier aus wie männliche oder gesellschaftliche Ermahnungen, endlich ins Diesseits: zu Kind, Mutter, Mann und männlichem Kopf zu kommen. Aber das umgekehrte Bestreben: die Frau zu entfernen, ist beim mythischen Erzähler mindestens ebenso stark. Eins der bekanntesten Mittel ist die Verteufelung der Frau: das Bild der Unholdin und Hexe. Die »Lungenverzehrerin« unserer ersten Erzählung stammt wieder aus der schamanischen Vorstellungswelt. Sie, diese »Lungenverzehrerin«, vor der man nicht lachen darf, obgleich sie einen komischen Tanz aufführt, hat alle Züge einer Sirene, wie wir sie auch aus der europäischen Überlieferung kennen; freilich fast parodistisch verzerrt.

Die archaischste Angstfigur, die sich denken läßt, ist die in der folgenden afrikanischen Erzählung geschilderte kinderfressende Mutter: eine Sonderform des sogenannten Ogers, der auch männlich bekannt ist. Der Angst vor der fressenden Frau – jener Alptraumversion der nährenden – steht die Angst vor der Versteinerung nicht nach. Sie stammt, als Bild des absoluten Todes, der anorganischen Erstarrung, wohl aus Zeiten, in denen der Tod längst nicht mehr selbstverständlich in anderes Leben führte. Das kalte Weib, welches ans männliche Feuer möchte, wirkt aber auch wie eine Karikatur der älteren Konstellation: Nicht die Frau, sondern der Mann verfügt hier über Essen und Wärme und Menschlichkeit!

Ein schönes Beispiel für unterdrückte Hexenglut ist dagegen die Geschichte der hufbeschlagenen Frau Körmöndi in ungarischer Version. Hier sind alle Requisiten der europäischen Hexenabwehr und -liebe beisammen: vor allem die aggressive Sexualität, wenn auch komisch geboten.

Hexen gab es nicht nur in Europa. Nur ist in der europäischen

Zivilisation die Verfolgung und Ermordung mit jenem christlichen Eifer organisiert worden, der alle lebendigen Strömungen ins Systematische erhob, um sie dann ebenso zu bekämpfen. Natürlich gibt es böse Frauen und zauberische Hexen in allen Kulturen, aber gewöhnlich bleiben sie vereinzelt, nicht in den Rang eines Hexen-Unwesens erhoben. Vor allem können die primitiven Gesellschaften mit ihrer stärkeren Individualisierungsgabe offenbar besser den Hexenschatz an Kenntnissen und Fertigkeiten von deren böser Verwendung unterscheiden.

So etwa ist die Hexe der araukanischen Geschichte eine ausgesprochene Künstlerin, eine berühmte Töpferin und Gerberin. Und hier ist sie außerdem noch eine leidenschaftliche Mutter, die unfreiwillig dafür sorgt, daß ihr Sohn zusammen mit seiner jungen Frau glücklich in einer Unterwelt landet; eine bittere Geschichte.

Nalikateq, das alte Weib

(Eskimo)

Es war einmal ein Fänger, der wohnte ganz allein mit seiner Frau. Sie mußten immer Buße tun, denn jedesmal, wenn die Frau ein Kind gebar, starb es. Schließlich wurde es dem Mann leid, und als sie wieder ein Kind bekamen, das starb, sagte er: »Diesmal will ich nicht Buße tun, denn es nützt doch nichts.«

Deshalb ruderte er wie immer in seinem Kajak hinaus und ging auf den Fang, und es stieß ihm auch nichts Ungewöhnliches zu. Als er eines Tages nach Hause kam, entdeckte er ein kleines Loch in seinem Kajak und bat seine Frau, an den Strand hinunterzugehen und es zu nähen. »Das geht nicht an«, sagte sie, »ich tue ja Buße für das Kind, das gestorben ist, und darf nicht nähen.«

»Was nützt es, Buße zu tun? Geh an den Strand und näh für mich.«

»Du könntest wenigstens das Boot zum Hause tragen, damit ich nicht an den Strand hinunterzugehen brauche.« Der Mann aber erwiderte: »Geh nur hinunter an den Strand und fürchte dich nicht!«

Da wagte die Frau ihrem Mann nicht länger zu widersprechen, ging hin und begann zu nähen. Als sie aber eine Weile genäht hatte, war es, als ob der Faden eine Stimme bekäme, eine seltsam knurrende Stimme, die lauter und lauter wurde, und als sie fast fertig war, schien sie aus einer anderen Richtung zu kommen. Sie blickte übers Meer und sah, wie ein großer Hund herangeschwommen kam. Es war der Hund des Mondmannes. Die Frau stieß einen Schrei aus, und gleich kam der Mann mit seiner großen Lanze angelaufen; als der Hund ein Vorderbein aufs Land setzte, harpunierte er ihn von der einen Seite, und als er das andere Bein hob, sprang er auf die andere Seite und harpunierte ihn von dort.

Mühsam schleppte sich der Hund an Land, dort fiel er um und verendete.

»Jetzt haben wir nichts mehr zu befürchten, mach deine Arbeit fertig«, sagte der Mann, und die Frau nähte weiter. Es wurde Abend, bevor sie fertig war. Dann gingen sie ins Haus, und als sie im Bett lagen, sagte der Mann:

»Laus mich!«

»Du weißt doch, daß ich es nicht darf, wenn ich Buße tue.«

»Der Hund des Mondmannes ist tot, wir brauchen nicht mehr Buße zu tun.«

Die Frau wagte ihrem Manne nicht zu widersprechen und fing an, ihn zu lausen. Da ertönte von draußen eine furchtbare Stimme:

»Wer hat meinen Hund getötet?« Keiner antwortete. Da hörten sie die Stimme noch ein zweites und drittes Mal: »Wer hat meinen Hund getötet?«

Schließlich antwortete der Mann: »Ich habe es getan.«

Da geriet der Mondmann außer sich vor Wut und schrie und drohte so furchtbar, daß der Mann sich von seinem Lager erhob und hinausging, um mit ihm zu ringen. Sie rangen lange und schienen einander gewachsen zu sein, plötzlich aber hob der Fänger den Mondmann hoch und schleuderte ihn so heftig zur Erde, daß er auf dem Rücken liegenblieb.

Der Mondmann war wie ein Mensch gekleidet, mit einer Kapuze aus dickem Bärenfell. Diese schnürte der Fänger dem Mondmann so fest um den Hals, daß er fast erstickte. Der Mondmann, der glaubte, daß er sterben müsse, rief verzweifelt:

»Soll denn nie mehr Ebbe auf Erden werden?«

»Was liegt daran«, antwortete der Mann.

»Soll denn nie mehr Flut werden?«

»Was liegt daran.«

»Sollen die Seehunde nie mehr Junge bekommen?« stöhnte der Mondmann.

Diese Drohung wagte der Mann nicht zu überhören und ließ den Mondmann los. Als der Mondmann wieder zu Kräften gekommen war, machte er sich zur Abreise bereit und rief seine Hunde. Er hatte nur noch drei, den vierten hatte der Fänger getötet. Bevor er aufbrach, sagte er zu ihm: »Hast du nicht Lust, mich zu besuchen?«

»Wie soll ich dich besuchen? Ich kann nicht fliegen.«

»Ich werde dir zeigen, wie man es macht.«

»Ich habe keinen Schlitten.«

»So kannst du dir einen anfertigen.«

Und als der Mann schließlich einwilligte, sagte der Mondmann:

»Tue nur, was ich dir vormache! Zuerst wirfst du deine Hunde in die Luft, einen nach dem anderen, darauf deinen Schlitten; doch mußt du dich an ihm festklammern. Bist du erst einmal in der Luft, brauchst du nur dem geraden Weg zu folgen, der zu meinem Hause führt. Unterwegs wirst du zu einer Insel kommen. Bei dieser Insel gabelt sich der Weg, und du darfst nicht nach links fahren; denn jener Weg führt zu Nalikateq, der Menschenfresserin. Wenn du vorbeifährst, wirst du ihren lockenden Ruf ›Mat-ta, Mat-ta!‹ hören. Laß dich das nicht kümmern. Blicke nur nicht nach jener Seite und folge dem geraden Weg.«

So sprach der Mondmann, nahm seine Hunde, einen nach dem anderen, und warf sie in die Luft, wo sie schwebend stehen blieben.

Zuletzt kam der Schlitten an die Reihe und mit ihm der Mondmann selbst, und dann fuhren sie davon. Jedesmal, wenn er über den klaren Himmel fuhr, hörte man die Schlittenkufen klingeln, als ob sie über hartes Glatteis liefen, durch Wolken aber fuhr er lind und weich, wie über Neuschnee.

Der Mann blieb stehen und folgte dem Mond mit den Augen, solange er ihn sehen konnte; dann ging er ins Haus, riß ein Stück Holz vom Pritschenrand und begann einen Schlitten zu bauen.

Ein hübscher Schlitten wurde es nicht, dazu hatte er es viel zu eilig, und als er fertig war, trug er ihn geschwind auf den Gipfel eines kleinen Berges.

»Vielleicht schlage ich nur meine Hunde zuschanden«, dachte er, »aber ich will es trotzdem versuchen.«

Darauf warf er einen von seinen Hunden in die Luft, und siehe! Er blieb oben schweben. Dann ließ er die anderen Hunde folgen, und zuletzt den Schlitten, an dem er sich selber festklammerte; so schwebte er nun mit Hunden und Schlitten in der Luft. Die Spuren des Mondmannes waren noch deutlich sichtbar, und ihnen folgte er. Zu seiner Verwunderung aber ging der Weg gar nicht aufwärts, sondern schien über eine glatte Ebene zu führen.

Er war schon eine ganze Weile gefahren, als er eine Insel gewahr wurde. Der klare Himmel war wie Glatteis und Wolken wie Meereis, von Schnee bedeckt. Auf dem Wege war nichts Besonderes zu sehen; als er aber die Insel erreichte, entdeckte er eine Spur, die nach links abbog, und gleichzeitig hörte er fernen Gesang, eine schöne, lockende Frauenstimme, der er kaum widerstehen konnte: »Mat-ta, Mat-ta!« Die Stimme klang so lieblich, daß er wider Willen ein ganz klein wenig zur Seite blicken mußte. Und schon schlugen die Hunde die Spur ein und sausten mit ihm auf das Haus zu, woher die wunderschöne Stimme kam. Die Hunde krochen in den Hausgang hinein, und ihm blieb keine Wahl, er mußte mit hineingehen.

Drinnen im Hause saßen sich ein altes Weib und ein Mann gegenüber. Der Mann sagte nichts, die Frau aber war freundlich gegen den Fremden und forderte ihn auf näherzutreten. Er nahm am Fenster Platz, und gleich ergriff die Frau eine Trommel und machte sich zum Singen bereit. Sie war nur mit einem Gürtel bekleidet, vor ihrem Unterleib aber hing der Kopf eines Hundes, der hin und her baumelte und lächerlich aussah. Sie fing an zu singen und schlug die Trommel mit einem Messer. Da war es, als ob der Hundekopf lebendig würde, zwischen ihren Beinen verschwand, wieder zum Vorschein kam und sich nach dem Besucher reckte; dazu sang das Weib und machte komische Bewegungen. Das alles wirkte so lächerlich, daß der Mann merkte, wie es ihm gegen seinen Willen in den Mundwinkeln zuckte; im nächsten Augenblick aber fühlte er einen stechenden Schmerz unter seinem Schlüsselbein, und bevor er sich wehren konnte, hatte das Weib einen Schnitt in seine Brust gemacht und seine Lunge herausgezogen. Todesmatt eilte er zu seinem Schlitten hinaus und fuhr zum Mondmann. Halb tot kam er dort an.

»Ich habe dich gewarnt vor dem Gesang der Frau«, sagte der Mondmann. »Nun siehst du, wie es dir ergangen ist.« Und damit spannte er seine Hunde vor und fuhr schleunigst zur »Lungenverzehrerin«. Sie hatte die Lunge vor sich auf einer Schüssel liegen und wartete nur darauf, daß sie abkühlen sollte. Als der Mondmann hereinkam, ergriff er die Schüssel, nahm die Lunge an sich und warf die Schüssel so hart auf den Boden, daß sie zerbrach.

Da öffnete der Alte, der Mann der »Lungenverzehrerin«, den Mund und sagte traurig: »Nun ist die Schüssel entzwei, und wir haben niemanden, der uns eine neue macht.«

Der Mondmann aber eilte hinaus und erreichte seinen Gast, bevor er ganz tot war. Er legte die Lunge vor ihn hin und sagte:

»Du mußt deine eigene Lunge essen, sonst kannst du nicht wieder lebendig werden.«

Der Mann aß seine Lunge Stück für Stück und hatte sie fast verzehrt, als er sagte:

»Ich kann keinen Bissen mehr essen!«

»Du mußt, wenn du wieder gesund werden willst«, sagte der Mondmann.

Da versuchte der Mann von neuem, und es gelang ihm mit großer Mühe, die letzten Stücke herunterzuschlucken. Im selben Augenblick war er auch wieder gesund.

Er blieb noch lange beim Mondmann und lernte sein Haus mit allen Merkwürdigkeiten kennen und sah viele Dinge, die ihm vordem verborgen gewesen waren. Erst als die Sehnsucht nach der Erde ihn überkam, nahm er Abschied und erreichte ohne Unfall seinen Wohnplatz und seine Frau, die ihn schon für tot gehalten hatte.

Dies ist die Geschichte von dem Fänger, der stärker war als der Mondmann.

Die Zauberin Subachamussu

(Mali)

Eine Subachamussu (Zauberin, die Menschen frißt; mussu = Frau) gebar jedes Jahr ein Kind und fraß es dann auf. Sie gebar wieder ein Kind. Der Knabe hieß Mamadu bomie. Seine Mutter wollte ihn alsbald essen. Der Knabe sagte: »Laß mich jetzt. Iß mich, wenn ich größer geworden bin. Dann werde ich fett sein, und du wirst etwas von mir haben.« Die Subachamussu ging. Nach einiger Zeit kam die Subachamussu wieder, um Mamadu bomie zu verzehren. Der Knabe sagte: »Laß mich erst noch mit den anderen Knaben beschnitten sein, dann hast du etwas Rechtes von mir.« Die Subachamussu ging. Sie kam nach einiger Zeit doch wieder, um Mamadu bomie zu verzehren. Mamadu bomie sagte: »Ich bin jetzt von der Beschneidungszeit etwas mager. Warte, bis ich mich herangefüttert haben werde, dann hast du etwas recht Gutes.« Die Mutter ging.

Nach einiger Zeit kam die Subachamussu wieder, um Mamadu bomie zu verzehren. Mamadu bomie sagte: »Laß mich doch erst heiraten, denn dann hast du doch nachher zwei Menschen zu verzehren!« Die Mutter ging und ließ ihn heiraten.

Nach einiger Zeit kam die Subachamussu wieder, um Mamadu bomie zu verzehren. Mamadu bomie sagte: »Kaufe mir erst ein Pferd. Dann hast du nachher dreifach gute Speise.« Die Mutter ging und kaufte ihm ein Pferd. Nach einiger Zeit kam die Subachamussu wieder, um Mamadu bomie zu verzehren. Mamadu bomie sagte: »Kaufe mir erst ein Messer; wenn du das nachher verhandelst, kannst du noch einen Mann dafür einkaufen.« Die Mutter ging und kaufte ihm ein Messer.

Nach einiger Zeit kam die Subachamussu wieder, um Mamadu bomie zu verzehren. Mamadu bomie sagte: »Kaufe mir erst ein Gewehr; wenn du das nachher verhandelst, kannst du noch einen Mann dafür kaufen.« Die Mutter ging und kaufte ihm ein Gewehr.

Eines Tages sagte die Subachamussu: »Heute abend werde ich dich verzehren.« Da nahm Mamadu bomie sein Messer und sein Gewehr, stieg auf sein Pferd, nahm seine Frau hinter sich und ritt heimlich von dannen.

Mamadu bomie kam zu den Blissi (Buschgeistern). Er sagte zu den Blissi: »Ich fliehe vor meiner Mutter, die eine Subachamussu ist.« Die Blissi sagten: »Bleib hier. Deine Mutter kann dich hier nicht essen.« Abends machte sich die Mutter auf und kam hinter Mamadu bomie her. Sie kam wie der Wind: »Wi wu, wi wu, wiiii wuuu!« Sie zerbrach alle Bäume: »Krick krack, krick krack, krick krack!« Die Blissi sagten: »Ist das deine Mutter?« Mamadu bomie sagte: »Ja, das ist meine Mutter!« Die Blissi sagten: »Deine Mutter ist fürchterlich! Flieh weiter.« Mamadu bomie nahm seine Frau, sein Gewehr, sein Messer und bestieg sein Pferd. Er floh weiter.

Mamadu bomie kam zu den wilden Tieren. Er sagte zu den wilden Tieren: »Ich fliehe vor meiner Mutter, die eine Subachamussu ist.« Die wilden Tiere sagten: »Bleib hier, deine Mutter kann dich hier nicht essen.« Als aber abends die Mutter wiii wuuu, wiii wuuu, krick krack, krick krack ankam, sagten sie ihm: »Deine Mutter ist fürchterlich, flieh weiter!« Er bestieg sein Pferd und floh weiter.

Mamadu bomie kam zu Butani (Skorpion). Er sagte zu Butani: »Ich fliehe vor meiner Mutter, die eine Subachamussu ist.« Butani sagte: »Bleib hier, deine Mutter kann dich hier nicht essen.« Mamadu bomie sagte: »Nicht einmal die Blissi und die großen Tiere konnten mich schützen, und du bist ein so kleines Tier.« Butani sagte: »Laß nur!« Butani war Spinner. Butani nahm seine Fäden, setzte Mamadu bomie mit Pferd und Weib hinein und wartete.

Nach einiger Zeit kam wiii wuuu, wiii wuuu, krick krack, krick krack die Subachamussu. Sie fragte Butani: »Hast du Mamadu bomie versteckt?« Butani sagte: »Nein.« Subachamussu sagte: »Wenn du es nicht sagst, töte ich dich.« Sie setzte Butani in ihr Ohr. Butani stach. Sie ließ ihn herausfallen. Sie sagte: »Wenn du es nicht sagst, töte ich dich!« Sie setzte Butani in ihr Auge. Butani stach. Sie ließ ihn herausfallen. Sie sagte: »Wenn du es nicht sagst, töte ich dich!« Sie setzte Butani in ihren Mund. Butani kroch in ihren Bauch. Butani stach sie überall hin. Der Bauch der Subachamussu schwoll mächtig an. Die Subachamussu starb.

Butani kam hinten wieder heraus und nahm Mamadu bomie mit Pferd, Weib, Flinte und Messer wieder aus dem Gewebe.

Die Hexe, die Menschen in Steine verwandelte

(Serbokroatisch)

Es waren einmal drei Brüder. Als teure Jahre eintraten, eins böser als das andre, besprachen sich die Brüder, sie wollten in die Fremde ziehen und sehen, wie sie sich ernähren könnten. Jeder nahm seinen Ranzen auf die Schulter, und nun ging's in die Fremde. Als sie an einen Kreuzweg kamen, wollten sie sich trennen nach drei verschiedenen Seiten, fragten sich aber: »Wie wollen wir uns wieder finden?« – »Wißt ihr was«, sagte der älteste Bruder, »wir wollen jeder sein Messer in den Baum da schlagen« – nahe bei dem Kreuzweg stand eine Linde –, »und wenn einer von uns aus der Fremde nach Hause kehrt, soll er auf die Messer sehen; sieht er aus einem Messer Blut tropfen, so soll er wissen, daß sein Bruder in Lebensgefahr ist und ihm zu Hilfe kommen.« Das beschlossen die Brüder, und jeder steckte sein Messer in den Baumstamm, darauf umarmten sie sich, und jeder ging seines Weges, der älteste nach rechts, der zweite nach links und der jüngste geradeaus. Mit dem jüngsten ging der Haushund, ein Tier groß wie ein Bär.

Der älteste Bruder ging nun in die Weite und kam spät in einen Wald; es wurde finstre Nacht, man sah nicht Weg noch Steg. Da machte der Wanderer unter einem großen Baume halt, suchte schnell Dürrholz und Reisig zusammen und machte Feuer an. Er wollte dort übernachten. Der Wind blies kalt, das Feuer kam in Gang. Der Wanderer hatte unterwegs Pilze aufgelesen, die briet er auf der Glut zum Abendessen. Im Ranzen hatte er etwas Maisbrot, das er von guten Leuten unterwegs bekommen hatte, und etwas Salz. Er machte sich daran zu essen, aber da stöhnte und seufzte etwas in der Dunkelheit. Der Mensch sah sich nach allen Seiten um, wurde aber nichts gewahr. »Ach, ach!« hörte er jammern und jemand aus der Dunkelheit sagen: »Laß mich zum Feuer, daß ich mich wärme, ich sterbe vor Kälte.« Dem Wanderer kam es vor, es sei jemand auf dem Baume; er blickte hinauf und sah eine alte Zigeunerin, struppig und ganz in Lumpen wie eine Vogelscheuche und zitternd wie in starkem Fieber.

»So komm herab hierher zum Feuer und wärme dich«, sagte der Wanderer zu der Zigeunerin, »da hast du auch etwas gebackene Pilze und kannst essen.«

Die Zigeunerin stieg nun vom Baume herab; in der Hand hatte sie eine Gerte; sowie sie ans Feuer trat, schlug sie den Wanderer mit der Gerte über den Rücken, und der wurde zu einem Steinbild.

Der zweite Bruder war den ganzen Tag in die Weite gezogen, gegen Abend kam er in den Wald und legte auch ein Feuer unter dem Baume an. Als das Feuer in Brand kam, zog er zwei, drei frische Maiskolben aus seinem Ranzen, die hatte er unterwegs auf dem Felde gepflückt. Da hörte er auch jemanden stöhnen und seufzen und mit den Zähnen klappern, als würde er vom Fieber geschüttelt, und sagen: »Ach, ach! Laß mich zum Feuer, daß ich mich wärmen kann.« Der Wanderer hörte die Stimme von dem Baume herab, unter dem er saß, und als er aufsah, erblickte er die alte Zigeunerin, struppig und zerlumpt wie eine Vogelscheuche. »Kommt zum Feuer und wärme dich«, rief er ihr zu, »ich brate gerade Maiskolben, du kannst mitessen.« Die Alte stieg vom Baum herab, die Gerte trug sie in der Hand, und sowie sie zu dem Feuer kam, gab sie dem Wanderer einen Hieb mit der Gerte über den Rücken. Er verwandelte sich in ein Steinbild.

Der jüngste Bruder wanderte den ganzen Tag und gelangte in eine große Stadt. Dort verdingte er sich bei einem Herrn als Kutscher, mit Pferden wußte er sehr gut umzugehen, und blieb da lange als Kutscher, verdiente und ersparte dabei ein schönes Geld. Eines Nachts träumte ihm, er sähe seine Brüder tot daliegen, im Gesicht bleich wie Leinwand. Da zog ihn das Herz, sie aufzusuchen, er kündigte seinem Herrn den Dienst, tat sein verdientes und erspartes Geld in den Ranzen und nahm den Weg unter die Füße. Sein Hund ging mit ihm; der war noch größer geworden, denn er war bei dem Herrn gut gefüttert worden; alle mochten ihn gern, weil er das Haus gut hütete.

Der jüngste Bruder ging nun geradewegs zu dem Kreuzweg, wo die drei ihr Messer in den Lindenstamm gesteckt hatten. Als er da ankam, sah er, daß aus den Messern der beiden Brüder Blut tropfte; die Tropfen waren schon geronnen und ganz schwarz geworden.

Darauf zog er mit dem Hunde weiter des Weges, auf dem der älteste Bruder in die Fremde gegangen war, und gegen Abend gelangte er in den Wald. Er hatte auch unterwegs Pilze aufgelesen. Der Zufall brachte ihn gerade unter den Baum, wo sein Bruder Feuer angemacht hatte und zu Stein geworden war. Als das Feuer aufflammte, bemerkte er das Steinbild; es sitzt da ein Mensch von Stein, hält in der Hand gebackene Pilze und ein Stück Maisbrot. Er betrachtet das Bild, und es kommt ihm vor, als gliche es seinem ältesten Bruder. Er macht die Augen weit auf und sieht näher zu, erkennt seinen Bruder, wundert sich sehr und denkt bei sich: Was mag das sein?

Er setzte sich nun zum Feuer, sein Hund neben ihn, und briet die Pilze auf der Glut. Der Wind heulte. Auf einmal hörte er jemanden auf dem Baume über dem Feuer stöhnen und seufzen: »Ach, ach! Wie ist mir kalt, laß mich zum Feuer, daß ich mich wärmen kann.« Der Wanderer sah an dem Baum hinauf, der Hund fletschte die Zähne. Auf dem Baume war die alte Zigeunerin, struppig und zerlumpt wie eine Vogelscheuche im Weinberg oder im Maisfeld.

Das Zigeunerweib klapperte mit den Zähnen vor Kälte, als hätte sie starkes Fieber, und bat immer, ob sie sich am Feuer wärmen dürfte. Der Hund aber sprang herum wie wütend, fletschte die Zähne und bellte.

»Komm herab zum Feuer«, rief der Wanderer, »wärme dich.« – »Ich wage es nicht«, antwortete sie, »der Hund wird mich beißen.« – »Fürchte dich nicht«, sagte der Wanderer, »ich halte den Hund.« Darauf stieg die Alte vom Baume, die Gerte in der Hand, und trat zum Feuer; sie schlich sich heran, um den Wanderer mit der Gerte einen Hieb über den Rücken zu geben, aber der Hund sprang schnell zu und packte das alte Weib an der Kehle. Sie schrie wie rasend, der Hund aber hielt sie fest, wie wenn sich ein Ertrinkender anklammert, und das Weib konnte sich nicht rühren. Der Wanderer zerrte an dem Hunde; o je! Der gehorchte nicht. Sein Herr packt ihn am Halshaar, er läßt sich aber nicht wegreißen, so wenig wie eine Zecke. Da dachte der Wanderer: »Die Sache geht nicht mit rechten Dingen zu; das Weib ist eine Hexe, sonst würde mein Hund mir gehorchen, er hat mir ja immer gehorcht; es muß eine Hexe sein; sie hat wohl auch meinen Bruder in Stein verwandelt. Halt sie fest, Hund!« Der spaßt nicht, sondern würgt das Weib, daß ihm die Augen aus dem Kopfe treten. Da sagte die Alte zu dem Wanderer: »Laß den Hund mich nicht beißen und erwürgen, ich will dir alles sagen.« Der Wanderer lief herbei und wollte das Weib von dem Hunde losmachen, der Hund aber gehorchte nicht. Darauf sagte das Weib: »Nimm meine Rute, diese Gerte, und schlag mit dem dicken Ende an das Steinbild, dein Bruder wird dann aufwachen und wieder zu einem lebendigen Menschen werden. Spute dich, vielleicht könnt ihr beide zusammen mich von dem Hunde frei machen.«

Der Wanderer ergriff die Gerte der Alten und gab zuerst ihr einen Hieb über den Rücken; sie wurde zu Stein. Den Stein ließ der Hund los. Dann schlug er mit dem dicken Ende den Bruder auf den Rücken, und der wurde wieder lebendig.

Da saßen nun die beiden am Feuer, brieten Pilze, aßen zu Abend und erzählten sich, wie es jedem in der Fremde ergangen war. Sie konnten sich gar nicht genugtun mit Erzählen bis zur Morgenröte.

Als es Tag geworden war, bemerkten sie im Walde umher fast unter jedem Baume Menschen, Hunde, Pferde und andre Tiere stehen, sitzen und liegen, alle von Stein.

Der jüngste Bruder schlug nun mit dem dicken Ende der Gerte des alten Weibes der Reihe nach an die Steinbilder im Walde. Alle wurden wieder lebendig. So fand er auch den zweiten Bruder, und auch der wurde wieder lebendig. Die Menschen, die wieder lebendig geworden waren, stellten sich um die versteinerte Zigeunerin und zerschlugen sie in kleine Stücke. Darauf wählten sie den jüngsten Bruder zum Oberhaupt, und dann vergnügten sie sich, schmausten, aßen und tranken. Ich bin auch dabeigewesen und habe Wein getrunken, noch jetzt ist mir die Zunge feucht.

Die hufbeschlagene Frau Körmöndi

(Ungarisch)

Einmal war's, keinmal war's, war einmal eine Schmiedemeistersfrau, und die war eine Hexe. Dieses Frauenzimmer hieß Frau Körmöndi. Wenn dieses Frauenzimmer irgendwem feind war, schlug sie ihn mit ihrem Blick, daß ihm Hände und Füße zusammenschrumpften, bannte ihn mit ihrem Blick, daß ihn außer ihr – außer Frau Körmöndi selber – keine lebendige Seele davon lösen konnte.

Wenn sich ein Mädchen in einen Mann verliebte und dieser sie nicht wiederliebte, brauchte sie nur zu Frau Körmöndi zu gehen. Die gab dem Mädchen ein Mittel, wovon der Bursche fortan nur hinter diesem einen Mädchen her war, fortan nur die eine liebte.

Wenn einem die Kuh blutige Milch gab, brauchte er nur zu Frau Körmöndi zu gehen. Die gab ihm ein Mittel, mit dem man die Kuh ringsherum anräuchern mußte, und dann gab die Melkekuh nichts Blutiges mehr.

Wenn einer mit jemandem verfeindet war, brauchte er nur zu

Frau Körmöndi zu gehen; die behexte den Gegner dann so, daß er sein ganzes Leben lang elend dahinsiechte. Dabei gab sie ihm bloß ein Töpfchen Gemüse, aber darin war alles enthalten, was unter dieser Erde gedeiht, rein alles war darin: Bohnen, Erbsen, Linsen, Hirse, Mais, Weizen, Gerste und Grieß … nur mußte dieses Gemüse vor seinem Haus längsseits verschüttet werden, und wenn jener Gewisse darüber schritt, schlug ihm alles auf dem Leibe aus, jede Bohne, Linse, jedes Hirse- und Maiskorn, der Weizen, die Gersten und die Graupen, alles schlug ihm wie blutiger Kot auf dem Leibe aus.

Diese Hexe erhob sich des Nachts vom Lager neben ihrem Mann und legte an ihrer Statt einen Besen an seine Seite. Wäre ihm gleich ein brennender Docht ins Ohr gesteckt, rührte man gleich tausend Trommeln vor seinem Bett, nichts hätte ihn wecken können, er schlief wie der Kürbis, wie der Schäferpelz so tief.

Dieses Frauenzimmer erhob sich also, sag' ich, nahm ein Halfter zur Hand und schlug es dem Schmiedegesellen dreimal auf den Kopf. Meiner Seel'! Der Schmiedegesell springt aus dem Bett, steht auf allen vieren, schüttelt sich und verwandelt sich auf einmal in ein Pferd. Die Hexe warf ihm nun das Halfter über den Kopf, legte ihm einen Knochensattel auf – irgendein herumliegendes schäbiges Lammfell war die Satteldecke –, schwang sich aufs Pferd und sagte:

»Hipp-hopp! Dort wo ich will, dort soll ich sein!«

Darauf setzte sich das Pferd in Trab, schlüpfte durch die Türspalte, durch den Schornstein hinaus und hielt nicht eher an, als bis der Sankt-Gellert-Berg erreicht war, wo sich bereits eine ganze Hexenschar eingefunden hatte. Da ward getanzt und gesungen, dann ging's ans Essen und Trinken, sie machten einen gehörigen Klamauk, fast wie bei einem kleineren Hochzeitsgelage.

Die Hexen tanzten, bis der Hahn krähte; aber beim ersten Hahnenschrei – wie entzweigehackt! – brachen sie die Lustbarkeit ab, und jede für sich ritt mit ihrem Pferd nach Hause.

Als der arme Schmiedegesell bei Tagesanbruch aufstehen wollte, merkte er, wie müde er war; er konnte die Hand kaum heben, als hätte er die ganze gottgeschaffene Nacht nicht geschlafen, nicht geruht, sondern fortwährend mit einem halbzentnerschweren Hammer Eisen geschmiedet. Nun, es blieb dabei. Aber auch am nächsten, am dritten und am vierten Tag fühlte sich der Schmiedegesell, als er aus dem Bett steigen wollte, so müde, daß er kaum imstande war, die Hand zu heben. War ja auch kein Wunder, hat ihn doch diese gottlose alte Schlampe – hol' sie der Teufel! – alle gottgeschaffenen Nächte gesattelt und ist mit ihm zum Sankt-Gellert-Berg hin- und hergaloppiert. Der arme Schmiedegesell trocknete ganz aus, wurde dürrer und dürrer, bis er so dürr wie ein Besenstiel war.

Nun aber hatte dieser Schmiedegesell einen Kameraden, es war ein verabschiedeter Soldat, und diesem verabschiedeten Soldaten fiel es auf, daß sein Brotkumpan immer dürrer und dürrer wurde, hinwelkte wie die wurmstichige Rebe. Schließlich konnte er nicht mehr an sich halten und stellte seinen Kameraden zur Rede, indem er sagte:

»Du, Pista, was ist eigentlich los mit dir? Deine Portion ißt du zwar ordentlich, doch sie schlägt dir nicht an, wirst ja immer dürrer und dürrer, bist nur noch Haut und Knochen?«

»Ich weiß nicht, was mir fehlt, mein Freund«, antwortete der Schmiedegesell. »Wenn ich des Morgens erwache und aufstehen will, bin ich so müde, daß ich beinahe ins Bett zurückfalle; meinen ganzen Körper zieht es zur Erde hinab, als wären mir drei Zentner Eisen um den Hals gehängt.«

»Na, wenn du nicht weißt, was dir fehlt, so werden wir's gleich wissen. Hol mir nur ein klein wenig Blei, ich will einen Guß machen.«

Der Schmiedegesell holt ein klein wenig Blei, der Verabschiedete legte es in eine Eisenkelle und hält es übers Feuer. Als das Blei geschmolzen war, warf er es in einen Eimer mit Wasser. Dann nahm der Verabschiedete den Guß aus dem Wasser heraus, und – du mein Gottes Sohn! – der Guß stellte ein Pferd dar, das hatte sogar Ohren und Schwanz und seine vier Beine.

»Na also, Pista, ich weiß schon, was dir fehlt!«

»Was denn?« fragte der Schmiedegesell.

»O je, frag nur nicht! Du wirst alle gottgeschaffenen Nächte von den Hexen geritten; wie mit einem Pferd galoppieren sie mit dir herum. Jetzt aber, Pista«, setzte der Verabschiedete seine Rede fort, »die Frage ist jetzt, welche von ihnen dich reitet. Ja, das wäre gut zu wissen! Wir können's aber nur dann wissen, wenn wir's auf dem Rost drehen. Hol schnell einen Rost und eine kleine Schere, das übrige ist meine Sache!«

Der Schmiedegesell holt den Rost und die kleine Schere, gibt sie dem Verabschiedeten, der läßt die kleine Schere auseinanderklaffen und sticht sie so in den Rost hinein. Dies getan, hebt er mit der kleinen Schere den Rost auf und legt ihn dem Pista und sich selber auf die Nagelspitze des unbenamsten Fingers, so daß sich der Rost ganz frei darauf drehen konnte. Dann murmelte der Verabschiedete etwas in sich hinein – was das war oder nicht war, das weiß ich nicht ganz sicher –, kurz und gut, mit erhobener Stimme stellte er dem Rost diese Frage:

»Sankt Peter, Sankt Paul! Wer hat den Pista geritten? War's die Frau Bogos oder eine andere?«

Der Rost drehte sich nicht herum, obwohl der Verabschiedete seinen Spruch dreimal wiederholte.

»Sankt Peter! Sankt Paul! Wer hat den Pista geritten?
War's die Frau Csókás oder eine andere?«

Auch diesmal drehte sich der Rost nicht herum, obwohl der Verabschiedete auch bei dieser seinen Spruch dreimal wiederholte.

»Sankt Peter! Sankt Paul! Wer hat den Pista geritten?
War's die Frau Körmöndi oder eine andere?«

Siehe da! Der Rost hub an, ohne daß auch nur einer mit dem kleinen Finger dran gerührt hätte, hub von selbst an sich zu drehen und drehte sich dreimal herum.

»Na also, Pista«, sprach der Verabschiedete. »Deine Meisterin hat dich geritten, dieses Hurenweib! Aber sie wird es büßen! Heute nacht schlafe ich bei dir, ich liege außen und du innen, das übrige ist meine Sache.«

Ein Tausendsassa war diese Frau Körmöndi, allein der Verabschiedete war's um kein Haar minder. Als nämlich der Abend kam und die Zeit, schlafen zu gehen, da legte sich der Verabschiedete auf die Schlafstelle des Schmiedegesellen. So gegen elf Uhr kam die Schmiedemeisterin und brachte auch gleich das Halfter mit, den Schmiedegesellen damit zu schlagen, dreimal auf den Kopf zu schlagen. Aber der Verabschiedete, als ihm die Hexe das Halfter auf den Kopf schlagen wollte, schlug es dreimal mit dem Arm zurück. Sieh da, die Hexe fiel auf allen vieren zu Boden und verwandelte sich in ein Pferd, bloß die Lefzen und die

Pferdeklauen fehlten. Mit einem Satz springt der Verabschiedete aus dem Bett, zieht der Hexe das Halfter um den Kopf, wirft ihr den Knochensattel über – irgendein herumliegendes schäbiges Lammfell war die Satteldecke – und schwingt sich in den Sattel. Dann gibt er dem Pferd die Sporen, schlüpft durch die Türspalte, durch den Schornstein hinaus und reitet dreimal um das Dorf herum.

Nachdem sie dreimal um das Dorf herumgeritten waren, hielt der Verabschiedete vor dem Haus des Schmiedes an und rief durchs Fenster hinein, der Meister solle aufstehen, weil er es eilig hätte, und seinem Pferd seien die Hufe von allen vier Füßen abgefallen.

Was konnte der Schmied anderes tun? Er mußte zur Nachtzeit aus dem Bett steigen, ging mißmutig in die Werkstatt und beschlug das Pferd. Dieses rührte sich nicht, schlug nicht aus, stand unbeweglich da, als wären ihm die Beine aus dem Erdboden herausgewachsen. Der Verabschiedete bezahlte für den Hufbeschlag und ritt davon, der Schmied aber legte sich wieder schlafen.

Und nun, meiner Seel'! Wie wird diese Sache wohl ausgehen?

Anderntags, als wenn sie krank wäre, erhebt sich die Schmiedemeisterin nicht von ihrem Lager, zieht die Hände und die Füße ein, so bleibt sie im Bett liegen. Der Schmied geht zu der Kranken und fragt sie mit diesen Worten: »Was fehlt dir, mein süßes Weib?«

Allein das Weib, ein einziges Wort wär' nicht viel gewesen, doch nicht einmal so viel spricht sie, sondern liegt dort im Bett wie ein Stück Holz mit eingezogenen Händen und Füßen.

»Aber, mein süßes Weib«, sprach der Schmied, »warum streckst du die Beine nicht aus? Was liegst du so zusammengekauert wie das Arme-Leute-Ferkel?«

Allein das Weib, ein einziges Wort wär' nicht viel gewesen, doch nicht einmal so viel spricht sie, sondern liegt dort im Bett wie ein Stück Holz mit eingezogenen Händen und Füßen.

»Aber, mein süßes Weib«, sprach der Schmied von neuem, »warum streckst du deine Hand nicht aus? Was liegst du so zusammengekauert wie das Arme-Leute-Ferkel?«

Allein das Weib antwortete immer noch nicht, sondern lag im Bett wie ein Stück Holz.

»Aber, mein süßes Weib«, fragte der Schmied wieder, »warum gibst du mir nicht die Hand? Zeig sie her!«

Allein das Weib gab ihm die Hand nicht, sondern lag da im Bett wie ein seelenloses Stück Holz.

Der Schmied wird zornig und will die Hand seiner Frau ergreifen, aber die Frau läßt es nicht zu. Doch der Mann ist ja immer stärker als das Weib, und so brauchte der Schmied eben Gewalt und besah sich die Hand seiner Frau. Da sieht er, daß diese hufbeschlagen ist. Schaut die andere an, auch die ist hufbeschlagen. Schaut die beiden Füße an, auch diese sind hufbeschlagen. Mit einemmal geht ihm, wie die Sonne, ein Licht auf, wen er gestern beschlagen hat und daß seine Frau eine Hexe ist.

Drei Tage darauf hat die Frau diese Schattenwelt verlassen. An ihr Grabkreuz hat man die Hufe angeschlagen zum Zeichen, daß hier die hufbeschlagene Frau Körmöndi ruht.

Das weißlederne Laken der Königstochter

(Araukaner)

Unsere Großeltern erzählten uns immer Geschichten aus alter Zeit, die sie wiederum von ihren Großeltern vernommen hatten, sagte der Indianer Penko. Da gab es also in einem Lande, in dem Mapuches lebten, einen König, der mit seiner Königin lebte. In einem Palaste, gewiß so groß wie das ganze San Martín. Und da sie keine Kinder hatten, sagte der König: »Die Frau, die in der Hütte uns gegenüber lebt, die die schönsten Felle gerbt und bemalt, die die buntesten Töpfe herstellt, hat einen neugeborenen Jungen, der unser Sohn werden soll.«

Nun war die Gerberin und Töpferin eine Hexe, die ihre Arbeiten nur durch Zauberei herstellte und viele ihrer Geheimnisse niemandem verriet. So formte sie herrliches Geschirr, bestrich und glättete es mit großer Geduld solange es noch im Rohzustande war, wobei sie einen schwarzen, dreieckigen Zauberstein benutzte. Hierauf rieb sie den Saft zerdrückter Makibeeren in die noch weiche Masse, innen und außen, und brannte das Geschirr dann im Feuer, nachdem sie es auch noch mit seltsamen Zeichnungen bedeckt hatte. So klug war sie!

Sie liebte ihr Kind über alles, denn es war sehr schön und stark, auch war sein Vater ein vornehmer Mann, der von der Sonne gekommen war und ihr immer Hilfe und Beistand gewährt hatte. Das Kind, das sie auf Anraten des Vaters, den sie nur einmal gesehen, Su genannt hatte, gab sie nur schweren Herzens ab, schwor dem König Rache, und dies noch mehr, als der Junge nicht Su, sondern Shüshe genannt wurde, also Mulatte, wie man ein dunkelbraunes Pferd bezeichnet. Doch mußte sie dem Gebieter gehorchen.

So lebte also Su im Palaste, war aber noch ein kleines Kind, als die Königin nun doch ein Mädchen zur Welt brachte, dem das Zauberweib nur denkbar Böses an den Leib wünschte. Es war ein herziges, schönes Kind mit goldenen Haaren. Nun war der kleine Su nicht mehr allein, und bald spielten die Kinder mitsammen, hatten sich so lieb, daß sie unzertrennlich waren, selbst im Schlafe ... Immer wollten sie nebeneinander liegen, und als sie größer wurden, schlugen sie ihre aus Fellen bestehenden Lager so auf, daß sie ein einziges bildeten. – Die Zeit verging, und eines Tages sagte die Königin zu ihrem Mann: »Schnell gewachsen ist Shushu, unser Augapfel, und trennen werden sie sich müssen, die Kinder, denn ich nehme an, daß ich sie bald auf das weißlederne Laken betten muß, wie es sich gehört. Denn bald wird sie zu den Erwachsenen gehören. Besorge du das weißgegerbte Lederlaken.«

Der König ließ nun die Mutter Sus rufen und bestellte das herkömmliche, weichgegerbte Tuch aus Leder, ein Laken, das nur sie allein so weich gerben konnte, da sie ein Geheimnis besaß, um die dicksten Felle wie weiche Wolle zu kneten.

Die Hexe ärgerte sich über den Befehl und nahm sich vor, die weißlederne Unterlage für das heranreifende Mädchen zwar zu gerben mit dem Knetstein, aber so viel Übles und Böses hineinzuzaubern, daß es dem sich entwickelnden Mädchen, dann der jungen Frau und zuletzt einer Sterbenden und Toten Unterlage werden müsse.

Als nun die Königstochter einige Zeit auf dem weißen Felltuch geschlafen, die Mutter es dann wieder verwahrte, weil die Unterlage nicht weiter nötig war, geschah es, daß das Mädchen sehr krank wurde: Trotz der Vermahnungen hatte es Fleisch einer schwarzen Henne gegessen zu einer Zeit, wo es ihm streng verboten war; hatte jeden Morgen mit dem Jungen den kalten Fluß zum Baden aufgesucht, sich auch den blonden Haarwuchs gewaschen im heftig bewegten Wasser, wozu sich die Magie der Hexe gesellte – eine sehr schwere Krankheit überkam sie, und den Eltern machte es viel Sorge. Doch am unglücklichsten war, obwohl er es verbergen wollte, der einsame Su. Galt doch seine ganze Liebe seiner Stiefschwester, die seine Zuneigung auch erwiderte, den Eltern zum Trotz, die von der Liebe der beiden nichts wissen wollten, oder gar von einer Verbindung. War er doch arm und nicht vornehmer Herkunft. Lieblos stießen sie ihn aus dem Palaste. Nun rief ihm die Mutter, die großen Zorn in sich fühlte und an dem Königspaar Rache nehmen wollte, zu: »Suche ein anderes Land auf, in dem Huinka leben. Dort suche Arbeit, verlange aber für jeden Tag ein Scheffel Silbermünzen. Wenn du drei Katangos voll hast, so kehre zurück und biete das Silber dem König als Kaufpreis an.« Als nun Su gearbeitet und hoffnungsfroh jeden Tag einen Scheffel Silber eingeheimst hatte, verabschiedete er sich von den freundlichen Huinka, die ihn liebgewonnen hatten, und machte sich auf den Heimweg, sein Wiederkommen versprechend. Doch als er dem König den großen Schatz anbot, sagte dieser verächtlich, daß das Silber nicht imstande sei, ihm vornehmes Blut zu geben, übrigens auch die Schätze der ganzen Welt nicht genügten, um seine Tochter zu verkaufen. Und wieder ließ er den Jungen, den armen Su, aus dem Palaste jagen. Ja, wenn er noch ein Krieger gewesen wäre oder ein großer Jäger des Stammes! Weshá nguamno!

So unglücklich sich die Kinder fühlten, so wütend war die alte Machi (Zauberin) über das verächtliche Gebaren des Königs. Und so sagte sie zu ihrem Sohn: »Du kennst den Palast. Schleiche dich ein und schlafe bei deiner Liebsten, so wie es sich gehört zwischen Bruder und Schwester.« Er gehorchte, wenn auch ungern, und suchte seine Geliebte in der Nacht auf. Doch früh am Morgen betrat die Königin das Zimmer, wurde schrecklich böse und jagte das Paar zum Palast hinaus. Voller Zorn warf sie dem Mädchen das weißlederne Laken nach als einzige Mitgift.

Aber auch die Zauberin, die sich Augenbutter eines Hundes in die Augen geschmiert hatte, um besser in die Zukunft sehen zu können, versagte den Ausgestoßenen ihre Hilfe, riet ihnen nur, sich schleunigst aus dem Gebiete des Königs zu entfernen und sich von der Sonne trauen zu lassen.

Und so feierten sie dann Hochzeit, allein im Urwald, wie verhext wandernd, bevor sie eine von der Sonne beschienene Lichtung fanden. Dort bereitete der Junge auf dem blumenbesetzten Grasboden das verhängnisvolle Laken aus nach uraltem Brauch, legte sich neben das Mädchen, dem keine Mutter oder Schwester zur Seite stand, und deckte sie beide fürsorglich zu mit seinem weiten Fellumhang, ein Dienst, den für gewöhnlich der Häuptling der Sippe leistete, sorglich die nackten Füße frei lassend und die Augen. So blieben sie reglos liegen von Sonnenuntergang bis Sonnenaufgang, so lange, bis die Sonne die nackten Füße beschien und in die Augen leuchtete. Vater Sonne! So waren sie nach alter Sitte Mann und Frau. Das Mahl? Beeren und Wasser und Wurzeln.

Zusammen suchten sie Zuflucht bei den Huinka, die Su damals Arbeit und viel Silber gegeben hatten; überall hin begleitete sie das lederne, weiße Laken als wertvolles Besitztum, sonst das Ehegeschenk der Mutter, die es selber gerbte … Aber der Fluch, den die heimtückische Machi hineingerieben hatte, wirkte sich an der jungen Frau aus, die sich einbildete, seltsame wilde Tiere zu sehen, von denen kein Mensch mehr wußte, als daß die Ahnen davon wie von einer Fabel erzählt hatten, nicht von einer wahren Begebenheit. Von unvordenklichen Tiermenschen. Sie hörte, wie die Tiere sie riefen mit gebrochenen, traurigen Stimmen, um sie anzulocken. Sie sah den »Gut Gekämmten«, sah seine übereinanderliegenden Reihen von spitzen Zähnen, sah ihn vor sich, der halb Mensch, halb Schlange war, und sah, wie er mit seinem furchtbaren Schlangenschweif alles tötete mit einem Schlage. Sie zitterte vor dem grinsenden Schreckgespenst, das aus jeder Höhle, jedem hohlen Baum hervorlugte mit dem unheimlich drohenden Gesicht eines tierischen Menschen, der sie beschwörend anstarrte mit befehlenden Augen …

Kaum hatte die junge Frau hie und da etwas Ruhe vor dieser Erscheinung, als sie sich plötzlich von einer anderen umgeben, ja verfolgt sah: Das entsetzliche Urwaldgeschöpf, »die lockig Gekämmte« kreiste sie ein, schüttelte wild die roten Locken, die das stierende Gesicht eines weiblichen Wesens umgaben, und streckte die von einem Löwen entlehnten Beine mit den kralligen Pranken nach ihr aus, während die hinteren die eines Riesenfuchses waren, die sich sprungbereit verhielten. Der vollkommen grün gefärbte Körper kroch dann langsam näher, sich die Flanken peitschend mit dem Riesenschweif, der aus einem Blatt der Pangue bestand, dem wilden Rhabarber, der sich im Urwald zu ungeheuren Dimensionen auswächst, so daß ein Blatt einen Menschen einzuhüllen vermag. Schier verbergen konnte sich das Untier unter der grünen Decke. So gab es auf dieser, der obern Welt keine Ruhe für die arme junge Frau, die im gräßlichen Traumleben der zerstörenden Macht der Machi unterliegen mußte, ohne daß ihr der junge Mann helfen konnte. Und dann kam das Abschiednehmen, denn sie starb. Fürsorglich hüllte der junge Mann den armen mageren Körper in das lederne, weißgegerbte Bettuch, bevor er ihn in die Erde legte und damit zudeckte. Schwere Steine schleppte er herbei, um den Hügel vor wilden Tieren zu schützen. Tränenblind war er.

Die bedeutungsvollen neun Tage und Nächte blieb er am Grab, aber seine Frau erschien ihm nicht, obwohl sie in dieser Zeitdauer auf der Erde in irgendeiner Gestalt die Ihrigen heimsuchen durfte; er aß und trank nicht, er weinte nur. Am Abend des neunten Tages hörte er dem Gespräch einiger Vögel zu; die Vogelsprache, die eben auch araukanisch war, konnte er verstehen dank der Magie seiner Mutter, die ihm die Gabe verliehen hatte. So horchte er auf. Die Vögel sagten: »Wie traurig er ist! Wenn er nur wüßte, daß er einer Wildente nur vier Flügelfedern ausreißen und sich mit dem Blut einreiben muß, dann die weißgegerbte Haut, die der Toten als Laken dient, um seinen Körper schlagen soll, um damit in die Unterwelt zu gelangen! Der Dumme! Denn wenn er dem Fährweib als Entgelt sogleich die vier Federn schenkt, mit dem roten Blut gefärbt, so wird er sofort an das andere Ufer des Tränenstroms gebracht.« Welch wundervolle Nachricht! Wie dankte er den guten Vögeln!

Schnell fing er nun eine Wildente, riß ihr die vier Schwungfedern aus, rieb sich ein mit dem herausquellenden Blut und grub mit seinen Händen das Grab auf: Lächelnd lag seine junge Frau da, lebendig schien sie ihm. Leise entfernte er das weiche, weiße Laken und hüllte den Körper wieder in seinen weiten Fellumhang. Sich das Laken um die Schultern schlingend, ging er.

Gleich darauf begann seine Reise in die Unterwelt. Es war ein gefahrvolles Hinabsteigen, ein Klettern und Wandern, aber zuletzt gelangte er an das Ufer des Tränenstroms, der ganz dunkel war, doch nicht reißend, langsam floß er, vorbei an der Insel

Mocha. Sogleich überreichte er dem ältesten der Walfischträger, einem der Schiffer, die vier blutigen Federn der Wildente, der sie wiederum weitergab an die in einen Walfisch verwandelte Alte, die die Fährlöhne einsammeln mußte. Viele der weiblichen Ahnen waren in Walfische verwandelt und beförderten die Seelen der Heimgegangenen gegen Entgelt an das jenseitige Ufer, Erlaubnis erteilend oder verweigernd; noch Lebende waren ausgeschlossen. – Su bekam die Erlaubnis, so viele Tage bei seiner heimgegangenen Frau zu verweilen, als er Federn abgegeben hatte – vier Tage.

Als er unter den Vorausgegangenen seine Frau fand, wunderte er sich: Sie war eingehüllt in seinen Fellumhang.

Vier herrliche Tage folgten, er fühlte sich heimisch in der Unterwelt, ebenso seine Frau, die ihn bat, bei ihr zu bleiben.

Aber das Gebot der in Walfische verwandelten Ahnen war unumstößlich, sie mußten Abschied nehmen und trennten sich voller Betrübnis. Wieder auf der obern Erde, fühlte er sich so einsam und verlassen, daß er immer nur weinen konnte, Heimweh zerriß sein Herz. Aber wie zu der lieben Vorausgegangenen kommen? Sehnsucht trieb ihn auf das Grab.

Und wieder hörte er das Gespräch der Vögel: »Wenn der Dumme sich von seiner Mutter nur in einen schwarzen Hund verwandeln ließe! Einem Abgeschiedenen könnte er dann Führer sein auf der Überfahrt, und einmal drüben, könnte er sich wieder zurückverwandeln, um für immer dort bleiben zu dürfen. Er brauchte sich ja nur das weißlederne Bettuch umzutun, um von der Machi verwandelt zu werden. Der Dumme!«

Schrecklich böse wurde die Mutter, als sie ihn mit dem verhaßten Laken angetan sah. Zornig schrie sie: »Mögest du doch ein schwarzer Hund werden und Tote übern Tränenstrom begleiten!« Augenblicklich erfüllte sich ihr Fluch: Der in einen schwarzen Hund Verwandelte begleitete einen soeben Heimgegangenen auf der Überfahrt, kam unangefochten an das andere Ufer, verwandelte sich zurück, wurde Mensch und entging den strengen Wächterinnen, die keinem noch Lebenden im Reich der Toten Aufenthalt gestatteten. So blieb er für immer in der Unterwelt bei seiner nun ganz glücklichen Frau.

Holde Fee und Schicksalsfrau

Trotz aller Beziehungen zu jenseitigen menschenfernen Regionen bleibt die Hexe noch eine Körper-Frau; auch und gerade in ihrer diesseitigen Kunstfertigkeit. Ganz anders die Fee. Man leitet das Wort von lateinisch »fatum« her: das Geschick. Besonders die deutsche Mythologie hat übermenschliche Frauen mit der Leitung des menschlichen Geschicks betraut: die Nornen, Verwandte der griechischen Parzen. Sie spinnen und weben – den Lebensfaden; sie stehen an der Wiege und begaben oder verfluchen. Die germanischen Nornen und ihre Verwandten sind eigentümlicherweise keine Mütter, sondern – meist drei – Schwestern; vielleicht, im Verwandtschaftsgefüge, Tanten.

Jünger als die verfluchende ist die segnende und dazu noch begehrenswerte Fee. Wer ihr, wie die Helden unserer chinesischen und unserer keltischen Geschichte, begegnet, wird in eine unwirkliche Welt versetzt. In der chinesischen in eine durchsichtige, silberweiß glänzende Himmelsgegend, in der keltischen in eine leuchtendgrüne Gartenregion. Hier endet die Zeit. Im Bild der Fee, könnte man sagen, hat der mythische Erzähler das Verhältnis der Frau zur Geschichte gefaßt; aber sie steht nicht in ihr, sondern vor oder über ihr, jedenfalls in eigentümlicher Distanz. Selbst ihre Geschenke heben, wie der Apfel für Thomas den Reimer, über die Geschichte hinaus: Er wird zum Propheten.

Außer der Zeit stehen heißt nicht: der Zeit gleichgültig begegnen. Dieselbe Fee, unter deren Bann man ins zeitlose Unbewußte versinkt, rechnet höchst penibel mit sieben Jahren, eine echte Feenzeit übrigens. Und auch die deutsche Erzählung von den drei Schwestern aus dem See hält den Verstoß gegen eine gesetzte Frist für tödlich. Dagegen unterwirft sich die Fee der zweiten Erzählung der Menschenzeit. Eine so ausdrucksvolle Liebesgeschichte oder besser: Liebeszeit wie jene, die sich zwischen dem tungusischen Jäger und der Kalgam-Fee abspielt, wird nicht leicht in neuerer Literatur zu finden sein. Hier ist der Lebensfaden zum Liebesfaden, ja zur Zündschnur geworden; die Fee zur sterblich verliebten Sklavin eines ausdauernden Jägers. Leicht könnte ein Psychologe hier die Geschichte einer ungemein fruchtbringenden Frustration herauslesen.

Eine eigentümliche Konstellation liegt der vierten Erzählung zugrunde. Die Schicksalsfrauen, die mächtigen Schwestern, erscheinen als Rächerinnen einer Frau: Um deren Mann zu treffen, verfluchen sie den Sohn. Der Fluch kann nur durch ein Opfer gelöst werden: Die Schwester des Bruders opfert sich und versteinert. Erst als der Bruder Brot und Wasser von der Sonne bringt, wird sie wieder lebendig. Das ist also eine Version des Mädchenopfers: eines Vegetationsritus. Zugleich aber auch seine Abwehr. Denn die drei Schwestern, die den Jungen verfluchen, sind Frauen, die gerade gegen das Frauenopfer sind. Nur bleiben sie diesmal noch ohnmächtig gegen den männlichen Brauch. Gehören die spinnenden Nornen also womöglich zu einer andern Kulturstufe? Nicht zu den Jägern und Sammlern, nicht zum Ackerbau, sondern zur frühen Handelsstufe oder gar zur Stadt? Sicher ist, daß jene Geschichte, die nicht von den Zyklen der Vegetation abhängt, vorwiegend in der Stadt spielt; sicher scheint auch, daß die Idee des Opfers in dieser neuen Umwelt ersetzt wurde: durch die des Handels.

Die Mondfee

(China)

Zur Zeit des Kaisers Yau lebte ein Fürst namens Hou I, der war ein starker Held und guter Schütze. Einst gingen zehn Sonnen am Himmel auf, die schienen so hell und brannten so heiß, daß die Menschen es nicht aushalten konnten. Da gab der Kaiser dem Hou I den Befehl, nach ihnen zu schießen. Der schoß nun neun von den Sonnen herunter. – Er hatte aber auch ein Pferd, das war so schnell, daß es den Wind einholen konnte. Er setzte sich darauf und wollte auf die Jagd. Da rannte das Pferd davon und ließ sich nicht mehr halten. So kam er an den Kunlun-Berg und sah die Königin-Mutter am Jaspis-See. Die gab ihm das Kraut der Unsterblichkeit. Das nahm er mit nach Hause und verbarg es im Zimmer. Er hatte eine Frau namens Tschang O. Die naschte davon, als er einmal nicht zu Hause war, und sogleich schwebte sie zu den Wolken empor. Wie sie beim Mond angekommen war, da lief sie in das Schloß im Mond und lebt dort seither als Mondfee.

Ein Kaiser aus dem Hause Tang saß einmal in der Mittherbstnacht mit zwei Zauberern beim Wein. Der eine nahm eine Bambusstange und warf sie in die Luft; die wandelte sich zur Himmelsbrücke, und nun stiegen die drei zusammen zum Mond hinauf. Da sahen sie ein großes Schloß, darauf stand geschrieben: »Die weiten Hallen der klaren Kälte.« Ein Kassiabaum stand daneben, der blühte und duftete, daß die ganze Luft von seinem Duft erfüllt war. Ein Mann saß auf dem Baum, der mit einer Axt Nebenzweige abhieb. Der eine Zauberer sprach: »Das ist der Mann im Monde. Der Kassiabaum wächst so üppig, daß er mit der Zeit den ganzen Glanz des Mondes beschatten würde. Darum muß er alle tausend Jahre einmal abgehauen werden.« Dann traten sie in die weiten Hallen. Silbern türmten sich die Stockwerke übereinander. Die Säulen und Wände waren alle aus Wasserkristall. Es waren Käfige da und Teiche; darinnen waren Fische und Vögel, die bewegten sich wie lebend. Die ganze Welt schien aus Glas zu sein. Während sie noch nach allen Seiten Umschau hielten, trat die Mondfee auf sie zu in weißem Mantel und regenbogenfarbenem Gewand. Sie sprach lächelnd zum Kaiser: »Du bist ein Fürst der Welt des Erdenstaubs. Du mußt Glück haben, daß du hierher gelangen konntest.« Damit rief sie ihre Dienerinnen, die kamen auf weißen Vögeln herangeflogen und sangen und tanzten unter dem Kassiabaum. Reine, klare Klänge tönten durch die Luft. Neben dem Baume aber stand ein Mörser aus weißem Marmelstein. Ein Hase aus Jaspis zerstieß darinnen Kräuter. Das war die dunkle Hälfte des Monds. Als der Tanz zu Ende war, da kehrte der Kaiser mit den Zauberern wieder zurück. Er ließ die Lieder, die er im Monde gehört hatte, aufzeichnen und zur Begleitung von Jaspisflöten im Birnengarten singen.

Die Kalgam-Fee

(Tungusen)

Ein Mann hatte eine Frau, einen Sohn, eine Siedlung und ein Winterblockhaus. Nun wohl, so lebend, träumte er einst: »Nun, du Mann, nun übernachte in der Taiga, auf einer Insel, zur Zeit, wenn die Enten kommen, im Frühling, auf dem oberen Ende der Insel, im Herbst aber auf dem unteren Ende; ich werde zu dir kommen.« Nach einiger Zeit umband sich jener Mensch den Damm mit einem zehn Klafter langen Riemen. Danach übernachtete er auf dem unteren Ende der Insel. Bei der Übernachtung entfachte er ein Lagerfeuer, hielt es so angefacht.

Als er dort saß, kam um Mitternacht die Kalgam-Fee zu ihm. Als sie gekommen war, kämpfte sie mit dem Mann. Beim Kampfe fiel der Mann alsbald hin. Als er hingefallen war, packte die Kalgam-Fee seinen Damm mit der Hand. Als sie zupackte, war es wie eine Zündschnur, das nahm er. Als er es genommen hatte, verschwand die Kalgam-Fee. Nachdem sie verschwunden ist, liegt sie jedem Menschen Tag und Nacht in den Ohren: »Gib eine Zündschnur!« Sieben Jahre lang bittet sie Tag und Nacht.

Als die sieben Jahre angefangen hatten, da hatte der Mann jeden Abend seine Stiefel, seine Handschuhe und seine Gewänder auf die andere Seite seiner Pritsche gelegt. Hat er sie so hingelegt, dann sind am anderen Tage, wenn er aufsteht, seine Stiefel, seine Gewänder, seine Handschuhe, alles, völlig ausgebessert. Jeden Abend auch, wenn er getrocknetes Fleisch mit dem Messer auf einem Teller grob zuschneidet, sieht er am nächsten Tage, wenn er aufsteht, daß alles fein zerschnitten ist; dieses fein Zerschnittene, Fertige nimmt er und ißt es. So lebend, schläft er jede Nacht mit jener Frau in einem Bett, unter einer Decke. So schlafend, umarmt er jene Frau; beim Umarmen faßt er sie an der Brust; hat er das getan, ist er damit zu Ende, so wacht er auf, sucht die Frau – wie er sie auch sucht, sie ist nicht da.

So lebt er sieben Jahre. Die Frau wird schwanger, wird schwer. Als dann die sieben Jahre zu Ende gehen, legt er sich mit seiner Frau schlafen; stets wenn er sich (jetzt) abends hinlegt, ist sie auch da, bleibt derselbe (sichtbare) Mensch. Dann spricht die Frau: »Nun, Kamerad, gut wär's, in dein Haus, in deine Siedlung zu gehen, wie soll ich im Taigalande ein Kind kriegen? Besser wär's, ich ginge in dein Haus und gebäre dort das Kind.« Zwei Jahre lebten sie so, da geht die Frau mit ihrem Ehemann in dessen Haus, geht in seine Siedlung, in sein Winterblockhaus.

Dort hingegangen, gebar sie einen Sohn. Da wurde der Mensch sehr reich: Geht er auf die Jagd, Armbrustfallen auf dem Zobelpfade aufzustellen, und stellt auch nur eine Falle auf, so fängt er am Fallenverschluß einen Zobel, an der Bogensehne einen Zobel, an der Armbrust einen Zobel, an der Unterlage einen Zobel, mit einer Armbrustfalle fängt er sechs Zobel. Der Mensch wurde sehr reich, sehr reich. Als er nun reich geworden ist, da stiehlt die Kalgam-Frau Zobel: Zobel von überall herumstreifenden Leuten. Diese stiehlt sie und bringt sie ihrem Mann. In einem Winter erlegt der Mann (täglich) dreißig Zobel, erlegt vierzig; was die Kalgam-Frau stiehlt, das tötet er und nimmt es an sich.

Thomas der Reimer und die Königin der Feen

(Keltisch)

Ercildourne ist ein Dorf, das im Schatten der Eildon-Berge liegt. Hier lebte in alten Tagen ein Mann, der Thomas Learmont hieß und sich nur darin von seinen Nachbarn unterschied, daß er auf einer Laute spielte, wie die wandernden Sänger es tun.

An einem Sommertag verschloß Thomas die Tür seiner Hütte und machte sich mit seiner Laute unter dem Arm auf den Weg zu einem Kleinbauern, der am Hang der Berge wohnte. Es war nicht allzu weit, und er schritt kräftig aus über die Heide hin. Der Himmel war wolkenlos und blau, und als er Huntlie Bank am Fuße der Eildon-Berge erreichte, war er müd und träge von der Hitze und beschloß, sich unter dem Schatten eines großen Baumes etwas auszuruhen. Vor ihm lag ein kleiner Wald, durch den zogen sich grüne Pfade. Er schaute in die Tiefe des Waldes und zupfte dabei ein paar Akkorde auf seiner Laute. Da hörte er in der Ferne einen Laut, der klang wie das Geräusch eines Bergbaches. Dann aber sprang er plötzlich erstaunt auf, denn über einen der grünen Pfade sah er die schönste Dame der Welt reiten. Sie trug ein Kleid aus grasgrüner Seide und einen Umhang aus grasgrünem Samt, und ihr blondes Haar fiel ihr über die Schultern. Ihr milchweißes Pferd bewegte sich anmutig zwischen den Bäumen, und Thomas sah, daß an jedem Haarbüschel der Mähne eine kleine silberne Glocke angebunden war. Er zog seine Mütze und fiel vor der schönen Reiterin auf die Knie, die ihre milchweiße Stute zügelte und ihm befahl, aufzustehen.

»Ich bin die Königin des Feenlandes und komme, um dich zu besuchen, Thomas auf Ercildourne«, sagte sie. Dann lächelte sie und streckte die Hand aus, damit er ihr helfen könne, abzusteigen. Er warf den Zügel des Pferdes über einen Dornbusch und führte sie, verzaubert von ihrer bleichen, unirdischen Schönheit, zu einem großen Baum.

»Spiel auf deiner Laute, Thomas«, sagte sie, »schöne Musik und grüner Schatten passen gut zusammen.«

Also nahm Thomas sein Instrument, und es kam ihm vor, als habe er nie zuvor so süße Melodien auf seiner Laute hervorgebracht. Als er zu Ende gekommen war, sagte die Feenkönigin, es habe ihr gut gefallen.

»Ich will dich belohnen, Thomas«, sprach sie, »um was immer du bittest, es soll dir werden.«

Da faßte Thomas ihre weiße Hand.

»Laß mich deine Lippen küssen, schöne Königin«, bat er. Die Königin entzog ihm ihre Hand nicht, sondern sagte lächelnd:

»Wenn du meine Lippen küßt, Thomas, wirst du mir verfallen. Du wirst unter einem Bann stehen und wirst mir sieben Jahre dienen müssen, ob es dir gefällt oder nicht.«

»Was sind sieben Jahre?« erwiderte Thomas, »das ist eine Strafe, die ich gern auf mich nehme.« Und er preßte seine Lippen auf den Mund der Feenkönigin.

Dann sprang die Königin auf, und Thomas wußte, daß er ihr nun folgen mußte, wohin sie ihn führte.

Doch immer noch war die Verzauberung der Liebe in ihm, und er bedauerte seinen verwegenen Wunsch nicht, selbst wenn er ihn nun sieben Jahre seines Lebens kosten würde. Sie sprang auf ihr milchweißes Pferd und hieß Thomas hinter ihr aufsitzen, und während die Glöckchen hell klingelten, ritten sie über die grünen Täler und die mit Heidekraut überwucherten Hänge, und sie reisten schneller als die vier Winde des Himmels, bis sie in ein seltsames Land kamen, wo die Königin Thomas sagte, hier würden sie eine Weile rasten.

Thomas sah sich neugierig um, denn er wußte, daß er nun nicht mehr im Land der Sterblichen war. Eine Wildnis lag hinter ihnen, ohne Weg, wie das Meer, aber vor ihnen verliefen drei Wege in das kahle Land.

Eine Straße war eng und steil, an beiden Seiten eingefaßt mit Dornenbüschen und Stechginster verlief sie auf ein schwarzes Loch zu.

Die zweite Straße war breit, und auf ihr lag tanzendes Sonnenlicht. Sie führte zu einem samtweichen Rasen, auf dem Blumen in leuchtenden Farben blühten.

Die dritte Straße aber lief zwischen Farnen und Moos und unter großen Bäumen hindurch, deren Blattwerk kühlen Schatten warf.

»Die steile, enge Straße ist der Weg der Rechtschaffenheit«, sagte sie, »nur wenige Reisende sind kühn genug, diesen Weg einzuschlagen. Die breite Straße heißt man den Pfad der Verderbtheit, obwohl er so schön und hell aussieht. Die dritte Straße aber, die sich durch Farne und Moos windet, ist der Weg ins Feenreich, wo du und ich heute abend sein werden.«

Sie stieg auf ihr Pferd, das behaglich seinen Kopf hob und den Farnpfad betrat. Ehe sie aber weiterritten, sagte sie zu Thomas:

»Wenn du mir gehorchst und nie ein Wort sprichst, solange du im Feenland bist, was immer du auch dort sehen und hören magst, dann will ich dich nach den sieben Jahren ins Land der Menschen zurückschicken. Entschlüpft dir aber auch nur ein Wort, so hast du dein Glück verwirkt und wirst für ewig durch die Wildnis wandern müssen, die zwischen dem Feenland und dem Reich der Menschen liegt.«

Sie ritten auf dem dritten Pfad, und Thomas fand, daß man eine große Strecke zurücklegen mußte, ehe man das Reich der Königin sah. Sie ritten über Täler und Hügel, über Moore und Ebenen. Manchmal wurde der Himmel dunkel wie Mitternacht, und manchmal malte die Sonne einen goldenen Rand auf die Wolken. Sie überquerten reißende Ströme, in denen rotes Blut gurgelte, das an den Flanken der milchweißen Stute aufspritzte, und die Königin mußte ihren langen Umhang hochnehmen. Alles Blut, was je auf Erden vergossen worden ist, floß aus den Quellen dieses seltsamen Landes. Schließlich aber erreichten sie die Tore des Feenlandes, wo tausend Trompeter ihre Ankunft verkündeten.

Weit fort, im Land der Irdischen, flüsterten sich die Leute von Ercildourne unheimliche Geschichten über Thomas Learmont zu, der an einem Sommertag verschwunden war. Während der ganzen Zeit, in der er sich im Feenland aufhielt, sprach Thomas kein Wort, was immer er auch an wunderbaren Dingen sah und hörte. Und als er der Feenkönigin sieben Jahre gedient hatte, führte sie ihn in einen sonnenbeschienenen Garten vor den Toren des Feenlandes. Lilien und schöne Blumen wuchsen dort, die Bäume schienen von einem leuchtenderen Grün als anderswo, und unter ihren Zweigen weideten zahme Einhörner.

Die Königin pflückte einen Apfel von einem Baum und reichte ihn Thomas.

»Jetzt darfst du dein Schweigen brechen«, sagte sie, »und nimm diesen Apfel für die Dienste, die du mir sieben Jahre erwiesen hast. Es ist eine verzauberte Frucht, und wer sie ißt, dessen Zunge wird nie eine Lüge sprechen.«

Nun war Thomas ein Bursche, bei dem das Nachdenken rasch ging, und es wollte ihm scheinen, daß es ein zweifelhaftes Vergnügen sei, für den Rest seines Lebens in der Welt, in die er zurückkehrte, immer die Wahrheit sagen zu müssen. Er versuchte dies der Königin zu erklären:

»Im Land der Menschen, mußt du wissen, ist es oft nötig, etwas zu übertreiben, wenn man mit seinem Nachbarn ein gutes Geschäft machen oder die Gunst einer Frau durch Redegewandtheit gewinnen will.«

Die Königin lächelte und sagte:

»Sei nur ruhig, Thomas. Ein solches Geschenk, wie ich es dir mache, wird so leicht keinem Irdischen zuteil. Es wird dir mehr Ruhm bringen, als du denkst, und man wird sich an den Namen von Thomas Learmont erinnern, solange Schottland besteht.

Aber jetzt mußt du gehen, Thomas – doch höre noch dies. Die Zeit wird kommen, da ich dich zurückrufe, und du mußt versprechen, dann meinen Befehlen zu gehorchen, wo immer du auch sein magst. Ich werde zwei Boten schicken, bei denen du sofort wissen wirst, daß sie nicht von deiner Welt sind.«

Thomas starrte in die schwarzen Augen der Feenkönigin, und er wußte, daß der Liebeszauber, der sieben Jahre auf ihm geruht hatte, nie völlig seine Kraft verlieren würde. Froh versprach er, ihren Befehlen zu gehorchen, und dann überkam ihn plötzlich Müdigkeit. Der grüne Garten mit den Einhörnern verblich. Ein weißer Nebel, wie fallende Apfelblüten, senkte sich vom Himmel herab.

Als Thomas erwachte, lag er im Schatten des großen Baumes, der bei Huntlie Bank steht.

Er sprang auf und schaute auf die leeren Pfade im Wald und horchte, aber kein Klang von Silberglöckchen ließ sich mehr vernehmen. Sein Besuch im Feenland, der sieben Jahre gedauert hatte, schien jetzt nichts weiter als der Traum eines Sommernachmittags.

Da sprach er zu sich: »Eines Tages werde ich dorthin zurückkehren«, und dann nahm er seine Laute auf und ging nach Ercildourne zurück, neugierig darauf, was in dem Zeitraum von sieben Jahren wohl alles geschehen sein mochte, neugierig aber auch, weil er sich fragte, wie sich das Geschenk der Feenkönigin auswirken werde.

»Ich fürchte, ich werde viele meiner Nachbarn beleidigen«, dachte er und mußte lachen, »denn dahin wird es doch wohl kommen, wenn ich stets die Wahrheit und nichts als die Wahrheit sage. Sie werden freimütigere Antworten und Meinungen zu hören kriegen, als es ihnen lieb ist, wenn sie mich um einen Rat fragen!«

Als er die Dorfstraße betrat, stieß eine alte Frau einen furchtbaren Schrei aus, denn sie meinte, hier sei einer von den Toten zurückgekommen. Thomas erklärte, daß er gesund und munter und wahrlich kein Gespenst sei, und mit der Zeit fanden sich die guten Leute von Ercildourne damit ab, daß er nach siebenjähriger Abwesenheit wieder aufgetaucht war. Aber immer staunten sie, wenn Thomas von seinem Aufenthalt im Land der Feen erzählte. Die Kinder kletterten auf seine Knie und drängten sich zu seinen Füßen und hörten begierig zu, wenn er von den Wundern der Feenwelt erzählte, während die alten Leute mit den Köpfen nickten und sich untereinander die Namen jener zuflüsterten, die angeblich schon von der Feenkönigin fortgelockt worden sein sollten. Nie aber sprach Thomas von seinem Versprechen, wieder ins Feenreich zurückzukehren, sobald die zwei Feenboten ihn rufen würden. Thomas selbst war ziemlich erstaunt, als er merkte, daß es keinen großen Unterschied machte, ob er nun sieben Tage oder sieben Jahre aus Ercildourne fortgewesen ist. Ja, an seiner Hütte mußte dies und das ausgebessert werden. Der Wind hatte ein paar Steine aus der Wand herausgebrochen, und der Regen hatte einige Löcher in das Strohdach gefressen, die Nachbarn hatten ein paar Runzeln mehr im Gesicht und ein paar weiße Haare mehr. Aber im großen und ganzen hatte sich nach siebenmal Frühling, Sommer, Herbst und Winterstürmen nicht viel geändert.

Jeden Tag wartete er darauf, welche Wirkung nun das Geschenk der Feenkönigin haben werde. Er fand zu seiner großen Erleichterung, daß er immer noch Schmeichelworte zu der Tochter des Kleinbauern sagen und immer noch einen schwankenden

Nachbarn dazu überreden konnte, eine Kuh oder ein Schaf von ihm zu kaufen.

Aber dann, eines Tages, als die Dorfbewohner über eine Viehseuche, die das Land befallen hatte, diskutierten, spürte Thomas sich von einer seltsamen Kraft dazu gedrängt, das Wort zu ergreifen.

Die Worte kamen aus seinem Mund ohne sein Zutun, und selbst erstaunt, prophezeite er, daß seine Nachbarn in Ercildourne kein einziges Stück Vieh durch die Seuche verlieren würden. Die Leute aus dem Dorf glaubten ihm, irgend etwas kam über sie, das sie einfach zwang, der Vorhersage zu glauben. Und tatsächlich bewahrheitete sie sich.

Danach machte Thomas viele Prophezeiungen, die meisten waren in Reimen. So konnte man sie gut behalten, und sie gingen von Mund zu Mund.

Immer stellte sich ihre Wahrheit heraus, und sein Ruf verbreitete sich durch ganz Schottland. Viele Lords und Grafen belohnten ihn für seine Vorhersagen und bewunderten seine Fähigkeiten. Obwohl er viele Teile des Landes besuchte und viele vornehme Leute kennenlernte, blieb Thomas dennoch stets seinem Dorf Ercildourne treu.

Mit seinem Geld baute er sich einen schönen Turm, in dem lebte er viele Jahre. Und doch, bei allem Ruhm und Reichtum, so fanden die Leute, sei Thomas dennoch kein so ganz glücklicher Mensch.

In seinen Augen lag immer das seltsame Licht eines Verlangens, als könne er die Erinnerung an die Feenwelt nicht vergessen. Jedes Jahr gab Thomas in seinem Turm in Ercildourne ein großes Bankett, zu dem alle Einwohner, die in der Nähe wohnten, geladen waren.

Es war eine solche Nacht des frohen Festes, da die Pfeifer die Füße tanzen machen und die Herzen anrühren, und in der Halle erklangen freudige Zurufe. Ale gab es so viel, wie jeder trinken wollte. Und kaum ruhten die Tänzer aus, da wurden ihre Gläser schon wieder aufgefüllt, und Thomas begann auf seiner Laute zu spielen.

Es war während eines solchen nächtlichen Festes, daß ein Diener in die hellerleuchtete Halle gerannt kam, eine seltsame Botschaft auf den Lippen.

Sein Benehmen war derart, daß Thomas aufstand und Ruhe gebot, damit man hören könne, was der Diener zu sagen habe. Das Gelächter und die Gespräche verstummten, und in die Stille hinein sagte der Mann: »O Herr, ich habe etwas höchst Seltsames gesehen. Aus den Bergen kommen eine milchweiße Hirschkuh und ein milchweißes Rehkitz die Straße herab.«

Wahrlich seltsam. Denn gewöhnlich wagte sich keines der Tiere aus dem Wald bis in die Nähe des Dorfes. Außerdem: Wer hatte je von einer milchweißen Hirschkuh und einem milchweißen Rehkitz gehört?

Die Gäste, Thomas allen voran, rannten auf die Straße, und ihr Staunen wuchs noch mehr, als sie sahen, daß die beiden Tiere sich überhaupt nicht um die Menschenmenge kümmerten und im Mondlicht weiter näher kamen.

Und Thomas wußte, daß dies die beiden Feenboten der Königin waren. Freude überkam ihn, und er lief von seinem Turm fort.

Die beiden Tiere nahmen ihn in die Mitte, und langsam verschwanden Mann und Tiere im dunklen Wald.

Wie die Feenkönigin versprochen hatte, brachte die Gabe des Prophezeiens Thomas großen Ruhm, und noch heute hört man seine Worte und Reime.

Die drei Jungfern aus dem See

(Deutsch)

Zu Epfenbach bei Sinsheim traten seit der Leute Gedenken jeden Abend drei wunderschöne, weißgekleidete Jungfrauen in die Spinnstube des Dorfs. Sie brachten immer neue Lieder und Weisen mit und wußten hübsche Märchen und Spiele. Auch ihre Rocken und Spindeln hatten etwas Eigenes, und keine Spinnerin konnte so fein und behend den Faden drehen. Aber mit dem Schlag elf standen sie auf, packten ihre Rocken zusammen und ließen sich durch keine Bitte einen Augenblick länger halten. Man wußte nicht, woher sie kamen, noch, wohin sie gingen; man nannte sie nur die Jungfern aus dem See oder die Schwestern aus dem See.

Die Burschen sahen sie gern und verliebten sich in sie, besonders aber des Schulmeisters Sohn. Der konnte nicht satt werden, sie zu hören und mit ihnen zu sprechen, und nichts tat ihm mehr leid, als daß sie jeden Abend schon so früh aufbrachen.

Da stellte er einmal die Dorfuhr eine Stunde zurück, und abends im steten Gespräch und Scherz merkte kein Mensch den Verzug der Stunde. Und als die Glocke elf schlug, aber es eigentlich schon zwölf war, standen die drei Jungfern auf, legten die Rocken zusammen und gingen fort.

Am folgenden Morgen kamen etliche Leute am See vorbei; da hörten sie es wimmern und sahen drei blutige Stellen oben auf der Fläche. Seit der Zeit kamen die Schwestern nimmermehr zur Stube; des Schulmeisters Sohn aber bedrückte das schwer, und er starb kurz danach.

Der Waldgeborene und die Schicksalsfrauen

(Bulgarisch)

Es waren einmal ein Mann und eine Frau. Weil die Frau immer nur Mädchen gebar, jagte sie der Mann zusammen mit der erstgeborenen Tochter in den Wald. Damals war sie schwanger mit einem Jungen. Als sie im Wald war, kam die Zeit, da sie gebären sollte, doch es gab kein Wasser und keinen Kessel, um das Kind zu baden, und sie sprach zu ihrer Tochter: »Töchterchen, steige auf einen hohen Baum und schau, wo ein Feuer leuchtet, damit du dorthin gehen und holen kannst, was nötig ist.«

Und so tat sie auf Geheiß ihrer Mutter, was sie ihr gesagt hatte. Sie sah, daß in einer Hütte ein Feuer brennt, und sie lief zu dem Ort, wo das Feuer brannte.

Als sie dort ankam, traf sie auf drei Mädchen, die Schicksalsfrauen waren. Sie fragten das Mädchen: »Was suchst du hier, Mädchen?« Es antwortete ihnen: »Ich bin hier wegen eines Vorfalls, der sich heute bei uns ereignete und den ich euch jetzt erzählen werde. Mein Vater jagte meine Mutter in den öden Wald, weil sie bis jetzt immer nur Mädchen geboren hat. Sie war jetzt schwanger mit einem Jungen, und weil sie ihn gerade geboren hat und wir weder ein Feuer noch einen Kessel, noch einen Badetrog haben, in dem wir das Kind baden könnten, kam ich zu euch, damit ihr mir dies geben möget.«

Da sprachen die Schicksalsfrauen untereinander: »Nun, was sollen wir ihm als Schicksal voraussagen?«

Eine sagte: »Ich werde sagen – er soll wachsen, er soll groß werden, er soll einen Stein nehmen, er soll ihn werfen, der Stein soll zurückkommen, er soll ihn erschlagen – er soll sterben!«

Die zweite sagte: »Ich werde sagen – er soll wachsen, er soll groß werden, er soll eine Pistole nehmen, er soll schießen, die Kugel soll zurückkommen, sie soll ihn treffen – er soll sterben!«

Die dritte sagte: »Ich werde sprechen – er soll wachsen, er soll groß werden, er soll heiraten, und wenn er sich schlafen legt, soll eine Ringelnatter herabfallen, sie soll ihn beißen – er soll sterben!«

Und nachdem sie das gesagt hatten, sprachen alle zu dem Mädchen: »Daß du niemandem ein Wort davon sagst, sonst wirst du zu Marmor werden!«

Das Mädchen versprach ihnen, daß es niemandem ein Wort davon sagen werde, und die Schicksalsfrauen gaben ihm alles, was es von ihnen verlangt hatte.

Als es zu seiner Mutter kam, gab es ihr alles, was es von dort genommen hatte.

Das Kind wuchs heran und wurde fünf, sechs Jahre alt. Der Name des Jungen war Gororoden, Der im Walde Geborene. Seine Schwester, die wußte, was sie dem Kind vorausgesagt hatten, erlaubte ihm nicht, auch nur einen Stein in seine Hände zu nehmen. Als er siebzehn, achtzehn Jahre alt geworden war, heiratete er ein Waisenmädchen. Während der Nacht, als sie sich zum Schlafen hingelegt hatten, stand seine Schwester an seinem Kopfende und paßte auf sie auf. Plötzlich fiel eine große Ringelnatter auf die Steppdecke. Als sie das Mädchen sah, nahm sie die Decke zusammen mit der Natter und ging mit ihr hinaus. Danach rief das Mädchen: »Mein Bruder, komm, damit du siehst, was für ein Wunder geschehen ist!«

Als er aufgestanden war, begann sie ihm alles zu erzählen, was sich ereignet hatte. Nachdem sie ihm von diesem Wunder berichtet hatte, wurde sie ganz allmählich zu Marmor, und als sie alles gesagt hatte, wurde sie bis zum Hals zu Marmor, und sie sprach zu ihrem Bruder: »Mein Bruder, ich gab von klein an auf dich acht, und als du groß wurdest, habe ich wieder auf dich aufgepaßt. Auch du mußt mir jetzt helfen, du mußt zur Sonne gehen, die Brösel nehmen, die von ihren Händen zur Erde fallen, und das Wasser, mit dem sie sich die Hände wäscht!«

Als er sich auf den Weg machte, um dorthin zu gehen, sah ihn eine Schlange, die unter einem Stein lag und weder hinein- noch hinauskonnte, und sie fragte den Burschen: »Onkel, wohin gehst du?«

Der Bursche sagte, daß er zur Sonne gehe. Die Schlange sprach zu ihm: »Dann frage auch meinetwegen, denn ich kann nicht unter diesem Stein hervorkommen.«

Der Bursche versprach zu fragen. Als er weiterging, gab es auf dem Weg einen hohlen Stein wie eine Tür, und er war weder am Himmel noch auf der Erde.

Er zwängte den Burschen ein und fragte ihn das gleiche, was ihn auch die Schlange gefragt hatte, und der Bursche antwortete das gleiche, was er der Schlange geantwortet hatte; da sagte der Stein zu ihm, er möge auch seinetwegen fragen, weil er nicht zur Erde herabfallen könne. Der Waldgeborene sagte, daß er fragen werde, und der Stein ließ ihn los.

Als er weiterging, sah er ein Gewässer, das von einem Ufer an das andere schlug und nicht weiterfließen konnte. Er begann es zu durchwaten, weil der Weg dort entlangging. Als er zur Mitte gekommen war, zwängte es ihn ein und fragte ihn, was ihn auch die anderen gefragt hatten, und er antwortete wieder so wie den anderen. Da sagte es zu ihm, er solle die Sonne fragen, warum es nicht weiterfließen könne.

»Gut, ich werde fragen«, antwortete der Bursche.

Als er das Tor der Sonne erreicht hatte, klopfte er dort an.

Die Mutter der Sonne kam heraus und fragte: »Was suchst du hier, Bursche?«

Der Bursche antwortete ihr: »Ich suche niemanden, aber ich bin gekommen, damit ihr mir das Wasser geben möget, mit dem sich die Sonne wäscht, und die Brösel, die aus ihren Händen herabfallen, wenn sie ißt.«

Sie antwortete ihm: »Was wirst du damit machen, Bursche?«

Der Bursche erzählte ihr den Vorfall mit seiner Schwester, wie sie zu Marmor geworden war. Sie antwortete ihm: »Komm, daß ich dich verstecke, damit dich die Sonne nicht sieht, denn wenn sie dich sieht, wird sie dich auffressen!«

Die Sonne kam flimmernd, und als sie in das Haus hineinging, rief sie wütend aus: »Mutter, es riecht mir nach einem Menschen!«

Die Mutter sagte zu ihr: »Es gibt keinen, es gibt keinen!«

»Es gibt einen, Mutter, es gibt einen!« antwortete die Sonne.

Da sagte sie zu ihr: »Es gibt einen, mein Kind. Es kam ein armer Mann, der eine Schwester hat, die zu Marmor geworden ist, und deshalb ist er hierhergekommen, damit du ihm die Brösel geben mögest, die aus deinen Händen herabfallen, und das Wasser, mit dem du dir die Hände wäschst.«

»Er soll herauskommen, damit ich ihn sehe!«

Und nachdem der Waldgeborene herausgekommen war und ihr gegenüberstand, begann er, ihr von dem Vorfall mit seiner Schwester zu erzählen.

Die Sonne sagte zu ihm: »Ich weiß, warum du gekommen bist«, und sie gab ihm das, was er wollte.

Der Bursche fragte sie: »Auf dem Weg hierher sah ich eine Schlange, die unter einem Stein lag und weder heraus- noch hineinkonnte, und sie sagte mir, daß ich dich ihretwegen befragen solle.«

Die Sonne antwortete: »Sie wird herauskönnen, wenn sie jemand in die Ferse gebissen hat!« Der Bursche sagte: »Ich sah auch ein Gewässer, das von einem Ufer ans andere schlug und nicht weiterfließen konnte; auch es sagte mir, ich solle dich seinetwegen befragen.«

Die Sonne antwortete ihm: »Es wird weiterfließen, wenn es irgendeinen Menschen ertränkt hat, um sich ein Opfer zu nehmen; aber du sollst es zuerst durchqueren und es ihm danach sagen; dasselbe sollst du auch mit der Schlange tun!«

Der Bursche fragte wieder: »Ich sah auch einen Stein, der weder am Himmel noch auf der Erde war, und als ich durch ihn hindurchging, sagte er zu mir, ich solle auch seinetwegen fragen, weil er nicht auf die Erde herabfallen könne.« Die Sonne antwortete: »Er wird herabfallen, wenn er irgendeinen Menschen unter sich zerdrückt hat, um sich ein Opfer zu nehmen, aber sage es ihm erst, wenn du durchgegangen bist!«

Danach machte sich der Bursche auf den Weg. Er näherte sich dem Gewässer, watete hinein, um es zu durchqueren, und als er zur Mitte kam, zwängte es ihn ein und sprach zu ihm: »Sage mir, was die Sonne meinetwegen gesagt hat!« Der Bursche sagte zu ihm, es möge ihn herauslassen, und dann würde er es ihm sagen. Das Gewässer ließ ihn los, und nachdem er heraus- und ein paar

Schritte vom Wasser weggegangen war, sagte er zu ihm, was ihm die Sonne dafür gesagt hatte. Das Wasser floß wütend auf ihn zu, doch es konnte ihn nicht erreichen, und sagte: »Ach, daß ich dich nicht als Opfer nehmen konnte, denn hier geht kein Mensch vorbei!«

Nachdem er weitergegangen war, kam er zu dem Stein, der ihn einzwängte und ihn fragte: »Was hat die Sonne meinetwegen gesagt?«

Der Bursche sagte zu ihm, er solle ihn vorbeilassen, und dann würde er es ihm sagen. Der Stein ließ ihn los, und als er vorbeigegangen war, sagte er zu ihm: »Stein, die Sonne hat deinetwegen gesagt, daß du dann auf die Erde herabfallen wirst, wenn du jemanden unter dir zerdrückt hast!«

»Ach, daß ich dich nicht zerdrücken konnte, denn hier geht kein Mensch vorbei!«

Als er dann weiterging, näherte er sich der Schlange, und als ihn die Schlange sah, fragte sie: »Was hat die Sonne meinetwegen gesagt?«

Der Bursche antwortete: »Laß mich noch ein bißchen weitergehen, damit ich mich besinnen kann, denn ich habe es vergessen!«

Nachdem der Bursche ein wenig weitergegangen war, sagte er zur Schlange: »Schlange, du wirst unter diesem Stein hervorkommen können, wenn du irgendeinen Menschen in die Ferse gebissen hast!«

Die Schlange sagte: »Ach, daß ich dich nicht beißen konnte, denn hier kommt kein Mensch vorbei!«

Als der Bursche nach Hause gekommen war, begoß er seine Schwester von Kopf bis Fuß, und sie wurde sofort wieder so, wie sie vorher gewesen war.

Tierbraut, Pflanzentochter

So geheimnisvoll, schön und irreal wie die Welt der Fee ist auf den ersten Blick die Welt der Tier- und Pflanzenfrau nicht. Sie wächst und wohnt scheinbar nur in den unentbehrlichen Nahrungselementen. Aber aus dem Motiv des Menschen, eines Mannes oder einer Frau, der ein Tier oder ein Pflanzengeschöpf heiratet, ist eine ganze Märchenphilosophie entstanden. Besonders die Erzählung von »Amor und Psyche«, einer Einlage in dem satirischen Roman des Apulejus »Der goldene Esel« (2. Jh. n. Chr.), hat die deutende Phantasie angeregt: Danach ist die Tiergestalt, die der Mann sucht und begehrt, gleichbedeutend mit seinerAnima, dem »Weiblichen im Manne« (Marie Louise von Franz).

Tatsache bleibt, daß die Erzählungen aus den primitiven Gesellschaften immer wieder die Grenze zwischen der symbolischen und der konkreten Tiergestalt aufheben. Das Totem-Tier, also das Schutz- und Kraftzentrum einer gesellschaftlichen Gruppe, eines Clans, wird zur Analogie, zum Namengeber. So stammt die Frau unserer zweiten Geschichte hier aus einem Büffel-Clan, in den sie den fremden Mann hineinbringen will; aber trotz ihrer Hilfe gelingt es dem Mann nicht, sich in dieser Gruppe zu halten. Aus diesem Denken, aber nicht mehr aus dieser Epoche, stammt auch die Eskimo-Geschichte von der Fuchsfrau. Hier ist die symbolische Bedeutung des Tiernamens aufgegeben. Der Mann verliert seine Frau offenbar tatsächlich an eine Tierwelt; alle Frauen erscheinen als Tiere, und es regiert wieder die rhythmische Zeit der vegetativen Abläufe. Sehr fein ist die zögernde Rückverwandlung der Füchsin beschrieben: »Plötzlich wurden die Fuchsspuren zu Menschenspuren; und nachdem es eine Weile Menschenspuren gewesen waren, beobachtete er, daß es abwechselnd eine Menschen- und eine Fuchsspur war. Kurz darauf wurden beide wieder zu Fuchsspuren.«

Anders als der Tierbräutigam, der in den uns vertrauten Märchen (wie etwa dem Froschkönig) häufig »erlöst«, das heißt in die Gruppe der Frau integriert wird, ist die Tierbraut nicht leicht zu halten. In der Mehrzahl der Fälle läßt sie sich nicht »erlösen«, sondern verschwindet zurück zu ihren Leuten: in eine soziale Anderswelt.

Die Beziehung der Frau zur Pflanze geht allem Anschein nach über eine totemistische Bindung hinaus. August Nitschke hat eindringlich das mythische Klischee von der Frau, die sich sterbend in einen Fruchtbaum verwandelt, dargelegt. Aber die Verbindung von Tod und fruchtbarer Auferstehung mag auch unmittelbar der Praxis des Mädchenopfers entstammen: Das Opfer wird von den Naturmächten »Regen« oder »Sonne« belohnt, indem diese die Früchte zur Reife bringen.

Unsere beiden Geschichten erzählen vom Sterben der Frau und ihrer Verwandlung in nutzbare Frucht. Beide sind sogenannte Ursprungsgeschichten, aber mit verschiedenen Erzählzielen. Die Indianersage zieht das Eindringen der Weißen in ihre Welt und die Bekanntschaft mit dem Rausch in die eigene Mythologie hinein – klingt also noch freundlich, noch neugierig, noch überwältigt.

Die andere entspricht mit ihren vielen Liedeinlagen – die hier nicht alle abgedruckt sind – einer ganz rituellen Verwendung oder Darbietung; man könnte sich das als szenische Darstellung denken. Die Frau, die alle ihre Kinder verliert, hat eine für uns seltsam animistische Beziehung zum Boden. Der Boden des Hauses (das Leben), will sie nicht loslassen, die Erde (der Tod) will sie nicht haben. Erst als sie dem Haus/Leben ihre schönsten Dinge geopfert hat: sämtliche Kinder und sämtliche kunstvoll gewebten Stoffe, darf sie sterben und Frucht bringen. Das möge der Leser einmal weiterdenken.

Der Mann der Füchsin

(Eskimo)

Es war einmal ein Fänger, der lebte ganz allein, keine Frau half ihm, und wenn er auf den Fang ging und mit Seehunden nach Hause kam, mußte er sie selbst zerlegen und das Fell bereiten.

Als er eines Tages nicht wußte, womit er sich die Zeit vertreiben sollte, ruderte er aufs Geratewohl über einen Fjord. Da sah er auf einem Felsabhang einen kleinen Fuchs, ging an Land, fing ihn ein und nahm ihn mit nach Hause; dort band er ihn erst an den Hauspfosten, nahm ihn dann mit ins Haus, liebkoste ihn und gab ihm Fleisch, wenn er selbst aß. Und der kleine Fuchs wuchs bei der guten Behandlung schnell heran und wurde ein großer Fuchs.

Als er eines Tages vom Fang nach Hause kam und wie gewöhnlich alle Arbeit selbst verrichten wollte, fand er zu seinem Staunen die Felle, die er zur Bereitung zurechtgelegt hatte, bereits fertig vor. Und als er in sein Haus ging und Fleisch kochen wollte, war das Fleisch schon gekocht und alles so vorbereitet, daß er sich nur zum Essen niederzusetzen brauchte. Er konnte es nicht fassen, wer die Arbeit getan hatte, begann aber zu essen und gab dem Fuchs eine schöne Mahlzeit von Knochen, wie er es stets zu tun pflegte.

Tags darauf ruderte er wieder zum Fang aus; als er aber ein Stück auf den Fjord hinausgekommen war, ruderte er in eine kleine Bucht in der Nähe seines Wohnplatzes und ging an Land. Von dort schlich er vorsichtig, indem er immer gute Deckung behielt, zu seinem Haus zurück und versteckte sich, um zu sehen, wer seine Felle bereitete und sein Fleisch kochte. Wie er so lag, kam ein wunderschönes Mädchen aus seinem Haus und begann die Felle zu bereiten. Da schlich er vorsichtig heran und faßte sie von hinten, bevor sie seiner gewahr geworden war. Es war ein sehr schönes Mädchen mit ungewöhnlich langem schwarzem Haar. Er trug sie ins Haus, und dort wurde sie seine Frau. So froh war er über sie, daß er gar nicht bemerkte, daß der Fuchs verschwunden war. Nachts lagen sie beieinander und plauderten und machten es sich so recht gemütlich; als sie ihm zulächelte, entdeckte er, daß ihr Zahnfleisch ganz geschwollen war. »Warum ist dein Zahnfleisch so geschwollen?« fragte er. »Als ich am Hauspfosten angebunden stand, hast du mich mit Knochen gefüttert, davon ist mir das Zahnfleisch so angeschwollen.« Da erst merkte er, wie er seine liebe, kleine Frau gequält hatte, als sie noch ein Fuchs war. Von nun an lebten sie glücklich, und der Mann begann wieder wie sonst auf die Jagd zu gehen.

Eines Tages traf er auf dem Meere einen Bekannten im Kajak, sie plauderten zusammen, und der Mann fragte ihn, ob er sich eine Frau genommen habe. »Na, und was für eine!« sagte der andere.

»Ist sie hübsch?«

»Ob sie hübsch ist! Eine schönere gibt es auf der ganzen Welt nicht.«

»Wollen wir etwa Frauenaustauschen spielen?« fragte da der andere.

Und ehe der Mann recht wußte, wie es zuging, hatte er ja gesagt, denn er war ein junger Mann und wollte gern einmal bei einer anderen Frau schlafen. Sie verabredeten einen Tag und trennten sich.

Am verabredeten Tag kam der Fremde in seinem Kajak zum Wohnplatz, und als er gelandet war, ruderte der andere zu seinem Wohnplatz und legte sich zu dessen Frau. Als aber der fremde Mann ins Haus kam, schlug ihm solch seltsamer Fuchsgestank entgegen, daß er unwillkürlich ausrief: »Pfui, wie riecht es hier nach Füchsen! Was hat das zu bedeuten?«

Im selben Augenblick hatte die schöne Frau sich erhoben, und ehe der Mann wußte, wie ihm geschah, war sie zu einem Fuchs geworden und sprang aus dem Haus, indem sie »ka-ka-ka-« schrie. Der Fremde stand sprachlos vor Staunen, und nachdem er sich eine Weile allein im Hause aufgehalten hatte, blieb ihm nichts anderes übrig, als zu seinem Kajak zurückzukehren und nach Hause zu rudern.

Tags darauf kam der Ehemann nach Hause und konnte seine Frau nirgends finden. Er suchte nach ihr, und schließlich fand er eine Fuchsspur, die in die Berge führte. Dieser Spur folgte er, und plötzlich wurden die Fuchsspuren zu Menschenspuren; und nachdem es eine Weile Menschenspuren gewesen waren, beobachtete er, daß es abwechselnd eine Menschen- und abwechselnd eine Fuchsspur war. Kurz darauf wurden beide wieder zu Fuchsspuren, und als er ihnen immer weiter folgte, kam er schließlich zu einem Felsen. In diesem Felsen war ein Spalt, und in diesem Spalt verschwanden die Spuren. Er legte sich auf die Lauer, und es dauerte nicht lange, da hörte er drinnen jemanden sprechen. Nachdem er eine Weile gelauscht hatte, rief er hinein: »Komm doch heraus, ich bin gekommen, um dich zu holen.« Da verstummten die Stimmen drinnen, kurz darauf aber hörte er seine Frau sagen, daß sie nicht zu ihm zurückkehren wolle. »Gehe du zu ihm hinaus«, sagte sie zu jemandem, und gleich darauf kam eine Frau heraus.

Hu, wie die aussah! Mit großen Augen, die ihr ganz aus dem Kopf traten; sie kam lachend auf ihn zu und sagte: »He-he-he, sie hat gesagt, daß du mich statt ihrer nehmen sollst.« – »Nein«, sagte der Mann, »dich mag ich nicht, du hast viel zu große Augen.« Da lachte die Frau wieder, kehrte ihm den Rücken und ging in die Höhle zurück, und er hörte sie lachen und sagen: »Er mochte mich nicht, weil ich zu große Augen habe.«

Es war aber eine Schmeißfliege in Menschengestalt. Ein Weilchen saß er draußen und wartete, rief dann wieder hinein: »Komm doch heraus, ich warte auf dich!« Wieder hörte er sie sagen, daß eine andere hinausgehen solle, und abermals kam eine fremde Frau auf ihn zu. War die andere häßlich, so war diese zum Erschrecken, ein altes runzliges Weib mit furchtbar vielen Beinen. Sie sagte: »He-he-he, du sollst mich anstatt deiner Frau nehmen.« Der Mann aber antwortete: »Dich mag ich nicht, du hast zu viele Beine.« Da machte sie kehrt und ging wieder in die Höhle, und er hörte sie sagen: »Er mochte mich nicht, weil ich zu viele Beine habe.«

Es war eine Raupe in Menschengestalt.

Und wieder rief er nach seiner Frau und hörte sie abermals sagen: »Nein, ich will nicht zu ihm hinaus, aber geh du!« Und gleich darauf kam eine kleine schwarze Frau mit langen, langen Beinen heraus, furchtbar anzusehen, und sagte: »He-he-he, ich sollte sagen, daß du mich statt ihrer nehmen möchtest.« – »Nein«, sagte der Mann, »dich mag ich nicht, du hast zu lange Beine.« Da kehrte die Frau in die Höhle zurück, und er hörte sie lachend zu den anderen sagen:

»He-he-he, er mochte mich nicht, weil ich viel zu lange Beine habe.«

Es war aber eine Spinne in Menschengestalt.

Und wieder rief er nach seiner Frau, sie aber antwortete: »Du hast ja gehört, daß ich nicht zu dir herauskommen will, komm du doch zu mir herein!«

»Wie soll ich denn zu dir hineinkommen? Das Loch ist ja viel zu klein.«

Darauf antwortete sie: »Mach die Augen zu und versuch es.« Das tat er, und so gelangte er durch das Loch. Als er die Augen öffnete und sich umblickte, befand er sich in einem kleinen Haus, und siehe da, da saß seine Frau!

Er eilte gleich auf sie zu, setzte sich neben sie, und weil er ihr in seiner Freude etwas Angenehmes sagen wollte, legte er seinen Kopf in ihren Schoß und sagte: »Ach, wie lange war ich nicht bei dir; such mir die Läuse ab.« Sie begann gleich damit, und während sie ihn lauste, sang sie:

»Leg dich zur Ruhe,
Schlaf ein, schlaf ein!
Wenn es Frühling wird,
wenn die Spechte kommen,
magst du erwachen.
Leg dich zur Ruh, leg dich zur Ruh!

Wenn es Frühling wird,
wenn die Fliegen kommen,
magst du erwachen.
Schlaf ein, schlaf ein!
Wenn es Frühling wird,
wenn die Seeschwalben kommen,
magst du erwachen.«

Und plötzlich war es, als ob ihm die Sinne vergingen. Er fiel in einen tiefen Schlaf, und als er erwachte, war er ganz allein im Haus. Er kroch hinaus und blickte sich um, und siehe – als er hineinkroch, war es Winter gewesen, jetzt war es Frühling geworden, die Bäche hatten ihre Eisdecke gesprengt und schäumten über die Felsen, Schmeißfliegen summten ringsum, und die Spechte hackten mit ihren Schnäbeln und schwatzten durcheinander, und über einer kleinen Bucht flogen die Seeschwalben wie Schneeflocken und tauchten ins Wasser nach Fischen.

Langsam ging er auf sein Haus zu und lebte wieder wie damals, als der kleine Fuchs noch nicht seine Frau geworden war. Und er fing wie gewöhnlich viele Seehunde, die er selbst zerlegen mußte, und alle Felle mußte er selbst bereiten, und es nützte nichts, daß er bereute, seine Frau geopfert zu haben, um neben einer fremden Frau zu schlafen.

Und hiermit endet die Geschichte von dem Mann, der sich einen Fuchs zur Frau nahm.

Die Büffelfrau

(Caddo-Indianer)

Vor unendlich vielen Jahren, als Menschen und Tiere noch eine gemeinsame Sprache redeten, lebte bei den Menschen ein mächtiger Zauberer, der von allen Leuten wegen seiner magischen Kräfte geachtet und gefürchtet wurde. Dieser Zauberer hatte einen Sohn, dessen Name Tapferkeit war, denn keiner war so klug und tapfer auf der Jagd wie dieser Sohn. Die Zauberkräfte des Vaters mochten dazu beigetragen haben, daß dem Sohn stets das Jagdglück lachte. Jedes Mädchen wollte ihn heiraten, denn keine Frau will schließlich einen Mann, der auf der Jagd von anderen übertroffen wird. Doch kümmerte sich der junge Jäger wenig um die Mädchen, sondern ging jeden Tag auf die Jagd und kehrte stets mit Beute beladen zurück.

Da begegnete ihm eines Tages, als er wieder einmal von der Jagd heimwanderte, ein junges Mädchen, das dem Jäger sogleich gefiel. Sie war jung und schön, und ihre Kleidung war reich mit Perlen bestickt. Der junge Mann hatte nichts dagegen, daß sie ihn ins Dorf begleitete, obwohl er wußte, was das zu bedeuten hatte. Nach altem Brauch fragte das Mädchen die Eltern des jungen Mannes, ob sie sie als Tochter für ihren Sohn haben wollten. So kam es, daß der Jäger noch am gleichen Tage verheiratet war.

Viel Zeit verging. Der Mann brachte wie immer reichlich Wild von der Jagd, die Frau kochte für ihn, hielt seine Kleidung in Ordnung und bestickte seinen Rock mit schönen Ornamenten. Als er wieder heimkam, fragte sie ihn: »Ich kann dich mächtig machen, aber nur dann, wenn du das tust, was ich dir sage. Willst du mir dein Schicksal anvertrauen?« Der Jäger willigte ein, denn er sah keinen Grund, seiner Frau zu mißtrauen. Da sprach diese: »Es ist Zeit, daß du meine Brüder und Schwestern kennenlernst, wir wollen morgen zu meinen Verwandten gehen.«

Bei Sonnenaufgang machten sich die beiden auf die Reise. Doch wie erstaunt war der Mann, als seine Frau ihm plötzlich auftrug, sich im Grase zu wälzen, ganz so, wie er es bei den Büffeln oft beobachtet hatte. Zögernd tat er ihr den Gefallen und stand mit einem Male als Büffel da! Auch seine Frau hatte sich in eine Büffelkuh verwandelt. Jetzt wurde ihm die Bedeutung der Ratschläge klar, die ihm seine Frau unterwegs gegeben hatte: Er solle sich vor den jungen Männern vorsehen, die wahrscheinlich eifersüchtig auf ihn sein würden; er solle nicht wütend werden, da solches Benehmen die übrigen Mitglieder der Familie reizen könnte; er solle sich in keinen Zweikampf einlassen, da ihm darin jeder ihrer Verwandten überlegen sei; und was dergleichen gute Ermahnungen mehr waren.

Voller Staunen sah er vor sich eine unendliche Herde von Bisons, die ganze Prärie schien mit ihnen bedeckt zu sein. Drohend senkten die jungen Büffel die Köpfe, als die beiden näher kamen. Der Mann, dessen Menschenname Tapferkeit war, begann sich ein wenig zu fürchten, denn aus Erfahrung wußte er sehr wohl, daß es gefährlich war, mitten in eine Büffelherde zu dringen.

Eine Weile lebten beide bei den Bisons, wanderten mit der Herde über die endlose Prärie, immer auf der Suche nach Nahrung. Am Ende beschlossen sie, zu den Menschen zurückzukehren. Wieder wälzten sie sich auf der Erde und verwandelten sich in menschliche Gestalt. Dann begaben sie sich zurück zu den Menschen. Doch kaum hatten sie das Dorf betreten, als der alte Zauberer seinen Sohn beiseite nahm und ihn fragte, wo er denn das ganze Jahr gewesen sei. Dieser aber gab eine ausweichende Antwort und wollte nichts von seinen Abenteuern berichten.

Von jetzt an kam es oft vor, daß der Jäger und seine Frau monatelang aus dem Dorf verschwanden, und die Menschen wunderten sich, wohin sie wohl gehen mochten. Doch hüteten die beiden ihr Geheimnis.

Einst, als sie als Büffel bei der Herde weilten, beschlossen die jungen Bisons, diesen Menschen aus ihrer Mitte zu vertreiben, denn sie glaubten, daß ein Jäger bei ihnen nichts zu suchen habe. Zu diesem Zweck schlugen sie einen Wettlauf vor. Natürlich dachten sie, daß ein Büffelbulle ja viel schneller und ausdauernder sei als ein Mensch. Auf diese Weise hofften sie, dem Eindringling den Garaus zu machen. Tapferkeit mußte wohl oder übel annehmen, wenn er nicht als feige gelten wollte.

Am Tag vor dem Wettlauf erschien plötzlich ein Unbekannter bei dem Bison. »Morgen wirst du um dein Leben laufen müssen, aber wenn du auf mich hörst, sollst du dennoch gewinnen. Nimm diese Wurzel hier, geheime Zauberkräfte ruhen in ihr. Wenn dir beim Wettlauf einer der Büffel zu nahe kommt, dann wirf die Wurzel hinter dich. Auch wird der nächste, der dir den Platz streitig machen will, weit zurückbleiben, wenn du von diesem Lehm hinter dich wirfst. Doch mußt du sogleich zu Beginn allen voraus sein, sonst kann ich dir nicht helfen. Kommst du dann nahe ans Ziel, so will ich dir selbst helfen, und wenn ich dir helfe, dann helfen dir auch andere Wesen.« Bei diesen Worten war der Sprecher verschwunden, und nur der Wind pfiff leise durch das hohe Gras.

Von weit her strömten die Bisons zusammen, um diesen Wettlauf zu erleben, denn nie hatte es dergleichen je gegeben. Dicht drängten sich die Leiber an der Stelle, an der das Rennen beginnen sollte. Die jungen Bullen lachten über den Menschen in Bisongestalt, der mit ihnen um die Wette laufen wollte. Tapferkeit stellte sich mitten unter sie und machte sich bereit. In den Händen hielt er die beiden Gaben des Unbekannten. Als ein alter Bulle das Zeichen gab, rannte alles auf das Ziel zu; allen voraus Tapferkeit, der ein guter Läufer war. Schon manches Mal war er auf der Jagd einem angreifenden Büffel davongerannt. Aber bald fingen seine Kräfte an zu erlahmen, und einer der Bullen kam immer näher. Da warf der Mann die Wurzel hinter sich und hatte mit einem Male wieder einen großen Vorsprung vor den anderen. Mit dem geheimnisvollen Lehm gewann er noch einmal eine Atempause und ließ die Verfolger hinter sich. Kurz vor dem Ziel aber sah er sich wieder bedrängt. Da erhob sich plötzlich ein Sturm und trug ihn mit Windeseile über die Prärie zum Ziel. Da wußte Tapferkeit, daß der Wind jener unbekannte Helfer gewesen war, der für ihn das Rennen gewonnen hatte.

Von nun an lebte er unbehelligt bei den Büffeln, kehrte ab und zu ins Dorf zurück, und bald kannte er alle Geheimnisse der Menschen und der Bisons. Auch sein Sohn wuchs bald als Bison, bald als Mensch heran. Wenn sie im Dorf waren, dann achtete die Mutter darauf, daß das Kind nicht mit den übrigen Jungen des Dorfes spielte und so das Geheimnis verriet. Eines Tages jedoch schlüpfte der Junge aus der Hütte und mischte sich unter die Kinder des Dorfes. Dort spielte man gerade Jäger und Büffel. Der Junge wälzte sich wie ein Bison im Gras und stand im nächsten Augenblick als Büffelkalb da! Schreiend liefen die übrigen Kinder auf ihn zu. Da sah die Mutter das Verhängnis und eilte mit ihrem Kind zum Dorfe hinaus. Dort wälzte sie sich ebenfalls, und die erstaunten Menschen sahen kurz darauf zwei Büffel in die Prärie hinauslaufen.

Als der Mann von der Jagd heimkehrte, erzählte man ihm den Vorfall. Lange Zeit streifte er durch das Land, jede Bisonherde beobachtete er, aber nie fand er eine Spur von seiner Frau und seinem Sohn. Und sooft er sich auch im Gras wälzte, stets stand er als Mensch wieder auf, er hatte die Kraft verloren, sich in einen Büffel zu verwandeln.

Der Ursprung des Maniok

(Pareci-Indianer)

Vor langer Zeit wurde die Tochter eines Indianerhäuptlings schwanger. Dieser wohnte in der Nähe des Ortes, wo sich heute die Stadt Santarém befindet. Der Häuptling wollte den bestrafen, der die Ehre seiner Tochter und seinen Stolz verletzt hatte. Und um zu erfahren, wer es sei, wandte er vergebens Bitten, Drohungen und schließlich harte Strafen an. Trotz seiner Bitten und Strafen beharrte das Mädchen darauf, niemals ein Verhältnis mit einem Mann gehabt zu haben. Der Häuptling hatte beschlossen, sie zu töten, da erschien ihm im Traum ein weißer Mann, der ihm sagte, er solle das Mädchen nicht töten, da es wirklich unschuldig sei und kein Verhältnis mit einem Mann gehabt habe. Nach neun Monaten schenkte es einem wunderschönen weißen Mädchen das Leben. Die Tatsache, daß seine Haut weiß war, erregte nicht nur beim Stamm, sondern auch bei den Nachbarvölkern Erstaunen, und sie kamen das Kind besuchen, um jene neue und unbekannte Rasse zu sehen. Das Kind, das Mani hieß und schon früher als gewöhnlich gehen und sprechen konnte, starb nach einem Jahr, ohne krank gewesen zu sein oder über Schmerzen geklagt zu haben.

Man begrub es im Haus und öffnete und begoß sein Grab täglich, wie es beim Volk Sitte war. Nach einiger Zeit wuchs aus dem Grab eine Pflanze, die man nicht ausriß, weil man sie nicht kannte. Sie wuchs, blühte und trug Früchte. Die Vögel, die von den Früchten aßen, wurden betrunken. Dieser Zustand war den Indianern unbekannt, und ihr Aberglaube an die Pflanze wurde größer. Schließlich barst der Boden. Sie gruben und glaubten, in der Frucht, die sie fanden, den Körper Manis wiederzuerkennen. Sie aßen sie und lernten so die Maniokwurzel zu gebrauchen.

Die Mutter der Kürbisse

(Tschad)

Eine Frau, die schwanger war, sprach zu sich: »Jedes Mal, wenn ich ein Kind zur Welt bringe, verliere ich es bald wieder durch den Tod. Das kann ich nicht mehr länger ertragen. Das nächste Mal, wenn mein Kind wieder stirbt, will ich auch nicht mehr am

Leben bleiben.« Sie trug das Kind aus und brachte es schließlich zur Welt. Es war ein Mädchen, das in voller Gesundheit aufwuchs. Eines Tages aber starb es ganz unerwartet. Die Mutter traf alle Vorbereitungen für das Begräbnis und bereitete sich selbst auf den letzten Gang vor. Sie packte all ihr Hab und Gut auf einen Stier und wollte Haus und Hof ganz im stillen verlassen. Als sie aber aus ihrer Hütte hinaustreten wollte, rief ihr der Hüttenboden zu: »Ich schreie, wenn du gehst!« Darauf warf sie ihm einen Webstoff und einen Webstreifen hin, und der Boden gab sich damit zufrieden. Als sie weiterschritt und durch die Tür gehen wollte, rief diese ihr zu: »Ich schreie, wenn du gehst!« Auch der Tür wirft sie einen Webstoff hin, fein und reich verziert. Jetzt betritt sie den Boden des Hofes, der sie ebenfalls nicht weitergehen läßt und sagt: »Ich schreie, wenn du gehst!« Sie wirft nun auch ihm einen Webstoff hin, und der Boden gibt ihr den Weg frei. Sie gelangt nun an das Hoftor, das ihr schon entgegenruft: »Ich schreie, wenn du gehst!« Da wirft sie ihm einen besonders wertvollen Webstoff hin, und das Tor läßt sie passieren. Jetzt aber ruft auch noch der Vorplatz: »Ich schreie, wenn du gehst!« Sie wirft auch ihm etwas zur Beschwichtigung zu. Nun kann sie endlich aufbrechen. Doch bald kommt sie wieder an eine Stelle im Busch, die ihr ebenfalls zuruft: »Ich schreie, wenn du gehst!« Die Frau wirft ihm ein Geschenk zu und kann weitergehen. Ein anderer Ort ruft ihr auch zu: »Ich lasse dich nicht vorbei!« Als sie ihm ein Stück besten Ramica-Stoffes zuwirft, kann sie passieren. Nochmals stellt sich ihr ein Ort in den Weg, ihm wirft sie königlichen Juwa-Stoff hin, und man läßt sie weitergehen. Endlich erreicht sie ein neues Land; da fängt sie zu singen an.

Die Erde hört ihr aufmerksam zu und stellt ihr schließlich die Frage: »Was ist dir denn zugestoßen?« Die Frau antwortet mit ihrem Lied.

Die Erde sagt aber: »Ich fresse keine Menschen, dafür muß du weitergehen!« Sie nimmt es zur Kenntnis und setzt ihren Weg fort. Als sie nach langer Wanderung in ein neues Land kommt, stimmt sie wieder ihr Lied an.

Die Erde aber sagt: »Ich fresse keine Menschen, dafür mußt du noch weitergehen!« Sie setzt ihren Weg fort. Auf neuem Boden angekommen, singt sie wieder ihr Lied.

Aber auch diese Erde sagt ihr: »Ich fresse keine Menschen, dafür muß du weitergehen!« Sie setzt ihren Weg fort und kommt in die Gegend von Nan-Dabe. Wieder singt sie. Die Erde sagt aber: »Ich fresse keine Menschen, dafür mußt du weitergehen!« Sie setzt ihren Weg fort und kommt in ein neues Land; da singt sie wieder.

Die Erde aber sagt: »Ich fresse keine Menschen, dafür mußt du weitergehen! Nur noch ein kleines Stück, dann bist du am Ziel! Du hast in Nan-Diri angefangen, dann bist du nach Nan-Tokoso gekommen, darauf nach Nan-Dabiya, schließlich nach Nan-Tokoso-mosigulinya und nach Nan Dabiya-nan-diri und jetzt hierher zu mir!« Nun geht die Frau weiter. Beim nächsten Mal fängt sie wieder zu singen an.

Die Erde hebt an zu beben – dur dur dur dur dur dur. Darauf singt die Frau weiter.

Wieder bebt und grollt die Erde – dur dur dur dur. Dann sagt sie: »Komm etwas näher!« Die Frau tritt näher und singt wieder ihr Lied:

»N'Dassa kiriyo, iya meru makuma,
Nangara Nan-Diri, mosi gulinya,
iya meru makuma.«

Jetzt beginnt sich die Erde zu senken. Wieder stimmt die Frau das Lied an.

Jetzt beginnen die Hufe des Stieres einzusinken. Die Frau singt.

Nun versinken die Beine des Stieres bis zu den Knien. Und wieder kommt ihr Lied.

Der Stier sinkt nun bis zum Bauch ein. Die Frau singt. Die Erde geht jetzt der Frau und dem toten Mädchen, die auf dem Stier sitzen, bis zu den Hüften. Die Frau singt immer weiter.

Jetzt schließt sich über ihnen die Erdmasse – gubibibibic gubibibibibic gubibibibibic gubibibibic. Die Erde glättet sich wieder. Überall breitet sich rotes Blut aus. Tier und Mensch sind vom Erdboden verschlungen.

Als die Trockenzeit zu Ende ist, beginnen die Regen einzusetzen mit Blitz und Donner. Aus der Erde, in die Stier, Frau und Mädchen versunken sind, beginnt es fruchtbar zu sprießen: Aus der Frau kommen die großen Kürbisse hervor, aus denen man die mächtigen Unde-Kalebasssen fertigt; aus dem Stierschädel sprießen die länglichen Kürbisse, aus denen man Budide-Kalebassen macht; aus dem Mädchen schließlich kommen die Kulsu-Kalebassen. Aus der Mutter entspringen alle möglichen großen und mittleren Kürbisse: Aus dem einen fertigt man die Kalebassen, die die Frauen auf ihren Schultern tragen, wenn sie auf das Feld gehen; aus den anderen macht man Kalebassen, die den Hirsebrei aufnehmen; aus wieder anderen jene Kalebassen, die beim Tragen der Hirsekörbe untergeschoben werden; und schließlich kommen da auch die Kürbisse hervor, aus denen man die Dangla-Meßkalebassen herstellt. Vielfach und reich ist die Frucht, die da aus der Erde hervorbricht. (Aus dem Schwanz des Stieres sprießt die Sende-Pflanze, aus der man Besen herstellt.)

Wetter und Gestirn

Zur Frau aus der anderen Zeit, der anderen Gesellschaft und der anderen Nahrung tritt hier nun die des anderen Raums: zunächst des Himmels, im letzten Kapitel dann des Wassers und der Unterwelt. Natürlich handeln viele Mythen auch von männlichen Himmelsbewohnern; aber die Geschichten, in die diese verstrickt erscheinen, zwingen das Diesseitige nicht annähernd so drastisch mit dem Jenseits zusammen wie bei den Frauengeschichten, einfach deshalb, weil den Männern in aller Regel der eigentliche diesseitige Raum: das Haus, nicht so vertraut ist. Bei den Frauengeschichten bedient sich der Erzähler wieder des mythischen Klischees von der Frau zwischen Küche und Kosmos, häuslichem und elementarem Tun; man lese die Eskimo-Erzählung von den drei himmlischen Schwestern, die ein wenig an die Nornen erinnern. Man lese aber auch die unnachahmliche szenische Vorstellung der Kabylen, die Sonne, Wolken, Sterne und Himmel aus der Kochschüssel der ersten Mutter der Welt kommen lassen, oder die Cashinawa-Szene, in der Mond, Sterne und Regenbogen gleich unmittelbar aus dem Körper der Frau gemacht sind. Diese Ursprungserzählungen finden sich bei den Naturvölkern außerordentlich häufig. Sie erklären das Sosein der Dinge, ihre Besonderheit in der Regel als Resultat eines Konflikts. Was also als Merkmal an bestimmten Pflanzen, Sternen, Tieren oder Landschaften heraustritt, ist gleichsam Ergebnis einer Verletzung: eine Art Narbe. Hier wird die Natur auf eigentümliche Weise in Geschichte verwandelt, ja scheinbar in pure Leidensgeschichte. Aber nur scheinbar. Denn jede dieser Narben ist ja ein zu erinnerndes Merkmal, also eigentlich Teil einer Lerngeschichte: Denn woraus lernt sich besser als aus der schmerzhaften Erfahrung? Natürlich gibt es auch Aitiologien (Ursprungssagen), die ein handwerkliches Tun an den Anfang setzen, wie etwa die Erschaffung des Mannes durch einen göttlichen Töpfer oder die der Frau durch einen arbeitenden Mann. Aber diese Ursprünge beziehen sich auf ganze Einheiten, nicht auf einzelne Merkmale.

Bei den australischen Aborigines sind derlei Leidens- und Lerngeschichten dem Bereich der Frau zugeordnet. Sie erzählen die sogenannten »Außengeschichten«; die der Männer dagegen »Innengeschichten«. Obgleich sich die Unterscheidung nicht rigo-

ros durchhalten läßt, scheinen sich doch die Männer vorrangig mit Schaffungsgeschichten abzugeben: Sie erzählen die Taten der mythischen Kulturheroen, und sie setzen sie mit Gesang und Tanz in Szene, spielen sie nach. Diese heiligen und geheimen Schöpfungsgeschichten dienen vor allem der Initiation der jungen Männer, also der grundlegenden Erfahrung von der »gemachten« Welt, in die der Mann jetzt gehört. Die radikale Unterscheidung der Geschlechterwelten ist also eine der ältesten Kulturmaßnahmen; die Erinnerung der Söhne an das Leben im Frauenhaus wohl schon sehr früh eine untergründige Sehnsucht.

Unter allen Naturphänomenen sind am erklärungsbedürftigsten jene, die dem Menschen wirklich schaden und ihn ängstigen, also vor allem Hungersnöte, Krankheiten, Überschwemmungen, Katastrophen aller Art. Die mythische Phantasie deutet sie oft als Strafen, oft aber auch – wenn sie weit genug zurückliegen – als eine Art Kinderspiel. Man lese die sibirische Geschichte über das heiratsunwillige Mädchen Yingeangeut, das von seinem Vater, dem Großen Raben, gezwungen wird, den Wolken-Mann zu heiraten, aber aus Trotz eine Hungersnot über die Leute bringt.

Die drei himmlischen Schwestern

(Eskimo)

Man sagt, daß drei Schwestern Blitz, Donner und Regen verursachen. Die Namen von zweien sind Ingnirtung (»die, welche Feuer schlägt«) und Udluqtung (»die, welche Felle walkt«) oder Kadlu (»Donner«). Sie leben in einem großen Haus, dessen Wände Walfischrippen bilden. Es steht fern im Westen, weit ab vom Meer, denn die Schwestern lieben seine Nähe nicht. Wenn ein Eskimo zufällig in ihr Haus gerät, muß er davoneilen, sonst wird er sogleich in Ingnirtungs Blitz getötet. Selbst die Steine fürchten sie, denn sie springen die Hügel hinab, wenn sie es blitzen sehen oder donnern hören. Die Gesichter der Schwestern sind ganz schwarz; Kleidung fehlt ihnen ganz. Ingnirtung läßt es blitzen, indem sie zwei rote Steine aneinanderschlägt. Kadlu donnert, indem sie Robbenfelle walkt und dabei singt. Die dritte Schwester läßt ihr Wasser, damit es regne. Sie verschaffen sich ihre Nahrung, indem sie Rentiere durch einen Blitzschlag töten, der zugleich das Fell der Tiere sengt und ihr Fleisch röstet. Die

Akudnirmiut berichten, daß jenseits Iglulik, auf dem amerikanischen Festlande, ein großer Eskimostamm wohne, den sie Kakijoq nennen. Die Weiber dieses Stammes sollen sich Ringe um die Augen tätowieren; sie bringen die trockenen Häute einer Robbenart Kadlu dar, die sie dann zum Donnern gebraucht.

Die erste Sonnenfinsternis

(Kabylen)

Die erste Mutter der Welt war eine große Zauberin. Einmal nahm sie eine Holzschale mit Wasser und schlug mit einer Sichel hinein, so daß Schaum und Blasen aufstiegen. Da schrie die Sonne auf und fiel in die Holzschüssel. Wie ein glänzender Spiegel lag sie in der Holzschüssel mit Wasser. Sogleich war die Welt dunkel, und es war Nacht. Die Kabylen sagen, daß dieses noch heute alle fünf Jahre einmal vorkommt. Die erste Frau der Welt habe der Welt einen Tag von fünf Jahren gestohlen.

Wie es nun ganz dunkel war, kamen alle Leute zu der alten Zauberin und sagten zu ihr: »Was hast du getan? Wie soll es nun wieder hell werden? Es kann nur geschehen, indem du eines deiner Kinder, das dir lieb ist, sterben läßt. Wenn du der Sonne ein dir liebes Kind gibst, wird sie wieder emporsteigen. Tue es also!« Die erste Mutter der Welt bezeichnete ein Kind und sagte: »So mag dieses Kind sterben. Dieses Kind will ich der Sonne geben.« Das Kind starb sogleich, und die Sonne stieg wieder empor.

Die erste Mutter der Menschen machte aber damals noch mehr mit ihrer hölzernen Wasserschüssel und der Sichel. Die Blasen wurden zu Wolken. Vier Monate lang im Jahre ziehen seitdem die Wolken über den Himmel hin und verdunkeln die Sonne, so daß sie nicht hell und warm scheinen kann. Die Zähne der Sichel, mit der sie die Blasen im Wasser aufschlug, wurden zu Sternen. Die glänzende Mittelfläche der Wasserschüssel wurde die Sonne, der Rand herum der Himmel.

Ursprung des Mondes

(Cashinawa-Indianer)

Einst gab es weder Mond noch Sterne, noch Regenbogen, und die Nacht war vollkommen finster. Diese Situation änderte sich, als ein junges Mädchen nicht heiraten wollte. Sie hieß *Iaça* (Mond). Erbost über ihren Starrsinn, jagte ihre Mutter sie davon. Das Mädchen irrte lange umher und weinte, und als es nach Hause zurückkehren wollte, weigerte sich die Alte, ihm aufzumachen. »Du kannst draußen schlafen«, rief sie, »das wird dich lehren, nicht heiraten zu wollen!« Verzweifelt rannte das junge Mädchen in alle Richtungen, schlug gegen die Tür und schluchzte. Die Mutter wurde so wütend über dieses Treiben, daß sie ein Buschmesser nahm, ihrer Tochter öffnete und ihr den Kopf abschlug, der auf die Erde rollte. Dann warf sie den Körper in den Fluß. Während der Nacht rollte der Kopf stöhnend um die Hütte herum. Nachdem er sich über seine Zukunft Gedanken gemacht hatte, beschloß er, sich in den Mond zu verwandeln. »Auf diese Weise«, dachte er, »wird man mich nur von der Ferne sehen.« Er versprach der Mutter, ihr nichts nachzutragen, wenn sie ihm seine Wollknäuel gebe, mit denen er sich, indem er ein Ende zwischen die Zähne nahm, vom Geier in den Himmel tragen ließ. Die Augen der enthaupteten Frau wurden zu den Sternen und ihr Blut zum Regenbogen. Seither bluten die Frauen jeden Monat, und dann gerinnt das Blut, und sie gebären Kinder mit schwarzen Körpern. Wenn aber das Sperma gerinnt, werden weiße Kinder geboren.

Yingeangeut und der Wolken-Mann

(Koryaken)

Der Große Rabe hatte eine Tochter mit dem Namen Yingeangeut, Diese pflegte gegen Abend ihre Schneeschuhe anzuziehn und in der Wildnis herumzulaufen. Bei Sonnenaufgang kam sie erst nach Hause. Da sagte eines Tages der älteste Sohn des Großen Raben, Ememqut, zu seinem Vater: »Warum gebietest du deiner Tochter nicht Einhalt? Sie ist doch ein Mädchen und dürfte also nicht auf ihren Schneeschuhen die ganze Nacht über in der Wildnis herumlaufen.« Der Große Rabe erwiderte: »Wenn sie nicht auf dich, ihren Bruder, hört, wird sie sicherlich auch nicht auf mich hören.«

Bald darauf kam Neidisch zum Haus des Großen Raben und sprach zu Ememqut: »Warum gebietest du deiner Schwester nicht Einhalt? Sie rennt jede Nacht in der Wildnis umher. Der

Sternen-Mann und der Mond-Mann fragen mich immmer: Was mag wohl Yingeangeut in der Wildnis zur Nachtzeit suchen?«

Da ging Ememqut wieder zu seinem Vater und teilte ihm mit, was die Leute über Yingeangeut redeten. Da wetzte der Große Rabe sein Beil vor dem Haus, kam wieder herein und trat unbemerkt an Yingeangeut heran, die vorn im Wohnzimmer saß. Er schlug ihr das rechte Bein ab, wickelte es in Schilfgras und legte es oben auf das Vorratshaus. Als er wieder in die Hütte ging, flog das Bein plötzlich zum Himmel auf.

Yingeangeut stöhnte und wehklagte so sehr, daß niemand mehr schlafen konnte. Am folgenden Tage sagte der Große Rabe zu seinen Leuten: »Ich halte es nicht mehr mit Yingeangeut aus. Wir wollen sie hier allein lassen und selbst in das Sommerhaus ziehn.« Darauf begab sich die ganze Familie des Großen Raben in das Sommerhaus. Sie ließen keine Nahrung für Yingeangeut zurück, so daß sie den ganzen Winter über bis zum Frühjahr große Not litt. Als es warm wurde, erblickte sie wandernde Regenpfeifer, die über das Haus dahinzogen; da kroch sie auf den Knien ins Freie, verfertigte eine Schlinge, stellte sie auf dem Vorratshaus auf und verbarg sich im Haus. Nach kurzer Zeit kroch sie wieder heraus und fand, daß sich ein Regenpfeifer in der Schlinge gefangen hatte. Da schnitt Yingeangeut dem Regenpfeifer ein Bein ab, befestigte es an ihrem Körper, und siehe da, sie konnte gehn. Sie nahm den Regenpfeifer in die Hütte, kochte ihn in einem Tontopf, welchen sie hinter den Hauspfosten entdeckt hatte, und verspeiste den Vogel. Als sie sich wieder kräftiger fühlte, ging sie das Bein suchen, das man ihr abgeschnitten hatte. Kaum aber trat sie heraus, da brach auch schon das Bein des Regenpfeifers unter ihrem Gewicht zusammen, da mußte sie wieder ins Haus kriechen.

Nach einiger Zeit sah sie durch die Eingangsöffnung, da erblickte sie einen Zug Wildgänse. Wiederum kroch sie aus der Tür, stellte eine Schlinge auf dem Vorratshaus auf und verbarg sich im Haus. Am nächsten Morgen kroch sie wieder heraus und fand eine Gans in der Schlinge. Sie schnitt der Gans ein Bein ab und befestigte es an ihrem Körper; da merkte sie, daß sie imstande war zu gehen. Darauf nahm sie die Gans herein, kochte sie in dem Tontopf, verzehrte sie und machte sich dann auf, ihr Bein zu suchen. Sie ging immerfort um ihr Haus und um das Vorratshaus herum, doch konnte sie ihr Bein nirgends finden. Plötzlich blickte sie auf: Ihr Haus war verschwunden, und ringsumher war Wildnis. Sie ging eine kleine Strecke und erblickte ein Haus. Als sie sich diesem näherte, kamen die Einwohner heraus, begrüßten sie und luden sie zu sich ein. Es war das Haus des Aufsehers. Als sie eingetreten war, sagte sie zu dem alten Mann: »Ich war meinen Brüdern und meinem Vater ungehorsam, daher hat mein Vater mein Bein abgeschnitten. Ich habe überall vergebens mein Bein gesucht.« Der Aufseher antwortete: »Du warst nicht daran schuld, daß du auf deine Brüder und deinen Vater nicht hörtest. Es war mein Sohn, der Wolken-Mann, der es verursachte, daß du nächtlich in der Wildnis umherliefest. Er ist auch daran schuld, daß dir der Vater das Bein abschnitt, wodurch er dich hierherkommen ließ, indem du es suchst. Als dein Vater das Bein draußen hinlegte, flog es hierher. Siehst du, da hängt es. Nun wird der Wolken-Mann dich heiraten.« Darauf nahm der Aufseher das Bein herunter und setzte es anstelle des Gänsebeins an den Körper der Yingeangeut, da fühlte sie sich wieder wohl.

Nach einer Weile sprach der Aufseher: »Geh hinaus und blicke zur Erde hinab.« Sie ging aus der Hütte und sah unten die Dörfer des Meervolkes und alle Lager des Rentiervolkes. Auch sah sie das Dorf des Großen Raben, da erinnerte sie sich, daß ihr Vater ihr das Bein abgeschnitten hatte, und sie ward mißmutig. Darauf nahm sie alle Vögel, Seesäugetiere und Landtiere, alle Rentierherden, alle See- und Flußfische und packte sie in ein Robbenfell, auch nahm sie alle Beeren, Wurzeln sowie eßbaren Pflanzen und verbarg sie in einem zweiten Robbenfell.

Am folgenden Morgen ging der Große Rabe auf die Jagd, da bemerkte er, daß alle Lebewesen von der Erde verschwunden waren. Es gab keine Vierfüßler mehr auf dem Lande, keine Robben und Walfische im Meer, keine Fische in den Flüssen und keine Vögel in der Luft. Er wurde hungrig, ging nach Hause und forderte seine Frau Miti auf, Beeren suchen zu gehen. Miti ging, doch fand sie nirgends Beeren oder Wurzeln. Da rief sie: »Was sollen wir essen? Es gibt nicht einmal Beeren, und der Große Rabe hat unsere Tochter in dem Winterhaus gelassen, doch erlaubt er mir nicht, sie zu besuchen.« Kaum hatte sie dies gesprochen, da gewahrte sie kleine junge Blättchen von Süßholz an der Erde vor sich. Sie grub einige der Wurzeln aus, ging damit heim und gab ihren Kindern zu essen, doch bekam der Große Rabe nichts davon ab. Er sprach: »Ich werde selbst gehn und ein paar Wurzeln graben.« Er nahm eine große Hacke und machte sich auf den Weg, um eßbare Pflanzen zu graben.

Die Frau des Aufsehers blickte zur Erde hinab und sagte zu Yingeangeut: »Sieh hinunter. Jetzt ist dein Vater selber Wurzeln graben gegangen. Jetzt ist wohl deiner Rache Genüge geschehn. Verschaffe dem alten Mann etwas Nahrung.« Yingeangeut sagte nichts, sie ergriff nur ein Bärenfell, packte etwas Gras hinein und warf es auf die Erde herab. Als das Bärenfell die Erde berührte, verwandelte es sich in einen Bären, der auf den Großen Raben zurannte und ihn verfolgte. Der Große Rabe lief nach Hause, kam ins Dorf, sprang in die Hütte und sagte zu seinen Söhnen: »Ihr sagtet, es seien keine Rentiere oder andere Tiere auf dem Felde, und nun verfolgt mich ein Bär bis an mein Haus.« Da eilte Ememqut sogleich heraus und erlegte den Bären; sie häuteten ihn, doch fanden sie nur Gras darin. Der Große Rabe sah sich das Gras an, dann meinte er: »Sicherlich muß Yingeangeut noch am Leben sein. Sie hat das alles über uns gebracht.«

Der Aufseher hatte Mitleid mit dem Großen Raben und sprach zu Yingeangeut: »Jetzt verbirg nicht mehr die Lebensmittel, sonst müssen sie alle Hungers sterben.« Da öffnete Yingeangeut ihre Robbenfelle, und alle Tiere und Pflanzen erschienen wieder. Am nächsten Morgen erhob sich der Große Rabe, sah, daß die Vögel wieder umherflogen, und ging auf die Jagd; dabei gelang es ihm, einen Walfisch zu erlegen.

Bald kam der Herbst heran. Eines Tages gingen die Leute des Großen Raben aus, da sahen sie einen großen Zug Menschen auf Rentieren aus dem Himmel herabkommen. Das war der Wolken-Mann, der die Yingeangeut zu ihren Eltern heimbrachte. Man führte sie ins Haus, und Yingeangeut erzählte ihnen, wie ihr Bein zum Himmel geflogen sei und wie sie selbst dorthin gelangt sei. Da sagte der Große Rabe: »Der Aufseher ließ mich das Bein meiner Lieblingstochter abschneiden.«

Der Wolken-Mann und Yingeangeut blieben eine Zeitlang beim Großen Raben, dann kehrten sie wieder zum Himmel zurück, wobei Ememqut sie begleitete. Dort im Himmel heiratete er die Wolken-Frau, die Tochter des Aufsehers; er nahm sie mit sich ins Haus des Großen Raben, wo sie zusammen lebten.

Wasserweib

Von allen Anderswelten, in denen der mythische Erzähler die Frau entdeckt oder ansiedelt, ist das Wasser wohl die am meisten dämonische oder auch paradiesische. Anziehend und angsterregend zugleich sind auch diese Frauen, selbst wenn sie »nur« als Regen- oder Eisfrau erscheinen. Daß hier die Phantasie früher Fischer eine prägende Rolle gespielt hat, steht außer Zweifel; daß vor allem jene der Seefahrer um so süßere und gefährlichere Bilder entwarf, als sie oft lange Zeit ohne wirkliche Nahrung bleiben mußte, ist einfühlbar und verständlich.

Zwei unserer Erzählungen variieren das weitverbreitete Motiv von den Schwanjungfrauen: die keltische – eine Seefahrergeschichte – endet tragisch, die australische glücklich; die keltische beschwört ein paradiesisches Frauenreich unter Wasser, die australische zeichnet im Gegenteil die Wassernixen als ausgestoßene Dämoninnen. Dämonische Züge haben auch die afrikanische Regenfrau und – etwas humorvoller – die japanische Eiszapfenfrau; erst recht unheimlich ist die Anarquagssaq der Eskimo-Mythe. Bekannter unter dem Namen »Sedna«, gilt sie als Göttin der Unterwelt und Herrin der Seetiere.

Wieder ganz anders sieht es die flandrische Erzählung vom singenden Meerweibchen. Wie die keltischen Meerfrauen wohnt es in einem Schloß, aber die Erzählung handelt nicht von Männern, sondern ausschließlich von Frauen. Das Meerweibchen erscheint als »Groß-Mutter«, als Reife-Instanz; in dieser Eigenschaft nimmt es ein kleines Mädchen zu sich in ein Reich, das auch Züge eines paradiesischen Totenreichs trägt. Dort bleibt das Kind – ähnlich wie Dornröschen –, bis es zu einem großen Mädchen herangewachsen ist. Diese Reifezeit dauert so lange, wie die irdische Mutter braucht, um aus ihrem Haar einen Mantel zu weben: Nach jungianischer Auffassung ein schönes Bild für die Ablösung der Mutter vom Kind (nicht umgekehrt), denn sie verwandelt ihre natürliche (Schutz-)Funktion in ein ablösbares Kunstwerk und Werkzeug – eine Spiegelung der Initiation und Einführung in die weiblichen Fertigkeiten.

Wir kommen zum Schluß.

Die erste Geschichte dieses Buches handelte von einem spie-

lenden Kind, das die Frau aus dem Wasser holt. Auch die letzte Geschichte stellt eine Spielszene am und im Wasser vor: ein scheinbar einfaches Schlagballspiel zwischen drei Frauen; zwei Schwestern und einer dritten. Jede von ihnen repräsentiert eine der drei Welten: die obere, gute, die mit der mittleren (schwesterlich) eng verbunden ist, und die böse untere, von der einbeinigen Geisterfrau vertreten. Im Spiel soll entschieden werden, welche der Welten siegt. Die Einbeinige verliert und muß zum Zeichen ihrer Ergebung im Ringeltanz der beiden Schwestern mittanzen und die »oben« gebräuchliche Feuerverehrung mitmachen. Das mythische Spiel: unübertrefflich in seinem archaischen Tonfall und seiner Mischung aus Erhabenem und Lächerlichem, Kindlichem und Komischem.

Die Yunggamurra-Wassernixen

(Aborigines)

Einst hatten die Mädchen ein Stammesgesetz gebrochen und waren von den Medizinmännern durch Zaubergesänge in andere Wesen verwandelt worden, die eine Hälfte in Wassernixen, die andere Hälfte in Geistermädchen, die durch die Gegend der Termitenhügel zogen. Die Wassernixen betörten die einherwandernden Männer mit wundersamen Gesängen und mit ihrer eigenen Schönheit, während die anderen Geistermädchen ihr Aussehen verwandeln konnten und die Männer damit blendeten und narrten, daß sie sich in die Gestalt der von ihnen begehrten Frauen verwandelten. Der Zauber der Wassernixen war besonders gefürchtet, da sie ihre männlichen Opfer mit ihren scharfen Klauen erfaßten und festhielten, bis sie starben.

Die Yunggamurra-Wassernixen waren sieben Schwestern, die in einem großen Teich lebten. Eines Tages entdeckte ein junger Jäger namens Manbuk die sieben Wassernixen und versuchte, sich ihnen heimlich zu nähern. Manbuk hätte gerne eines der Mädchen gefangen, doch ihre Körper waren mit einem glitschigen Schleim bedeckt, so daß kein Mann sie festhalten konnte. Man mußte sich entweder die Innenseite der Hände mit den rauhen Unterseiten von Feigenblättern aufrauhen oder das lange Haar der Nixen um eine Hand wickeln.

Doch ein weißer Kakadu sandte den Schwestern einen Warnruf. Da glitten die Wassernixen geräuschlos ins Wasser und tauchten in die Tiefen des Teiches, ohne die geringste Welle zu hinterlassen. Nur eine der Yunggamurra-Schwestern war zu neugierig und wollte den Mann nochmals betrachten. Sobald sie jedoch auftauchte, ergriff Manbuk ihr langes Haar und wand es um sein linkes Handgelenk, zog das Mädchen aus dem Wasser und rannte mit ihr auf und davon, um den gefährlichen Klauen ihrer aufgebrachten Schwestern zu entgehen. Die Flucht gelang ihm aber nur, weil er über einen Flecken ausgebrannten Landes lief, dessen Boden noch heiß war, so daß ihn die Wassernixen nicht betreten konnten. Die sechs Wassernixen gingen zu ihrem Teich zurück, wo sie einen lauten Klagegesang um den Verlust ihrer Schwester anstimmten.

Auch Manbuk war nicht sonderlich zufrieden mit dem Erfolg seines Raubes, da die Wassernixe seine Sprache nicht verstand und sich furchtsam an ihn klammerte. Aber er erinnerte sich, daß ihm sein Onkel vor einiger Zeit erklärt hatte, wie man die Wassernixen aus ihrer Verwünschung erlösen konnte. Er setzte das Mädchen auf die Erde nieder und fachte ein großes Feuer an, in das er grüne Bambussprossen legte. Dann räucherte er die Wassernixe in dem dichten weißen Rauch, bis der graue Schleim sich von ihrer Haut löste. Zu seinem Entsetzen krochen aus allen Poren des Mädchens Scharen von Blutegeln, die in den Flammen des Feuers verbrannten. Schließlich verwandelte sich die Wassernixe in eine echte junge Frau, die Manbuks Sprache sprach und die Sitten und Bräuche seines Stammes verstand.

Der weiße Rauch des Reinigungsfeuers war inzwischen vom Wind zum Teich der Wassernixen getragen worden, und sobald diese erkannten, was geschehen war, stimmten sie einen Zaubergesang an, um Manbuk und seine neugefundene Frau Milajun in ihren Bannkreis zu locken. Eilig verließ das Paar die Gegend.

Aber Milajuns Verzauberung in eine Wassernixe hatte ihr übermenschliche Gaben verliehen. Sie lockte die wilden Bienen aus ihren Nestern, so daß Manbuk ohne Mühe den Honig sammeln konnte. Sie ahmte die verschiedenen Vogelstimmen nach, bis die Vögel um sie kreisten und Manbuk sie mit seinem Wurfholz erlegen konnte. Und Milajuns Nähe ließ die Früchte des Waldes in ihren Hülsen erzittern, so daß das Paar nicht erst nach ihnen zu suchen brauchte. Dafür führten Manbuk und seine hübsche Frau ein glückliches und zufriedenes Dasein.

Die Regenfrau

(Kongo)

Kapinga, ein Mann, hatte keine Frau. Er ging einmal auf die Wanderschaft. Auf dem Kreuzwege traf er eine Frau. Er nahm sie mit in sein Dorf. Er heiratete sie. Die Frau wollte nichts essen. Die Frau sagte: »Du kennst meinen Namen nicht. Ehe du meinen Namen nicht kennst, esse ich nichts.« Die Frau aß nichts. Wenn es regnete, so fing sie die Tropfen auf und kochte das Wasser. Sie trank das Wasser. Es war alles, was sie zu sich nahm.

Kapinga ging eines Tages spazieren. Er traf Kakulutu Kamuntu. Kakulutu Kamuntu sagte: »Du weißt den Namen deiner Frau nicht? Ich will ihn dir sagen. Deine Frau heißt Tumba.« Kapinga kam in sein Dorf. Er sagte zu seiner Frau: »Dein Name ist Tumba.« Tumba sagte: »Es ist gut; komm mit mir in das Dorf meines Vaters.« Kapinga sagte: »Es ist gut.« Sie machten sich beide auf den Weg. Sie kamen beide in das Dorf. Die Eltern legten ihm eine schöne Matte hin. Es war ein angenehmes Dorf. Kapinga blieb lange dort. Eines Tages sagte Kapinga: »Ich will gehen.« Die Eltern sagten: »Es ist gut; aber Tumba kann dich nicht begleiten. Wenn es regnet, dann kannst du wieder hierher kommen; komm aber nicht, wenn es nicht regnet.«

Kapinga ging. Er kam heim. Nach zwanzig Tagen machte er sich wieder auf den Weg. Es regnete noch nicht. Als er an die Stelle des Dorfes seiner Frau kam, fand er nichts von dem Dorf, keine Menschen und keine Hütten. Es waren da nur Kalebassen und Steine. Kapinga zog sein Messer hervor und wetzte es an einem Stein. Dann ging er wieder heim. Es regnete. Er machte sich wieder auf den Weg. Als er an die Stelle kam, fand er das Dorf und die Menschen. Er ging zum Vater seiner Frau und sagte: »Gib mir meine Frau, ich will sie mit mir nehmen.« Der Vater sagte: »Nein, du kannst deine Frau nicht wiederhaben; denn ich sagte dir: ›Komm nicht, wenn es nicht regnet.‹ Du bist doch gekommen, als es nicht regnete. Du hast dein Messer an einem Stein gewetzt. Der Stein war mein Kreuz, und du hast mich arg verwundet.« Kapinga ging ohne Frau in sein Dorf zurück.

Das singende Meerweibchen
(Flandern)

Es war einmal eine Fischersfrau, und die wohnte mit ihrem einzigen Töchterchen in einem kleinen Haus am Meeresstrand.

Das Kind war wie von der See verzaubert. Es spielte nirgends lieber als im gelben Sand, wo die Ebbe Tausende von Muscheln, Meerhörnchen und fremde Pflanzen zurückließ. Es hopste dort fröhlich im Wasser und sprang mit beiden Füßen gleichzeitig über die kleinen Wellen, die aus der Ferne anrollten.

Die Fischersfrau, die aber nicht vergessen konnte, wie ihr das Meer vor Jahren ihren Mann genommen hatte, sah dies alles mit Widerwillen und Angst an. Sie fürchtete, daß das große Wasser ihr auch noch ihren einzigen, letzten Schatz entreißen würde.

»Kind«, bat und flehte sie beinahe jeden Morgen, »geh doch nicht weiter als bis zur Düne. Das Meer ist tückisch. Es hat deinen Vater verschlungen! Bleib doch weg von dem trügerischen Wasser.«

Sie hatte jedoch nicht die Zeit, um fortwährend ein wachsames Auge auf ihr Kind zu haben, und so geschah es, daß sie es an einem Mittag vergeblich zurückerwartete. Sie suchte das Töchterchen überall; sie lief, Meilen und Meilen weit, die Dünen entlang; sie befragte Fischer, denen sie begegnete … Aber alles war vergebliche Mühe. Als es nun Abend wurde und die Sonne hinter dem großen Wasser unterging, kehrte die Frau, das Herz voll Verzweiflung, wieder zu ihrer Hütte zurück. Da vernahm sie plötzlich aus den Wellen, die nun ganz hoch, fast bis zum Rand der Düne aufschlugen, einen wunderbaren Gesang. Sie blieb stehen und sah ein Meerweibchen mit langen, offenen Haaren voll Wasserblumen, wie sie die Frau noch nie gesehen hatte, das stieg bis über die Hüften aus dem Wasser empor und sang:

»Ein Dach aus Wasser, ein Palast aus Kristall,
Da spielen meine Liebchen all.
Fischer wirf deine Tönnchen aus heute.
Der Walfisch kommt und sucht nach Beute.«

Als die Witwe das hörte und verstand, was das Meerweibchen von seinem Palast und seinen Liebchen sagte, kam ihr die Idee, daß auch ihr Kind sich wohl unter den Liebchen befinden könne.

Da fiel sie auf die Knie und flehte das Meerweibchen an, ihr zu sagen, ob es vielleicht irgendwo ein kleines Mädchen gesehen habe, das alle Tage im Sand spielte.

»Natürlich weiß ich, wo das Mädchen ist«, antwortete das Meerweibchen. »Es lebt so gesund wie ein Fischchen auf dem Grunde des tiefen Wassers in meinem Kristallpalast, und es vergnügt sich allerliebst mit all meinen anderen Lieblingen.«

Als nun die Mutter noch lauter weinte und es flehentlich bat, ihr doch ihren einzigen Schatz zurückzugeben, da sagte das Meerweibchen, daß es wohl Mitleid mit ihrem Schmerz fühle, daß aber alles menschliche Leben, das das Meer einmal aufgenommen habe, nie und nimmer, solange es leben bliebe, an die Erde zurückgegeben werden dürfe. Das einzige, was es für die arme Mutter tun könne, das sei, ihr zu erlauben, in sein Wasserschloß herunterzusinken und dort ihr Töchterchen einmal zu sehen. »Aber«, fragte es, »hast du den Mut, mir über das unermeßliche, tanzende Meer, hundert Stunden weit nach Westen hin zu folgen und mit mir niederzutauchen, wo das Meer am tiefsten ist, hundert Stunden tief unter die Oberfläche der Wellen?«

»Ja, das wage ich«, antwortete die Frau, »ich bin bereit, Euch zu folgen.« Da näherte sich das Weibchen bis an den Rand der Düne, ließ die Witwe sich auf seine Fischflosse setzen und schob sich dann viel schneller als das schnellste Schiff auf der Wasserfläche fort. Und das ganze unabsehbare Meer lag schon in der Dunkelheit der Nacht, als sie noch immer nach Westen dahineilten.

Endlich sahen sie aus der Tiefe des Meeres ein leuchtendes Licht erstrahlen. »Hier ist es«, sagte das Meerweibchen. »Hole nun mit aller Kraft Atem und schöpfe Mut. Nun tauchen wir.« Und das Tauchen ging viel schneller, als die Seereise gedauert hatte, und so befanden sie sich in wenigen Augenblicken in dem wunderbarsten Palast, von dem je ein Mensch hätte träumen können. Es war genauso, wie das Weibchen gesungen hatte:

»Das Dach war aus Wasser.
Das Gebäude aus Kristall.«

Und es strahlte, Stunden um Stunden weit, ein himmlisches goldenes Licht aus, das alles erleuchtete.

Die arme Mutter hatte jedoch keine Augen für all die Pracht

und den Prunk. Sie schaute nach allen Seiten umher, in der Hoffnung, ihr so zärtlich geliebtes Töchterchen irgendwo zu entdecken. Aber nein, es war keine Menschenseele zu sehen. Da brachte das Meerweibchen sie in einen großen Saal mit silbernem Fußboden und führte sie vor eine prächtige Glastür, durch die sie eine ganze Schar Kinder, Mädchen und Jungen, fröhlich springen und spielen sah.

Zuschauen durfte die Mutter soviel und so lange sie wollte, aber hineingehen war ihr verboten. Anfangs konnte sie ihr Kind nicht vor die Augen bekommen. Nachdem sie die Kinder andächtig betrachtet hatte, entdeckte sie es endlich mitten in einer Gruppe lachender Mädchen. Es hatte Wangen so rot wie ein Winterapfel und hatte nicht weniger Spaß als seine Spielgefährten. Nun war die Witwe wieder überglücklich. Sie bat das Meerweibchen, in seinem Schloß bleiben zu dürfen, da sie dann doch in der Nähe des Töchterchens sei, und das wurde ihr erlaubt. Fortan konnte sie alle Tage durch die Glastür schauen, soviel sie Lust hatte; und nie konnten ihre Augen genug davon bekommen.

Doch jeden Tag fiel die Mutter vor dem Meerweibchen auf die Knie und bat und flehte es an, mit ihrem Kind nach Hause zurückkehren zu dürfen, aber das Meerweibchen lehnte es immer und immer wieder ab. Doch wurde schließlich durch das ständige flehentliche Bitten der Mutter sein Herz gerührt, und es sagte: »Ich werde dir das Kind zurückgeben, aber erst habe ich ein Anliegen an dich!«

»Oh, bittet, um was Ihr wollt«, sagte die Mutter, »alles, was mir möglich ist, werde ich gerne tun.«

»Ihr sollt mir einen Mantel aus Eurem eigenen Haar weben«, sagte das Meerweibchen. »Hier ist ein Töpfchen mit Fett, das bewirkt, daß Euer Haar wieder rasch und kräftig nachwachsen wird.«

Die Mutter fing sofort an, zu arbeiten und zu weben, Tag und Nacht, ohne einen einzigen Augenblick zu verlieren, und es glückte ihr endlich, einen halben Mantel fertigzustellen. Mehr konnte sie nicht, denn ihr letztes Haar war vom Kopf abgeschnitten. Nun flehte sie das Meerweibchen an, sich doch mit dem halben Mantel zufriedenzugeben, aber es nützte nichts: Es blieb bei seinem Beschluß und forderte einen ganzen Mantel.

Ganz verzweifelt ging sie zurück auf ihr Zimmer und wartete, daß ihr Haar aufs neue lang würde; abends und morgens rieb sie es mit dem Fett ein. Endlich nach Jahren und Jahren des Wartens und Webens, wurde der wunderbare Mantel fertig.

Das Meerweibchen war über das Werk höchst befriedigt und gab die Tochter, die inzwischen zu einem großen Mädchen herangewachsen war, der Mutter zurück. Dann ließ das Meerweibchen eine prächtige Kutsche kommen, spannte zwei andere Meerweiber davor und führte die Mutter mit ihrem Kind über das große Wasser nach Hause zurück.

Albhine, die Herrin der Meerfrauen

(Keltisch)

Ruad, der Sohn Rigdonns, des Königs der Meermänner, wollte seinen Freund, den Sohn des Königs von Lochlann, jenseits des Meeres besuchen, denn das war sein Pflegebruder, mit dem er aufgewachsen war. Und als die Knaben einst mannbar geworden waren, hatten sie einander das Versprechen gegeben, sich von Zeit zu Zeit zu besuchen, um die Bande brüderlicher Liebe nicht locker werden zu lassen zwischen ihnen. Dies gegebene Wort wollte Ruad nun dem Freund einlösen. So rüstete er drei Schiffe, bemannte sie mit rüstigen Gefährten, lichtete die Anker und stach in See.

Die Männer hatten anfangs glückliche Fahrt. Doch noch hatten sie nicht die Hälfte des Seeweges nach Lochlann zurückgelegt, als die drei Schiffe plötzlich mitten in den Wellen des Meeres stillestanden, als würden sie von schweren Ankersteinen am Grunde festgehalten. Welche Bewegungen die Schiffer auch immer machten, die Boote wieder flott zu bekommen, nichts hatte Erfolg, und sie verharrten an derselben Stelle.

Da sprang schließlich Ruad über Bord, um nachzuschauen, was die Schiffe denn hemme, obwohl der Wind in den Segeln stand. Als er aber unter die Wogen tauchte, sah er neun wunderschöne Frauen, wie er sie lieblicher nie wahrgenommen hatte, und an dem Steuer eines jeden seiner Schiffe hingen drei von den Meerfrauen, wiegten sich lachend und hielten es in seiner Fahrt auf. Als Ruad zu ihnen hinabstieg, kamen sie ihm sogleich fröhlich entgegengeschwommen und luden ihn ein, mit ihnen in ihr Wasserschloß am Grunde des Meeres zu kommen. Als er aber, von ihrem Liebreiz bestrickt, noch eine Zeit zauderte, drohten sie ihm, nie würden seine Schiffe an ihr Ziel gelangen, wenn er ihnen nicht folgen wollte. Doch es bedurfte dieser Drohung gar nicht, nur allzu willig nahm Ruad die Einladung der Meerfrauen an, ließ seine Gefährten und tauchte mit den Schönen hinab in die Tiefe. Die umringten ihn und geleiteten ihn in ihr Heim unter den Wogen des Meeres. Hier war es licht und still: Hier stürmten die Wogen nicht mehr unter dem Atem der Winde, und der Menschen Gram und Leid drang nicht hinab bis in diese strahlende Tiefe.

Mit köstlichen Speisen und Tränken bewirteten die Wasserfrauen ihren Gast, dem in ihrer Halle wohlig wurde wie nie zuvor in seinem Leben. Neun Ruhebetten standen da an den gläsernen Wänden, neun Betten mit schwellenden Kissen und roten Füßen aus getriebener Bronze. Und als Ruad gegessen und getrunken hatte zu ihrem Dank, nahm ihm die eine der Frauen den kristallenen Becher aus der sinkenden Hand und geleitete ihn zu ihrem Lager. »Wie heißt du?« fragte Ruad sie, als sie sich über ihn neigte und ihm zulächelte, »und wessen Tochter bist du?« Da sang die Wasserfrau mit zarter, flüchtiger Stimme: »Ich bin der Schaum des Meeres, mich zeugten Wind und Woge. Sieh, meine Schulter ist weiß wie Schwanengefieder, und meine Liebe ist frisch wie der Schnee in der wirbelnden Winterluft, aber auch so vergänglich wie rinnende Tropfen.« Da ruhte Ruad bei ihr die erste Nacht. Doch als er am Morgen erwachte, war ihm alles wie ein zauberischer Traum.

Am folgenden Abend lud ihn die zweite Frau auf ihr Bett, und wiederum richtete Ruad die Frage an sie: »Wie heißt du, und wer sind deine Erzeuger?« Da tanzte die Meerfrau vor ihm und sang dabei: »Ich bin die Welle, die Tochter des schweifenden Sturms und der beharrenden Tiefe. Siehe, meine Locken sind grün wie die Gräser des Meeres, doch rosig sind meine Lippen und die Blüten meiner Brüste wie das Morgenrot über den Wassern. Doch flüchtig ist meine Liebe wie der Tau auf den Spitzen der Schiffsmasten.« Da lag Ruad diese zweite Nacht bei der Meerfrau, die sich selbst die Welle nannte, und als er erwachte, meinte er, sie hätte ihn nur im Traum umarmt.

Am dritten Abend bat ihn wieder eine andere der Frauen zu

sich auf ihr Kissen. Und als Ruad sie nach ihrem Namen fragte, lächelte sie und sprach: »Ich bin die Nebelfrau über den Wassern, mich zeugten der Herbst und die Sonne. Sieh, mein Leib ist weiß wie der Wolken Schleiergespinste, meine Arme sind weich wie die Daunen der brütenden Eiderente. Oh, komm, Geliebter, nie möchtest du sanfter ruhen! Doch wenn meine Mutter mich sieht, entfliehe ich stracks deinen Armen.« Da schlief Ruad bei ihr bis zum Sonnenaufgang, und nie glaubte er weicher gebettet gewesen zu sein als an der Brust der Nebelfrau.

Am vierten Abend sang ihm eine andere der Meerfrauen und saß nackt und schön am Rande seines Bronzebettes: »Ich bin das Leuchten des Meeres, Geliebter, und kein Druide weiß um meine Abkunft. Siehe, geheimnisvoll flammt mir ein Feuer aus dem dunklen Stern meiner Augen. Selige Nacht genießt, wen ich brünstig in meine Arme schließe: Wie in flüssiger Lohe gebadet schimmert sein Leib, und sein Herz träumt unaussprechliche Wonne. Doch wie ein Traum verfliegt das Feuer im Dämmer des Morgens.« Da nahm sie Ruad in seine Arme und verbrachte mit ihr die vierte Nacht.

In der nächsten Nacht nahte sich ihm die fünfte der Frauen und sprach leise zu ihm: »Siehe, Geliebter, meine Haut gleißt wie Perlmutter, ich bin die Muschelkönigin, und Perlen bedecken mein nachtdunkles Haar. Hör mir zu, ich offenbare dir das geheime Raunen der Muscheln! Nichts spendet dir erquickenderen Schlaf als die hauchleise Musik der rosigpurpurnen Verborgenheit der Meeresmuschel.« Da glaubte Ruad ein geheimnisvolles, süßes Rauschen zu vernehmen, und während sie ihn liebkoste, senkte sich unsagbar köstliche Vergessenheit über ihn.

In der sechsten Nacht bot ihm die sechste der Wasserfrauen ihr Lager, und als Ruad sich darauf ausstreckte, warf sie ihm ihren Schleier über die Augen und flüsterte ihm ins Ohr: »Blicke nicht auf, Geliebter! Ich bin die Abendröte über dem Meer, und Scham färbt meine Wangen, wenn ich mein Haupt neben das deine auf die Kissen lege. Doch all meine Herrlichkeit will ich dir schenken, daß du lange und glücklich von mir träumen sollst, ist meine Glut auch vergänglich wie tanzende Lichter über den gleitenden Wogen zur Nacht.« So sprach sie, und Ruad streckte verlangend seine Arme nach ihr aus.

Am nächsten Abend saß die siebente der Meerfrauen auf seinem Lager. Die war schön und bleich wie eine Blume, die in der Nacht leuchtet. »Sieh«, sprach sie zu ihm, »ich bin das Mondlicht über dem Meer, mein Schleier duftet herbsüß im Nachtwind, und meine Schenkel glänzen silberzart wie der Schmelz funkelnder Fischschuppen. Sanft sind meine Küsse, und wen immer das stille Leuchten meiner Augen trifft, der wünscht sich Flügel, sacht gegen den Sternhimmel hinauszuschweben.« Leise sang sie ihm ihr sehnsüchtiges Lied, und Ruad lauschte ihr stumm zur Seite.

In der folgenden Nacht bat ihn die achte der Frauen, ihr Lager mit ihm zu teilen, und als Ruad nach ihrem Namen fragte, sagte sie mit neckischer Miene: »Ich bin die Tochter des Ler und einer Wasserfrau, und mich nennen sie die Strudelnixe vom Kessel des Breccan. Große Gewalt ist mir gegeben im feuchten Reich meines Vaters: Die bunten Fische umspielen mich, wenn ich durch die Wogen eile, die Tümmler tragen mich freudig auf ihrem Rücken durch den Lichtglast des Meeres, und die Robben werfen ihre glatten glänzenden Leiber von den Klippen in die Wasser, wenn ich mich nahe, und schwimmen mir jubelnd entgegen. Bisweilen treibe ich freilich auch mutwillige Scherze, und so habe ich meine Gefährtinnen überredet, deine Schiffe anzuhalten, um dich hinabzuholen zu unserer schwimmenden Insel auf dem Grunde der See. Du wirst mir darum nicht gram sein, seit du hier von uns bewirtet wirst; denn Friede herrscht hier und Wonne ohne Ende.« So sprach die Wasserfrau, scherzte mit Ruad und legte ihm ihre zarten weichen Hände an die Hüften.

Am neunten Abend endlich trat die letzte der Wasserfrauen zu Ruad und fragte ihn, wie es ihm in ihrem Schloß gefiele. Diese Frau war weit schöner und lieblicher als alle die andern, und immer schon hatte Ruads Augen verlangend auf ihr geruht, ohne daß sie bisher Miene gemacht hatte, ihn zu erhören. Da entgegnete der Seefahrer: »Wenn du mir deine Gunst auch schenken wolltest, die du mir die edelste und lieblichste unter den Frauen hier scheinst, so wäre ich der glücklichste Sterbliche.«

»Flüchtige Zärtlichkeiten spendeten dir meine Schwestern, Ruad Rigdonns Sohn, aber wenn du meiner genießen willst, so bleibst du mein und darfst nach keinem andern Weib mehr Verlangen tragen«, sagte das Weib.

»Wer bist du, daß du so herrisch sprichst?« fragte sie der Seefahrer verwundert.

»Ich bin die Herrin dieser Insel hier unter den Wogen. Meine Geschichte ist kurz. Einst war ich Tuadh, die Tochter des Königs Conaire Mor von Tara. Sorglos wuchs ich auf in der Obhut meines Vaters. Aber der Zauberer der Söhne der Göttin Danu, Manannan mac Lir, hatte von mir erfahren und beschloß, mich zu rauben. So sandte er einen Boten, der mich in einer Nacht gewaltsam von Tara entführte. Bis zum Inbher Glais schleppte mich der Räuber und legte mich, während ich schlief, an der Mündung des Flusses nieder, um ein Boot zu holen, auf dem er mich über See zum Wohnsitz des Mächtigen schaffen wollte. Doch meiner erbarmte sich Tethra, der Gott der Wasser, und sandte eine Flutwelle, die mich davontrug und mir hier in der Tiefe Zuflucht gewährte vor den Nachstellungen Manannans. Nun lebe ich hier als Meerfrau. Doch ich bin der Herrlichkeit hier überdrüssig. So stieg ich herauf, einen Mann zu fangen, der mich zurückbringen soll zu Gestaden, wo Menschen wohnen. Aber nur dem will ich folgen, der mich von Herzen liebt ...«

Hingerissen von dem Zauber ihrer Schönheit, versprach ihr Ruad, was immer sie von ihm verlangte. »Doch die Tuadh von einst ist lange tot, und hier heißen sie mich Albhine; kehre ich aber mit zurück zu den Menschen, so werde ich mit einem neuen Leben einen neuen Namen empfangen«, sagte sie weiter und reichte Ruad die Hand. Der ergriff sie, bedang sich aber aus, seinem Freund in Lochlann das Wort halten zu dürfen, ehe er die schöne Wasserfrau nach Erinn mitnähme. Da bedeutete ihm Albhine: »Wenn du mir versicherst, auf der Heimfahrt von Lochlann wieder zu mir zu kommen, so werden wir dich morgen dorthin tragen, und so wirst du deinem Freunde nicht untreu werden.« Darauf ging Ruad voller Freude ein, versprach der Meerfrau, ganz gewiß zu ihr zurückzukehren, und folgte ihr auf das Lager, das sie für ihn und sich zur Nacht bereitet hatte.

Nachdem nun Ruad die neunte und seligste Nacht bei den Meerfrauen auf der Insel unter den Wogen der See verbracht hatte, geleiteten sie ihn am folgenden Morgen hinauf an die Oberfläche des Meeres. Über den Wassern flimmerte ein heiterer Sonnenschein, und eine leichte kühle Brise strich wohlig über die sanft gleitenden Wellen. Die Meerfrauen flochten ihre Hände ineinander und trugen lachend und singend ihren Gast hinüber zu den Ufern von Lochlann. Als Ruad dort an Land gestiegen war, schaute er sich noch einmal um. Da sah er die schimmernden Leiber der Frauen über den Wellen leuchten, und ihre Haare wehten wie schwarze und goldene Flammen im Morgenwind. Sie winkten ihm noch einmal zu und verschwanden dann in dem Schaum der grünen Wogen.

Ruad Rigdonns Sohn ging in das Haus seines Freundes. Der nahm ihn freundlich auf, und solch Wohlgefallen hatten die beiden an ihrem Zusammensein, daß Ruad sieben Jahre in Lochlann am Hofe des Königs verblieb. Dann aber rüstete ihm der Freund ein Schiff zur Heimfahrt. Inzwischen hatte Ruad die Meerfrauen längst vergessen, dachte nicht mehr an Albhine und wußte natürlich auch nicht, daß sie in jener Liebesnacht von ihm ein Pfand empfangen und ihm einen Sohn geboren hatte.

Als er nun auf der Heimfahrt wieder in die Nähe jener Stelle der See geriet, wo die Wasserfrauen einst seine Schiffe angehalten hatten, erblickte er auf einem sonnenbeschienenen Felsen, der aus den Wogen emporragte, etliche Wesen, die er in der Ferne für Robben hielt. Aber als das Schiff in die Nähe segelte, erkannte er wohl, daß es die Meerfrauen waren, die sich dort sonnten, und mit Erstaunen sah er, daß die eine einen hübschen Knaben bei sich hatte, der ganz nach Menschenart gebildet war.

Als die Meerfrauen nun das Segel erblickten, sprangen sie sogleich ins Wasser, schwammen eilig zu dem Schiff hin und umringten es. Ruad suchte sich vor ihren Blicken zu verbergen und trieb die Schiffer zu höchster Eile an, so daß sie Riemen auslegten und nach Kräften zu rudern begannen, weil sie beim Segeln nach Ruads Meinung noch zu langsame Fahrt machten. Da stießen die Meerfrauen einen schrecklichen Schrei aus, daß den Seeleuten das Blut in den Adern erstarrte. Albhine aber schwamm mit ihrem Söhnlein ganz nahe an die Wand des Schiffes heran und rief den Schiffern zu: »Wehe euch, die ihr einen Treulosen heimgeleitet! Wehe eurem Kiel!« Die erschrockenen Schiffer hörten bei dieser Mahnung zu rudern auf und nötigten Ruad an den Schiffsrand zu treten. Als Albhine des Geliebten ansichtig wurde, rief sie zu ihm hinauf: »Hast du mir nicht dein Wort gegeben, Ruad Rigdonns Sohn, heimzukehren zu mir, wenn du von Lochlann zurückkommst? Sieh, sieben Jahre lang harrte ich deiner, und im siebenten Jahr wartet dies Kind hier auf seinen Vater. Ist dir dein Versprechen nicht mehr heilig?«

Ruad wich ihr aus und antwortete listig: »Ich will erst heimfahren zu meinem Vater, Albhine.«

»So nimm mich mit dir und diesen Sohn«, sagte die Meerfrau darauf. »Oder sind wir dir nicht ebenbürtig?«

»Ich will meine Mutter daheim erst darauf vorbereiten, daß du kommen wirst. Dann kehre ich wieder und hole dich.«

Albhine ersah aus seinen Worten wohl, daß er sie betrügen wollte. Da ergriff sie den schönen Knaben, erwürgte ihn vor den Augen seines Vaters und ließ den kleinen Körper in die Tiefe des Meeres hinabsinken. »Fahre dann hin zu deinem Vater und deiner Mutter, du Treuloser!« schrie sie im wilden Schmerz, und ihre Stimme klang jetzt nicht sanft und dunkel wie damals, als sie Ruad ihre Liebe gestand, sondern schrill wie die einer klagenden Möwe, und die Schiffer erschauerten bis ins Mark, als sie rief: »Aber ich weiß nicht, ob sie dich lebend je wiedersehen werden.« Darauf entwich sie nach dem Heck des Schiffes und folgte schwimmend der Spur des Schiffes, als es weiterfuhr. Die andern Wasserfrauen aber blieben allmählich zurück und verschwanden in der Ferne. Als aber Ruad in die Nähe der Küste seiner Heimat kam, da wühlte Albhine mit zauberischen Kräften gerade da, wo sich am Gestade von Muiredh der Fluß aus dem Innern von Erinn ins Meer ergießt, eine ungeheure Flutwelle auf. Die packte das Schiff, schleuderte es gegen die Klippen und zerschellte es. So kamen dort Ruad Rigdonns Sohn und die Mannschaft von Lochlann elend um. Nach Albhine aber heißt der Fluß seitdem Inbhern-Ailbhine, und der Barde singt ein Lied davon.

Die Eiszapfenfrau

(Japan)

Es ist lange her, da lebte einmal ein Junggeselle. Eines Wintermorgens sah er vom Dachrand einen Eiszapfen tief herabhängen. Als er nun bei sich dachte: »Wenn ich ein so schlankes, schönes Mädchen zu meiner Frau bekommen könnte, wie schön wäre das!«, da sprach er unwillkürlich: »Auf irgendeine Weise wünschte ich mir eine solche Frau!«

Als es Abend wurde, pochte es an die Tür. Er fragte: »Wer ist da?«, und es antwortete: »Ich, ich war der Eiszapfen von heute morgen.« Der Mann öffnete und fragte: »Welche Umstände führen dich her?« – »Du hast mich zur Frau begehrt – deshalb bin ich gekommen. Gefalle ich dir nicht?«, so sprach sie. »Doch, du gefällst mir! Komm herein!« antwortete er und ließ sie eintreten. Von da an lebte sie als seine Frau bei ihm.

Da nun die Eiszapfenfrau eine große Abneigung gegen heißes Wasser hatte, ging sie, wie viele Tage auch verstrichen, niemals ins Bad. Der Mann aber vertraute einer Alten aus der Nachbarschaft an: »Meine Frau geht nie mit ins Bad.« Diese Alte aus der Nachbarschaft führte nun einmal die Frau ins Bad, obwohl sie sich sträubte. Dann aber gab sie keinen einzigen Ton mehr von sich. Dies war allzu sonderbar, und als jene deshalb die Tür öffnete und nachschaute, war drinnen niemand; die Eiszapfenfrau war aus dem Badebottich verschwunden, und nur ein Elfenbeinkamm und ein Haarpfeil schwammen darin. So erzählt man.

Das Reich der Arnarquagssaq

(Eskimo)

In der Tiefe des Meeres wohnt eine Frau, die Arnarquagssaq heißt. Sie sitzt in ihrer Behausung vor ihrer Lampe, unter der ein Gefäß steht, in das der Tran tropft, der von der Lampe herabfließt. Aus diesem Gefäß nimmt sie alle die Tiere, die dem Menschen als Nahrung dienen, heraus und sendet sie zur Erde empor. Aber in gewissen Fällen enthält sie den Menschen diese Nahrung vor und verursacht so Mangel und schließlich Hungersnot. Dies geschieht allemal, wenn sich bösartiges Ungeziefer, Agdlerutit genannt, auf ihrem Kopfe eingenistet hat, und es ist dann die Aufgabe des Angakoq, sie von diesem Ungeziefer zu befreien, um zu bewirken, daß sie wieder die Tiere zum Wohlergehen der Menschen zur Oberwelt hinaufsende. Auf dem Wege zu ihr kommt er zuerst an den Arsissut vorüber, dann hat er einen Abgrund zu überschreiten, in dem sich rastlos ein Rad, schlüpfrig wie Eis, herumdreht; wenn er dann noch heil und gesund einen kochenden Kessel mit Seehunden darin hinter sich gelassen hat, steht er vor ihrem Haus, vor dem furchterregende Tiere – bald als Seehunde, bald als Hunde beschrieben – die Wache halten; und in dem Hauseingang selbst steht ihm noch der Übergang über einen Abgrund auf einer Brücke bevor, deren Breite nicht größer ist als eines Messers Schneide.

»Silber«, »Weidenbaum« und die Frau aus dem Meere

(Tungusen)

Es lebten zwei Mädchen – die ältere Schwester Mengun (Silber) und die jüngere Hiatak (Weidenbaum). Sie lebten. Einst ging Klein-Hiatak nach Feuerholz. Bis es dunkelte, sammelte sie Holz. Als es recht dunkel war, schritt vom Meere her eine Frau. Sie schritt zu ihr dicht heran und blieb stehen:

»Hiatak, Groß-Freundin,
eine goldene Kugel
laß uns mit unserem Spielstöckchen spielen.
Wer von uns wird siegen,
Klein-Freundin, Klein-Freundin?«

Sie reckte sich dabei und wiegte sich (siegesgewiß):

»Freundin, Freundin, vielleicht soll ich die erste,
vielleicht du die erste sein.
Mit Erlaubnis der älteren Schwester
möchte ich zu dir zum Spielen kommen.«

Hiatak stimmte an:

»Älteres Schwesterchen, älteres Schwesterchen,
wer von uns wird (mit ihr) spielen,
wirst du, werde ich spielen?«

Dabei erbebte die ältere Schwester Klein-Mengun, zitterte wie Sülze. Klein-Hiatak schaute ihrer Schwester ins Gesicht: Über Menguns Gesicht, über ihre beiden Wangen flossen dicke Tränen. Erblickend dann die Tränen der Schwester, bebte, bebte Hiatak wie eine, die in Schamanentrance ist; die Ränder ihres Gewandes flatterten wie Blätter im Winde. »O Hiatak, laufe hier fort!« rief die ältere Schwester Mengun aus.

Als ihre Schwester so rief, beruhigte sich Hiatak, setzte sich auf einen Felsstein, der einem Baumstamm glich, bereitete ihren Spielstock vor. Tschöléreng (Einbeinig, die Frau aus dem Meere) zog aus der linken Achselhöhle eine Kugel hervor. Dreimal ließ sie die kreisen, warf sie zum Himmel.

Bis ihnen die Ohren vereisten, warteten sie aufs Fallen dieser Kugel. Wie sie so dastanden, fiel sie zwischen Tschölereng und Mengun. Mengun schlug zu. Tschölereng und Mengun liefen um die Wette hinterher und sagten dabei: »Welche von uns wird sie als erste schlagen?« Wie eine ganz Müde müd, wie eine ganz Matte matt, kam Mengun als erste an, schlug aber dann nur ein bißchen weit. Wieder liefen sie los. Seite an Seite, Mengun stolperte, und nachdem Tschölereng den Ball weggeschlagen hatte, lief sie hinter ihr her.

»Mengun, Lieb-Freundin,
wo du so etwas tust,
wo ist unsere goldene Kugel hingeraten?
Wenn du Kleine selbst sie erspähen möchtest?«

sagte Tschölereng (spöttisch).

Als Mengun hinschaute, zeigte sich (die Kugel) wie ein Stern im »Nabel« des Meeres. Mengun schluchzte laut auf. Als sie ihre Tränen abwischte, anschaute, da waren milchweiße Tränen geflossen. Hiatak sah, daß ihre Schwester weinte, da schluchzte sie selber auf:

»Lieb-Mengun, Schwesterchen,
wie hast du deine Gelegenheit versäumt?!
Was für ein, was für ein Schrecken!«

Mengun, beinahe laufend, beinahe laufend, lief (vor Erschöpfung) nicht mehr, gab es auf. Auch Tschölereng lief nicht mehr. Dann faßten sie sich an den Händen, liefen los. Mengun bemerkte beim Dahinjagen, daß ihre beide Augen geschwollen waren und ihre Nase blutete. »Woher ist das gekommen?« dachte sie und befühlte ihre Haare: Die waren ganz bedeckt von Reif und waren zu Eis geworden. (So stark hatte sie geatmet bei dem schnellen Lauf im starken Frost.) Im Sommer waren sie gelaufen, Winter war es geworden, sie hatten es nicht bemerkt. Jenen (beim Lauf hindernden Eisklumpen) riß sie zusammen mit den Haaren heraus.

Tschölerengs Wort ertönte:

»Warte, warte,
daß ich mein Haar frei mache!«

Was sollte Mengun warten? Ganz schnellfüßig war sie geworden, ihre Ohren nur dröhnten (vom Winde beim Laufen). Zum Taimen-Lachs geworden, schwamm Mengun durch das Meer, hin zur Kugel schauend. Tschölereng, zur Quappe geworden, schwamm dahin, erschien hinter Menguns Schwanz, verschwand (der Hiatak aus dem Blickfeld). Mengun kam als erste an und schlug (versehentlich) die Kugel zurück (zum Ufer). Was soll man da noch sagen! Abermals schwammen sie im Meer dahin. Zum Meerufer gelangend, wurden sie von neuem Menschen. Sie liefen eine hinter der andern. Tschölereng lief vorneweg.

»Ach Hiatak, Hiatak, wie hast du das denn übersehen?
Hierher schlage!«

stimmte Mengun an.

Aber Hiatak leckte ihren Löffel ab, mit dem sie die Blutsuppe gerührt hatte. Als sie mit dem Löffel fertig war, begann sie an ihrem Rührholz zu lecken, dann wieder an ihrer Bratpfanne; ihren Kessel herbeiholend, ging sie daran, auch diesen auszulecken. Als sich von einer Seite (des Himmels) die Dämmerung herabsenkte und von der anderen sich die Morgendämmerung erhob, war glitzernd die umkämpfte Kugel zu sehen. Ihrer älteren Schwester Not nahm sie nicht wahr: Hiatak leckte ihren Kessel aus. Wie eine ganz Müde müd, wie eine ganz Matte matt, überholte Mengun Tschölereng und trat die Kugel mit dem Fuß. Die Kugel fiel in den Kessel, den Hiatak ausleckte, ließ den vierfach aufplatzen, schlug hindurch, prallte auf Hiatak. Hiatak aber wandte sich um, ergriff ihren Spielstock und schlug die Kugel zusammen mit dem Kessel auf den Mond.

»Trotz allem, meine Kleine,
großartig zu des Mondes Zunge hin
hast du geschossen, Hiatak.
Jetzt werden wir leben,
alle Not, hoho, ist zunichte geworden«,

stimmte Mengun an.

Zu dreien tanzten sie im Reigen:

»Unsere Seite hat
die goldene Kugel erobert,
uns zum Guten, guuut«,

sangen sie.

»Ach Freundinnen, ach Freundinnen.
im Gipfelmonat (Januar) erwartet mich!«

sang Lieb-Tschölereng. So sagend, lief Tschölereng in ihr Land, ins Meer. Im Gipfelmonat kam Tschölereng wieder und sagte: »Wie gewohnt, wie früher laßt uns jetzt um eine bleierne Kugel kämpfen, die mag der goldenen überlegen sein.«

Sie warf (die Kugel) in den Himmel. Nachdem sie auf die Erde gefallen war, stieß sie sie ins Meer. Sie fiel weit über die Meereszunge, kaum war sie noch zu sehen. Sie beeilten sich nicht, zu dritt faßten sie sich an. Sie liefen, liefen. Als sie so liefen, wurden ihre Haare mit Reif überzogen, und als die mit Reif überzogen waren, vereisten sie. Die Mädchen, die liefen, indem sie sich (vereiste Haarklumpen) ausrissen, aber Tschölereng gelang es nicht, sie herauszureißen.

Mengun erreichte das Ufer des Meeres, tat gar nichts; aber Hiatak, zum Lenok-Salm geworden, tauchte zum Grunde des Meeres. Tschölereng aber, zum Flußbarsch geworden, verfolgte sie. Hiatak schwamm auf gleicher Höhe, dann blieb sie zurück. Tschölereng wußte nicht, wohin sie (die Kugel) stoßen sollte, und schlug sie etwa hierhin. (Hier zeigt der Erzähler anscheinend die Stelle.) Hiatak kam als erste zur Kugel und stieß sie zu Mengun. Sie fiel wiederum ins Wasser. Tschölereng erreichte sie als erste und schlug sie wieder in Richtung Meereszunge. Mengun aber, zum Taimen-Lachs geworden, warf die bleierne Kugel in die Sonne, so daß sie dort haftenblieb.

Als der Sommer gekommen war, eroberte Mengun (im Wettkampf) abermals die Kugel aus Silber, die Tschölereng gebracht hatte. Tschölereng, die verloren hatte, trat in das Zelt der Schwestern, setzte sich ihnen gegenüber. Sie aßen die schmackhaften Speisen, (Tschölereng) teilte (mit den beiden Schwestern) das Feuer, betete es an, ahmte sie dabei nach.

Nachdem sie den Schwestern Glück gewünscht hatte, ging Tschölereng in ihr Land. Mengun entschwand zu ihren Kugeln (im Himmel), Hiatak blieb in der mittleren Welt.

Nachwort

»Wir glauben, daß die dialektische Vernunft ihr eigentliches Prinzip in der unerbittlichen Weigerung des wilden Denkens entdeckt, ihm könne irgend etwas Menschliches (und Lebendiges überhaupt) fremd bleiben.«

CLAUDE LÉVI-STRAUSS

I.

Die Geschichte der Frauenbewegung ist nach leidenschaftlichen Anfängen in eine stillere Phase getreten. Teils weil die Medien ihrer müde geworden sind, teils aber auch, weil die plakativen Entwürfe, die großen Bilder nach Ausführung, Detailarbeit und Durchhaltevermögen verlangen.

Unter allen dringlichen Forderungen der letzten Jahre sind am aufregendsten immer noch jene, die sich die Frauen selbst stellten und stellen; allem voran die Frage nach ihrer Geschichte und ihrem Selbstbild.

Eine geschriebene Geschichte der Frau gibt es im strengen Sinn bisher nicht oder nur in Anfängen. Autorinnen, die nach ihr gesucht haben, ist schon bald der seltsame Widerspruch zwischen der grandiosen Fülle von Frauenbildern in Kunst und Literatur einerseits und dem Fehlen an konkreter gesellschaftlicher und ökonomischer Macht, jedenfalls in der Neuzeit und in den Hochkulturen, aufgefallen. »Ein höchst seltsames gemischtes Wesen entsteht vor unseren Augen«, hat Virginia Woolf gesagt, »im Reich der Phantasie ist sie von höchster Bedeutung; praktisch ist sie völlig unbedeutend.«[1]

Die Frau als Heilige und Hure, Engel und Hexe, Hausfrau und Amazone, Herrin und Dienerin: immer wieder hat die männliche Phantasie die Frau als Alter ego vermieden[2], und suchende Betrachterinnen mußten begreifen, daß die reale Geschichte dieses ICH wohl nur von Frauen zu schreiben, zu leben und zu machen sei.

Aber gerade die fällige Selbstschöpfung der Frau bedarf auch einer genauen Analyse jener männlichen Phantasien, die zweifellos mehr oder anderes als nur Herrschaftswut meinen.

Nun kann aber reine Chronologie, auch wenn sie zur Leidenschronologie oder zur Liste der geheim praktizierten Macht-Züge wird[3], allein noch nicht Identität sichern. Hier ergeht es den Frauen nicht anders als allen aus der Anonymität auftauchenden Gruppen: Sie müssen sich immer auch eine Tradition suchen, eine legitimierende Ahnenreihe.

Zwei solcher Ahnfrauen scheinen inzwischen Anhängerinnen um sich geschart zu haben – eine sinnliche und eine eher adelige Dame, jedenfalls höchster Abkunft. Gemeint ist zum einen die Hexe (eine denkbar umworbene Figur nicht nur weiblicher Autoren) und zum andern die Mondgöttin und Große Mutter.

Nicht leicht ist ersichtlich, worin sich nun diese von geschichts- und identitätssuchenden Frauen geschaffenen oder wiederentdeckten polaren Gestalten von den zuvor kritisierten Männerphantasien unterscheiden. Immer noch ist doch denkbar, daß viele Frauen sich weder der einen noch der anderen Ahnin verwandt fühlen und trotzdem nicht auf eine Identifizierung durch pure Biographie zurückgeworfen sein wollen. Längst wissen wir doch, wie wichtig ein identifikatorisches Modell zur Festigung des Selbstbildes ist.

Längst wissen wir aber auch, wie entscheidend dabei das kreative Vermögen, die frei spielende und schaffende Phantasie ist.

Die »wilde Frau« in »mythischen Geschichten« will zu beidem beitragen: Das eine (die Figur) ist ohne das andere (das Medium) nicht zu denken.

Beginnen wir mit der Figur.

II.

»Wilde Frau«: nicht viele Leser werden sich darunter dasselbe vorstellen. Manche werden an die »wilden Leute« des Mittelalters denken; an jene männlichen und weiblichen Randfiguren der höfischen Gesellschaft, mit denen diese das Dämonische, Rohe, Wüste und Verwirrte von sich abzuwehren suchte. Da gab es den »wilden Mann« ebenso wie die »wilde Frau«: zwei furchterregende Wald- oder Wasserbewohner, der Mann ein baumausreißender Sturmdämon, oft auch auf »wilder Jagd«, die Frau gleichfalls riesenhaft, mit großen Zähnen, hängenden Brüsten und keulenbewaffnet. In der späteren mittelalterlichen Kunst wird der wilde Mann eine Spielfigur von Minnelehre und Liebeskunst: Er ist es, der gegen alle Regeln verstößt, und die Frau hat sich gefälligst nicht für ihn, sondern für den »zahmen« Ritter zu entscheiden.[4]

Wenig später hat christlich-höfisches Denken die wilden Leute völlig domestiziert: Sie werden zu Repräsentanten des »einfachen Lebens«, der harmonischen Naturverbundenheit und weisen Bedürfnislosigkeit. Eine Graphik von Hans Leonhard Schäufelein von etwa 1530 trägt den Titel »Wilder Mann und Wilde Frau«: Beide Figuren sind nackt, sehr muskulös, aber rundlich, von Weinreben umrankt; jede hat eine Hand auf dem Kopf eines Kindes, im Hintergrund gibt es Landschaft, weidende Tiere; und das Kind des Mannes hat – ganz symbolisch – einen Hund fest an der Leine.

Unter dem Einfluß Rousseaus und der französischen Aufklärung wurde der Wilde im 18. Jahrhundert zum Schlagwort der Kulturkritik. Nur: die »edlen Wilden«, deren Lebensstil man dem zivilisierten utopisch vorhielt, fand man nicht mehr in europäischen Wäldern und Wassern, sondern in fernen Ländern und Meeren. Die ersten Berichte über Tahiti, die Bougainville 1768 und später Georg Forster, der Begleiter von James Cook, lieferten, lösten eine Euphorie aus:

»Eine glückliche Gleichförmigkeit«, schrieb Forster, »prägt das ganze Leben der Tahitianer. Sie erheben sich mit der Sonne, eilen zu den Bächen und Brunnen, um ihre ebenso erquickenden wie gründlichen Waschungen vorzunehmen. Sie verbringen den Vormittag, bis die Hitze des Tages spürbar wird, bei der Arbeit oder auf Spaziergängen; dann ziehen sie sich in ihre Wohnungen zurück oder ruhen sich unter buschigen Bäumen aus ... Derart zufrieden mit ihrer einfachen Lebensform und umgeben von einer herrlichen Landschaft, leben sie frei von Sorgen und sind glücklich in ihrer Unwissenheit.«[5]

Dieser edle Wilde lebt im Überfluß und ist trotzdem weise bescheiden; die Natur beschenkt ihn, und er weiß es ihr zu danken.

Auch im 19. Jahrhundert hielt sich die eigentümliche Bedeutungsumkehr von wild zu weise. Im Kapitel »Weise Frauen«, dem 16. von Jacob Grimms *Deutscher Mythologie* (1835), heißt es lapidar:

»Unsere ältere sprache bietet einige ausdrücke dar, in denen ich die vorstellung weiser waldfrauen wiederfinde. sie heißen wildiu wîp.«[6]

Deren Ahnfrauen seien die Nornen und Walküren:

»Ihre weisheit erspäht, ja sie lenkt und ordnet die verflechtungen unseres schicksals, warnt vor gefahr und räth in schwieriger lage. bei der geburt der menschen erscheinen sie weissagend und begabend, in kampfes nöthen hilfreich und sieg verleihend.«[7]

Schließlich im 20. Jahrhundert setzte Claude Lévi-Strauss mit seinem berühmt gewordenen Buch *Das wilde Denken* dem weisen Wilden ein strahlendes Denkmal. Erschienen 1962, ist es eine vom strukturalistischen Standpunkt geschriebene Studie über Grundzüge dieses anderen Denkens, der Symbolverwendung und der praktischen Abstraktionen, sei's innerhalb der Heiratsregeln, sei's bei der Namengebung von Elementen der Natur. Es gelingt ihm, die unerhörte Differenziertheit ans Licht zu heben, mit der die sogenannten Naturvölker oder eben Wilden ihre physische und gesellschaftliche Umwelt begreifen – mit einem höchst präzisen Sinn für das konkrete Objekt, seine Geschichte, seine praktische Verwendbarkeit, vor allem seine symbolische Bezüglichkeit.

Daß die sogenannten Wilden sich einer komplexen analogischen und eben nicht logischen Denkweise bedienen, war zwar nicht neu. Denn gerade an diesem, wie es hieß, »vorlogischen« Denken maßen die europäischen Wissenschaftler ihre Überlegenheit und ließen die Logik als *Fortschritt* des Geistes glänzen.

Eben gegen diese geistige Fortschrittswut verteidigt Lévi-Strauss das »wilde Denken« – ohne den kritischen Anlaß des 18. Jahrhunderts zu vergessen. Denn auch und gerade die Kritik am logischen Fortschrittsdenken mündet in eine der ihr zugehörigen Fortschrittsökonomie, nämlich der Verschwendung und des überbordenden Handels:

»Was uns als größere intellektuelle Beweglichkeit erscheint, hängt damit zusammen, daß wir lieber mit Einzelstücken, wenn nicht gar mit *Kleingeld* operieren, während der Eingeborene ein logischer Scheffler ist: Unablässig verknüpft er die Fäden, unaufhörlich zieht er alle Aspekte des Realen zusammen, seien diese nun physischer, sozialer oder geistiger Art. Wir handeln mit unseren Ideen; er dagegen hortet sie zu einem Schatz. Das wilde Denken setzt eine Philosophie der Endlichkeit in die Praxis um.«[8]

Das Subjekt dieser »wilden Ökonomie«, die sich durch reiche Verwendung spärlicher Mittel ausweist, nennt Lévi-Strauss mit einer genialen Metapher den »mythischen Bastler«:

»Der Bastler ist in der Lage, eine große Anzahl verschiedenartigster Arbeiten auszuführen; doch im Unterschied zum Ingenieur macht er seine Arbeiten nicht davon abhängig, ob ihm Rohstoffe oder Werkzeuge erreichbar sind, die je nach Projekt geplant oder beschafft werden müßten: Die Welt seiner Mittel ist begrenzt, und die Regel seines Spiels besteht immer darin, jederzeit mit dem, was ihm zur Hand ist, auszukommen.«[9]

Damit ist das Verfahren des mythischen Erzählers, auf den wir gleich kommen, bündig bezeichnet. Jeder Leser oder Hörer von mythischen Geschichten kennt die unzähligen Varianten von immer gleichen Elementen in den doch sonst so verschiedenen Erzählkulturen; Motive, die, poetisch gesprochen, mit dieser Festigung tatsächlich den Charakter von gegebenen Elementen gewinnen; Elementen, die bestaunt und gefürchtet, begehrt und geliebt, gelernt und begriffen werden. Es wird gleichsam mit diesen Elementen gewirtschaftet, haushälterisch, in kühler Ökonomie – ganz im Gegensatz zur wilden Entdecker- und Erfinderlust der europäischen Zivilisierten, die ihre Neugier nicht zu bezähmen und den Überfluß nicht zu missen verstehen.

Die auffällige Umdeutung der wilden Leute zu Weisen, die mit der Neuzeit einsetzt, bleibt also unverständlich ohne das Bewußtsein, daß die eigentlich »Wilden« zu Hause, in der eigenen Zivilisation sitzen. So bleibt die seit dem 18. Jahrhundert auftauchende Kritik an den Freunden der »edlen Wilden« kurzsichtig. Man habe, besagt sie, die barbarischen, kannibalischen Züge der Wilden verleugnet[10], man erkläre die Wilden zu besseren »Zahmen«, nur im Bestreben, die doch vorhandenen und berechtigten aggressiven und sexuellen Antriebe einmal mehr unter Kontrolle zu bringen, zu leugnen und abendländischer Verstandessucht oder patriarchalen Herrschaftsansprüchen zu opfern, usw.

Richtig an dieser Kritik bleibt die Beobachtung, daß die freundlichen und die aggressiven Strebungen von den aufklärerischen Freunden der »edlen Wilden« auf zwei verschiedene und entgegengesetzte Kulturkreise verteilt werden; noch Lévi-Strauss folgt ja diesem Muster mit seiner Kontrastierung von »kalten« und »heißen« Gesellschaften, von Naturvölkern und Industrienationen. Aber eben mit solcher Kulturkritik entfernt sich der Autor aus der Gesellschaft der mythischen Bastler, die ja in aller Regel ihre Kultur nicht kritisieren, sondern im Gegenteil tradieren und befestigen – unter anderm mit dem Werkzeug der Erzählung.

Für die erzählende Ökonomie dieses Bastlers sind nun die »wilden Leute« ein gutes Beispiel. Denn tatsächlich weisen die vormittelalterlichen Quellen diesen »Wilden« weder nur das Rohe und Ausschweifende noch nur das Friedliche und Haushälterische zu, sondern beides. Als mythologische Beinamen des wilden Mannes erscheinen etwa Silvanus *und* Orcus: Silvanus war der wohltätige italische Gott der Wälder, Felder und Gärten; Orcus aber der italische Gott des Todes und der Unterwelt. Als Beinamen der wilden Frau galten Maia *und* Lamia: Maia, die römische Erd- und Fruchtbarkeitsgöttin, Lamia – ein lebensbedrohender kinderfressender Dämon.

Halten wir diese, zwischen Gegensätze gespannte Figur erst einmal fest und wenden uns ihrem Medium, den Geschichten, zu.

III.

Daß die erzählende Phantasie in der Stiftung und Befestigung unseres Selbstbildes eine Rolle spielt, scheint unbestritten – weniger klar ist, welche. Denn natürlich stehen uns auch höchst moderne literarische Gebilde zur Verfügung. Was unterscheidet die mythische von der modernen Erzählung in diesem Punkt?

Zunächst einmal sicher die Fremdheit, das offenkundig andere, das Entlegene, dem Zeitgeist ganz Ferne. Dies ist schon immer ein Ärgernis gewesen. Ganze Schulen sind mit der Aufhebung der Befremdung befaßt. Die eine, begründet von C. G. Jung, fortgeführt von seinen Schülerinnen Hedwig von Beit und Marie Louise von Franz[11], ist bestrebt, sämtliche mythischen Charaktere, Handlungen und Szenarien als Ausdruck eines kultur- und epochengleichen kollektiven Unbewußten zu deuten; dies wohlgemerkt ohne jede psychoanalytische Exploration der meisten Kulturkreise. Hier wird nicht nur die Geschichte (history), sondern auch die Erzählung (story) mehr oder minder verleugnet – ein störender Unsicherheitsfaktor beseitigt.

Die andere Schule ist älter, sie wurde im wesentlichen von Johann Jakob Bachofen begründet, der in seinem epochalen Werk *Das Mutterrecht* (1861) die mythischen Geschichten als Geschichte verstand, das heißt, die besagten Charaktere, Handlungen und Szenarien als Information über historisch tatsächlich Vorhandenes begriff. Ein Verfahren, mit dessen Hilfe einst Heinrich Schliemann Troja wiederentdecken wollte; ein Verfahren, das immer wieder zur Verwendung reizt, teils, weil es die Mythen in eine konkrete Bedeutung zwingt, teils, weil es die Phantasie zur realitätsbildenden Handlung treibt.

Aber auch hier wird die Erzählung als Poesie vernichtet. Bei beiden Verfahren, dem tiefenpsychologischen wie auch dem historisch verifizierenden, wird aber nicht nur der Spielraum der Phantasie beseitigt, sondern auch ihr Anlaß: das befremdliche Element.

Kaum ein Stilmerkmal aber ist den mythischen im Unterschied zu den meisten modernen (und zwar den weniger guten) Erzählungen so auffällig gemeinsam wie die fast glühende Dialektik zwischen Fremdheit und Vertrautheit. Jeder genauere Blick wird eine anthropomorphe Schutzschicht über höchst Unvertrautem in den Erzählungen finden, eine fast rührende Anstrengung, sich in einer unerklärten, unbegreiflichen Welt irgendwie heimisch zu machen, wohl wissend, daß das Unheimische jederzeit durchschlagen kann:

»In der Tiefe des Meeres wohnt eine Frau, die Anarquagssaq heißt. Sie sitzt in ihrer Behausung vor einer Lampe, unter der ein Gefäß steht, in welches der Tran tropft, der von der Lampe herabfließt. Aus diesem Gefäß nimmt sie die Tiere, die dem Menschen als Nahrung dienen, heraus und sendet sie zur Erde empor. Aber in gewissen Fällen enthält sie den Menschen diese Nahrung vor und verursacht so Mangel und schließlich Hungersnot. Dies geschieht allemal, wenn sich bösartiges Ungeziefer auf ihrem Kopf eingenistet hat, und es ist dann Aufgabe des Schamanen, sie von diesem Ungeziefer zu befreien.«[12]

Dieser Eskimo-Skizze ließen sich zahllose an die Seite stellen; ja eigentlich finden sich in allen Erzählungen dieses Bandes bizarre Zusammenschlüsse von Häuslichem und Kosmischem,

Lächerlichem und Tödlichem, Kindlichem und Katastrophalem.

Man hat die Tendenz zur Verhäuslichung und Verharmlosung als märchenhaft, nicht aber mythisch erklären wollen. Aber jeder Kenner der Materie wird zustimmen, daß das Modell des Hauses und der Familie zum wirklich elementaren Bestand des mythischen Bastlers und Weltdeuters gehört; dazu bestimmt, das unerhört Fremde mit dem unerhört Vertrauten zu kompensieren: sich an eine anthropomorphe und oikomorphe (oikos = das Haus) Weltsicht zu halten.[13]

»Fremd« heißt hier nicht einfach unbekannt oder noch nicht erklärt. Gerade wenn man mythische Geschichten für die Verwandlung einer rituellen Handlung in eine Sprachhandlung hält[14] (weshalb sie dem modernen Leser oft langwierig vorkommen), wird diese Fremdheit wie durch einen doppelten Boden: den der Sprache und den der erzählten Handlung, sichtbar. Das Fremde wird ja nicht so sehr erklärt als vielmehr beschworen. Im besten Fall hat dieses andere den Namen eines Gottes oder einer Göttin – aber die oft schwankenden Bezeichnungen für etwas, das wir heute nach peinlicher Forschung als ein und dieselbe Figur erkennen, zeigen die grundsätzliche Voreiligkeit des Vertrauens in jene, denen man vorsorglich einen Namen gab. Die Vorstellung bleibt, daß die oft höchst familiär, ja kindlich wirkende Beschreibung kosmischer, animalischer, vegetabilischer Zustände und Ereignisse nicht etwa Ausdruck eines unmittelbaren Vertrauens in jene und mit jenen Phänomenen sei, sondern vielmehr eine Art dringlicher Bitte um ein Ende der Befremdung.

Daß die mythische Phantasie in der Tat eine erste befreiende Antwort auf den Terror des Elementaren sei, ein Heraustreten aus der sprachlosen Angst, hat in neuerer Zeit vor allem Hans Blumenberg anschaulich gemacht.[15] Wieder andere Autoren begreifen die Mythenbildung als ängstliche Abwehr des aufsteigenden historischen Bewußtseins[16], also als Abwehr der Individualisierung, und sie belegen dies mit den Mythen, die zur Zeit des aufkommenden Nationalismus wenn nicht gebildet, so doch ins Gedächtnis zurückgerufen werden.

Beide Deutungen widersprechen einander nicht, denn es ist offenbar gleichgültig, ob der Mensch Angst vor den Elementen oder vor der Gesellschaft hat.

Jedem Leser, jeder Leserin mythischer Geschichten wird nun

auffallen, daß das Pendel der eben skizzierten Dialektik gerade bei Frauenfiguren und weiblichen Funktionen am heftigsten ausschlägt. Gerade die fremdesten Prozesse werden durch das Bild des Gebärens oder weiblichen Sterbens[17] vermenschlicht; gerade die menschlichsten und vertraulichsten durch eine weibliche Un-Menschlichkeit entfremdet.

Ein Kunstgriff des mythischen Bastlers – an dessen Fiktion wir hier in durchaus mythischer Absicht festhalten wollen. Denn natürlich zählt nicht bloß die beschwörende Familiarisierung des Fremden zu seinem Geschäft. Mindestens ebenso oft bedient er sich ja der Verfremdungstechnik; mindestens ebenso viele Erzählungen und Figuren sind ja erschreckend und dämonisch und zeugen von elementarer Unberechenbarkeit und Unbeherrschtheit des Erzählelements.

Weibliche Un-Menschlichkeit meint hier nicht bloß Bosheit. Zwar gibt es ein Panoptikum böser, dämonischer, furchterregender Weiber und Göttinnen.[18] Aber bedeutsamer scheinen die Anstrengungen des Erzählers, die Frau ohne eigentlich böse Züge in eben jene Elemente zurückzuentfremden, die sie eben noch ganz ins Häusliche brachte: das Tier, die Pflanze, das Wasser, das Gestirn, die sprachlose Natur überhaupt. Das Naturwerden der Frau illustriert auffällig ihre anthropomorphe Verwendung. Nicht annähernd so oft wie die Frau – oder auch das Kind – wird etwa der Mann in Tiergestalt, Wassergestalt, als Pflanze oder Stern dargestellt.

Solche Entfremdung kann eine sexuelle Konnotation haben, wie häufig in den Feengeschichten, in denen der Mann in den Bann einer Frau aus der »Anderswelt« gerät; in dieser verliert er jegliches Zeitgefühl, wie jeder, der tief ins Unbewußte versinkt.[19]

Sie kann auch und außerdem totemistische Gründe haben, was dem vorigen nicht widerspricht, sondern im Sinn der exogamen Heiratsregeln[20] ergänzt. Zu suchen ist dann die Frau aus dem fremden Clan: sei's aus dem Clan der Büffelleute, sei's aus dem Clan der Wolkenleute. Und wenn man die Frau aus dem fremden Clan beleidigt oder schlägt, verschwindet sie zurück zu »den Büffeln« oder »den Wolken«.[21]

Aber solche Erklärungen vermeiden wieder das phantastisch Erzählte. Ist es nicht eher, als webte der mythische Erzähler mit dem Erzählstoff »Frau« an der Nahtstelle zwischen menschlicher und un-menschlicher Lebenswelt? Die Frau fungiert in dieser Sicht gleichsam als »wilder« Joker, der das äußerst andere und das äußerst Verwandte zu bedeuten imstande ist.[22] Daß in der hebräischen Schöpfungsgeschichte die Frau aus dem Fleisch des Mannes, jedenfalls aus einem seiner Knochen gemacht ist, ist schon ein großer Schritt aus dem Mythos heraus – denn gewöhnlich ist die Frau aus fundamental anderem Stoff gemacht als der Mann. Erst so nämlich wird sie wirklich zum wichtigen *Material* des mythischen Bastlers, dem sie gleichzeitig wichtiges *Werkzeug* ist.

IV.

Natürlich ist das Bild des Bastlers im Grunde zu harmlos. Die konkrete zeitentsprechende Figur, die sich mit der Frau als Mutter und Instrument, Göttin und Materie bewaffnet und wappnet, ist eher der Nomade oder der Jäger; jedenfalls einer, der elementaren Ängsten ausgesetzt ist.

In welchem Grade die Frau noch in aufgeklärten, höchst wissenschaftlichen Zeitaltern der Abwehr beängstigender Welten, sprich: Erkenntnisse, zu dienen hatte, zeigt ein Blick ins 19. Jahrhundert. Lange bevor Johann Jakob Bachofen sein schon erwähntes *Mutterrecht* (1861) veröffentlichte, hatte Johann Jacob Grimm in seiner *Deutschen Mythologie* (1835) das Feld gründlich beackert. Die Sonderstellung der Frau unter den mythischen Wesen wird gleich doppelt begründet: einmal inhaltlich, dann aber auch methodisch.

»Das verhältnis der frauen und männer zu den göttern ist sehr verschieden, weil nur männer berühmte geschlechter bilden, mit frauen das geschlecht stirbt … Was frauen aber hier einbüßen wird ihnen auf anderem wege reichlich erstattet. Für jene besonderheit einzelner heldenrollen, die in der sage oft unwirksam untergeht, sind ihnen allgemeine ämter mit vielbedeutigem, daurendem einfluß überwiesen … es gibt keine eigentlichen heldinnen, doch was unter den frauen den helden entgegentritt scheint doch erhöhter und geistiger … wenn es in der natur des menschen überhaupt gelegen ist, dem weiblichen geschlecht eine höhere scheu und ehrfurcht zu beweisen, so war sie deutschen völkern von jeher besonders eingeprägt.«[23]

Soweit das Inhaltliche. Eben dieser Inhalt bietet aber dem Mythenforscher auch ein *methodisches* Werkzeug:

»Bei den göttern konnte die vorschreitende untersuchung darauf ausgehen, einzelne wesen zu sondern; alle göttinnen scheint es rathsam vereint und getrennt zu betrachten, *weil ihnen ein gemeinsamer begrif zum grunde liegt* (hervorhebung von mir, c. s.), der dann desto deutlicher hervortreten wird. Sie sind hauptsächlich gedacht als umziehende, einkehrende göttermütter, von denen das menschliche geschlecht die geschäfte und künste des haushalts wie des ackerbaus erlernt; spinnen, weben, hüten den herd, säen und ernten.«[24]

Nicht anders, nur noch markanter tritt auch bei Bachofen die Welt der Mütter als *methodischer* Glücksfall in Erscheinung. In der Regel ist ja die Arbeit des Philologen und Historikers durch fortwährende Enttäuschungen charakterisiert; immer wieder sperren sich die Daten und Phänomene gegen die einheitliche Deutung, das große Bild; immer wieder strafen neue Quellen ältere Meinungen Lügen und bringen das Gebäude zum Einsturz.

Nicht so bei der Rekonstruktion der mutterrechtlichen Epoche durch Bachofen:

»Die gynaikokratische Kultur zeigt die Einheitlichkeit eines herrschenden Gedankens in besonders hohem Grade. Alle ihre Äußerungen sind aus einem Gusse, tragen das Gepräge einer in sich selbst abgeschlossenen Entwicklungsstufe des menschlichen Geistes.«[25]

Was hier als Tatsache benannt wird, ist aus der Ideengeschichte als religiöse Sehnsucht bekannt. Unter dem Begriff der Evangelienharmonie war es jahrhundertelang ein Gebot der Bibelausleger, die offenkundigen Widersprüche des Neuen Testamentes und der Heilsgeschichte aufzulösen und dem heiligen Text und seiner »Frohen Botschaft« das Attribut des »Aus-einem-Guß-Seins« zu bestätigen. Erst die vollendete Säkularisierung und Entmythologisierung hat hier einen Schlußpunkt gesetzt, und sähe man genauer hin, so fiele das Zerbrechen der sogenannten Evangelien-Harmonie mit dem Aufkommen matriarchaler Sehnsüchte zusammen.[26] Die Religions- und Mythenforscher, das heißt also: Geisteswissenschaftler, nehmen den Theologen das Geschäft ab; und dies wiederum nur so lange, bis naturwissenschaftliche Mythologen auf den Plan treten und die darwinistische Version ins öffentliche Bewußtsein schieben. Darwins Hauptwerk aber erschien schon 1859, und der deutsche Leser konnte sich bereits 1860 über den Ursprung der Arten informieren – ein Jahr bevor er bei Bachofen etwas über den Anfang der menschlichen Gesellschaft, das Matriarchat, lernen konnte (und fünf Jahre, bevor in Leipzig der Allgemeine Deutsche Frauenverein gegründet wurde!)

Das Erzählelement »Frage nach Ursprung und Anfang«[27] ist nun in der Werkstatt des mythischen Bastlers womöglich noch wichtiger als die Frau. Die Beantwortung der Woher-Frage gilt als Vorläufer der ursächlichen Erklärungen; die zeitliche Form als Vor-Bild der kausalen. Sowohl die Woher-Frage als auch die Warum-Frage gibt es natürlich noch heute und gab es noch im 19. Jahrhundert. Aber anders als der wilde, auch im Fragen haushälterische Erzähler, kennen wir seit der christlichen Geschichtsauffassung neben der Woher-Frage auch und immer dringlicher die nach dem *Wohin;* eine Frage, die noch durch die Idee des christlichen Heils eindeutig zu beantworten war, von der biologischen und physikalischen Wissenschaft aber immer fraglicher gemacht worden ist. So gesehen stellen vielleicht die Beschwörungen einer matriarchalen Religion bei Grimm, und ganz stark bei Bachofen, eine wesentliche Etappe bei der Wende von biblischer Heilsgeschichte zu biologischer Naturgeschichte und -wissenschaft dar. Die von Bachofen höchst künstlich, nämlich wissenschaftlich, gebastelte Mutter entspräche dann dem, was man in der Psychoanalyse ein Übergangsobjekt genannt hat[28]; also einer Ersatzmutter, einer Art Maskottchen, das man als tröstenden Fetisch in den Ernst des Lebens mitnehmen möchte.

Denn es ist tatsächlich die naturwissenschaftliche Weltsicht, die auf jede tröstliche Familiarisierung und jeden anthropomorphen Schleier zugunsten einer befremdenden mechanistischen Weltsicht verzichtet; die das anorganische dem organischen Modell vorzieht, oder jedenfalls lange Zeit vorzog.[29]

Dieses Eindringen des Anorganischen und des Todes kündigt sich auch bei Bachofen ausführlich an. Grimm hatte noch die friedlichen, fruchtbaren, häuslichen Göttinnen vorgeführt; Bachofen aber sieht in den matriarchalen Ursprungsreligionen und -kulturen

»eine kultliche Auszeichnung des Mondes vor der Sonne, der empfangenden Erde vor dem befruchtenden Meere, der finstern Todesseite des Naturlebens vor dem lichten des Werdens, der Verstorbenen vor dem Lebenden, der Trauer vor der Freude als notwendige Eigentümlichkeit der vorzugsweise mütterlichen Weltperiode.[30]«

So problematisch und kunstvoll wie die einhellige Friedlichkeit und Anmut der Muttergöttin bei Grimm ist die Zuweisung der negativen Aspekte bei Bachofen. Hält man daran fest, daß beide an der Ablösung christlicher Vorstellungen arbeiten, so sieht man hier auseinanderbrechen, was in der Figur Jesu noch beieinanderstand. Der sterbende und strahlend auferstehende Christus, dieses evangelische Paradox, das ja seinerseits auf alte Fruchtbarkeitskulte zurückgeht[31], löst sich auf. Die zwei Naturen treten, auf die Geschlechter verteilt, ganz unversöhnlich weit auseinander; es herrscht eine Atmosphäre des Kampfes zwischen dem matriarchalen (elementaren) Dunkel und dem patriarchalen (geistigen) Licht wie zu gnostischen Zeiten.

Die Gesten der Familiarisierung und der Entfremdung gehören nicht mehr zu ein und demselben Subjekt, denn dieses steht schon mit einem Bein im mechanistischen Zeitalter; vor einer »männlichen« und nun *unerzählbaren* Natur. Der Wissenschaftler schreibt die Apotheose einer Figur, die einst einem Bastler die liebste war.

V.

Wenn es nun stimmt, daß die erzählte Frau nicht bloß eine Fiktion unter anderen sei, sondern vielleicht eine älteste Figur des anthropomorphen und oikomorphen Denkens; wenn es ferner stimmt, daß dieses Denken eben auch immer das erzählende sei (und nicht das zählende und messende); und wenn drittens zutrifft, daß am Anfang des männlichen Denkens die *Angst* und die Suche nach Schutz oder Herrschaft stehen – dann muß die Kritik am Frauenbild des mythischen Erzählers andere Maßstäbe anlegen. Es ergäbe sich, daß dieser Erzähler (und natürlich gibt es auch andere) keineswegs mit der Verleugnung und Unterdrückung der Frau befaßt ist, sondern mit einer profunden Sicherung seiner selbst – einer Sicherung, *nach der auch die Frau hätte greifen müssen, wäre sie je in derselben unhäuslichen Lage gewesen.* Dazu sei ein kleiner Exkurs gestattet.

Nehmen wir den Erzähler noch einmal beim Wort. Zwar bedeutet das griechische Wort »Mythos« nichts anderes als »Erzählung«, aber die Diskussion um dieses Phänomen Mythos hat eine solche Menge an Bedeutungen in das Wort gelegt, daß keiner der Mitredenden darauf verzichten kann, seine eigene Bedeutung zu definieren.

Die mythischen Geschichten unterscheiden sich, meine ich, einerseits vom Mythos als einem symbolischen Gebilde der Mythologen und andererseits vom Märchen, einer Gattung, die es hauptsächlich in Deutschland durch die Brüder Grimm gibt.[32]

Die mythischen Geschichten unterscheiden sich drittens auch von dem, was man Sage nennt, und viertens vom Schwank. Das Verhältnis der Formen zueinander – den Mythos lassen wir zunächst beiseite – läßt sich am Beispiel der Grimmschen Märchen recht gut demonstrieren. Die *Kinder- und Hausmärchen* der Brüder Grimm, 1812/1815 und dann in zahlreichen Auflagen erschienen, präsentieren aus dem breiten Spektrum der Volkserzählung[33] vor allem eine bestimmte Gruppe, die man »Zaubermärchen« genannt und im Laufe der Zeit immer mehr mit dem Grimm-Stil gleichgesetzt hat. Besonders zwei kräftig unterscheidbare Typen von Volkserzählungen wurden gleichsam vermieden: die (oft schlecht ausgehende) Sage – diesen deutschen Sagen widmeten die Grimms später ein eigenes Buch, welches aber nicht annähernd soviel Erfolg hatte – und der erotische oder aggressive Schwank. Vermieden wurden mit anderen Worten eben jene Geschichten, die entweder wie die Sage Anspruch auf Wahrheit erheben (wenn auch auf düstere) oder, wie der lustbetonte Schwank, den Körper unmittelbar ansprechen. Gewählt wurden mit den Zaubermärchen symbolische Gebilde, die man am besten als kleine Heilsgeschichten versteht: Wunscherfüllungs- und Hoffnungsgeschichten, die die Stillung des Hungers, die Rettung aus der Not, die Bestrafung des Bösen, den heldenhaften Erfolg betreffen. Aber sie bleiben phantastische, womöglich didaktische Tröstungen, gleich weit entfernt von der realistischen Warnung der Sage und der Körperlust des Schwanks.[34]

Man kann hieraus eine weiter reichende Folgerung ziehen, und man muß es, will man die Frage nach der Bedeutung der mythischen Erzählung für weibliche Geschichte und Selbstschöpfung befriedigend beantworten.

Ein Lieblingsbegriff von Märchenforschung und -liebhaber ist der Begriff des »Märchenschatzes«; bei den Volkskundlern auch »Erzählgut« genannt. Der Erzählschatz ist, wie wir schon beim mythischen Bastler sahen, der narrative Haushalt einer ethnischen oder dialektalen Gruppe; die Summe seiner Bestände. In den letzten Jahrzehnten nun hat sich die Forschung ein wenig von den Gruppen ab- und den *Erzählern* zugewandt, und der Erkenntnis, daß natürlich auch und gerade die großen Erzähler über einen solchen narrativen Haushalt verfügen: ein Repertoire.[35]

Die allerjüngste Erzählforschung nun hat einen solchen narrativen Haushalt nicht bloß für die mehr oder minder professionellen Erzähler konstatiert, sondern auch für das »normale« Individuum.[36] Wir haben oder bilden offenbar zusammen mit dem moralischen ICH ein Erzähl-ICH in uns aus. Alltägliches und außergewöhnliches Tun und Leiden, eigenes und fremdes, erzähltes und erlebtes, werden als Geschichten gespeichert und verarbeitet. Die Sage als historische Erzählung mit Wahrheitsanspruch, also die Form, in der wir unsere Biographie erzählen, und der Schwank bilden dabei gleichsam die Ufer des strömenden Erlebens: Sie bieten einerseits symbolische, andererseits körperliche, sinnliche Gewißheit.

Die Unterscheidung zwischen wahren und erdichteten, ernsten und komischen Geschichten ist in den meisten Erzählgesellschaften bekannt und grundsätzlich, und dies nicht zufällig. Denn die Gewißheit, mit der wir tatsächliches von fiktivem, fremdes von eigenem, lustvolles von schmerzhaftem Geschehen und Erleben unterscheiden, ist eine fundamentale Bedingung von Identität und Orientierung, so wie die Identifizierung mit einem Vorbild, einem guten, heldischen oder hoffnungsstiftenden Muster – wie etwa im Märchen, dem Schiff auf dem Strom.

So wird es wahrscheinlich, daß mit den Erzählformen Sage, Schwank und Märchen drei wesentliche Sicherungsformen des erzählenden ICH greifbar sind: drei Werkzeuge, mit denen sich dieses ICH fortwährend Vergangenheit (Sage), Gegenwart (Schwank) und Zukunft (Märchen) modelliert; und ohne Schaden ist keines entbehrlich oder ausschließlich zu brauchen.

Es gibt aber noch ein viertes.

Das erzählende ICH ist ja immer schon ein sprechendes, mit anderen kommunizierendes; es ist ihm immer schon gelungen, oder vielleicht besser: es wurde dazu erzogen, das Chaos der Empfindungen in einen gegliederten, artikulierten und gedeuteten Ablauf zu bringen.

Diese Leistung ist nicht selbstverständlich. Denn die Idee der Zeit ist jedenfalls dem tiefsten Unbewußten fremd; hier herrscht vielmehr eine (womöglich sehr weise) Gleichzeitigkeit widersprüchlichster Empfindungen, die eigentlich nicht, oder nur künstlerisch, mitteilbar ist.

Diese Kunstfertigkeit nun gehört ebenso wie das Erzählen sowohl den Künstlern als auch den »normalen« Individuen zu: nämlich als »Traumsprache«. Bekanntlich hat man seit langem zu dieser Sprache die mythischen Geschichten gerechnet. Die Deutungen der jungianischen und freudianischen Schulen, die gern den Wunschtraum verabsolutieren und mit dem Märchen gleichsetzen, haben dabei oft überzeugende Ergebnisse erbracht. Aber soviel für die Traumdeutung spricht, soviel spricht auch für die historische, die davon ausgeht, daß jeder Mythe eine historisch-gesellschaftliche Realität zugrunde liege, die es mit archäologischen Mitteln zu eruieren gelte: die also die Mythe als Sage erweisen will.[37]

Mit dem Recht des mitbastelnden Lesers kann man aber auch daran festhalten, daß mythische Erzählungen weder Märchen noch Sagen, sondern womöglich eine ambivalenzlösende Art von Schwank seien, jedenfalls eine oikomorphe (und dabei also nicht heilsgeschichtliche) Antwort auf dringlichste Fragen der Angst. Wobei eben die Frau als sinnliche Warn- und Schutzfigur dieses tröstenden Oikomorphismus zu beschreiben wäre; als jener *Körper,* der sich ganz zwanglos zwischen Mensch und Pflanze, Tier und anorganischem Gestein bewegt, so wie es für einen Wanderer nötig wäre, um das Vertrauteste in fremdester Umgebung stets bei sich zu fühlen oder zu erkennen, also nicht nur als *gegen*wärtiges, sondern als *all*gegenwärtiges Element.[38]

Damit wäre die mythische Erzählung das vierte und sicher älteste Werkzeug des erzählenden ICH: das Netz, über dem es seine Balance hält; ein Werkzeug, dazu bestimmt, *sich in dem paradoxen Erleben von Urmißtrauen und Urvertrauen einzurichten.*[39]

VI.

Aus dem riesigen Arsenal der mythischen Figuren haben sich nun in der neueren weiblichen Identitätssuche nicht zufällig Hexe und Große Mutter gehalten; zusammengenommen ein Bild des mythischen Paradoxons. Aber allem Anschein nach sind die beiden doch Ahnfrauen sehr verschiedener Gruppen mit unterschiedlichen Zielsetzungen geworden, womit ihre mythische Funktion unerfüllt bleiben müßte.

Eine moderne Prophetin der Großen Mutter und des Matriarchats, Heide Göttner-Abendroth, beschreibt ihr Idol folgendermaßen:

»Der dreifaltige Mond ist das Symbol der Dreifaltigen Göttin des Matriarchats auf seiner am höchsten entwickelten Stufe. Die weiße Sichel als Zeichen des jungen zunehmenden Mondes ist das Symbol der Göttin in ihrer Mädchengestalt ... Die purpurne Doppelsichel ... ist Zeichen des Vollmonds, wenn er glühend am Horizont steht. So ist er das Symbol der Göttin als erwachsener Frau ... die schwarze Sichel als Zeichen des abnehmenden Mondes oder Neumonds ist das Symbol der Göttin in ihrer Greisingestalt, der Schnitterin mit der Todessichel ... die Greisingöttin ist die Herrscherin der tiefsten Regionen, der Unterwelt. Dort herrscht sie als winterliche Todesgöttin, die alles Leben mit sich in die Tiefe nimmt, um es nach einer Metamorphose im neuen Jahr wieder zum Licht aufsteigen zu lassen. Und damit beginnt der Kreislauf des Mondjahres, des mythischen Jahres der Göttin, von vorn.«[40]

Hier wird die Frau hymnisch aufgelöst in die Kreiß-Läufe der Natur – als habe diese keinerlei Schrecknisse mehr. In solcher Naturalisierung hat man ein modernes Gegenstück zur Vermenschlichung der doch einst gefürchteten Natur zu sehen; eine gleichsam luxuriöse Geste, die ohne die massive Naturbeherrschung der Moderne gar nicht möglich wäre. Der Psychoanalytiker Erich Fromm hat auf den Zusammenhang von matriarchaler Ideologie und moderner industrieller Überflußgesellschaft hingewiesen[41]: Und weiter entfernt als von der Vorstellung eines vielfältig spendenden Supermarktes kann die *wilde* Frau wirklich nicht gedacht werden.

Die Auflösung des historischen Subjekts, als welches sich

doch wohl jede Frau heute zu begreifen hat, in eine naturreligiöse zyklische Figur weicht jedenfalls vor den dialektischen Forderungen unserer Konstitution zurück. Sie restauriert unter dem Titel der »natürlichen Zyklen« viel eher den Inbegriff einer harten und unnachgiebigen Institution, die sich dem freien und künstlichen, vielleicht wirklich alchimistischen Spiel der Phantasie gerade entgegenstemmt. Deren Sehnsucht ist nicht das *Korn,* sondern der *Stein* der Weisen, nicht eine eßbare und vergängliche, sondern eine synthetische und schützende Substanz.

Scheinbar ganz anders werden die historisch-individuellen weiblichen Konturen von den Anhängern der Hexe aufgelöst; oder jedenfalls von manchen ihrer Anhänger: Denn dies gilt nicht für die soziologisch-historischen Arbeiten über Hexenverfolgung und Frauenverteufelung im frühneuzeitlichen Europa. Es gilt aber für die Funktion der Hexenfigur bei der Aufwertung des sogenannten Irrationalen. Hans Peter Duerr, ein eindrucksvoller Zeitgenosse dieser Richtung, versammelt in seinem Buch *Traumzeit. Über die Grenze zwischen Wildnis und Zivilisation* (1978) ein Pandämonium nachtfahrender Weiber, Vegetations- und Gebärmütter, deren Erlebniswirklichkeit aus dem Konsum bewußtseinsverändernder Drogen stammt oder mit ihm verglichen wird. Um grandiose und nachdrückliche Auflösung der Konturen geht es, um Aufhebung allen Sehens und Erlebens im Ursprung, denn in diesem sei alles eins, der Ursprung sei normlos, sündlos, ein »vereinheitlichender Schoß der Dinge«.[42]

Bei Duerr verschwindet das Subjekt nicht in der korn- und fruchterzeugenden äußeren Natur, sondern in einer chaotischen Nacht- und *Innen*welt. Das Modell seiner Hexenfahrt liegt irgendwo zwischen schamanistischen Flügen und Drogen-Trip; aber bei all diesen Fahrten ist heikel die Rückkehr; das Wiederlanden im Bewußtsein, im Tage, in der Außenwelt, in der Zeit.

Und um die Zeit geht es wohl hier.

Der mütterliche Schoß, so könnte man sagen, ist beim mythischen Erzähler ein gebärender, der die Frage nach dem Ursprung anthropomorph beantwortet.

Beim *mythologischen* Erzähler, wie ich den modernen, der weniger nach dem Woher als nach dem Wohin fragt, einmal nennen möchte, ist der Schoß ein verschlingender, der die Sehnsucht nach dem Tode anthropomorph verschleiert. (Es ist nur folgerichtig, daß Duerr in der 5. Auflage seines weitverbreiteten Buches die Leser darauf aufmerksam macht, daß dem Drogenreisenden in der Regel keine Rückfahrkarte mitverkauft werde!)

Die Energie, mit der hier der wachen Rationalität der Prozeß gemacht wird, entbehrt nicht der Brutalität – einer Brutalität, die offenbar an der Ratio selbst empfunden wird oder wurde. Es ist, als sei die kreatürliche Rhythmik von rationalem und irrationalem Erleben zutiefst gestört, als sei die kreatürliche Unterbrechung des Wachens durch den Schlaf nur noch medikamentös zu erreichen unter Verlust der autonomen vegetativen Tätigkeit, eben der rhythmischen Selbstregulation und der Garantie des Wiedererwachens.

Der so bekämpfte, offenbar übermächtige Gegner ist in letzter Instanz die Linearität des bewußten Zeiterlebens. Diese bestimmt das Leben der meisten städtischen Berufe, die sich ja nur noch teilweise, und dann meist zum Schein, an Frühjahr und Herbst, Tag und Nacht orientieren.

Die lineare, mathematisch-chronologische Zeitstruktur ist aber das Produkt von neuzeitlicher Geschichtsauffassung und Emanzipation. Sie verlangt *unsere* Entwürfe, Planungen und Zielsetzungen – sie besitzt nicht mehr den Charakter des Formenden, Fordernden und Gegebenen, der noch der biologischen Zeit anhaftet. Die lineare Zeit muß ausschließlich *gestaltet* werden: Daten, Pausen, Fristen müssen nach vernünftigen Erwägungen von *uns* bestimmt und eingehalten werden.

Mag dies auch das Ergebnis einer männlich-mathematischen Unterwerfung von Natur-Geschichte sein, so ist die gefürchtete offene Verlaufsform doch schon mit der Sprache, also geschlechtsunabhängig, gesetzt. Anders als die »natürlichen« Ereignisse, die in stummen, vor- und körpersprachlichen Gesten verharren und sich wiederholen, verlangt die befremdlich offene Zeit nach sprechenden, nach durch Sprache gestaltenden und sich zeigenden Subjekten; durch Absprache und Versprechen, Zuspruch und Widerspruch, Bejahung und Verneinung, Lüge und Wahrheit, Wunsch und Verwünschung; und eben immer wieder auch nach der Deutung von Geschehenem in der Verlaufsform des Erzählens: sei's Sage oder Schwank, Märchen oder Mythe, um nur die gründlichsten zu nennen.

So gesehen steht die Hexe, die unschuldig und wach von nächtlicher Weibsfahrt und drallen Exzessen zurückkehrt, als Figur einer vorsprachlichen, ungestörten kreatürlichen Rhythmik – und darin ist sie der zyklischen Mondgöttin allerdings sehr verwandt – nicht etwa dialektisch entgegen. Die Frau ist in diesen Fiktionen weniger ein Geschöpf der Elemente als eines der elementaren *Abläufe* – so, als sei die angsterregende, heimisch zu machende Natur nicht mehr im Raum, sondern in der Zeit zu suchen: in der Geschichte.

Und damit kehren wir zu unserem Ausgangspunkt zurück, wenn auch nicht ganz an dieselbe Stelle. Der *mythologische* Erzähler, oder neuerdings eben auch die mythologische Erzählerin, errichten (wie schon Bachofen) einen zweiten Diskurs über den Erzählungen des mythischen Bastlers; wie mir scheint, in erkennbar ähnlicher, aber doch unterschiedener Absicht. Heute, im letzten Drittel des 2. Jahrtausends nach Christi Geburt, erscheint die Frau als Maskottchen und durch die Bücher wandelnder Abwehrzauber gegen die verschlingende, auf ihr und unser Ende hinstürmende *Zeit* und gegen eine außer Kontrolle geratene, weil allzusehr uns selbst überantwortete, unbeherrschte *Geschichte.*[43]

Aber auch die mythologischen Bastler werden sich immer wieder gegen eine unschuldige Verweiblichung, sprich: biologische Rhythmisierung, zu wenden haben: Dies verlangt unsere moralische und sprachlich-symbolische Konstitution. Immer wird ein wichtiger Rest an Geschichte unserer Freiheit und unserer Entscheidung überlassen sein, und damit unserer Angst – das ist, seitdem eine Frau neugierig vom Baum der Erkenntnis aß, der fremde, der bedrohliche Anteil, den Männer *und* Frauen zu übernehmen und mit der Naturgeschichte zu vermitteln haben.

Brauchen sie dazu eine schützende Denkfigur, eine ambivalenzlösende Art von Schwank?

Eine »wilde Frau der Geschichte«, eine weise gelungene Figur aus *Eva* und *Demeter,* haben wir bisher nicht. Höchstens das Zerrbild einer angestrengten Doppelrolle von Mutter und Beruf, die Frau dabei meist ohne Muße, ihre Geschichte in Geschichten zu verwandeln. Zu schweigen von der meistens nicht gegebenen Zeit, neue Geschichten zu erfinden und in den Rhythmus von

Phantasieren und Realisieren einzutreten. Ist das ein Rhythmus? Stirbt nicht die Phantasie bei jedem Eintritt in die Wirklichkeit? Man möchte meinen, sie sei in ihren utopischen Momenten jedenfalls nicht zum Schweigen zu bringen, sondern eine, nein *die* symbolische Version der immer wieder sterbenden und auferstehenden »Natur«.

Das mag auf den ersten Blick nichts Schwankhaftes an sich haben: Wie sollte man auch über das Sterben der Hoffnungen in und an »bestehenden Verhältnissen« lachen können. Und doch ist es, jedenfalls in der europäischen Neuzeit, eben jenes nicht totzukriegende Vermögen der Kreativität und zuversichtlichen Erfindungsgabe gewesen, das unter dem Namen des »Witzes« (lat. ingenium) zu philosophischer Geltung gelangt ist.[44] Ein psychisches Vermögen, das Freud in seiner Arbeit über die »Beziehung des Witzes zum Unbewußten« zu seinen nichttechnischen Spielfeldern zurückgebracht hat; ein grundnatürliches und erzsynthetisches Vermögen, aus den mythischen Paradoxa (Leben/Tod, Fremdheit/Vertrautheit, Geschichte/Natur, Traum/Realität) erlösende, weil der Gegenwart und dem sprechenden ICH angemessene Funken zu schlagen: kreativ und bedroht zugleich wie die erfundene und erfindende Feuerfee, von der eingangs die Rede war: »Und dann ließ sie sich ganz friedlich zu seinen Füßen nieder und begann ihm Geschichten zu erzählen ...«

Womit wir wieder bei unserem Vorwort und den drei wilden Frauen wären, die das Nachwort durchgeistern. Vielleicht zeigen einige Geschichten dieses Bandes wirklich Gegenbilder zu unseren beklemmend zivilisierten und armen Empfindungen, so wie einst die wilden Leute des Mittelalters einer höfischen Gesellschaft als Gegenbild dienten. Vielleicht zeigen andere aber auch Gegenbilder zu einer allzu reichen, naturausbeutenden Gesellschaft ohne häuslichen Sinn für den Dialog mit den Körpern, dem Konkreten. Vielleicht schließlich wenden wieder andere Erzählungen unsern Blick von der mürrischen Monotonie des herrschenden Denkens zur lachenden und weinenden Polyphonie des unterdrückten.

Die Geschichte dieser Oppositionen ist, wie man weiß, alt; man kann sie bis in die Antike zurückverfolgen. Nicht immer war sie an eine Differenz der Geschlechter gebunden; eher schon an den Gegensatz von aufsteigenden und herrschenden (oder gar absteigenden) Schichten oder an den von intellektuellem Fortschritt und beharrlicher, sprich »natürlicher« emotionaler Struktur. Den älteren, überwiegend von Männern inszenierten Verteidigungen von »Natur« ist es nicht gelungen, diesen Fortschritt aufzuhalten, sie haben ihn im Gegenteil eher angetrieben. Wenn heute vor allem die Frauen für ein Anhalten des falsch gerichteten Fortschritts plädieren, so hat sich die Basis dieser altbekannten Bewegung jedenfalls quantitativ ungeheuer verbreitert. Zu fürchten bliebe, daß sie sich qualitativ verengt, wenn sie nicht, wie etwa die deutsche Frühromantik, der Lust am Fortschritt, dem Vermögen zur Kreativität, dem mythogenen »Witz« eine Chance und ein Spielfeld verschafft. Wenn sie nicht, nach dem Vorbild des anthropomorphen Denkens, die immer fremder, anonymer und berechnender werdende Neu-Gier wieder zum Sprechen bringt und beseelt und vermenschlicht: aus dem *Zählen* wieder ein *Erzählen* macht.

ANMERKUNGEN

1 Virginia Woolf, Ein Zimmer für sich allein. Deutsch von R. Gerhardt. Berlin 1978. S. 41.
2 Vgl. vor allem Bovenschen: Die imaginierte Weiblichkeit, Lit.-Verz.
3 Beides glänzend durchleuchtet in Heintz/Honegger, Listen der Ohnmacht, Lit.-Verz.
4 Vgl. hierzu den Katalog: Die wilden Leute des Mittelalters, Lit.-Verz.
5 Vgl. Urs Bitterli: Die »Wilden« und die »Zivilisierten«. Lit.-Verz.
6 Jacob Grimm: Deutsche Mythologie Bd. I, S. 358. Lit.-Verz.
7 Ebd., S. 372.
8 Claude Lévi-Strauss: Das wilde Denken, S. 307. Lit.-Verz.
9 Ebd., S. 30.
10 Vgl. dazu Bitterli, a.a.O., S. 367 ff.
11 In dem riesigen Opus: Die Symbolik des Märchens, Lit.-Verz.
12 Im vorliegenden Buch S. 204 f.
13 Das Modell-Bauen gehört zum Charakteristikum des Bastlers, vgl. Lévi-Strauss: Das wilde Denken, a.a.O., S. 36 f.
14 Die Beziehung zwischen Ritus und Mythos ist komplex und längst nicht geklärt. Sicher ist, daß mythische Geschichten nicht bloß erzählte Riten sein, sondern auch selbst Riten installieren können. Sicher ist auch, daß gesprochene Elemente von Riten als erzählte Mythen erscheinen können, vgl. unsere Geschichte von Untombinde.
15 Vgl. die Arbeiten von Blumenberg im Lit.-Verz.
16 Heino Gehrts: R-am-ayana. Brüder und Braut im Märchenepos. Bonn 1977.
17 Wozu es bisher nur Einzeluntersuchungen gibt, vgl. August Nitschke, Lit.-Verz.
18 Die Bezirke von Himmel und Hölle oder Oberwelt und Unterwelt fehlen im vorliegenden Buch mit Bedacht. Die Götter und Göttinnen, die hier wohnen, tendieren dazu, den Radius der Geschichte zu verlassen, sie stehen auf der Schwelle zum Begriff.
19 Vgl. die Erzählung »Thomas der Reimer« im vorliegenden Band sowie die Bücher von Frederik Hetmann: Irischer Zaubergarten, Düsseldorf, Köln 1980, und: Die Reise in die Anderswelt, Düsseldorf, Köln 1981.
20 Exogamie = das Verbot, innerhalb des eigenen Stammes oder Clans zu heiraten.
21 Vgl. die entsprechenden Erzählungen im vorliegenden Buch.
22 Dieser Joker hat ein männliches Pendant, welches in der mythologischen Forschung viel bekannter ist als die weibliche Form: den sog.

Trickster. Er changiert zwischen gut und böse, komisch und bedrohlich, zuweilen gar männlich und weiblich und tritt in vielen Kulturen auf. Er gilt als Vorläufer unseres Schelms, hat aber auch Züge des Erlösers oder Vermittlers, der zwischen archaisch Gegensätzlichem einen Ausgleich schafft.

23 Jacob Grimm, a.a.O., Bd. I, S. 328 f.

24 Jacob Grimm, a.a.O., S. 207.

25 Johann Jakob Bachofen: Das Mutterrecht, S. 9, Lit.-Verz.

26 Das Zerbrechen der einhelligen Bibelauslegung ist abgebildet im enormen Aufschwung der Hermeneutik in Deutschland zwischen 1750 und 1850; danach ging die ehemalige Kunst der Auslegung in die Lebensphilosophie von Wilhelm Dilthey und die Existenzphilosophie von Martin Heidegger über.

27 In der Erzählforschung als Aitiologie bekannt.

28 Vgl. D. W. Winnicott: Vom Spiel zur Kreativität. Stuttgart 1973, S. 10 ff.

29 Diesen Gestus der naturwissenschaftlichen Machtergreifung kann man besonders gut bei Freud studieren, der noch in seinen frühen Schriften einem ganz quantitativen physikalischen Seelenmodell huldigt, und erst später auf die Semantik, d. h. auf die textorientierte Analyse, verfiel. Die Hinwendung zur Information ist vielen Naturwissenschaften heute vertraut.

30 Bachofen, a.a.O., S. 10.

31 Vgl. dazu James Frazer: Der goldene Zweig, das Kapitel über die Adonisgärten. Lit.-Verz.

32 Vorläufer in Frankreich waren die *contes de fées,* in England die *fairy stories.* Vgl. zu diesem Punkt die aufsässige Arbeit von Detlev Fehling: Amor und Psyche. Die Schöpfung des Apulejus und ihre Einwirkung auf das Märchen, eine Kritik der romantischen Märchentheorie. Mainz 1977.

33 Deren noch viel differenzierteres Spektrum hat noch immer unübertroffen analysiert André Jolles: Einfache Formen, Lit.-Verz. Einige Autoren sind der Meinung, daß es sich bei der Unterscheidung von Sage, Mythe, Märchen, Schwank etc. um rein wissenschaftliche Konstrukte handele – so, als sei nicht das wissenschaftliche Klassifizieren eine zum Beruf erhobene Form des Alltagsdenkens.

34 Von Heldensagen und sonstigen komplexeren Erzählformen ist hier nicht die Rede. Vgl. vielmehr die Arbeit von André Jolles, Lit.-Verz. Die (Zauber-)Märchen der Brüder Grimm waren in der zweiten Hälfte des 19. Jahrhunderts das meistgelesene deutsche Buch nach der Bibel. Der Leser der Vorreden zu beiden Bänden der KHM wird den Predigtton, der zur Heilsgeschichte gehört, kaum überhören können. Zum deutschen Märchenhang und zum gleichzeitig fehlen-

den Realitätsbewußtsein vgl. Helmut Plessner: Die verspätete Nation. Über die politische Verführbarkeit bürgerlichen Geistes. Stuttgart [5]1969.

35 Bei einer ostpreußischen Erzählerin hat man jüngst geradezu ein statistisches Profil dieses Repertoires gezeichnet. An erster Stelle standen Zaubermärchen, es folgten Familiengeschichten, also Sagen, dann kamen heitere Erzählungen, dann Lieder, Gedichte, Sprüche und ähnliches. Ganz am Schluß standen die im engeren Sinne autobiographischen Geschichten: das ICH. Vgl. Ulrich Tolksdorf: Eine ostpreußische Märchenerzählerin. Geschichten, Geschichte, Lebensgeschichte. Marburg 1980, S. 25 ff. Natürlich beziehen sich Forschungen dieser Art nicht bloß auf die erzählenden Individuen, sondern auch auf den Erzählkontext, also auf die Funktion innerhalb der Erzählgesellschaften. Auch unsere Skizze vom Erzähl-ICH ist auf ein Gruppen-Ich beziehbar.

36 Vgl. Hermann Bausinger: Artikel »Alltägliches Erzählen«, in: Enzyklopädie des Märchens, Bd. I, Lit.-Verz.

37 So ganz besonders August Nitschke in seiner historischen Verhaltensforschung, aber wie erwähnt auch Göttner-Abendroth, siehe Lit.-Verz.

38 Diesen Eindruck hat Max Lüthi in die eindrucksvolle Formel von der »Isolation und Allverbundenheit« des stets wandernden Märchenhelden gebracht; allerdings ohne sich auf die konkreten anthropologischen und psychoanalytischen Analogien zu beziehen.

39 Verwandt ist dieses Erleben mit dem der sog. *double-bind communications.* Vgl. dazu Gregory Bateson, den Erfinder dieser Theorie, in: Ökologie des Geistes, Lit.-Verz.

40 Göttner-Abendroth: Die Göttin und ihr Heros, S. 5. Lit.-Verz.

41 Vgl. seinen Aufsatz in der Sammlung von Hans-Jürgen Heinrichs: Materialien zu Bachofens »Das Mutterrecht«, Lit.-Verz. In diesem Band sind allerdings auch emphatische Befürworter der Errichtung des Matriarchats auf dem Boden der Überflußgesellschaft zu finden, wie Wilhelm Reich und der Herausgeber.

42 Hans Peter Duerr: Traumzeit, S. 58, Lit.-Verz.

43 Es ist sicher kein Zufall, daß das erste Heft der »Feministischen Studien« vom November 1982 dem Thema Zeit gewidmet ist!

44 Vgl. dazu auch Claudia Schmölders: Die Kunst des Gesprächs. Texte zur Geschichte der europäischen Konversationstheorie. München 1979.

Eine der sympathischsten, in Deutschland fast nicht bekanntgewordenen Theorien über den Zusammenhang von Witz und Kreativität stammt von Arthur Koestler: The Act of Creation, London 1964. Deutscher Titel: Der göttliche Funke. Bern, München, Wien 1966.

LITERATURHINWEISE

In Klammern gesetzte Jahreszahlen bedeuten die Erstauflage.

Aus der Zeit der Verzweiflung. Zur Genese und Aktualität des Hexenbildes. Mit Beiträgen von Gabriele Becker, Silvia Bovenschen u. a. Frankfurt/M. 1977.

Bachofen, Johann Jakob: Das Mutterrecht. Herausgegeben von Hans-Jürgen Heinrichs. Frankfurt/M. 1982 (1975). Die vollständige Originalausgabe erschien zuerst 1861.

Bateson, Gregory: Ökologie des Geistes. Deutsch von Hans Günter Holl. Frankfurt/M. 1983 (1981).

Beese, Henriette (Hrsg.): Von Nixen und Brunnenfrauen. Märchen des 19. Jahrhunderts. Frankfurt/M., Berlin, Wien 1982.

Beit, Hedwig von: Die Symbolik des Märchens. 3 Bde. Bern 1952–1957.

Bitterli, Urs.: Die »Wilden« und die »Zivilisierten«. Grundzüge einer Geistes- und Kulturgeschichte der europäisch-überseeischen Begegnung. München 1976.

Blumenberg, Hans: Terror und Spiel. In: Poetik und Hermeneutik, Bd. IV: Probleme der Mythenrezeption. Hrsg. von Manfred Fuhrmann. München 1977.

Blumenberg, Hans: Arbeit am Mythos, Frankfurt/M. 1981 (1979).

Bohrer, Karl-Heinz (Hrsg.): Mythos und Moderne. Begriff und Bild einer Rekonstruktion. Frankfurt/M. 1983.

Bovenschen, Silvia: Die imaginierte Weiblichkeit. Exemplarische Untersuchungen zu kulturgeschichtlichen und literarischen Präsentationsformen des Weiblichen. Frankfurt/M. 1980.

Brednich, Rolf W. et. al. (Hrsg.): Lebenslauf und Lebenszusammenhang. Autobiographische Materialien in der volkskundlichen Forschung. Freiburg 1982.

Devereux, Georges: Femme et mythe. Paris 1982.

Duerr, Hans Peter: Traumzeit. Über die Grenzen zwischen Wildnis und Zivilisation. Frankfurt/M. 1980 (1978).

Enzyklopädie des Märchens. Handwörterbuch der historischen und vergleichenden Erzählforschung. Hrsg. von Kurt Ranke. Berlin, New York 1977 ff.

Finnegan, Ruth: Oral Poetry. Its nature, significance and social context. London, New York, Melbourne 1977.

Frank, Manfred: Der kommende Gott. Vorlesungen über die Neue Mythologie. Frankfurt/M. 1982.

Franz, Marie-Louise von: Das Weibliche im Märchen. Stuttgart 1957.

Franz, Marie-Louise von: Die Erlösung des Weiblichen im Manne. Der goldene Esel von Apulejus in tiefenpsychologischer Sicht. Frankfurt/M. 1980. Die amerikanische Originalausgabe erschien 1970.

Frazer, James George: Der goldene Zweig. Eine Studie über Magie und Religion. Deutsch von Helen von Bauer. Mit einem Vorwort zur zweiten deutschen Ausgabe 1967 von Karl Kerényi. Köln 1977. Die englische Originalausgabe erschien 1922.

Sir Galahad (Pseud.): Mütter und Amazonen. Ein Umriß weiblicher Reiche. München, Berlin 1975.

Göttner-Abendroth, Heide: Die Göttin und ihr Heros. Die matriarchalen Religionen in Mythos, Märchen und Dichtung. München 1982 (1980).

Gottschalk, Herbert: Lexikon der Mythologie. 2 Bde. Berlin 1978–1979.

Grimal, Pierre (Hrsg.): Mythen der Völker. 3 Bde. Frankfurt/M. 1977 (1976). Die französische Originalausgabe erschien 1963.

Grimm, Jacob: Deutsche Mythologie. 3 Bde. Frankfurt/M.–Berlin 1981. Fotomechanischer Nachdruck der Ausgabe von 1835–77.

Habermas, Jürgen: Theorie des kommunikativen Handelns. 2 Bde. Frankfurt/M. 1982.

Heinrichs, Hans-Jürgen (Hrsg.): Materialien zu Bachofens »Das Mutterrecht«. Frankfurt/M. 1975.

Heintz, Bettina – Claudia Honegger: Zur Sozialgeschichte weiblicher Widerstandsformen. In: dies. (Hrsg.), Listen der Ohnmacht. Frankfurt/M. 1981.

Honegger, Claudia (Hrsg.): Die Hexen der Neuzeit. Studien zur Sozialgeschichte eines kulturellen Deutungsmusters. Frankfurt/M. 1979.

Jockel, Rudolf (Hrsg.): Götter und Dämonen. Mythen der Völker. Wiesbaden o. J.

Jolles, André: Einfache Formen. Legende, Sage, Mythe, Rätsel, Spruch, Kasus, Memorabile, Märchen, Witz. Tübingen 1974 (1930).

Karlinger, Felix (Hrsg.): Wege der Märchenforschung. Darmstadt 1973.

Lévi-Strauss, Claude: Das wilde Denken. Deutsch von Hans Naumann. Frankfurt/M. 1979 (1968). Die französische Originalausgabe erschien 1962.

Lévi-Strauss, Claude: Mythologica. 4 Bde. Deutsch von Eva Moldenhauer. Frankfurt/M. 1971–1975. Die französische Originalausgabe erschien 1964–1971.

Lévi-Strauss, Claude: Strukturale Anthropologie. Deutsch von Hans Naumann, Eva Moldenhauer, Hanns Henning Ritter und Traugott König. 2 Bde. Frankfurt/M. 1969–1975. Die französischen Originalausgaben erschienen 1958 und 1973.

Lincke, Harold: Instinktverlust und Symbolbildung. Die psychoanalytische Theorie und die psychobiologischen Grundlagen des menschlichen Verhaltens. Hrsg. v. Hans-Jürgen Heinrichs. Berlin 1981.

Lüthi, Max: Das europäische Volksmärchen. Form und Wesen. München 1978 (1947). Sechste, durchgesehene Auflage.

Lüthi, Max: Das Volksmärchen als Dichtung. Ästhetik und Anthropologie. Köln, Düsseldorf 1975.

Moritz, Karl Philipp: Götterlehre oder Mythologische Dichtungen der Alten. Frankfurt/M. 1979. Die Originalausgabe erschien 1791.

Nachtigall, Horst: Völkerkunde. Frankfurt/M. 1979 (1972).

Nitschke, August: Soziale Ordnungen im Spiegel der Märchen. 2 Bde. Stuttgart, Bad Canstatt 1976–1977.

Ranke-Graves, Robert von: Die weiße Göttin. Sprache des Mythos. Deutsch von Thomas Lindquist. Berlin 1981. Die englische Originalausgabe erschien 1948.

Die Schöpfungsmythen. Mit einem Vorwort von Mircea Eliade. Darmstadt 1980 (1964).

Schreier, Josefine: Göttinnen. Ihr Einfluß von der Urzeit bis zur Gegenwart. Herausgegeben von Gisela Meussling. München 1982 (1977). Die Originalausgabe erschien 1965 in Wien.

Staiger, Emil: Die Zeit als Einbildungskraft des Dichters. Leipzig 1939.

Wesel, Uwe: Der Mythos vom Matriarchat. Über Bachofens Mutterrecht und die Stellung von Frauen in frühen Gesellschaften. Frankfurt/M. 1981.

Die wilden Leute des Mittelalters. Katalog des Museums für Kunst und Gewerbe, Hamburg 1963.

Wörterbuch der deutschen Volkskunde. 3. Auflage, neu bearbeitet von Richard Beitl. Stuttgart 1974. Die erste Ausgabe erschien 1936.

Wollschläger, Hans: Joyce pro toto, oder Tiefenmuster der Sprache. Einige Überlegungen zur Kreativität der Künstler. In: Der Rabe 2 (1983).

Zimmer, Heinrich: Die indische Weltmutter. Aufsätze aus den Jahren 1929–1953, herausgegeben und eingeleitet von Friedrich Wilhelm. Frankfurt/M. 1980.

QUELLENVERZEICHNIS

Die Schaffung der ersten Frauen. Aus: Märchen aus Australien. Traumzeit-Mythen und -Geschichten. Hrsg. v. Anneliese Löffler. Düsseldorf, Köln 1981. Nr. 84.

Wie die Welt belebt wurde. Aus: Märchen aus Mexico. Hrsg. v. Felix Karlinger und Maria Antonia Espadinha. Düsseldorf, Köln 1978. Nr. 2.

Die erste Versuchung. Aus: Südamerikanische Indianermärchen. Hrsg. von Felix Karlinger und Elisabeth Zacherl. Düsseldorf, Köln 1976. Nr. 43. Originaltitel »Versuchung durch böse Frauen«.

Die Entdeckung der Frauen. Aus: Leo Frobenius, Schwarze Sonne Afrika. Hrsg. v. Ulf Diederichs. Düsseldorf, Köln 1980. S. 339–343.

Die Geburt der Welt. Aus: Sibirische Märchen II. Hrsg. v. Gerhard Doerfer. Düsseldorf, Köln 1983. Nr. 73. Originaltitel »Die Entstehung der Welt«.

Naowa und ihre neun Töchter. Aus: Märchen aus der Karibik. Hrsg. v. Felix Karlinger und Hans Pögl. Köln 1983, Nr. 44.

Haua, die Schwangere. Aus: Götter und Dämonen. Mythen der Völker. Hrsg. v Rudolf Jockel. Wiesbaden o. J. Nr. 184.

Imap ukûa, die Mutter des Meeres. Aus: Knud Rasmussen, Grönlandsagen. Deutsch von Julia Koppel. Gyldendal'sche Verlagsbuchhandlung: Berlin 1922, S. 44 ff.

Die Maismutter. Aus: Nordamerikanische Indianermärchen. Hrsg. v. Gustav A. Konitzky. Düsseldorf, Köln 1963/1978. Nr. 22.

Der Tod der ersten Mutter der Welt. Aus: Leo Frobenius, Volksmärchen der Kabylen = Sammlung Atlantis, Bd. I, Jena 1921, Nr. 12.

Die Träume der Prophetin. Aus: Karl Knortz, Märchen und Sagen der Indianer Nordamerikas. Borowsky Verlag: München o. J., S. 90–95. Der Originaltitel der Erzählung lautet: »Memoiren der Tschigeunegon-Prophetin«. Mit freundlicher Genehmigung.

Der Ursprung des Guaraná. Aus: Südamerikanische Indianermärchen. Hrsg. v. Felix Karlinger und Elisabeth Zacherl. Düsseldorf, Köln 1976. Nr. 43.

Der Noçoquem ist ein Ort, an dem es alle Pflanzen und Tiere gibt, die den Maué nützlich sind. Er symbolisiert das frühere Wohngebiet der Maué.

Die Geschichte von Haburi. Aus: Claude Lévi-Strauss. Mythologica II. Suhrkamp Verlag: Frankfurt/M. 1972. Deutsch von Eva Moldenhauer. S. 193–197. Mit freundlicher Genehmigung des Suhrkamp Verlages.

Die Liebe der Schamanin. Nacherzählung von Walther Heissig nach einer von Priklonskij, V. L., aufgezeichneten ostjakutischen Version eines jakutischen Epos: Er-Sogotoch (Jakutskija narodnnyja pover-ja i skazki, in: Zivaja Starina 1891: 2/3), die von W. Schmidt in Auszügen und Zusammenfassungen 1954 (Ursprung der Gottesidee, XI, 203–269) behandelt wurde. Das Einsammeln aller Knochen bildet nach schamanistischer Überlieferung die Voraussetzung für Wiederbelebung und Heilung. Vgl. W. Heissig, Wiederbeleben und Heilen als Motiv im mongolischen Epos, in: Fragen der mongolischen Heldendichtung, Teil I, Wiesbaden 1981, S. 79–100.

Die ersten Pflanzen. Aus: Götter und Dämonen. Mythen der Völker. Hrsg. v. Rudolf Jockel. Wiesbaden o. J. Nr. 201.

Die Entstehung des Feuers. Aus: Südsee-Märchen. Gesammelt und hrsg. v. Paul Hambruch. Düsseldorf, Köln 1979, Nr. 10.

Die Geschichte von Kapmakwatembe. Aus: Geschichten der Kopfjäger. Mythos und Kultur der Iatmul auf Papua-Neuguinea. Aufgezeichnet und erforscht von Milan Stanek. Köln 1982, S. 31–36.

Das wilde Mädchen. La vioula da Sblogs. Unveröffentlichte Erzählung, aus dem Rätoromanischen übersetzt von Leza Uffer. Mit freundlicher Genehmigung aus dem Nachlaß.

Der Schamane und die Frau. Aus: Märchen aus der Karibik. Hrsg. v. Felix Karlinger und Hans Pögl. Köln 1983, S. 46.

Die Vulva der Stammutter Leek. Aus: Geschichten der Kopfjäger. Mythos und Kultur der Iatmul auf Papua-Neuguinea. Aufgezeichnet und erforscht von Milan Stanek. Düsseldorf, Köln 1982. S. 96–109.

Der weibliche Waldgeist Wont-Junk-Ni. Aus: Hans Findeisen, Dokumente urtümlicher Weltanschauung der Völker Nordeurasiens. Oosterhout 1970. S. 150–153. Mit freundlicher Genehmigung der Anthropological Publications.

Die wilden Frauen im Untersberge. Aus: Brüder Grimm, Deutsche Sagen. 3. Aufl. Berlin 1891. Nr. 50.

Das strahlende Mädchen. Aus: Leo Frobenius, Sammlung Atlantis Bd. IX. Jena 1924. S. 259–263.

Von dem Mädchen, das den Junggesellen durch ihre Schönheit tötete. Aus: Knud Rasmussen, Grönlandsagen. Deutsch von Julia Koppel. Gylendal'sche Verlagsbuchhandlung: Berlin 1922, S. 203–205.

Die Amazonensage. Aus: Leo Frobenius, Sammlung Atlantis Bd. IX. Jena 1924. Nr. 53.

Kagenas Tochter. Aus: Märchen aus Sibirien II: Tungusen und Jakuten. Hrsg. von Gerhard Doerfer. Köln 1983. Nr. 2.

Der Alligator und die streitenden Weiber. Aus: Brasilianische Märchen. Hrsg. v. Felix Karlinger und Geraldo de Freitas. Düsseldorf, Köln 1972. Nr. 39.

Die Geschichte von Norim. Aus: Geschichten der Kopfjäger. Aufgezeichnet und erforscht von Milan Stanek. Düsseldorf, Köln 1982. S. 16–21.

Der eiserne Held. Aus: Sibirische Märchen II: Tungusen und Jakuten. Hrsg. v. Gerhard Doerfer. Düsseldorf, Köln 1983. Nr. 77.

Das Heldenmädchen. Aus: Südchinesische Märchen. Hrsg. v. Wolfram und Alide Eberhard. Düsseldorf, Köln 1976. Nr. 25. Das Märchen stammt aus dem späten 18. Jahrhundert.

Ogboinba. Aus: Westafrikanische Märchen. Hrsg. v. Ulla Schild. Düsseldorf, Köln 1975. Nr. 85. Leicht gekürzte Fassung.

Die Mos-Frau. Aus: Sibirische Märchen I: Wogulen und Ostjaken. Hrsg. v. Janós Gulya. Deutsch von Ruth Futaky. Düsseldorf, Köln 1968. Nr. 3.

Die Frau, die zur Spinne wurde. Aus: Knud Rasmussen, Die Gabe des

Adlers. Eskimoische Märchen aus Alaska. Übersetzung und Bearbeitung von Aenne Schmücker. Societäts-Verlag: Frankfurt/M. 1937. Mit freundlicher Genehmigung.

Untombinde, das Riesenmädchen. Aus: African Folktales. Selected and Edited with a Introduction by Paul Radin. Bollingen Series Princeton UP 1952. Deutsch von Werner Schmitz.

Nalikateq, das alte Weib. Aus: Knud Rasmussen, Grönlandsagen. Deutsch von Julia Koppel. Gyldendal'sche Verlagsbuchhandlung: Berlin 1922. S. 34–39.

Die Zauberin Subachamussu. Aus: Leo Frobenius, Schwarze Sonne Afrika. Hrsg. v. Ulf Diederichs. Düsseldorf, Köln 1980. S. 89–91.

Die Hexe, die Menschen in Stein verwandelt. Aus: Märchen aus dem Balkan. Hrsg. v. August Leskien. Jena 1925. Nr. 60.

Die hufbeschlagene Frau Körmöndi. Aus: Ungarische Volksmärchen. Hrsg. v. Agnes Kovács. Düsseldorf, Köln 1966/1974. Nr. 7.

Das weißlederne Laken der Königstochter. Aus: Indianermärchen aus den Kordilleren. Märchen der Araukaner. Hrsg. v. Bertha Kössler-Ilg. Düsseldorf, Köln 1956/1976. Nr. 57.

Die Mondfee. Aus: Chinesische Märchen. Hrsg. v. Richard Wilhelm. Düsseldorf, Köln 1958/1979. Nr. 19. Mündliche Überlieferung. Der Schütze Hou I wird von der Sage in verschiedene Zeiten verlegt.

Die Kalgam-Fee. Aus: Sibirische Märchen II: Tungusen und Jakuten. Hrsg. v. Gerhard Doerfer. Köln 1983. Nr. 43. Die Kalgam-Fee erscheint auch als Geist der Berge, Flüsse und Wälder.

Thomas der Reimer. Aus: Keltische Märchen. Hrsg. und übers. v. Frederik Hetmann. Fischer: Frankfurt/M. 1981, S. 68–74. Mit freundlicher Genehmigung.

Die drei Jungfern aus dem See. Aus: Brüder Grimm, Deutsche Sagen. Nach dem Text der 3. Aufl. Berlin 1891. Nr. 307.

Der Waldgeborene und die Schicksalsfrauen. Aus: Bulgarische Volksmärchen. Hrsg. v. Vaclav Frolec. Düsseldorf, Köln 1971. Nr. 33.

Von dem Mann, der sich einen Fuchs zum Weibe nahm. Aus: Knud Rasmussen, Grönlandsagen. Deutsch von Julia Koppel. Gyldendal'sche Verlagsbuchhandlung: Berlin 1922. S. 95–99.

Die Büffelfrau. Aus: Nordamerikanische Indianermärchen. Hrsg. v. Gustav A. Konitzky. Düsseldorf, Köln 1963/1978. Nr. 29.

Der Ursprung des Maniok. Aus: Südamerikanische Indianermärchen. Hrsg. v. Felix Karlinger und Elisabeth Zacherl. Düsseldorf, Köln 1976. Nr. 95.

Die Mutter der Kürbisse. Aus: Märchen aus dem Tschad. Hrsg. v. Herrmann Jungraithmayr. Düsseldorf, Köln 1981. Nr. 11. Erster Teil einer längeren Erzählung. Originaltitel: »Eine Frau, die alle ihre Kinder verlor.«

Die drei himmlischen Schwestern. Indianermärchen aus Nordamerika. Hrsg. v. Walter Krickeberg. Jena 1924. Nr. 3.

Die erste Sonnenfinsternis. Aus: Götter und Dämonen. Mythen der Völker. Hrsg. v. Rudolf Jockel. Wiesbaden o. J. Nr. 182.

Ursprung des Mondes. Aus: Claude Lévi-Strauss, Mythologica III. Deutsch von Eva Moldenhauer. Suhrkamp Verlag: Frankfurt/M. S. 97–98. Mit freundlicher Genehmigung.

Yingeangeut und der Wolkenmann. Aus: Märchen aus Sibirien. Hrsg. v. Hugo Kunike. Jena 1940. Nr. 55.

Die Yunggamurra-Wassernixen. Aus: Märchen aus Australien. Traumzeit-Mythen und -Geschichten. Hrsg. v. Anneliese Löffler. Düsseldorf, Köln 1981. Nr. 19.

Die Regenfrau. Aus: Leo Frobenius, Schwarze Sonne Afrika. Hrsg. v. Ulf Diederichs. Düsseldorf, Köln 1980. S. 369.

Das Reich der Anarquagssaq. Aus: Indianermärchen aus Nordamerika. Hrsg. v. Walter Krickeberg. Jena 1924. Nr. 4 b, Variante.

Das singende Meerweibchen. Aus: Märchen der Niederlande. Hrsg. von A. und H. Cox. Düsseldorf, Köln 1977. Nr. 1.

Albhine, die Herrin der Meerfrauen. Aus: Martin Löpelmann, Erinn. Keltische Sagen aus Irland. Düsseldorf, Köln 1977/1978. S. 85–93.

Die Eiszapfenfrau. Aus: Japanische Volksmärchen. Hrsg. v. Horst Hammitzsch. Düsseldorf, Köln 1964/1976. Nr. 26.

»Silber«, »Weidenbaum« und die Frau aus dem Meere. Aus: Sibirische Märchen II: Tungusen und Jakuten. Hrsg. v. Gerhard Doerfer. Köln 1983. Nr. 4.
Mit der freundlichen Genehmigung des Autors wurden die Diminutiva, welche die ewenkische Sprache bevorzugt, zugunsten der Lesbarkeit des Textes eliminiert.